VIRANDO VIKING

HELEN RUSSELL

VIRANDO VIKING

Tradução de Mariana Serpa

Título original: *Gone Viking*
Copyright © Helen Russell, 2018
Tradução para a língua portuguesa © 2021 Casa dos Mundos/LeYa Brasil, Mariana Serpa, publicado mediante acordo com Johnson & Alcock Ltd.

Todos os direitos reservados e protegidos pela Lei 9.610, de 19.02.1998.
É proibida a reprodução total ou parcial sem a expressa anuência da editora.

Editora executiva
Izabel Aleixo

Diagramação e projeto gráfico
Filigrana

Produção editorial
Ana Bittencourt, Carolina Vaz e Emanoelle Veloso

Projeto de capa
Head Design UK

Preparação
Clara Diament

Imagem de capa
© Shutterstock Dreamstime

Revisão
Rachel Rimas

Internacionais de Catalogação na Publicação (CIP)
Angélica Ilacqua CRB-8/7057

Russell, Helen
    Virando viking / Helen Russell; tradução de Mariana Serpa. – São Paulo: LeYa Brasil, 2021.
    336 p.

ISBN 978-65-5643-085-0
Título original: Gone viking

1. Literatura inglesa 2. Ficção I. Título II. Serpa, Mariana

21-3565   CDD 820

Índices para catálogo sistemático:
1. Literatura inglesa – Ficção

LeYa Brasil é um selo editorial da empresa Casa dos Mundos.

Todos os direitos reservados à
CASA DOS MUNDOS PRODUÇÃO EDITORIAL E GAMES LTDA.
Rua Frei Caneca, 91 | Sala 11 – Consolação
01307-001 – São Paulo – SP
www.leyabrasil.com.br

NOTA DA AUTORA

Esta é uma obra de ficção.

Aos puristas: tomei bastante liberdade com as tradições vikings – de um lugar de carinho – para transmitir a *essência* da cultura viking na Escandinávia atual. Aceitem isso e encham-se de orgulho.

A todo o resto: cheguem mais, a água está uma delícia (se estiver fria, ver "Escandinávia"), e preparem-se para perder o controle...

PRÓLOGO

A vegetação estala sob meus pés enquanto eu afasto os galhos das árvores e corro. Corro de verdade. Meu coração, de tão acelerado, ameaça pular do peito e disparar na minha frente a qualquer momento. A chuva não para, e estou ensopada. É o tipo de umidade que deixa tudo abafado, mas estou tão gelada que não sinto nada da cintura para baixo. Só consigo perceber meu cérebro chacoalhando no crânio a cada moita que esmago com meus pés descalços e o monte de gravetos enroscados em meu cabelo, suficientes para acender uma fogueira de acampamento.

Adentro um nevoeiro e ouço um barulho assustador ao mergulhar na escuridão que se avulta. Corvos crocitam e trovões ribombam. Não é o tipo de floresta habitada por princesas e criaturas falantes dispostas a dar uma mãozinha. Menos *Branca de Neve*, mais *A Bruxa de Blair*, imagino.

Então, escorrego em algo marrom e pegajoso.

Que seja uma lesma, que seja uma lesma, por favor, que seja uma lesma, imploro, mas resolvo não checar. *Preciso chegar à clareira*, penso, meus braços e minhas pernas latejando. Tenho um pico de adrenalina e sinto que estou – quase – voando. Então tropeço numa raiz exposta e desabo no chão com um baque.

Então é assim que vou morrer, penso, com a cara toda enlameada. *Adeus, mundo, foi uma bela jornada.*

Espero um pouco, mas nada acontece.

Merda, não morri! Agora tenho que continuar correndo...

Invadida por algum instinto de autopreservação, reúno forças para me mexer. Nada parece quebrado (exceto meu nariz, talvez...), então me levanto. Ao tocar o lábio, percebo que está sangrando. Mas isso não importa agora, e eu sigo correndo em direção à luz intermitente.

– *Ahhh!*

Ouço uma voz a distância e redobro os esforços, então escuto outro gemido.

– *Ahhhhh!*

Sigo em frente, cambaleante, até que a vegetação começa a rarear, e uma nesga de luz salpica as folhas no chão. Sou recebida por tochas acesas, que trazem uma onda de calor, e a água de minha roupa começa a evaporar.

– Olá?

Faz doze horas que eu não abro a boca e talvez tenha esquecido como se faz para falar. Tento outra vez, com a voz arrastada:

– Tem alguém aí?

Então abro os braços, expandindo o peito, e berro:

– *Ahhh!*

Duas mulheres enlameadas, de aspecto agressivo, emergem de trás da folhagem e gritam de volta: "Ahhhhhh!" Uma é baixinha, corpulenta, de cabelo castanho-escuro. A outra é alta e repugnantemente jovem, com pinta de modelo e cabelos cor de mel, brilhosos, mesmo cheios de lama.

Nós nos encaramos, e uma onda de compreensão nos percorre: seja lá o que aconteça, a vida jamais será a mesma. Depois de uns segundos de berraria gutural, uma terceira figura surge à vista – uma loira mais velha, de pele bronzeada, com os cabelos cheios de folhas.

Ela solta um grunhido apático, então se abaixa e agarra os joelhos para firmar o corpo.

– Ai, meu Deus, câimbra... – Ela agarra a panturrilha e respira fundo, enchendo os pulmões. – Preciso de...

Temo que ela diga "cuidados médicos" e eu seja convocada a tomar providências, mas ela conclui a frase com "gim", e ouvimos uma palma lenta.

Um homem de peitoral largo, vestindo apenas uma calça harem, desce rapidamente de uma árvore. Balança pelos galhos com a graça de um símio e dispara pela clareira. De cabelos presos num coque, ele ajeita um ridículo colar com pingente de anzol.

Babaca.

Não é de hoje que não confio em homens de coque; para mim, são da mesma laia das mulheres que usam bandana e vivem resmungando.

– Muito bem, vikings – diz o Homem-de-Coque, num inglês com leve sotaque. – Então, quem está se sentindo incrível?

Minhas pernas tremem feito as de um cão com caganeira. Certa de que estou infartando, sinto uma estranha comichão se espalhar por meu couro cabeludo.

Escolho não responder.

– Ah, tem *insetos* no seu cabelo! – solta a moça modelete, tentando ajudar. – Aiii, uma aranha! Deve estar achando que é uma teia!

– Que ótimo. Obrigada.

– Quero ouvir os rugidos! – ordena o homem seminu.

Três de nós o encaramos como se quiséssemos enchê-lo de tapas, mas a modelete da aranha obedece.

– Ahhhhh! – grita ela, com animação.

– Vamos lá, todo mundo! – O Homem-de-Coque se aproxima até quase tocar meu rosto e berra: – Ahhhh!

Eu limpo os perdigotos que pularam em minha bochecha.

– Saboreiem a liberdade!

Então a "liberdade" tem gosto de lama e sardinha em lata?

– Comunguem com a natureza ancestral!

Eu só quero comungar com um chuveiro quente, penso, olhando minhas roupas imundas, os braços contundidos e os joelhos ralados. *Como é que eu vim parar aqui? A minha vida era tão... limpa. Tão organizada. Tão... isenta de insetos*, reflito, coçando a cabeça. *Ainda assim...*

Eu olho a mulher baixinha, de cabelos presos num rabo de cavalo, alguém que conheço desde sempre. Ela estreita os olhos e se aproxima de mim, as covinhas à mostra, revelando o quanto está amando aquilo tudo. De bochechas vermelhas e punhos cerrados, ela abre a boca e solta um grito primal. Um grito primal guardado há trinta e cinco anos. Um rugido tão alto que me encolho e preciso de um instante para me recompor antes de reunir forças para gritar de volta. Então, reúno. Muita. E toda a tensão, todo o medo e toda a dor dos últimos dias – e dos últimos anos – irrompem de meus pulmões, num longo grito de guerra:

– AHHHHH!

O Homem-de-Coque se impressiona.

– Isso aí, perca o controle!

Nós continuamos, até sermos as únicas ainda gritando.

Eu posso não ter a mesma capacidade pulmonar dela, mas já dei à luz. Duas vezes. Até parece que vou me deixar ser vencida no grito...

Os urros dela vão se transformando num grunhido, então num balbucio, até que ela balança os braços e ergue os ombros, exaurida.

Mas eu continuo.

Com um clamor que jamais pensara ser possível e quase quatro décadas de autocontrole em excesso, eu berro:

– *AHHHHHHHHHHH!*

Enquanto grito para a mata vazia, minha visão periférica começa a se embotar.

– *AHHHHHHHHHHHHHHHH!*

Minha cabeça começa a rodopiar, e eu tenho a sensação de que perdi a tampa do crânio, feito a casca solta de um ovo cozido.

– *AHHHHHHHHHHHHHHHHHHHHH!*

Então, eu flutuo. Vou subindo cada vez mais, e lá de cima vejo nosso grupo. As árvores viram borrões. As pessoas, formigas. Até que meus joelhos fraquejam... e minha cabeça desaba no chão com um baque surdo.

O mundo fica preto.

E eu desmaio.

UM

Três semanas antes...

– Se pronuncia R-A-Y... "Ray".

Uma mulher parecendo muito entediada coça o cocuruto com uma caneta enquanto eu argumento, e a lâmpada fluorescente solta um chiado. Meu sapato chique está incomodando. Sinto o celular vibrar no bolso, trazendo a lembrança de que posso estar perdendo mensagens importantes a cada segundo, *literalmente*, que gasto nessa interação.

– Pode repetir? – solta ela, com um suspiro.

Relato o problema mais uma vez e vou vendo os olhos da mulher perderem o foco.

– Está escrito "Rat" no meu crachá. – Eu balanço o retângulo laminado para ilustrar. – Meu nome é Alice *Ray*.

– Não é "Rat"?

– Não.

– Ah... – Ela coça a cabeça outra vez e analisa a ponta da caneta, crente de que escavou um tesouro. – A senhora não quer deixar assim mesmo?

– Está sugerindo que eu passe dois dias usando um crachá com o nome "Alice Rat"?

– Estou?
– Numa mesa-redonda chamada "Como conquistar um sorriso vencedor"?
– Não quer?
– Não.

Ela se remexe na cadeira de plástico e, sem erguer os olhos, estende o braço em minha direção.

– Obrigada. – Eu entrego o crachá, suavizando o tom. – Não quero bancar a difícil. É só que vou cruzar com muitos colegas... colegas de profissão... e vou *palestrar*...

Vejo a moça pegar um marcador num potinho de plástico, e minha voz vai morrendo. Ela tira a tampa com a boca, risca a letra "t" e emenda um "y" seguido de um :)

Sério? Essa é a sua solução?
– Será que não dá para fazer um novo?

Ela me encara com tamanho ódio que me sinto repelida por um campo de força. Relutante, eu me afasto, mas não sem antes lhe lançar um olhar mortífero, na intenção de passar meu recado. *Você acaba de entrar na minha lista de Babacas Completos que merecem chapinhar na lama e levar muitas portas na cara.* Ela torna a coçar a cabeça. *E pegar piolho.*

– Próximo! – grita ela, e sou dispensada.

Tenho um tempo livre até a hora da mesa-redonda e jurei a mim mesma que faria um esforço para me integrar, em vez de ficar encarando a mesa de biscoitos com ar nostálgico e injetando palitinhos de cenoura e barrinhas de cereal caríssimas na veia, como fiz em todos os anos anteriores.

Eu devia fazer uns contatos novos, digo a mim mesma. *Devia sorrir para os colegas, fazer a "simpática".* Não é que eu tenha medo de interagir com outros seres humanos... É só que...

– Ei, oi!
Ai, merda.
– Alice?

Um homem de óculos espreme os olhos para o crachá que agora arranha meus seios, e eu me lembro da razão nº 142 para odiar congressos: algum babaca sempre resolve ajustar o cordão dos crachás bem na altura do peito, o que dá aos TDCs ("tarados de congresso" – razão nº 141) a desculpa perfeita para uma espiadinha e vez ou outra uma roçadinha (razão nº 143[1]). O Homem-Óculos se agacha, dobrando os joelhos e se plantando bem diante de meus seios tamanho P.

– Alice... Rat?
– É "Ray".
– Sim! Claro! Nós nos conhecemos no último congresso! – Ele estende a mão para me cumprimentar.
– Ah, claro, eu lembro!

Mentira.

Depois de um daqueles apertos de mão infinitos, ele começa a me contar sobre um novo fio dental que sua empresa está promovendo (o "Fio Espacial", desenvolvido pela NASA, o *futuro* dos filamentos higiênicos!). Vou meneando educadamente a cabeça, até que sinto o telefone vibrar no bolso. É minha deixa para escapar.

– Desculpe, você me dá uma licencinha? Preciso atender essa ligação, e depois começa a minha mesa-redonda.

A bem da verdade, ainda falta meia hora para "Como resolver o problema de uma importante cirurgia de canal?", mas *não* há limites para o tanto de biscoitinhos adoçados com aspartame que uma mulher é capaz de comer. Além do mais, sou uma eremita aprisionada no corpo de uma dentista.

– Você vai ficar para ver tudo? Estão correndo uns boatos de que a abertura vai ser feita pela Malala, mas eu vi o mágico do ano passado, então talvez o que nos aguarde seja "A Cárie na Cartola 2.0"...

---

[1] Também conhecido como "roçando Emily Thornberry" depois do "bate-aqui" mais constrangedor do mundo, protagonizado por Jeremy Corbyn nas eleições britânicas de 2017... Veja com seus próprios olhos: https://www.youtube.com/watch?v=FR3CObiWwgI&ab_channel=OnDemandNews.

A lâmpada fluorescente acima de mim dá uma piscada, e a ideia de passar mais 24 horas num lugar totalmente desprovido de luz natural, onde os presentes sobrevivem unicamente de comida processada e trocadilhos odontológicos, me traz certo esgotamento. Eu prometo tentar assistir à mesa-redonda dele, "O Retorno da Placa", e me retiro. Perdi a ligação, mas tudo bem. Minha antipatia por falar ao telefone é a mesma que sinto por um "papinho" ao vivo e em cores.

Eu nem sempre fui assim. Nos últimos tempos, porém, ando exaurida. Como se tivesse gastado toda a "energia boa" no consultório e com a maternidade e não tivesse sobrado mais nada. É o que quase oito anos criando filhos, mais quinze encarando placas bacterianas, fazem com uma pessoa. *Sem falar na prisão perpétua que é o casamento...*

— Com licença — digo ao homem grandalhão, de bigode suado, que guarda a entrada da santificada área dos bastidores, onde me garantiram que haveria privacidade, wi-fi e "café bom". — Posso entrar?

— Esta área é reservada para os portadores do crachá VIP, senhora — informa o homem.

Caramba, agora eu sou "senhora", é?

— O meu é esse especial, azul... — respondo, esperançosa, balançando o cordão.

— Rat? — Ele franze a cara para mim, olha um iPad e corre os dedos ligeiros pela tela. — Não tem "Rat" na lista...

— É "Ray".

— Está escrito "Rat".

— Eu sei. Mas é "Ray".

— Tem certeza?

— Absoluta.

Ele encara o meu peito, decerto para verificar, então dá um passo para o lado e autoriza minha entrada no santuário. A sala exala um forte cheiro de sanduíches e dos feromônios de outros "especialistas", que executam vários rituais para enfrentar os próximos noventa minutos.

Uma mulher passa depressa, os sapatos de salto batendo no chão, toda maquiada e espremida numa calça tão justa que ela certamente vai precisar tomar suco de cranberry na veia para evitar uma infecção urinária.

– Você é?... – pergunta ela, tentando franzir as sobrancelhas cheias de Botox e apontando para o nome em meu crachá.

– Foi erro de digitação. Eu sou a Alice Ray. Oi!

– Ah, maravilha! Sou eu que vou mediar a sua mesa-redonda. – Ela bate as palmas das mãos, mas os dedos não se tocam.

Credo.

– Ah, que ótimo. – *Fale mais*, digo a mim mesma, *fale outra coisa. Rápido. "Bata papo" feito gente normal.* – É... – Tento pensar em algo para dizer. – Onde estão os biscoitos amanteigados? Naquela mesa?

E lá vou eu de novo, cativando todos com meu charme e minha eloquência naturais...

– É... é, sim. Aproveite!

– Obrigada.

Não vou aproveitar. Se eu pegasse um biscoito daqueles, no instante seguinte estaria devorando até a bandeja onde os biscoitinhos foram servidos.

Veja bem: eu, pelo menos oficialmente, não como açúcar. Nem pão. Nem batata. Nem macarrão. Nem arroz. Nem laticínios. Nem gordura trans. Nem gordura saturada. Nem carne. Os caninos humanos podem até ter sido projetados para triturar carne animal, mas eu já vi cáries dentárias em demasia e não quero nunca mais ter um fiapo de carne em decomposição preso no dente. Mas o principal é que eu vivo lendo que a carne deixa o nosso intestino preguiçoso – e não tenho tempo para preguiça. Em nenhuma área da vida. Com um e outro deslize, claro. Feito mês passado, no McDonald's... mas eu estava no escuro e longe das crianças. *E comer no carro, sem ninguém vendo, não conta. Todo mundo sabe disso.* É assim que eu gosto de me alimentar, com uma porção de humilhação servida à parte.

– Certo. Bom, prazer em conhecer você – diz a dona Calça Justa, resgatando-me de meu devaneio.

– Certo – respondo, assentindo.

Ela inclina a cabeça e faz um biquinho, como se eu fosse um gato desgarrado chegando em casa com um animal morto na boca.

– E boa sorte, ok? Temos mais quinze minutos de "Fluxo de Ar É a Solução", depois um intervalinho e na sequência a sua mesa-redonda.

Ela dá um tapinha no meu braço e vai embora, rebolativa.

– Certo... – repito, procurando o canto mais quieto e escuro, onde eu não precise interagir com ninguém.

Esgueiro-me junto a uma cortina preta e observo o editor da *Revista de Odontologia* desferir um golpe de caratê no ar, todo concentrado, enquanto um higienista famoso que eu já vi no noticiário matinal saltita num minitrampolim. O pessoal da mesa-redonda "Novas Tendências em Cuidados dos Seios Nasais" se dirige ao palco adjacente, e um "terapeuta oral alternativo" abre a boca feito um passarinho, inclinando a cabeça para trás, para que sua miniassistente (*Filha? Esposa? Esposa que poderia ser sua filha?*) lhe ministre uma pipeta de algum unguento mágico.

Só um dia normal de trabalho, penso, de cabeça baixa, forçando meus colegas a manter distância. Na realidade, isso tudo é uma honra. *Um privilégio*, lembro a mim mesma. *Estou representando todo o consultório – e falando em nome de todo um grupo de cirurgiões-dentistas.* Foi uma vitória ter sido convidada. Era esse o objetivo de tanto trabalho, tantas horas extras e tanta motivação para receber mais treinamento e responsabilidades. *Enfim sou levada a sério na minha área*, reflito.

Então, a música-tema de *Frozen* começa a tocar.

Não atendo de imediato, pois a brincadeira de "trocar o toque do celular da mamãe todo dia" me deixa em dúvida, sem saber se a berraria da Elsa está vindo de mim (semana passada era um grupo pop). Então o editor para de golpear o ar, o homem-passarinho da pipeta olha em volta, e eu percebo que o som está mesmo saindo... de mim.

Merda. Pego o telefone, removo uma uva-passa esmagada na tela e atendo.

– Alô?

– Oi – diz a voz melancólica do outro lado da linha. – Sou só eu.

É sempre "só" ele.

– Oi. Já estou entrando, não posso falar agora. Tudo bem?

– Está, sim. Eu só queria saber quando você vai voltar...

– Amanhã, o mais cedo que der. Conforme o planejado...
– É só porque os trens...
– Eu já reservei a passagem...
Por incrível que pareça, sou capaz de organizar minha vida...
– ... foram cancelados.
– Ah.
– Tem um ônibus substituto. Eu vi na tevê hoje, depois de uma reportagem sobre restrições de estacionamento em Brent.

Nós moramos bem longe de Brent, mas meu marido deixa a tevê ligada O TEMPO TODO, para não perder nada "importantíssimo". Decerto relacionado a estacionamentos. – Enfim – prossegue ele –, talvez seja melhor você arrumar uma carona...

– Eu dou um jeito. Obrigada.
– Você pode pedir...
– *A ela*, sim, eu sei que posso. Mas não quero.

Ele está falando de Melissa. Uma pessoa de quem não sou muito próxima, mas que, graças à lei de Murphy, está sempre por *perto*. Não tenho a menor intenção de ligar para Melissa. Mal nos falamos nos últimos meses, e a última coisa que me animo a fazer depois de dois dias num congresso odontológico é analisar a fundo o porquê disso. Ou, pior ainda, ter que fingir interesse em sua última obsessão. Ou teoria da conspiração. Ou animal de estimação.

Greg suspira alto.

– Bom – começa ele, relutante –, *eu* posso...
– Não, não, deixe que eu resolvo.
– Ok, você que sabe – responde ele, rápido demais, parecendo aliviado.
– Beleza. Escute, eu tenho que ir. Tem gente pulando em pula-pulas. Acho que eu devia estar me preparando de alguma forma.
– Está bem.
– Então tá. Bom... tchau.
– Você não quer saber como estão as cri...

A dona Calça Justa se aproxima com um sorriso forçado. Dá uma batidinha no relógio para me apressar.

– Eu tenho que ir.

Estou prestes a apertar o botãozinho vermelho para encerrar a chamada com "Greg Celular" quando escuto, em tom de ataque:

– As crianças estão muito bem, obrigado.

Então, ele desliga.

Merda. Sou UMA PESSOA HORRÍVEL.

Eu amo meus filhos. Amo MEUS FILHOS, claro. *Mesmo acordando às 5h30 todos os dias desde 2009...*

Incluo meu próprio nome na lista de *Babacas Completos* e sinto um ímpeto incontrolável de coçar a cabeça. *Se a dona Coçadinha tiver me passado piolho*, penso... *bom, aí é carma*. Então a dona Calça Justa arreganha os dentões, ergue as sobrancelhas para me apressar, espalma as mãos em minhas costas e sai me empurrando. E vamos à mesa-redonda.

Vale destacar, a título de registro, que uma mesa-redonda de debates sobre cirurgia de canal é absolutamente tão divertido quanto parece.

Depois que acaba, é difícil dizer quem está mais aliviado: a plateia ou os palestrantes.

– Maravilha... – A dona Calça Justa parece tensa, enquanto tenta resgatar o higienista famoso do editor da *Revista de Odontologia* e caminhar ao mesmo tempo sem se rasgar em duas. – E agora, almoço?

Suando de leve, ela aponta para vários pratos muito organizados, contendo bolos e sanduíches. A área dos bastidores está lotada, e, apesar da ausência de janelas, um número alarmante de moscas surgiu e agora se reúne num prato de bolinhos duros e sem açúcar. O higienista afasta uma varejeira. Uma funcionária do bufê esmaga várias outras com uma colher e as empurra para longe, achando que ninguém percebeu.

Eu percebi.

Não tem nada aqui que eu possa comer. Ou melhor, que eu me permita comer. Então, não como. O que é um erro. Pois, em vez disso, começo a beber. E logo descubro que o vinho branco quente que está circulando fica mais gostosinho depois de umas duas taças. Daí uma mulher com o cabelo cheio de laquê me entrega uma taça cor-de-rosa, com os dizeres *"Dentista é o máximo!"*, presa a um cordãozinho para pendurar no pescoço. Os copões de cerveja, envoltos numa fita azul, aparentemente estão reservados aos homens, para não ferirem minha frágil boca *feminina*. Eu não estou nem aí. *Porque agora tenho VINHO à mão o tempo todo!* E não é nem *"à mão"*, penso, animada com a novidade... *Agora é com as mãos livres!*

Dessa forma, o painel "Tchau, Tchau, Tártaro" fica muito mais interessante, e até o número do mágico da Cárie na Cartola parece melhorzinho a meus olhos parcialmente embriagados (*"COMO é que ele faz isso com as pombas!?"*). Também considero a cerimônia de premiação ("o ponto alto do ano na odontologia!") menos dolorosa que de costume, e vou enumerando os clichês numa espécie de bingo secreto, dando uma golada a cada vez que alguém diz "subir a régua", "padrão de excelência" ou "dedicação de cento e dez por cento". *É tipo* O Aprendiz, penso, maravilhada, *mas com um povo de cabelinho lambido!*

Uma névoa reconfortante me envolve de tal forma que meus sentidos ficam embotados e eu me sinto mais lenta – mais leve, até.

Ah, álcool, penso, com carinho. *Olá, meu velho amigo...*

Eu fico bem mais sociável quando bebo. Mas, depois de um papo surpreendentemente agradável com o higienista famoso e a dona de um consultório em Peckham, fico presa com um sujeito que parece já ter passado muitas férias em trailers e outro que está claramente usando pó bronzeador (e talvez rímel). O Homem-Rímel toca meu cotovelo e conta que é *life coach*.

– Sou especialista em visualização pré-cirúrgica – insiste, animado, a versão moderninha e melosa do Simon le Bon, o vocalista do Duran Duran. – Feche os olhos que eu mostro!

Como sou supereducada e socialmente inepta e estou embriagada, obedeço.

Por favor, imploro, *não esteja de pinto para fora quando eu abrir os olhos.* Depois de uma baboseira sobre "respiração pélvica", dou uma espiadela e encontro o membro do sujeito ainda, graças a Deus, dentro da calça, mas fico alarmada em perceber a marca esbranquiçada de uma aliança no dedo. Isso acontece em muitos eventos profissionais: entram os crachás, saem as alianças.

Recuso educadamente a sugestão do Simon le Bon meloso de irmos tomar uns drinques, mas então ele solta qualquer coisa sobre as "dentistas" serem "muito sensuais".

Ai, meu Deus...

Isso é: a) nojento; b) uma afronta aos meus princípios feministas; e c) nojento. Porque ninguém deveria usar a palavra "sensual". Jamais.

Eu repasso minha lista mental de desculpas para dar o fora, mas minha cabeça não funciona com tanta rapidez depois de cinco taças de vinho penduradas no pescoço; então, quando um homem alto, bonito e de belos dentes nos interrompe e sugere que todos rumemos para a sala ao lado, "para a discoteca", eu obedeço.

– Ugh, obrigada – sussurro, meio cambaleante, apesar do enorme esforço para andar em linha reta. – Você me salvou de mais uma demonstração de hipnose. E ainda por cima ele é *life coach*. E o truque do sumiço da aliança de casamento...

O sr. Dentes faz uma piadinha sobre "tomar cuidado com os swingueiros" nesses eventos, e eu rio, sempre impressionada quando homens muito bonitos são também engraçados – como se eles não precisassem ser. *Eles já têm tantas vantagens sobre nós. E que... dentes... bonitos...*

Sob influência do álcool, ele sai de foco, depois vira dois, um por cima do outro, e volta a ser um só, numa espécie de ilusão de ótica induzida por uvas Shiraz. Isso dificulta um pouco a ação de "caminhar", mas dou um jeito, e conseguimos chegar.

No salão de festas Bryan Ferry, vocalista da Roxy Music, está cantando (nos alto-falantes, claro, o orçamento da odontologia não chega a tanto...), e a essa altura minha taça de Shiraz começa a sussurrar, num tom conspiratório.

Shiraz: "Oi, e aí? Não seria legal dar uma balançada no esqueleto? Animar um pouco?"

Eu: "Não. Vá embora. Você está bêbada..."

Shiraz, interrompendo: "Não, VOCÊ está bêbada! Pode confiar, você dança superbem..."

Eu: "Não. Preciso manter o controle. O tempo todo. É assim que eu sou. E também me escondo no banheiro em eventos sociais."

Shiraz: "Aff! Essa é a sua versão antiga. A chatinha, que trabalha o tempo todo, vive estressada e passa semanas sem sorrir! Esta aqui é a sua nova versão, a Alice DIVERTIDA!"

Eu: "Eu NÃO vou dançar..."

Shiraz: "Vai, sim, merda!" (Minha taça de Shiraz tem a boca suja.)

Estou lenta e confusa, e a música está alta. Então, na verdade, tudo o que acontece a partir daí é culpa do Bryan Ferry (e do vinho... já mencionei o vinho?). Mas o que *eu acho* que acontece é o seguinte:

1) O sr. Dentes pega minha mão e me arrasta para o canto da pista de dança.
2) A taça pendurada em meu pescoço ganha mais um refil, e o sr. Dentes até arruma um canudinho para mim, de modo que eu só preciso baixar o queixo e chupar (a bem dizer...) minha uva Shiraz. Ou seja, eu entorno tudo, até que o sr. Dentes me oferece um novo refil. Eu aceito, muito grata, e bebo mais um pouco. Isso se repete várias vezes, e começo a sentir meu corpo ficando dormente. *Será que eu ainda tenho dedos dos pés?*, penso, meio absorta. *Já faz uma meia hora que não sinto nada...*
3) Vários outros dentistas invadem a pista de dança, até que somos espremidos um contra o outro.
4) Então... então...

Estou encarando uma mulher vestida igual a mim, no mesmo terninho com saia da Zara que uso há uns dez anos, com o mesmo penteado que faço há uns dez anos e a mesma risada nervosa que passei a última década ensaiando (alerta de spoiler: sou eu), e eu grito para ela: VOCÊ ESTÁ PRESTES A BEIJAR UM HOMEM QUE DEFINITIVAMENTE NÃO É O SEU MARIDO! PARE! PARE AGORA MESMO! ESSE CARA NÃO É O PAI DOS SEUS FILHOS, ISSO É INCONTESTÁVEL! PARE, DESISTA!

Mas ela não desiste.

Por cerca de vinte segundos, não sei o que sentir em relação a isso. *O que eu deveria sentir, exatamente? Pavor? Culpa? Eu deveria começar a me sentir culpada mais ou menos agora. Não deveria? Eu não deveria sair correndo, aos prantos? É isso o que rolaria numa cena do filme* Simplesmente Amor, *não é? Alguém confere para mim, rápido!*

Mas eu estou cansada. Tão cansada. E isso é tão diferente do que eu sou. Porque, oras... quem é que quer desempenhar *esse* papel? A mãe de dois filhos, casada, que se atraca com estranhos ao som de Bryan Ferry num congresso de odontologia na saída da rodovia M42?

Então eu recordo todas as discussões que tive com Greg na última década – quem faz mais coisas em casa (*eu...*), se o outro é grato ou não (*ele não é...*). *É isso mesmo?*, penso. É assim que vai ser pelos próximos dezoito anos? Ou mais? Com os preços das casas, as crises financeiras e as crianças morando com os pais a vida toda... (*Vá à merda, economia!*) Só para depois disso ansiarmos por um futuro em que nos encaramos em silêncio, sem ter sobre o que conversar e contando as horas para ir dormir? Prometi ficar ao lado dele até que a morte nos separasse. Mas as pessoas hoje em dia vivem muito, não é?

Eu quase consigo visualizar um anjinho em cada ombro, tentando me convencer:

Anjo Bom (uma loirinha pequenina, de vestido metálico; Kylie Minogue, basicamente): "Você não pode se separar... acabou de reformar o banheiro! A obra de ampliação da casa já é na próxima primavera. Você tem dois filhos incríveis... não vai querer ser a mulher que destruiu o próprio casamento num congresso de odontologia!".

Anjo Não Tão Bom (também conhecido como Shiraz): "Greg é um idiota... O que você quer de verdade é alguém que levante a sua saia e faça você desmaiar de tanto transar. E faz um bom tempo que isso não acontece. Foi na era pré-Brexit, sem sombra de dúvida...".

E então... nada.

Acordo num quarto de um daqueles hotéis de grandes redes, anexo ao centro de convenções, sobre uma "manta" com umas manchas bem suspeitas. Exceto pelo crachá de "Alice Rat", estou nua, e sozinha, ao que parece. Os cosméticos enfileirados por cor na mesinha de cabeceira confirmam que estou no meu quarto. Mesmo assim... as coisas não parecem boas.

Estou toda doída e esfolada e mal consigo erguer a cabeça, de tão pesada. Preciso me levantar apoiada nos cotovelos, então rolo até o canto da cama e me sento. O quarto dá um giro de 360 graus, e eu concluo que o melhor é me mexer bem devagar, e vou deslizando até o chão. Sinto um gosto amargo na boca, e todos os meus poros exalam um fedor vago e rançoso de autodesprezo. Eu rastejo até o banheiro, jogo uma água no rosto e levanto a cabeça. Vejo uma mulher com uma linha fina no lugar da boca, a pele esverdeada feito uma sopa de ervilha e os cabelos secos e desgrenhados, como um esfregão. Ela é magra, reflexo da exaustão – os ossos da costela claramente visíveis –, mas tem a barriga flácida, por não ter tempo de se exercitar desde 2009. E certamente por conta das madrugadas recheadas a doces e hambúrgueres. Seus olhos são dois risquinhos vermelhos, e ela exibe o que as revistas chamam de "cara de ressaca".

– Nossa, Deus me livre parecer tão derrotada assim – solto, em voz alta, e a bruxa no espelho me devolve as palavras.

Ahhhhh...

Eu não reconheço esse novo reflexo. Ou melhor, não quero reconhecer. Mas minha mente está exaurida. Esfarrapada. Eu me forço a respirar bem devagar, tentando não vomitar ao sentir o ar parado à minha volta. Ligo o chuveiro na temperatura mais quente possível, até que o vapor embaça o vidro do boxe e me resgata de meu próprio reflexo. Descolo o crachá grudado em meu peito úmido, xingo a celulite à mostra em minhas coxas e esfrego a pele – forte – com uma toalha do hotel que já viu dias melhores.

É gostoso se lavar, penso. *Muito, mesmo. Eu devia me lavar mais...* Queria poder lavar as entranhas também, mas me esforço para deixar toda a pele bem limpinha, depois esfrego até não poder mais minha boca infiel e beijoqueira que tanto me denunciou ontem à noite com a escova novinha, de cerdas firmes, que veio na sacolinha de brindes. A escovação provoca uma breve ânsia de vômito, mas eu racionalizo que é um preço válido a pagar por uma boca (mais) limpa.

Então, a culpa vem.

Desaba em meu peito feito chumbo, então se aloja no estômago, até que começo a pensar que talvez seja uma boa ideia ir deslizando até o chão e me encolher no piso frio de azulejos do banheiro do hotel.

Charlotte e Thomas.

Sete e cinco anos.

Gargalhando logo de manhã, os olhinhos inchados de sono. Descendo as escadas, os pijaminhas compridos. Comendo ovo cozido com torrada. Esfregando a cara na toalha e saindo com as bochechinhas vermelhas. Ou, calculo, se estiver tudo nos conformes, naquele exato momento estão exalando um cheirinho de menta, depois de dois minutos escovando os dentes com as escovas elétricas que ganharam de Natal. Que saudade. A ideia de magoá-los me perfura feito um espinho. Pois, sejam lá quais forem as questões entre mim e Greg, ele é o pai dos meus filhos. E eu vou ter que me entender com ele. De alguma forma.

Quando ele trabalhava, era mais fácil. Tinha motivação para acordar de manhã. Fazia um esforço, mantinha a barba feita, passava as camisas vez ou outra. O período em casa, em tese, era para ser temporário. "Só até eu arrumar outra coisa", dizia ele. Então eu assumi mais funções no consultório e fiz horas extras. Fui promovida, e com meu novo cargo veio a "honra" de palestrar, vez ou outra, em eventos como esse. Greg disse que cuidaria das crianças e aproveitaria a oportunidade para dar o pontapé no Guia Seminal do Stonehenge, um projeto aparentemente iniciado em seus anos de escola, mas que precisou ser adiado por causa... bom... da *vida*. Então nosso quarto de hóspedes se transformou num santuário de templos druidas, imagens de formações rochosas e revistas acadêmicas. A parte de "cuidar das crianças", no entanto, ele não cumpria muito. Por isso eu continuei cozinhando, limpando e levando os dois para a escola. Ele não fazia mais que se lembrar de buscá-los na casa da babá, então voltava para casa e se jogava no sofá ou dormia na "espreguiçadeira" do "escritório". Onde, cada vez mais, também passava a noite.

Agora já fazia meses que ele não se candidatava a nenhuma vaga. E, quando eu me oferecia para ler o livro – ou pelo menos os capítulos já escritos –, ele ficava encabulado. Dizia que era melhor eu "não ler fora do contexto". E pronto.

Então, embora em tese eu seja uma pessoa horrível, sim, alego em minha defesa que há circunstâncias atenuantes. E rapidamente me convenço de que a ressaca monumental de hoje é a Punição: Parte I.

Procuro um analgésico, encontro uns na bolsa e tomo dois comprimidos, então lembro que são os especiais do trabalho, com uma tarja imensa na caixa: *Um por dia. NÃO EXCEDER A DOSE RECOMENDADA.*

Tento regurgitar um. Ou os dois. Não dá certo, claro, o que só me deixa ainda mais enjoada e ansiosa.

Que esperta. Muito esperta... repreendo a mim mesma, então penso que talvez seja bom tentar comer alguma coisa. Não sou fã de café da manhã, mas imagino que este seja um daqueles dias que pedem uma exceção à regra. *Umas frutas, talvez? Meia laranja?*

O "restaurante" – outro ambiente sem janelas – está apinhado de crianças com seus pais, todos se preparando para invadir o parque temático mais próximo. O ambiente cheira a desespero e lencinhos umedecidos, e o nível de decibéis é ensurdecedor.

– Araminta, você quer leite no cereal? A mamãe costuma dar o leite integral ou semidesnatado? Prove este aqui. Gostou? – diz um homem usando blazer com abotoaduras no café da manhã a sua filhinha de dois anos. Uma mulher enfia dentro da bolsa o máximo de bagels que consegue, enquanto uma terceira vai descascando cinco ovos cozidos, separa a gema e descarta o resto.

As pessoas são ridículas.

Dezenas de colheres tilintam nas louças, feito um grande brinde coletivo, e várias crianças em idade pré-escolar são parabenizadas por comerem seus cereais integrais orgânicos ("Terminou tudo, querido? Meus parabéns!"[2]).

---

2 Depois da recessão, até os frequentadores de espaços gourmet passaram a amar um hotel de grandes redes.

Meu crânio vai estourar, penso. *Bem aqui, agora mesmo. Ou meu cérebro vai explodir lá dentro e me causar uma hemorragia*, concluo, esfregando a cabeça. *Pelo menos a náusea deu uma trégua. Parabéns para mim...*

Estou quase chegando à "estação de frutas e cereais" quando me vem o primeiro embrulho: parece que um anzol se enganchou em minha barriga, ameaçando puxar a barrinha de cereal solitária que encontrei na bolsa, o único alimento sólido que pus na boca desde as onze da manhã de ontem. Com a cabeça ainda latejando, contemplo pequeninas frutas redondas flutuando num líquido turvo. Concluo que desejo escavar meu cérebro inteiro com uma colher de sobremesa, mas pego uma tigela e me convenço de que dou conta de comer aquilo.

Mas não dou.

A coisa vem – mais ligeira que meu tempo de reação e com uma força que eu não sabia que tinha dentro de mim. O vidro protetor da estação de saladas não é páreo e oferece pouca resistência. Pedaços de barrinha gosmenta, suco gástrico e Shiraz (*desgraça de Shiraz...*) irrompem de minha boca e pulverizam as frutas, os cereais e os espectadores. Em abundância.

Já vejo a manchete no jornal:

> Bêbada, mãe de duas crianças vomita em bufê de café da manhã na frente de dezenas de hóspedes abismados. "Eu sou uma desgraça", admite Alice Rat, uma dentista de Streatham...

– Ai, meu Deus, me desculpe.

Procuro algo com que limpar a sujeira, assumindo a função de dar uns tapinhas nos pedaços de vômito alojados nos mocassins de camurça do cara das abotoaduras. *Aposto que ele preferia ter ficado no cereal*, penso. *Deve estar amaldiçoando o momento em que ofereceu frutas com iogurte a Araminta...*

– Eu sou um ser humano horrível – murmuro, para ninguém em especial, então levo a mão à boca e percebo que a provação ainda não acabou. *Tem mais?* Muito decidida, confirmo: *Tem mais*.

– Talvez seja melhor se retirar, senhora – sugere um homem magro, de terno folgado e um crachá onde se lê "Estou aqui para ajudar!".

Eu aquiesço e corro até os elevadores, esperando chegar ao quarto antes que o próximo jato de bile resolva marcar presença.

De volta à privacidade de meu banheiro, seguro os cabelos para trás e executo a última incursão à porcelana, assim espero, quando ouço uma voz familiar:

– Eita, que gostoso.

Não. Meu. Deus. Só pode ser sacanagem...

Limpo a boca com a manga da camisa e me viro.

Uma mulher baixinha e corpulenta, de cabelos castanhos e botas de cano alto, está apoiada no batente da porta, os braços cruzados, me avaliando.

– O que é que *você* está fazendo aqui? – pergunto, num grasnido, ajeitando os cabelos e tentando me recompor. Estava com tanta pressa de vomitar, agora percebo, que talvez tenha me esquecido de encostar *um tantinho* a porta. Ou melhor, esqueci que o jornal de cortesia, envolto num plástico e pendurado na maçaneta, impediria o fechamento da porta (*que se danem as ameaças terroristas e as fotos de atores de férias!*).

– Nossa, que grossa! – anuncia ela.

– Fale mais *baixo* – devolvo, com a cabeça latejando.

– Greg me ligou.

Eu me levanto, meio cambaleante, e me esforço muito para não respirar birita-e-bile enquanto ela me envolve num abraço de urso não consensual e muitíssimo vigoroso e soca meu braço, num gesto que deve ser adequado no mundo dela, mas no meu *é bem doloroso*. Ela não mede nem 1,60 metro de altura, mas tem uns braços de açougueiro bombado. Para alguém que sobrevive de torta de batata com carne e pudim de pão de ló, até que está em forma. O combo "abraço mais gancho de esquerda" me tira todo o ar dos pulmões, e o forte aroma de "cavalo" que ela costuma exalar me manda direto para a privada outra vez.

– Também adorei ver você – diz ela, enquanto eu torno a vomitar.

Não gosto que ninguém me veja assim. Jamais. Ela, muito menos. Ela sabe disso, e desconfio de que ela esteja, de certa forma, gostando da cena.

– Desculpe – murmuro. – Tudo bem com você?

— Melhor que com você – responde ela, com uma careta. – Venha cá, vamos dar uma ajeitada nisso.

Eu me levanto, mortificada, e uma toalha é arremessada para que eu "me limpe".

Isso não está certo... A adulta aqui sou eu. Sou eu que confiro se todo mundo foi ao banheiro antes de sair de casa. Eu tenho sempre quatro sacolas retornáveis no carro. O tempo todo! Sou eu que detenho o controle. Não ela...

Quando nós duas concluímos que eu não vou mais vomitar – ou que de fato só me sobraram os rins para expelir –, ela me manda fazer as malas para botarmos o "pé na estrada".

— Eu não posso ir embora! – argumento. – Ainda tem um dia de congresso. Eu me inscrevi para "Combate à Cultura do Bolo" e "Dando Adeus à Halitose"... – Ao ouvir minha própria voz, percebo que não tenho condições de passar a manhã numa sala abafada, rodeada de dentistas. – Beleza, talvez não role. Mas não preciso de carona, obrigada. Vou voltar de trem.

— Não vai, não. Os trens estão cancelados até amanhã.

Putz. Eu tinha me esquecido disso, com tanto vinho, e o sr. Dentes, e o vômito... *ai, meu Deus, o sr. Dentes...*

— Bom, para sua sorte – prossegue ela –, estou descendo para o Sul hoje.

O jeito como ela diz "para o Sul", como se eu tivesse abandonado nossas raízes do Norte, me irrita. Não abandonei, nada.

Esta é Melissa. Minha irmã.

— Eu marquei de ver um cara a respeito de um cachorro – prossegue ela. Não duvido por um instante de que seja verdade. – Mas e aí, o que é que rolou ontem à noite? Se embebedou sozinha?

— Não – respondo, rápido demais. – Com um amigo.

— O seu "amigo" gim?

— Não! – repito, então acrescento, baixinho: – *Shiraz*... – Ela sorri de leve, mostrando as covinhas. – O quê?

— O quê? – zomba Melissa, inocente feito um querubim de Botticelli. – A propósito, sua blusa está do lado avesso e tem um pedaço de cenoura no seu peito. – Ela aponta para o próprio decote, muito profundo, salientando meu fracasso nesse quesito.

– Ai, pelo amor de Deus! – Eu começo a recolher pedaços de... não sei bem de quê. – É só uma ressaquinha, só isso.

– Sério? Porque o cara da recepção falou que eu tinha chegado em boa hora para "recolher a senhora louca do quarto 204", e essas suas olheiras profundas estão entregando que isso não é uma exceção. Estão me dizendo *"Oi! Eu me chamo Alice, trabalho o dia todo e talvez esteja perdendo as estribeiras, ou não..."* – conclui Melissa, com uma vozinha aguda.

– É isso o que os meus *olhos* dizem?

– Isso mesmo.

Ela assente, como se não estivesse julgando minha saúde mental através do meu olhar. *Se eu fosse uma fotografia, ela agora estaria desenhando um bigodinho e um par de óculos em mim.* Aperto a ponte do nariz, sem saber se vomito ou choro.

– Escute – prossegue ela –, que tal você botar uma roupa decente e continuar a crise existencial na estrada? O estacionamento aqui é uma fortuna...

Nauseada demais para discutir, tiro a roupa vomitada e visto a única opção: o tal terninho com saia que uso há dez anos, o mesmo de ontem. Aplico no rosto o máximo de corretivo possível e, num momento de loucura, pergunto a Melissa se está bom.

– Está parecendo aqueles anúncios de "você também pode ganhar uma fortuna com o mercado imobiliário!" – solta ela, imitando a voz de comercial americano.

– Valeu, agora estou mais confiante para enfrentar o mundo – devolvo, com um resmungo. *Só porque ainda não desisti e parti para a seção de moletons e calças de elástico na cintura. Quem foi que a nomeou embaixadora da moda?*

Guardo meus cosméticos enfileirados e meto as roupas vomitadas numa touca de banho do hotel, para não contaminar o resto da mala. Então, só por garantia, envolvo a trouxinha da desgraça em mais uns lencinhos de papel, fecho a mala e saio.

Evito fazer contato visual – com qualquer pessoa – até concluir a marcha da vergonha e adentrar a segurança do estacionamento subterrâneo. Sou conduzida a uma picape que um dia já foi branca e que aparentemente será minha carruagem, e removo do banco do passageiro papéis de bala, um jornal velho (*"os cachorros gostam de andar na frente"*) e metade de um pastel.

– Meu Deus, que cheiro é esse? – pergunto, enojada.

– De delícias, claro! – responde ela.

– Está mais para diabetes tipo dois... – murmuro.

– Pode me dar que eu como, obrigada. O que não mata engorda... – Ela enfia o pastelzinho na boca. – O que foi?

– Nada. Você está... é...

– Obrigada. É o meu corpo de vingança pós-namoro – murmura ela, estalando de leve a boca cheia de pastel. – Estou comendo mais que o Elvis depois do Ramadã.

Eu assinto, como se isso explicasse tudo. Já não tenho disposição para perguntar sobre a vida amorosa de minha irmã. *Imagino que ela vá me contar se aparecer alguém importante*, penso. Então presumo que o objeto da "vingança" seja algum carinha que não tratou os cachorros com a devida reverência ou tinha alergia ao cavalo. Ou aos "coelhos de casa". Estremeço só de pensar. ("Sabia que o coelho come o próprio cocô?", perguntei a ela, certa vez, depois de ler um artigo na internet.[3] "E daí?", foi a resposta.)

Melissa estende o braço no apoio de cabeça do carona, e damos um tranco para trás. Enquanto saímos do estacionamento, percebo que ela está me encarando. Muito, mesmo.

– O que é? Está olhando o quê?

– Está tudo bem com você?

– Tudo! – devolvo, num tom mais agudo que o pretendido. – Está tudo bem! Tudo ótimo!

---

[3] E também o rato-toupeira-pelado, a chinchila, o castor-das-montanhas, o orangotango, o macaco rhesus e os filhotes de elefante e de hipopótamo, segundo a *Revista Veterinária de Cornell*.

Isso encerra a conversa, e saímos do estacionamento, sendo banhadas pela luz do dia. Vou tateando minha bolsa até encontrar os óculos de sol – um troço gigantesco, que mais parece um olhão de mosca e que graças a Deus cobre metade do meu rosto, mas que dá a impressão de que estou querendo fugir dos paparazzi depois de um encontro ilícito. Eu não poderia estar mais deslocada numa picape branca imunda nem se quisesse.

– Muito sol, Jackie O.? – pergunta Melissa. Alto.

Em resposta, apenas solto um gemido.

Fora do estacionamento, o zumbido baixo intercalado a uns murmúrios trêmulos – um barulho que imaginei ser o motor antigo – começa a aumentar, revelando-se nada menos que Céline Dion.

Melissa garante que não foi escolha dela. "Rádio local", explica, meneando a cabeça enquanto seguimos pelas ruas cheias e engarrafadas da cidade, tomadas por um buzinaço que em nada alivia minha ressaca. Pego meu celular, percebendo que não o checo desde que recuperei a sobriedade a ponto de lembrar que *tenho* um celular.

Está desligado. *Desligado!* Eu nunca desligo o telefone. *Jamais.* Com um calafrio, pressiono o botãozinho de ligar e aguardo o ícone da maçã. Digito a senha, com os dedos trêmulos, e sinto o estômago embrulhar a cada notificação de chamada não atendida.

Ping!

Ping!

Ping-ping-ping-ping-ping!

Uma avalanche de alertas irrompe, anunciando as mensagens de voz.

"*Você tem... DOZE... novos... recados. Primeiro recado, recebido ontem às quatro e dezesseis da tarde...*"

Nãããoooo...

Esse é o eterno problema do comandante, da pessoa com quem as outras podem contar: você se torna claramente necessária. Indispensável, até. Os outros confiam em você – é o que digo a mim mesma, pelo menos. Então, nas (muito) raras ocasiões em que as coisas não saem exatamente conforme o planejado, ou que você simplesmente desaparece de um congresso de odontologia, por exemplo, as pessoas percebem. Se eu tivesse me casado com um homem que sabe onde fica o aspirador de pó e consegue enfrentar uma gaveta de potinhos plásticos, certamente não veria três chamadas não atendidas lá de casa, só hoje de manhã. Se delegasse mais funções no consultório, tenho *certeza* de que o assunto dos nove recados teria sido resolvido pelos colegas (embora com menos excelência...). Dada a ordem das coisas, no entanto, tudo passa por mim. Tudinho...

Encerro a ligação para o correio de voz, ainda incapaz de enfrentar a tormenta. Em geral, disponho de um ou dois dias para desopilar de todo o "falatório" necessário a um profissional do ramo odontológico. Costumo passar pelo menos vinte e quatro horas restaurando a ordem doméstica ao fim de uma semana de trabalho, em completo silêncio – ignorando meu marido e proferindo monossílabos às crianças, que mais parecem adolescentes. Desse modo, quando chega a segunda-feira, já preenchi as reservas de energia e consigo embarcar numa nova semana de interações humanas. Mas ainda é sábado. Já excedi toda a minha cota de "conversas" ontem, e a barrinha de energia está totalmente vazia, a bem dizer, exceto por uma leve e sufocante ansiedade. Em resumo: não tenho condições.

Se quiserem que eu faça hora extra hoje, podem tirar o cavalinho da chuva, penso, pressionando a testa. *Se Mark estiver de novo com as costas ruins, o problema é dele, não posso rendê-lo. Não tenho a menor condição de me aproximar dos pacientes com esse bafo de vinho...*

Se for importante, eles vão mandar uma mensagem de texto. Ou um e-mail. Ou um dirigível. Sério, qualquer coisa, menos "correio de voz".

Confiro meus e-mails e respondo o máximo de mensagens profissionais possível, para me sentir minimamente útil e no controle de minha vida – sou o tipo de pessoa que usa o "tempo livre" para organizar as coisas, feito uma máquina de produtividade. Isso, no entanto, desencadeia um indesejável retorno da revolução em meu estômago.

Hummm, enjoo de andar de carro somado à ressaca? Que sorte a minha...

Baixo o vidro da janela com a manivela e inalo o ar carregado da cidade, enquanto Céline se esgoela em "Think Twice". No volume máximo.

– Posso? – pergunto, apontando para o rádio. – Não estou muito bem.

– Não diga...
– Só quero saber se a gente pode ouvir uma coisa menos *estridente*.
– Só tem Céline, UB40 ou Ronan Keating.
– Que tal "nada"?
– Não rola. – Ela balança a cabeça, bate com força no rádio velho e o UB40 começa a tocar. – O botão de desligar foi para o brejo, e agora só pegam as rádios locais.
– Como é que você *sabe* o que as rádios locais tocam?
Ela me olha como se eu fosse uma idiota.
– É *sempre* Céline, UB40 ou Ronan Keating.
– Ah.
– Não é todo mundo que tem *painel digital*...

Respondo com um acesso espontâneo de espirros, cortesia dos pelos de animal no carro. Meus olhos começam a lacrimejar e vou perdendo o ar, sem saber se estou prestes a sufocar ou a sofrer combustão espontânea. *Os dois, será?* Agradeço os óculos de sol por disfarçar meus olhos vermelhos, e o celular começa a tocar outra vez.

Ai, Elsa, cala a boca!

É do *"Consultório"*, informa o identificador de chamadas, e ativo o modo silencioso.

Já me sinto culpada por não ter dado as caras depois do painel de ontem, conforme o prometido. *Mas, sério? Em pleno sábado? Aposto que é Steve, o gerente de treinamento. Vá arrumar o que fazer, Steve...*

Recebo outra ligação, agora de um número desconhecido.

A princípio, eu me preocupo, achando que é *ele*. Não Steve, mas *ele*. O sr. Dentes.

Não dei meu número para ele, dei? Quantos anos eu tenho? Dezesseis? Apesar de que nos meus dezesseis anos o celular mal tinha sido inventado, então teria sido Melissa ou meu pai atendendo o telefone fixo. Estremeço com as lembranças – a de ontem à noite e a dos anos de inaptidão social, quando eu "deveria" estar me interessando pelos garotos. Não espanta que eu só tenha perdido a virgindade depois que saí de casa.

Depois de alguns segundos a pessoa desiste, e eu solto um suspiro.

Era Steve, não era? Aposto que era, do celular da esposa. Ou daquele outro, pessoal, do qual ninguém deveria ter conhecimento, por causa do Tinder que ele Definitivamente. Não. Usa. Embora a Beverley, da recepção, tenha visto ele deslizando o dedo para a direita pelo menos duas vezes na semana passada...

Então, meu celular começa a piscar outra vez. Encerro a chamada, começando a ser invadida pelo pânico – não apenas de ter cometido um terrível erro de julgamento ontem à noite, mas de que ele ainda volte para me assombrar. De que... me acompanhe. Até minha casa.

Por favor, não mande mensagem de texto, por favor, eu rezo – para qualquer entidade em que ainda acredite desde que parei de acreditar em... bom, em tudo... lá pelos idos dos anos 1990.

Ao conferir as mensagens no celular, fico ainda mais alarmada, pois vejo os fatídicos três pontinhos, indicando que há alguém digitando um texto.

Ele está escrevendo...

"Tudo bem?", recebo, apenas. Encaro o horizonte para segurar o vômito, torno a olhar o celular e analiso o número misterioso.

"Quem é?", pergunto.

Nada.

Os três pontinhos retornam e seguem piscando, ameaçadores. Encaro outra vez o horizonte, para evitar que a bile suba, então retorno os olhos ao celular.

Ainda estão digitando? Não pode ser coisa boa, penso. Então, os pontinhos desaparecem.

A pessoa desistiu. E me deixou em paz. Ou no máximo de "paz" que pode ter uma mulher casada e mãe de dois filhos arrependida de ter cometido uma tremenda idiotice.

Melissa para o carro no sinal. Vendo que enfim saí do telefone, ela soca meu braço, para demonstrar apreço, e me manda pegar um bolinho no porta-luvas. Isso, para ela, é amor.

– Não, obrigada.

– Acho que tem um bolovo também, se você preferir.

– Não quero. Obrigada.

— Azar o seu — murmura ela. — Aliás, você ainda está com vômito no pescoço. *Ah, que ótimo...*

— E você, com carne moída no dente — rebato. O que não é uma grande vitória. *Melissa não está nem aí se está toda cagada de carne. Ela se acha a maior excêntrica, nessa picape gigante. Já eu sou uma dentista. Coberta de vômito...* Levo a mão à clavícula e pressiono, para aliviar o desconforto.

— O que foi?

— Nada — respondo, baixinho. — É só que... estou com um aperto no peito.

— Prendeu o sutiã no gancho errado? Eu vivo fazendo isso.

— Não. O sutiã está ótimo.

Não conto a ela sobre as quatro peças que meu coração me pregou nos últimos dois anos. Ao que parece, isso não é normal para uma mulher com menos de quarenta anos. Disse o médico cinquentão. *Quero ver ele acordar depois de cinco horas de sono, sair pela porta na hora certa com duas crianças prontinhas, de tênis no pé, encarar dezesseis horas de trabalho e, no fim do dia, desabar na cama ao lado de um homem que acha o Stonehenge mais atraente que a esposa. Daí a gente vê quem é que tem pressão alta...*

Sou acometida por outra avalanche de espirros, certa de que minhas entranhas estão a ponto de explodir. Outra vez. Se não for isso, é mais um daqueles ataques de pânico, em que sinto estar me afogando e caindo ao mesmo tempo.

Eu não tenho tempo para isso...

Em minha agenda — uma planilha organizada por cores que abrange todas as áreas possíveis e imagináveis da vida moderna — não há nenhuma linha com os dizeres "autossabotagem por bebedeira e resgate pela irmã mais nova". Tenho coisas a fazer. As crianças têm natação. *Aposto que o Greg esqueceu.* E aula de piano. E provavelmente combinaram de ir à casa de algum amiguinho. *Não lembro se é hoje ou amanhã... Merda...* Pego o celular para confirmar quando o número desconhecido me chama outra vez. Eu recuso a ligação. Outra vez. Então entra mais uma, do *"Consultório"*.

Deve ter sido o imbecil do Steve, tento me convencer. *O número desconhecido deve ter sido o imbecil do Steve. Não é?*

Mesmo assim, não atendo. Então Esme, a chefona, começa a ligar.

Essa você devia atender, reflito. *É sua chefe, é sua chefe, é sua chefe. Ainda assim...*

Eu não posso ser demitida. Sou a única pessoa que sabe operar o novo motor de polimento. E que sabe onde ficam as chapas extras de raio X. E o café... Não posso ser demitida, fato. Ou posso?

Recuso a chamada mais uma vez. E outra. E mais outra. E chega ao ponto em que quase não tiro o dedão do celular, feito um frenético e angustiante jogo de acertar a toupeira. *Só. Não. Consigo. Falar. Hoje...*

– Será que você não pode largar esse telefone por cinco minutos? – resmunga Melissa. – Para a gente conversar? Feito gente *normal*... como antigamente.

Minha irmã, a bem da verdade, gostaria que tudo fosse "como antigamente". Tenho a leve suspeita de que ela considera luz elétrica um exagero, e ela não cansa de tentar levar as conversas para situações da nossa infância. Como está fazendo agora...

– Lembra quando a gente catou uns sapos no quintal e fez um parque aquático para eles com os potes da cozinha? – pergunta ela. – E aquela vez que a gente brincou de pique-esconde de bicicleta, no meio do mato... – Eu estremeço. Odeio mato. *Muitos esporos. E sombras. E insetos...* – E você se perdeu, daí surtou, porque eu não "achei" você a tempo, e começou a piar que nem uma coruja para pedir socorro?

Faço cara de paisagem. *Não lembro, mas a história me parece tenebrosa...*

– Você lembra, sim! – continua ela. – Foi no mesmo verão em que aquele garoto que era nosso vizinho se ofereceu para mostrar o pinto e a gente falou que "não, obrigada", porque estávamos indo para casa ver tevê?

Não. Nadica. Ao que parece, eu simplesmente apaguei vários momentos de nossa infância. Das bobagens infantis à obrigação de amadurecer antes do tempo, certas coisas eu não conseguiria recordar nem se quisesse. E não quero, de modo geral. Acho que a infância não foi uma época especialmente agradável para mim. *Além do mais, não faz sentido ficar voltando ao passado, não é?* Prefiro olhar para a frente. Como agora...

Meu coração dá um pinote, e eu agarro o volante.

– Cuidado!

– O quê?

– Olhe aonde você está indo!

O carro dá uma guinada, desviando de um poste de segurança, e sobe na calçada antes que eu consiga ajeitar o volante e voltar para a rua, a calota raspando no meio-fio.
– Beleza, segura essa onda. Está tudo bem. Nós estamos bem!
– Só... fique quieta – murmuro, e um pombo arrulha junto ao para-brisa.
Depois disso, seguimos em silêncio. "Entretidas" por Céline, Ali Campbell e Ronan Keating. Melhor assim, para todo mundo.

Melissa e eu não poderíamos ser mais diferentes. Vivo rodeada de gente que necessita de mim o tempo todo, e ela se organizou para não ter (humanos) dependentes e ser livre para viver como bem entendesse. Basicamente, parece um personagem de Enid Blyton ou um dos guarda-caças de D. H. Lawrence (tipo um Sean Bean com peitões), levando uma vida simples – ou simplista, alguns diriam. Da última vez que fui à casa dela, tive que esperar *oito minutos* para a chaleira apitar no fogão, e ainda por cima ela insistiu em fazer chá com folhas soltas. *Nada de chá de saquinho!* Eu pedi a senha do wi-fi, já que o sinal do celular estava péssimo, e ela disse que "não acreditava em wi-fi". Certo dia leu sobre um homem de Leicester que era alérgico e tinha que cobrir o corpo com papel-alumínio para "repelir as ondas". Dei a ela um micro-ondas de presente no último Natal, mas ela usa como armário ("Não quero radiação na minha batata assada, muito obrigada!"). Ela foge do "novo", ama tudo que é "velho" ("Raquitismo, inclusive? E morte na guilhotina?", perguntei, certo dia, num momento de frustração), e vez ou outra resolve "pular fora do sistema capitalista" e fecha a conta no banco, para que "o governo" não consiga rastreá-la. Tudo sob o disfarce do desejo de "liberdade".

A ideia de liberdade, no entanto, sempre me pareceu supervalorizada. Prefiro ordem. E ambientes fechados. *E superfícies limpas e desinfetadas*, penso, encostando num troço esquisito na frente do banco do passageiro, que espero muito ser uma casca de banana (e não algo mais sinistro).

A bem da verdade, a única coisa que eu e minha irmã temos em comum são os genes. *Não muitos, diga-se de passagem*, penso, encarando a motorista ao meu lado.

É justo dizer que eu não escolheria Melissa como irmã nem diante de uma hecatombe nuclear. Nem ela a mim, inclusive. Ao que parece, contudo, "está bem claro que não houve troca no berçário" e que nenhuma das duas foi "secretamente adotada" (ela conferiu, aos doze anos). Então cá estamos, Melissa e eu, uma ligada à outra. De modo geral, não é uma grande questão. Consigo seguir com minha vida, "cuidando das pessoas", encaixando Melissa no fim da "fila" em encontros bimestrais ou papos trimestrais ao telefone. É gerenciável, organizado, controlado. Do jeitinho que eu gosto. Mas tudo isso está prestes a mudar.

DOIS

As crianças, imantadas a um iPad, mal percebem quando entro em casa. A divertida tia Melissa desperta mais entusiasmo. Em questão de segundos ela é derrubada no chão, e logo, pelo que consigo enxergar, está lutando com os dois pelo corredor. Greg aparece, com a cara enfiada no celular, que ele guarda assim que nos vê.

– Ah, oi... – diz ele, na vozinha mais desanimada de todas as vozinhas.

– Isso no seu rosto é marca de travesseiro?

– Eu... acho que dei uma cochilada. – Ele enrubesce.

Vai ganhar o prêmio de Pai do Ano, penso.

– Eu adoro tirar um cochilo – solta Melissa, generosa. – É tipo dois dias em um.

– É... pois é. Quer chá?

– Verde, obrigada – respondo, e ele vai se arrastando ligar a chaleira.

Não vejo sinal da bolsa de natação, e a mochila com o material de piano de Charlotte está no corredor, no mesmo lugar onde deixei ontem. *Evidente que Greg esqueceu as duas atividades, na "pressa" de exterminar a caixa de cereais sortidos que comprei para as crianças ontem...*

Eu me sento numa cadeira da cozinha, hesitante, ainda ciente das ondas de náusea que ameaçam retornar a qualquer momento em proporções de tsunami. *Eu só quero me enfiar debaixo das cobertas com uma garrafa de refrigerante*, penso, com um grunhido. *Mas sou mãe de duas crianças, tenho responsabilidades. E talvez ainda um pouco de vômito no sutiã...*

Depois de respirar fundo algumas vezes e engolir em seco para segurar a bile, olho em volta e observo a mixórdia de embalagens de comida e papéis de sanduíche espalhados por toda a cozinha, feito uma instalação de arte moderna.

– Vejo que você andou comendo direitinho as porções diárias de frutas e vegetais...

– Oi?

– Você nem sequer se dignou a olhar para uma panela enquanto eu estava fora?

Greg veste a costumeira máscara de resignação e cansaço, e eu adoto minha expressão firme e já muito trabalhada de tolerância. É uma combinação potente, que vem nos acompanhando nos últimos anos. *Agora não faz sentido virar essa canoa*, penso, levantando-me para procurar um analgésico. *Nem tentar uma lobotomia. Ou uma lavagem gástrica. Eu toparia as duas agora.*

Então, percebo um rastro de lama seca (terra? estrume?) no chão de azulejos brancos da cozinha, acompanhando... minha irmã.

– Você! Sapatos! Agora!

Relutante, ela tira as botas, liberando um bodum insuportável.

– Jesus amado, você ainda tem chulé. – Cubro a mão com a boca, temendo uma nova onda de vômitos.

– O quê? É a minha meia da sorte!

– Você já *lavou* essa meia da sorte?

– Daí acabaria a sorte! – retruca ela, horrorizada.

– Não interessa! Calce a bota outra vez. – Eu aponto para o capacho da porta. – Vou pegar uma meia limpa para você.

– A minha não está suja, só não está lavada – retruca Melissa.

– E tem diferença? – pergunto, incrédula e àquela altura Muito Nauseada. Minha irmã me olha como se eu fosse uma imbecil. – Tanto faz. Fique paradinha aí. Vou lhe emprestar uma meia. E eu preciso me trocar mesmo.

Eu subo as escadas o mais depressa que minha ressaca permite, cruzando uma pilha de edredons para lavar e um escritório cheirando a mofo, com as persianas ainda abaixadas. Meus olhos se arregalam de medo, e sinto um nó familiar na garganta. Instintivamente, meto a mão no bolso, à procura do celular, buscando o conforto de uma migalha de... qualquer coisa. *Merda, deixei na bolsa.* Fico desolada. Pego uma calça jeans e uma camiseta limpa, começando a temer que o tal número misterioso torne a ligar ou a mandar mensagens. E pior, que Greg atenda. Percebo que minha única opção é pegar as meias e voltar lá para baixo. *Para a minha vida...*

– O que tem para o almoço? – pergunta Greg, enquanto entrego as meias limpas a minha irmã e volto para a cozinha. Tiro o telefone da bolsa e dou uma olhada: mais duas chamadas perdidas, uma do consultório, e uma mensagem.

"*Sou eu* ☺"

Meu estômago fica embrulhado.

"*De ontem à noite...*", diz a mensagem seguinte.

Então não é Steve, do consultório. *O sr. Dentes...* eu não quero saber o nome dele. Não quero saber nada a respeito desse homem. Só quero vomitar outra vez, me esconder debaixo da mesa e tapar os ouvidos até que tudo e todos desapareçam. Mas não posso. *Porque eu sou a adulta aqui...*

"*Não me procure mais*", escrevo de volta, antes de acrescentar, depressa: "*Por favor*".

Educação não custa nada.

Enfio o celular no bolso, para deixá-lo bem pertinho, e faço minha melhor cara de paisagem. A água da chaleira ferveu e há umas canecas no escorredor de louças. Está evidente que Greg não fará mais do que isso para me servir um chá.

– Eu perguntei o que tem para o almoço – repete ele.

– Não sei. Qual é o prato saudável e nutritivo que você resolveu preparar?

– Hum...

– Muito bem. – Abro a geladeira com vigor e analiso o conteúdo. – Eu resolvo, não é? – Vou pegando embalagens de variados tamanhos e formatos e arrumo tudo numa ordem que eu espero que constitua uma refeição. – Meninos? Comida! Melissa? Fique... se quiser...

Espero que ela recuse.

– Até que eu topo comer... – diz ela, olhando uma embalagem. – Um "ragu de tofu"...

Espeto o filme plástico com um garfo e meto a embalagem no micro-ondas, percebendo que ela está repensando.

– Não se preocupe – digo. – Umas "micro-ondinhas" não vão matar você. E tem a versão de carne, para quem quiser.

Eu a observo relaxar os ombros, aliviada. Greg sai para fazer qualquer coisa, e Melissa, relutante, joga a "meia da sorte" na pilha de roupa suja. Enquanto espero o apito do micro-ondas, pego um pedaço de brócolis envolto em filme plástico – a única coisa que cozinho em casa – e boto para cozinhar no vapor da panela de macarrão.

– Muito bem. A comida está na mesa!

Não ouço resposta.

– Almoço! – grito, tentando outra vez.

– Não! – retruca uma criança, dando uma risadinha depois.

– Sim!

– Não!

– Beleza... – Enquanto a panela esquenta, respiro fundo algumas vezes e levo os dedos às têmporas, para tentar aliviar a palpitação.

– Estamos vendo um vídeo da Taylor Swift! – grita o mais velho, resmungando.

– Taylor quem?

Minha irmã não é muito sagaz nas referências de cultura pop.

– Swift. Pernão comprido. Só faz músicas sobre términos de namoro – esclareço, escorrendo o macarrão e queimando a mão com o vapor. – As crianças gostam de ver os clipes dela no YouTube.

– Meio novinhas para isso, não? Na nossa época a gente brincava de boneca e fazendinha.

– Ah, é? – devolvo, distraída pela dor que agora parece se alojar tanto atrás dos meus olhos quanto no punho queimado.

Pelo amor de Deus, isso não é uma ressaca, é tortura...

– *Nós* não tínhamos toda essa *tecnologia*, claro... – diz Melissa, como se fosse uma nova palavra chique para algo de que ela se recusa a fazer parte.

– Venham! – tento outra vez. – Quem quer brócolis? – Silêncio. – Hummm! Brócolis... *Amo* brócolis!

– Disse criança nenhuma, nunca... – brinca Melissa. Dou a ela uma olhada como quem diz *não ouse entrar em minha casa e criticar meus vegetais crucíferos*. – Desculpe. Ok, pode servir.

Na esperança de retomar o controle, que já saiu completamente dos trilhos, eu sirvo o almoço. Na mesa, com direito a talheres, guardanapos e condimentos. *Nós conseguimos nos sentar e compartilhar uma refeição. Como nos filmes. Como as revistas dizem que deve ser. Vamos conversar. E comer. E desfrutar de uma breve convivência.*

Greg aparece no batente da porta e abre um sorrisinho.

– Por que você pôs a mesa?

– Oi?

– Por que não comemos na frente da tevê, com o prato no colo, feito gente normal?

– Porque é sábado, estamos todos em casa, e... – Minha voz dá uma travada, mas eu recupero o tom afiado. – Eu *achei* que pudéssemos comer juntos hoje. Que seria *legal*. Bom, a comida está aí. Você pode fazer como preferir.

Então, ele faz. Enche um prato e vai para o sofá, onde pode enfiar a comida na boca acompanhado apenas da televisão. Seguindo a deixa do "papai", Charlotte e Thomas entram às gargalhadas na sala, pegam os pratinhos que servi para eles e retornam ao covil de Taylor Swift. Apenas Melissa, satisfeita, vem se sentar à mesa comigo.

– Sabe qual é o ingrediente mais importante de uma refeição? – pergunta ela, no meio de uma garfada.

Intrigada, eu encaro o prato de minha irmã.

– Carne?

– Não! – Ela ergue o garfo em gratidão e encosta o copo de água no meu. – Boa companhia!

– Ah. – Eu percebo sua tentativa de melhorar meu ânimo, mas não está funcionando.

Ela está com pedaços de comida no dente, observo, e não parece ragu... nem pastel. Aposto que não anda usando o pacotão de fio dental que eu mandei para ela...

Mastigo, sem prazer nem apetite. Brócolis com um pouquinho de molho de tofu: porque eu preciso. Porque essa é a atitude de uma mulher saudável e responsável, mãe de duas crianças, que *não* está com uma ressaca braba. Preciso engolir um pouco mais forte que o normal, travando com meu esôfago uma batalha entre o que *desce* e o que ainda pretende *subir*. Mas eu ganho. Costumo ganhar. Ou costumava, pelo menos. Então, percorro a casa atrás das crianças com uma panela cheia de brócolis (normal), até que desisto.

No lugar de uma refeição em família, meu presente é tirar toda a louça limpa da lava-louça (Greg acha que essa tarefa é dos elfos...) e botar a suja, além de uns copos e pratos que se acumularam junto ao peitoril da janela.

Por fim, depois de restauradas a ordem e a simetria, é hora de subir. Melissa me acompanha.

– Isso é normal, então? Greg sempre come vendo tevê e as crianças, na frente do iPad?

– Bom... não normal, exatamente – respondo, meio atônita.

– Eles não pareceram muito contentes em ver você.

– Obrigada, Melissa – respondo, subindo a escada. *Minha irmã: uma verdadeira metralhadora de verdades.*

No andar de cima, inspeciono a destruição e sinto uma estranha vertigem. *Você consegue*, digo a mim mesma. *É só dar um jeito na casa, separar a roupa suja, trabalhar um pouco, preparar o jantar, dar banho nas crianças, botar todo mundo na cama, aí você dorme.* Assim, reflito, o dia termina mais cedo. Eu me sinto cansada e sem energia, então belisco a base da mão esquerda para recuperar o foco. *É só seguir em frente, uma coisinha de cada vez...*

E se eu passar o resto da vida enchendo e esvaziando a lava-louça? Enchendo a máquina de lavar roupa, esvaziando e pendurando tudo (a pior parte)? Vou cumprindo minhas tarefas, avançando na carreira e cuidando da família, à espera de um futuro mágico em que as coisas vão ser mais fáceis. Tipo a aposentadoria. Ou a morte...

Estou me digladiando com um edredom e tentando conferir os e-mails ao mesmo tempo (Esme quer saber por que me ausentei sem avisar; eu poderia, se quisesse, aumentar meu pênis por um "preço especial"[4]; e já passou o prazo para devolver os livros na biblioteca; por outro lado, recebi duas novas recomendações no LinkedIn!), quando Melissa aparece.

– Você já parou para pensar que talvez a vida moderna seja conveniente demais?

Debaixo de minha tenda de algodão egípcio (presente de casamento), os braços bem abertos, no maior esforço para executar a traiçoeira manobra de segurar as pontas do edredom pelo lado de dentro para poder dobrá-las, eu espumo de raiva.

– Não – respondo, esperando que minha irritação seja abafada pela imensa mortalha de algodão. – Nunca considerei minha vida "conveniente demais".

Com toda a força e envergadura que meus braços permitem, dou um giro e uma sacudida no edredom, para forçá-lo a me obedecer, até que enfim me liberto – e a estática brinda meus cabelos com uma atraente aparência arrepiada. Melissa não assiste a meu triunfo, pois resolveu olhar umas fotografias antigas que guarda na carteira, como se estivesse em 1990.

– É, olhe aqui – diz ela, e eu me preparo. – Olhe esta foto da vovó sorrindo, supercontente. – Ela sacode um quadrado de papel curvo e amarelado, a fotografia sépia de uma mulher que nenhuma de nós conheceu. A mulher tem os cabelos penteados à moda antiga e usa um vestido leve. Está posando em algum píer, com a postura muito ereta. – Ela não se preocupava com as curtidas no Facebook, nem com a caixa de e-mails – prossegue Melissa. – Só estava contente pelo fim da guerra, doida para reencontrar o vovô e ter seus gêmeos!

Aposto que esse sorriso sumiu quando os bebês chegaram, na era pré-fraldas descartáveis, penso, sem me conter.

– A vida dela era mais simples! – diz Melissa.

– Ah, sim, que sortuda a vovó... mas alguém tem que pagar a prestação da casa.

---

4 Muito razoável, de fato, se eu estivesse na pista...

Eu digo isso porque Melissa mora num chalezinho, num terreno que lhe custa uma ninharia por ano. Pelo que sei, o "trabalho" dela consiste em desfilar pelos arredores com animais a tiracolo, feito um Dr. Doolittle moderno, arrecadando a soma necessária para o "básico", como seus pasteizinhos e a manutenção de uma picape branca da década de 1980.

– Enfim, eu sou feliz – argumento. – A gente sai de férias... – A bem da verdade, nem lembro quando foi a última vez. Os feriados sempre me pareceram meio perda de tempo, uma distração ao trabalho e à vida adulta. – E estão abrindo um Starbucks aqui pertinho.

Melissa não se impressiona, e eu me irrito ao ver que ela acaba de testemunhar o momento em que percebo que minha vida, até agora, vem sendo tão decepcionante.

– Você costuma sair com o pessoal do trabalho? – pergunta ela. Eu balanço a cabeça. – Amigos antigos da escola?

– Que amigos antigos da escola?

Melissa cruza os braços e franze a testa, como se dissesse "caso encerrado".

Minhas entranhas se remexem, e por um instante fico achando que vou vomitar outra vez. Então, identifico a sensação: *não é náusea, é tristeza...*

Eu nem lembro a última vez que saí à noite com minhas amigas. Ou fui tomar um café com elas. Ou batemos um papo ao telefone. *Será que sou eu?*, penso. *Será que eu me afastei? Ou foram elas? Ou será que fizemos essa merda juntas?*

– Você e o Greg costumam sair? Tipo, só vocês dois?

– Credo, não! – respondo com tom de deboche, mas me constranjo ao admitir o fracasso de meu matrimônio. – Só estamos sem tempo, só isso. Eu estou sem tempo. E sempre tem... coisas melhores para fazer. – Na mesma hora, percebo que entreguei mais munição para o ataque odioso de Melissa à minha vida. – Beleza, a gente pode até não soltar fogos de artifício. – Faz meses que não ouço Greg gargalhar. Ele só faz assistir ao noticiário e comer porcaria. O tipo de comida que o faz exalar o aroma de uma vaca leiteira em decomposição. Não é só a qualidade do que ele enfia naquela boquinha desanimada que me enoja, é a quantidade, também. Eu me casei com um homem esfomeado. Ao pensar na pilha de caixas de pizza que encontrei atrás da lixeira semana passada, estremeço. E nas embalagens de chocolate enfiadas nos bolsos, fermentando, grudentas, até que algum idiota (eu) resolva dar uma conferida antes de pôr a roupa na máquina. Eu considerava isso tudo normal... o naufrágio corriqueiro de um casamento comum.

Mas e se eu estiver errada?

Não sou uma adolescente ingênua vivendo sua primeira paixão. Não sou idiota a ponto de achar que é possível passar a vida amando uma única pessoa. Nós seguimos caminhos diferentes desde que as crianças nasceram... mas a vida é assim. Não é? E eu vou dando meu jeito. Vou contornando o bolo que brota em meu estômago a cada ideia de livro que não vinga, a cada demonstração de interesse exagerado em conflitos políticos de países que eu nem sei localizar no mapa. Feito outro dia, quando me deitei, as pernas depiladas e sem contenção dentária (com duas crianças, isso são preliminares...), e ele veio dizer que a República Tcheca tem uma taxa de desemprego de três por cento, apenas. Eu perguntei se ele estava falando sério. "Eles têm uma economia muito bem-sucedida", respondeu ele. Então fui ouvir um podcast sobre mulheres que matam os maridos, dormi de costas para ele e no dia seguinte queimei de propósito o *pão de forma branco* e pobre de nutrientes que ele come. Aí Greg passou a dormir no escritório.

Talvez o romance retorne quando a poeira baixar, digo a mim mesma. *Quando ele arrumar um emprego, ou recuperar a boa forma, ou quando voltarmos a sentir carinho um pelo outro...*

A bem da verdade, nunca vivemos um romance estilo *Casablanca*. Nunca tive tempo para longos solos de piano e closes levemente desfocados. Greg deveria ser meu parceiro da vida prática, capaz de manter seu emprego, gostar de mim a ponto de superar minhas manias, construir uma vida comigo e ser um bom pai. Eu sei, parece uma música do Coldplay. Greg veio depois *desse* namorado, o namorado que todas já tivemos. O cara que eu conheci na semana de trote na faculdade, que tocava violão, lambuzava o cabelo de pomada e terminava comigo todo semestre para passar as férias sozinho. Aquele tipinho clássico. Então, quando conheci Greg – cauteloso e previsível, com cheirinho de Rexona –, eu estava pronta. Ele parecia ok. Daí, quando as dúvidas começaram a brotar, senti que já era tarde demais. Como se eu estivesse tentando procurar pelo em ovo. Nos últimos tempos, porém, tudo parecia mais aberto a reflexão. Nos últimos tempos, comecei a pensar sobre o que vai acontecer se jamais voltarmos a sentir carinho um pelo outro.

E se for só isso? Com o pensamento me vem a sensação de um forte soco no estômago. O que assusta ainda mais, no entanto, é a falta de alternativa. Eu fui filha, depois esposa, depois mãe. E dentista. E só.

Desde os cinco anos de idade, eu já sabia que seria dentista. Algo me atraía na ideia de frequentar uma impecável sala branca, ouvindo apenas o barulhinho das persianas se abrindo e se fechando ao toque de um botão. Mesmo adolescente, na época do aparelho ortodôntico, eu curtia as consultas bimestrais para ajuste dos bráquetes. Doía, claro, mas era bom. De certa forma, me distraía do vazio escancarado de dor que começava a me engolir dentro de casa. Desde cedo, meu caminho foi traçado: eu usaria sapato branco e acionaria uma cadeira hidráulica reclinável. Então, virei dentista. Agora é isso o que faço, além de gerenciar uma casa/creche. Sou um maquinário em perfeito funcionamento. Trabalho duro e só paro depois que cumpro todos os itens da minha lista de tarefas. Até ultimamente. Quando as atividades diárias começaram a se sobrepor, feito as escamas de um peixe.

De súbito, sinto um cansaço enorme em ser dentista. E esposa...

— Você devia fazer uma coisa diferente — diz minha irmã, o labrador em forma humana. — Está precisando de um descanso.

— Isso aqui não é uma comédia romântica — rebato. — É a minha vida! Foi escolha minha. Eu tenho dois filhos que me ignoram, tenho contas a pagar. Não posso simplesmente cortar o cabelo curtinho e abrir um bar de tapas...

Melissa me encara feito um cachorrinho ferido, e sinto outra vez vontade de chorar. Mas não choro. Porque nunca choro. Sou mestre na arte de "não fazer cena". Alguns chamam de "engolir sapo"; eu prefiro "manter o astral". *Não dá para todo mundo surtar junto.* Por mais que eu queira gritar, urrar, chorar, sempre me esforço ao máximo para segurar as pontas e não sucumbir à raiva. Essa postura me ajudou a enfrentar tragédias (a morte de nossa mãe), humilhações (o episódio do vômito no bufê de café da manhã; o casamento com um homem que prefere ver um debate político a transar...) e até o impossível (cirurgia de canal numa gengiva muitíssimo teimosa; convencer meus filhos a comer verduras pelo menos uma vez por mês para não desenvolverem escorbuto). A única forma que tenho de enfrentar tudo isso é conter as emoções. Não posso perder as estribeiras. Porque senão... bom, todo mundo vai perder também.

E sou eu que guardo quatro sacolas retornáveis no carro...

Quando mamãe morreu, todo mundo me dizia para chorar e vivenciar o luto. Mas não fiz nada disso. Pois Melissa assumia essa função por nós duas. Eu não conseguia competir com seus extravagantes espetáculos de angústia. Então segui em frente, apenas. Concluí que era o melhor para todos. E estou *bem*, de modo geral. Quando me bate a menor dúvida a respeito disso, repito para mim mesma que *estou bem, estou bem, estou bem*. Muito raramente, quando a coisa aperta, eu *implodo*. Meu coração se dilacera por dentro, sem bagunça. Sem crise. É assim que sou, supercuidadosa.

Há muitas coisas que sei executar bem. Sei exterminar uma cárie; sei fazer um exame minucioso nos tecidos moles, numa posição e circunstância que fariam a maioria das pessoas se sentir exposta e vulnerável. Sou capaz de me planejar com dois anos de antecedência; preparo uma refeição para quatro em exatos cinco minutos; e sei remover farpas do dedo com cem por cento de sucesso. Pois é, pode me chamar de Peggy Lee.[5] Eu consigo limpar as cagadas alheias e infligir dor, se necessário, quando é o certo a se fazer. Mas quem quer companhia para passar horas recordando os velhos tempos, tomando sorvete e vendo filmes românticos está diante da mulher errada. Eu sou ocupada. Tenho muito o que fazer. Aliás, próximo item da lista...

– Meninos? – murmuro, descendo a escada. – Venham trocar a roupa de cama, por favor.

– Nossa, que diversão esta casa... Brócolis *e* roupa de cama?!

– O sucesso profissional está relacionado às tarefas que fazemos na infância – respondo a Melissa, ignorando o sarcasmo. – E é bom começar cedo.

– Que canseira! – Ela se espreguiça com um gesto exagerado e finge cair no sono.

---

5   Está tendo um dia ruim ou está rodeada de idiotas? Ouça "I'm a Woman", de Peggy Lee. Não há de quê.

Eu concluo que agora talvez não seja o melhor momento para mencionar os vinte minutos de exercícios de matemática que faço com eles toda noite, ou o mantra de que "cada instante do dia traz uma oportunidade de aprendizado". Em vez disso, compartilho meu outro adágio favorito:

– Esforço é que nem pasta de dente: sempre dá para espremer um pouquinho mais.

Ela finge que está se enforcando.

– O Greg não sabia nem ligar a máquina de lavar roupa quando a gente se conheceu! – insisto, agora em tom de defesa. – Você quer mesmo que meus filhos fiquem iguais?

– Não. – Ela cede, e então murmura: – Acho que também não gostaria que ninguém fosse igual ao Greg...

– Sabe quando você fala com o cantinho da boca? Você sabe que dá para escutar, não sabe? A voz sai no mesmo volume – informo a ela, então berro outra vez: – MENINOS!

O esforço me deixa tonta. Eu me calo e começo a dobrar a pilha de roupa limpa (assim espero), agonizando por um instante diante de uma calcinha azul, que não sei se é minha ou de minha filha. Ergo a peça para inspecionar melhor.

– O que você está fazendo? – Melissa me olha como se eu fosse louca.

– Esta calcinha... eu usei na semana passada, mas estou achando que talvez seja da Charlotte.

– Mas é tamanho infantil... – diz ela, deixando as reticências no ar.

– Estava mesmo meio justa... – admito.

Melissa segue me olhando como se eu fosse louca.

– Que bizarro.

– Não é, nada!

– É, sim.

– Não?...

– É.

– Ai.

– Jamais deveria haver dúvida quanto a uma calcinha pertencer a uma menina de seis anos...

— Ela tem sete, na verdade. Quase oito — interrompo, mas Melissa prossegue:

— ... ou a uma *mulher adulta*. Isso significa que a) a sua bunda está muito pequena; e b) você tem que comer mais. Você mal tocou no almoço. Está vivendo de quê, de luz? Você se pluga na tomada à noite e despluga de manhã, feito o seu celular?

— A essa altura, parece tentador — respondo.

Ela fecha a cara e bufa.

— Haja lenha para cortar aqui...

Eu explico que não estou muito familiarizada com antigas metáforas sobre lenhadores, e ela explica:

— Sua vida está parecendo meio ruim no momento, só isso. E digo isso para o seu bem...

— Nossa, imagine então se fosse para o meu mal!

Ela ergue as mãos, como quem diz "não culpe o mensageiro", e faço menção de protestar. No entanto, começo a achar que ela tem razão. Eu trabalho. O tempo todo. Vivo enjoada de tão exausta. Mesmo quando não me afogo num barril de Shiraz. Os ossos visíveis do meu quadril, antes um motivo de orgulho no pós-parto, admirados pelas mães que lutavam para perder o peso da gravidez, agora só servem para causar dor com qualquer esbarrão acidental. O que acontece. Cada vez mais (ver "exausta"). Além disso, ultimamente houve momentos em que senti vontade de bater a cabeça na parede só de olhar Greg na espreguiçadeira, vendo noticiário ou encarando a sanduicheira, de tão forte que é meu asco por ele.

— Como dizer isso com delicadeza? — prossegue Melissa. — É, não consigo, então lá vai: o seu marido é um imbecil.

Melissa nunca foi muito fã de Greg, então o comentário não surpreende, mas eu me sinto impelida, de certo modo, a defender minhas escolhas de vida.

— Eu... acho que ele pode estar com depressão.

— Acho que ele pode ser um imbecil.

— Ok, talvez. Mas ele é o meu imbecil. No papel, pelo menos.

Num movimento automático, pego a próxima roupa íntima para dobrar, então percebo que é uma cueca de Greg, e suja, obviamente.

– Eca, isso é cocô?

– A-hã – respondo, inexpressiva.

– Que nojo!

Olha quem fala! A mulher que deixou uma trilha de merda na minha casa e come pastel velho! Credo...

– Você não entende. Isso faz parte da vida em família. – Jogo a cueca na pilha de roupa suja, tentando me convencer, e chamo meus filhos pela última vez: – MENINOS!

– Ai, desculpe por ter feito você lembrar que tem filhos.

– Não! Não, não foi isso, eu...

Minha voz vai morrendo. Grande parte do tempo que passo com minha irmã é gasta na tentativa de não esfregar na cara dela o fato de que tenho uma família e ela, não. Ainda. Ela sempre afirmou que não quer ter filhos, mas... *como é que ela sabe?*, penso, com benevolência. Então tento manter o assunto "crianças" fora da equação.

Depois disso, faz-se um silêncio constrangedor. Quando Melissa enfim se pronuncia, sou pega desprevenida.

– Ei, mulher-robô, por que você não dá uma escapadela? Por que não tira umas férias do trabalho, das crianças e do sr. Cueca Suja? Vai ser bom para você!

Sinto tamanha gratidão pela trégua no embaraço que dou uma resposta positiva:

– Hum, quem sabe um dia.

Eu planejo fazer muitas coisas "um dia", mas sei bem que meu calendário familiar dos próximos dois anos não comporta nenhum espaço para "cuidados pessoais".

– Ótimo – diz Melissa, agarrando-se à ideia. – A gente pode fazer alguma coisa juntas. Vai ser como no acampamento juvenil!

– O quê? Vamos ser azucrinadas pelos monitores e comer feijão queimado?

– Você vai se divertir! – retruca ela.

Não vai rolar, óbvio. Eu tenho talento para "não me divertir".

– Você não quer passar uma semana viajando comigo? – diz ela, em tom de súplica.

Uma semana? Tudo isso?, é o que tenho vontade de responder. Mas tento outra tática.

– Viajo, sim, quando você arrancar o siso.

– Nós duas sabemos que isso é improvável.

Melissa tem fobia de profissionais da área de saúde, o que atribui às idas ao endocrinologista quando era mais nova, por insistência da nossa mãe.

– Se você tivesse sido pesada na balança todo mês que nem um novilho premiado, também não ia gostar dos profissionais da saúde – devolve Melissa.

– Não tem nada a ver!

Então, eu começo a percorrer uma trilha já batida, rebatendo acusações contra mortos, das quais mal me lembro e que já não comportam provas.

– Se você arrancar esse dente, não vai mais doer!

– Mas não dói – rebate Melissa –, só *lateja* de vez em quando. E dá umas pontadas. – Ela põe a mão na mandíbula. – Eu não gosto de médicos, não me leve a mal.

– Levo, sim, e muito.

– Além do mais, sou saudável feito um touro.

Por mais irritante que seja, à parte o siso, ela é, mesmo.

– Que pena. De repente você até saía do dentista com um adesivo ou um dinossaurinho.

– Sério? – Melissa se anima.

– Não, você não tem cinco anos.

– Então não vou, pronto.

– Beleza. Fique aí com o seu dente podre, a gengiva inchada e inflamada, e eu fico aqui com a minha rotina.

Saí pela tangente, penso.

– Não é solitário ter razão o tempo todo? – solta ela.

– Essa eu *realmente* não sei responder.

Ela passa um tempo refletindo, enquanto eu ajeito os lençóis em duas camas de solteiro, organizo três pilhas de roupa suja (brancas, coloridas, delicadas) e passo o aspirador, agora atônita e enervada. Por fim, Melissa pisca bem devagar. *Parece uma incursão à mente de um Teletubby*, penso.

– Ok – solta ela. – Eu arranco.

— Hein? — devolvo, com um edredom de solteiro numa mão e um travesseiro de penas na outra.

— E vou marcar uma consulta. Semana que vem. E uma viagem. Para nós duas. — *Ai, bosta.* — Para você organizar suas ideias.

Penso em retrucar que não preciso disso, quando recordo os vários sinais de que estou caminhando para um colapso. Que incluem (porém de modo algum se limitam a):

- Buscas no Google por "as melhores músicas de fossa", outro dia.[6]
- Erros administrativos e/ou de digitação. Como mandar "um beijo" ao fim de um e-mail para um representante farmacêutico e escrever para o novo ortodontista que eu tinha um "peido" a fazer. Não era isso. Era um "pedido".
- Não ficar nervosa, nem sequer surpresa, ao ver que Greg tinha comido os sanduíches que eu preparei para a festinha de aniversário de Thomas porque achou que "estavam sobrando".
- Tomar banho sentada.
- *Sr. Dentes...*

Com essa lembrança, meu estômago recomeça a revirar. Então faço o mesmo de sempre. Soterro. *Pronto, acabou! Ta-rã!* Debaixo de meu tapete há muitas emoções escondidas. Mas o descarrego emocional que tenho quando estou sozinha me faz pensar que talvez, quem sabe, eu esteja perdendo um pouco o controle. Feito um sapo numa panela d'água, fervendo aos poucos. *E se eu estiver tendo um colapso nervoso sem que ninguém perceba? É bem o tipo de coisa que eu faria.* Passo uns instantes num pânico silencioso, até que volto a mim e ouço Melissa:

— ... além do mais, hoje em dia o que não falta é ajuda...

— "Ajuda"? Eu não preciso de terapia!

— Quem foi que falou em terapia?

---

6   "Haven't Met You Yet", de Michael Bublé, gruda que nem chiclete. Ok, já pode me matar.

– Ah... – Minha voz agora está mais contida. – Ninguém...
– Estou falando de ajuda para *organizarmos* alguma coisa. Ah, a gente pode ir jogar paintball!
– Não.
– Andar de tirolesa?
– Não.
– Pintar um pônei?
– Pintar um PÔNEI?
Ela cheirou cola?
– Pois é! Parece que eles nem ligam. Acham relaxante, tipo uma massagem.
– Que tal um spa? – *Eu aguento um spa*, penso. *Seria tranquilo. Circular de roupão, sem ter que falar com ninguém.* Eu fico ali, fisicamente presente, mas com a mente num roupão branco e macio, envolta na melodia das baleias. Sozinha.
– Ok – digo a ela, surpreendendo até a mim mesma. – Eu viajo com você.
O que pode acontecer de tão ruim?, concluo. *Acho que é exatamente disso que eu preciso, um spa.*
– Ótimo! Pode deixar comigo.
– Tem certeza? Eu posso organizar.
Eu saco meu telefone – para a) conferir que não há mensagens do trabalho ou do sr. Dentes; b) acrescentar a tarefa à minha lista; e c) planejar como reduzir a semana a um fim de semana –, mas Melissa me interrompe:
– Você não confia em mim?
Você enlouqueceu? Eu não confio em ninguém! Depois de ontem à noite, não confio nem em mim mesma!
Minha mão vibra com a chegada de uma nova mensagem no celular, e percebo que todos os meus músculos enrijeceram. Começo a repetir meu mais novo mantra, *ele, não, ele, não*, seguido do costumeiro conselho de minha cardiologista: ... *e não se esqueça de respirar...*
– É claro que confio em você! – digo a Melissa; mentira, claro.
– Muito bem. Eu organizo.
– Um spa, certo?
– Certo. – Ela dá de ombros.

– Beleza, então. Combinado.

Confiro o telefone: alguém quer saber se eu tenho interesse em fazer um seguro de vida. Meus pulmões se esvaziam, e meu coração vai voltando ao ritmo normal.

– Combinado, então! – Melissa abre um sorrisão, e eu faço o possível para retribuir.

E respirar.

Ao entregar o controle da situação, sou invadida por uma sensação pouco familiar. *Alívio? Será?* Depois do espetáculo de ontem à noite, começo a ter certeza de que não vou aguentar por mais muito tempo. *Se para que as coisas voltem aos eixos – ou seja, para que eu RECUPERE O CONTROLE DE TUDO – eu precise passar alguns dias num spa com a minha irmã... bom, talvez seja um preço razoável a pagar.* Claro, eu acabei de confiar um fim de semana de minha vida a uma pessoa que considera macarrão instantâneo uma iguaria e se diverte catando bosta de bicho. Mesmo assim, sinto um calorzinho na garganta, uma hesitação, como se...

– Você vai chorar! – Melissa se levanta, alarmada. A última vez que chorei na frente de outro ser humano foi em 1992, quando quebrei o braço em quatro lugares diferentes. – Isso é... uma lágrima?

– Não, claro que não. – Dou uma batidinha no olho. É mentira. O esforço para não chorar deixa minhas axilas suando Shiraz. – Você pode me deixar sozinha?

– Beleeeeza, estou indo – diz ela, encerrando nosso encontro com um forte gancho de direita em meu braço. – Bom, nos vemos em breve... daqui a no máximo duas semanas.

– Duas semanas? – Eu esfrego o braço. Pelo menos o ímpeto de chorar passou. – *Duas semanas*, não sei. Preciso conferir minha agenda. Não dá para sair largando tudo...

Melissa nem escuta. Em vez disso, meneia a cabeça, como se eu fosse uma criancinha.

– Você se preocupa demais. Vai ser como nos velhos tempos.

– Rá! Que ótimo.

É disso que tenho medo, penso, preocupada.

TRÊS

Duas semanas depois...

"Consegui um pacote ótimo para a gente", dissera ela.

"Sai mais em conta se ficarmos a semana toda", dissera ela.

"E leve o passaporte", dissera ela.

Tudo isso me levara a imaginar que nos hospedaríamos em algum lugar luxuoso. Daqueles em que o concierge anota nossos dados pessoais e passa o cartão de crédito logo no check-in, para o caso de o hóspede assaltar o frigobar, afanar um mix de castanhas de quinhentas libras ou roubar as toalhas. Imaginara um hotel cinco estrelas, luxuoso, com bloco de papéis de carta em alto-relevo disponível como cortesia e um monte de prospectos com ofertas de serviços "sob encomenda". Iludida por meu erro, ansiara pela viagem, sonhando com piscinas de borda infinita e cadeiras de massagem, até o dia em que a picape branca enlameada encostou no terminal cinco do aeroporto de Heathrow.

"*Avião?* A gente vai de *avião?*", soltei.

"A-hã", respondeu Melissa, com um sorriso. Do banco do passageiro, vi as covinhas.

"Você não falou..."

"Você não perguntou", devolveu ela, ainda com um sorriso irritante, antes de me garantir que tinha avisado Greg e que "a Escandinávia é uma delícia nesta época do ano".

"Escandinávia? O qu... por quê?"

"Relaxe, você vai amar a Dinamarca!"

"Dinamarca?", gritei. "Calma aí, você já foi para lá?" Eu não fazia a menor ideia disso.

"Ah, fui várias vezes! Copenhague é linda... até mais do que diz a música!", respondeu Melissa, entusiasmada.

"Certo. Beleza, então." Tentei manter o otimismo e vislumbrar um fim de semana na cidade. "Então você pode ser a nossa guia..."

"Ah, não, a gente não vai para Copenhague."

"Não?"

"Não. Não exatamente..."

Já havíamos despachado as malas quando ela revelou o destino final. Àquela altura, porém, era tarde demais.

"O QUÊ?" Lutei para conter a irritação ao saber que rumaríamos para bem longe da elegantíssima capital dinamarquesa. Melissa tentou me acalmar com o maior café do Costa Coffee, então soltou a bomba: não apenas era improvável que eu desfrutasse de uma toalha macia, como também haveria mais gente envolvida. "Viagem em *grupo*? Perrengue? Não foi isso que a gente combinou!", soltei, tentando não fazer um escândalo no aeroporto.

"Ah, não?", rebateu Melissa, adotando sua expressão mais "inocente". "Eu devo estar com a memória ruim. Ou quem sabe você estava bêbada...", acrescentou ela, num tom ácido. "Aqui", prosseguiu ela, numa tentativa de me sossegar, "eu trouxe um presente para você." Ela revirou a mochila e pegou um adereço mais adequado a uma despedida de solteira: um capacete de plástico prateado cheio de tachinhas, com dois chifres enormes e caricaturais.

"Que merda é essa?", perguntei, entre dentes, bem devagar.

"É um elmo viking!", soltou ela, animada, enfiando com tanta força o capacete em minha cabeça que o plástico duro arranhou minha testa e a borda cheia de tachinhas caiu por cima dos meus olhos, impedindo minha visão. "Eita! Está meio grande. Você sempre teve uma cabecinha pequena!"

"Pelo menos não tenho cabeção de nabo", retruquei, voltando a enxergar e vendo minha irmã adornada com um chapéu idêntico.

"Nós vamos para um *retiro viking*!", prosseguiu Melissa, muito serena. "É isso que *eles* usam!"

Havia tantos erros naquela declaração que eu não sabia por onde começar.

"Ok, primeiro, os vikings não usavam elmo com chifre..."

"Usavam, sim! Eu já li *Asterix, o gaulês*!"

Aparentemente, ela não estava brincando.

"Isso era um desenho! Escrito por um francês!", soltei, cuspindo perdigotos. "Elmos vikings com chifre são um mito!" Melissa fechou a cara. "E você sabe que os vikings não existem mais, não é? Já faz mil anos que eles desapareceram!"

"Ah, é mesmo?", devolveu Melissa.

"É!"

A profusão de documentários do History Channel que eu já tinha visto com Greg me enchia de confiança.

"Ou será que isso é o que eles *querem* que você pense?"

"*Oi?*"

"Senão *todo mundo* ia querer se mudar para a Escandinávia!"

"*Ia?* Ia, *mesmo?*" Tirei o capacete tosco, exasperada, e Melissa o enfiou de volta em minha cabeça. O que se seguiu foi uma briguinha muito inconveniente entre duas adultas a respeito de um adereço de fantasia, até que nosso voo foi chamado e passamos a viagem em silêncio.

Já tinha sido bastante árduo explicar a Greg que ele teria que passar uma semana inteira cuidando de si mesmo e de duas crianças (*três* crianças, basicamente), contando apenas com um arsenal de cardápios para entrega em casa.

"Mas você nunca viaja...", foi a resposta dele.

"Exatamente!", rebati. "Por isso vou viajar agora. Eu *conquistei* esse direito."

Abarrotei o freezer de refeições prontas e ensinei Charlotte e Thomas a descongelá-las, só por garantia. Avisei à babá que talvez precisássemos de horas extras, caso Greg "se esquecesse" de buscar as crianças (outra vez), e pedi que ela me ligasse em caso de emergência.

"Vou estar a uma hora de distância, no máximo", avisei a ela. "Qualquer coisa, volto para casa em dois tempos."

Rá!

Eu só não contava que viajaria mil quilômetros para passar uma semana com desconhecidos.

Torci para que as crianças ficassem bem.

Torci para que Greg alimentasse e hidratasse meus filhos e preservasse a vida e a integridade deles.

Por Uma Semana Inteira...

Agora, estou agachada num gramado, com a bunda molhada, sentindo que meus joelhos vão desabar a qualquer momento. Está chovendo. Outra vez. Aquela garoa insistente, que faz subir um aroma de banheiro químico. E tem um cara gritando com a gente. Outra vez.

– Agachamento, até o chão! Canalizem o seu primata interior! – grita o homem de coque hipster e calça harem enquanto circula de um lado a outro, supervisionando nossa tentativa de "caminhar feito chimpanzé". – Esse é um movimento natural – diz ele, coçando a barba com um jeitão de primata. – Vocês estão aprendendo habilidades motoras básicas!

Pode até ser, mas me sinto uma idiota. Também estou com frio, esgotada e muitíssimo desconfiada de quem substitui personalidade por uma barba. Já não tenho dúvidas de que essa viagem foi uma bela roubada.

– Viu? Não tem elmo de chifres – sussurro para Melissa.

– Vai ver eles só usam em ocasiões especiais – devolve ela, meio agachada, mas sem me olhar nos olhos.

– Certo. Claro. Deve ser isso – resmungo, soltando entre dentes um palavrão de primeira categoria.

O Homem-de-Coque diz que se chama "Magnus" e que será nosso "guia físico e espiritual" nos próximos sete dias.

Eita, que cheirinho de processo...

– Agora, todas de quatro! – ordena ele, suscitando risadinhas e uma olhadela de esguelha da loira peituda e mais velha a meu lado. – Quero pernas abertas e bunda para baixo! – Deixa para as gargalhadas. – Todo mundo rastejando, barriga no chão!

Por "chão" ele quer dizer "lama".

Neste fim de mundo chuvoso e enlameado, numa ilha em algum ponto do mar do Norte, eu enfim dou adeus ao que me resta de dignidade. Para quem já passou anos atolada na vala da maternidade precoce, desci ainda mais baixo.

"O que estamos fazendo aqui?", quero gritar, a plenos pulmões. "Está claro que ninguém está gostando disso." Mas não grito. Porque eu sou eu. *A burra velha de guerra.*

– Agora, o passo do caranguejo!

– Esse eu já fiz – murmura a loira mais velha, puxando a virilha da calça legging. – Horrendo.

Magnus ignora e passa à demonstração: de barriga para cima, apoiado nas mãos e nos pés, numa espécie de ponte, se desloca com aparente facilidade, como se "andar" desse jeito fosse supernormal.

– Vocês precisam estar preparadas para os potenciais perigos que venham a encontrar! – berra ele, mantendo a posição.

Não consigo imaginar *que* potencial perigo possa demandar um passinho de caranguejo. *Talvez um cara sociopata megalomaníaco[7] ameaçando detonar uma bomba nuclear caso ninguém comece a andar desse jeito. Ou uma versão real da cena de Catherine Zeta-Jones no filme* Armadilha, *onde todo mundo vai ter que cruzar aquele monte de lasers...*

– Olhem para cima, vejam o céu! – prossegue Magnus. – Tem um mundo inteiro à nossa espera! Apenas olhem!

---

7 Óbvio que só um homem faria uma coisa dessas...

Eu tento. Mas está chovendo *muito forte*. Então, sou forçada a apertar os olhos.

– Estou muito, muito molhada – ouço minha própria voz dizer a ninguém em particular.

– É só água! – devolve Melissa. – Você não toma banho?

– *Eu* tomo banho. Você é que não toma...

– Não, *você* é que não toma.

Ai, meu Deus, que ridículo, não dá para regredirmos à infância já no primeiro dia. O que é que vai sobrar?

– Deixe pra lá. – Eu me contenho, cansada demais para embarcar numa briga e sem a menor intenção de fazer isso em público. – Eu só esperava que a gente fosse parar num lugar... mais quentinho.

Melissa inclina a cabeça, ainda na posição do caranguejo.

– A minha cara fica suada em pleno interior da Inglaterra! Eu não posso ir para um lugar quente.

– Mas aqui é tão... *gélido*. – Meu caranguejo colapsa. Eu olho para trás de nosso grupo, para a mata ameaçadora e o mar revolto, tudo num tom que só poderia ser descrito como "Cinza Absoluto" numa lata de tinta. Os roupões felpudos e as manicures agora parecem um sonho distante. – Parece que a gente está num filme em preto e branco – sussurro, encarando os arredores em cinquenta tons de cinza. – O mar, o céu, até as roupas... tudo é monocromático.

– Não estamos em preto e branco – corrige Melissa. – Estamos na *Escandinávia*.

– Ah.

Antes de nossa chegada, meu conhecimento sobre a região era vago, na melhor das hipóteses, mas eu já tinha percebido que o lugar de fato exibe uma aura viking moderna, bem como um clima péssimo e uma aversão às cores. Até o albergue onde dormimos ontem à noite era monocromático, basicamente cinza. Tudo ali poderia ser descrito como "funcional". Limpo, arrumado e minimalista, sem dúvida... mas spa não era. Agora estou gelada até os ossos e lamentando a falta dos chinelinhos descartáveis, dos produtos de tratamento dermatológico e de um fim de semana à base de pequenas porções em pratos grandes.

– Ok, agora levantem-se e tirem os sapatos! – grita nosso líder, por sobre o vento uivante.

Ele só pode estar de sacanagem.

– Mas está congelando!

– Pode estar chovendo canivete, não quero saber. Vocês precisam se reconectar com a natureza, *sentir* a terra sob os pés.

Olho para baixo e vejo uma tripinha de água serpeando por trechos de líquen. Não sinto muita vontade de me reconectar com isso. *Vou ficar com frieira! Não existe alguma diretriz de saúde e segurança que proíba esse tipo de coisa?* Magnus, contudo, não se comove.

– Aqui não tem isso de... como é que se diz? "Brigada de saúde e segurança." Nós somos *vikings*. Hoje todos lidam só com computadores, não sabem mais interagir com a natureza... não sabemos mais viver. Nem sentimos mais nosso corpo, a não ser que tiremos férias, e daí adoecemos de tanto esgotamento.

Isso é verdade. Eu passei vários anos tomando antibiótico nas férias e nos feriados.

– Temos medo de retornar à terra! – prossegue ele. – Medo de sujar as mãos...

– Eu não tenho – murmura Melissa.

Torço o nariz e percebo que estou limpando as mãos na calça, desejando ter trazido álcool em gel na mala.

– Nós somos ratos de academia que já não sabem pular nem correr. Hamsters de escritório que esqueceram como se escala uma árvore!

Tenho certeza de que não é uma boa hora para mencionar que nunca consegui escalar uma árvore. Nem gosto de ser comparada a roedores. Magnus, no entanto, prossegue:

– O homem... e *até* a mulher... foram totalmente domesticados, e por isso hoje somos infelizes!

"Até" a mulher? Que grosseria.

– Você! – Ele aponta o dedo para mim, como se sentisse a discordância.

Ai, merda, ele vai me mandar fazer alguma coisa. Ou pior, vai me mandar falar...

– Você pode afirmar, com honestidade, que tem força suficiente para sair da mata com ela no colo – diz ele, apontando para Melissa – quando ela quebrar a perna?

– "Quando"? – solta Melissa, alarmada. – "Se", você quer dizer?

– Ou que consegue nadar contra a corrente quando ela cair no mar?

– "Quando", de novo?

– É capaz de pular do segundo andar e aterrissar sem ferimentos?

– Não... – eu balbucio, certa de que isso não vai acontecer no futuro próximo; desde que cheguei, os únicos prédios que vi foram bangalôs.

– Tenho certeza de que algumas de vocês têm familiaridade com uma esteira ergométrica. – Ele olha nossa participante mais jovem, a modelete de vinte e poucos anos e cabelo cor de mel. – A corrida ao ar livre, no entanto, é a principal habilidade que podemos desenvolver.

Parece meio exagerado. *E a habilidade de abrir o filme plástico de uma refeição pronta, mandar um e-mail, ajudar uma criança de sete anos com o dever de casa e impor disciplina a uma de cinco, tudo ao mesmo tempo? E a odontologia, por exemplo?*

– Como diz o ditado: "pernas pra que te quero". Não é braço, não é asa. Então aqui vocês vão aprender a correr como manda a natureza. Vão aprender a subir encostas, carregar pedras...

"Pedras"? Mas que m...

– Escalar árvores, rastejar no mato, se equilibrar em troncos... todas as habilidades necessárias à sobrevivência de nossos ancestrais, muito antes da invasão dos reality shows e do wi-fi. Vocês vão descobrir o poder transformador da RESISTÊNCIA FÍSICA – prossegue ele, tal qual um militar do Exército, quase cuspindo as últimas palavras –, além dos movimentos instintivos que estão gravados em nossa MEMÓRIA PRIMAL. Vocês vão se reconectar com os elementos, com vocês mesmas e, em última instância, com o *UNIVERSO*.

– Melissa – sussurro –, isso é um culto?

– Shhh!

– Vocês vão percorrer as SETE FASES do treinamento viking – explica ele, erguendo um dedo para ilustrar cada uma. – FASE UM: abrigo. FASE DOIS: busca por alimento. FASE TRÊS: artesanato...

– "Artesanato"? – solta Melissa, com uma careta.

– Artesanato – repete Magnus, irritado. – As pessoas sempre falam das pilhagens, mas o artesanato é parte fundamental da vida viking! Você quer estar bela na batalha, certo? Pois bem, os vikings, sobretudo os homens, tinham muito orgulho de sua aparência e gostavam de se enfeitar.

Ele acaricia a barba.

Isso explica muita coisa, penso.

– Os não escandinavos costumam achar que todos os homens daqui são gays – prossegue ele –, mas, não, a gente só sabe se cuidar. – Ele toca o colar, num gesto protetor, e alisa o cabelo para trás.

Os vikings falam demais, estou achando...

– FASE QUATRO: armamentos...

– Agora, sim! – solta Melissa, escancarando um sorriso.

– FASE CINCO: construção de botes. FASE SEIS: navegação. E, enfim, FASE SETE: perder o controle.

Magnus bufa quando a loira mais velha e peituda pede que ele explique melhor a última fase, demonstrando grande inquietação ao ser interrompido em seu discurso autoritário.

– Depois eu explico! – diz ele, apenas, e continua: – Além de dominar habilidades essenciais, VOCÊS vão aprender a abraçar o código de conduta viking...

Eu torço para que isso não inclua roubos e pilhagens, e Magnus atende às minhas preces, ainda bem.

– Vão priorizar a verdade, a honra, a disciplina, a coragem, a hospitalidade, a autoconfiança, a diligência e a perseverança. – Após um rápido cálculo mental, concluo que precisarei de ajuda em pelo menos dois pontos. – Ao final da semana, vocês quatro não vão nem se reconhecer!

Estamos MESMO num culto, penso.

A loira mais velha ergue a mão outra vez.

– Seremos só nós quatro, é isso?

— Isso.

— *Só?* Mais ninguém?

— Era para vir mais uma, mas ela torceu o tornozelo num treinamento militar fitness.

Treinamento? O que está havendo com as pessoas?

— Nenhum... é... homem?

— Esta semana, não. Agora, tirem os sapatos!

A loira responde com um suspiro profundo, então tira os sapatos e os coloca num saco de juta, junto com os outros.

— As meias também? – pergunta ela, relutante.

— As meias também.

Magnus assente e nos "brinda" com uma demonstração do tipo de habilidade que exigirá de nós, ou seja, corre até a mata no melhor estilo Usain Bolt, os braços cortando o ar.

— Pés na linha dos quadris! – diz ele, desaparecendo ao longe. – Corpo inclinado para a frente! – Ele agora berra, para se fazer ouvir. – Força nos tornozelos! Os calcanhares têm que beijar a terra – explica, num penúltimo grito, então acrescenta: – ENCOSTEM O PÉ TODO NO CHÃO!

Então, ele escala uma árvore.

— Puta merda – murmuro.

— Ele está?... Isso foi?... – O olhar de Melissa o acompanha à medida que ele desaparece em meio à folhagem, e ela se vira para as outras. – *Por quê?*

— Acho que ele está mostrando a técnica – anuncia a modelete de vinte e poucos anos, cabelo cor de mel e bunda imensa.

— Pois é, isso mesmo – diz a loira mais velha, se abanando. Sem tirar os olhos da silhueta ágil de Magnus, agora lá no alto, ela ergue a mão livre em saudação. – Oi, eu sou a Tricia.

— Alice – respondo.

— E eu sou a Melissa! – Minha irmã se aproxima e estende a mão para cumprimentá-la.

Quando Magnus desaparece de vista, Tricia se vira para nos dar atenção, ajeitando os seios fartos.

– É um prazer conhecer vocês duas. *Aquela* é a Margot.

Ela aponta para a jovem modelete, que agora aperfeiçoa o "passo do caranguejo", determinada e empapada de suor, porém lindíssima – apesar da chuva digna do Antigo Testamento.

– Ela parece uma princesa de desenho animado – solta Melissa, encantada.

Parece um pé no saco, observo.

Equilibrada nas mãos e nos pés, projetando para cima a invejável barriga chapada, de cabeça para trás e quadris elevados sem o menor esforço, ela arrisca uns passos de caranguejo. A princípio hesitante, logo ganha velocidade, então para e olha em volta. Em seguida, parecendo recordar sua teórica condição de caranguejo, torna a andar de um lado a outro. Nós três viramos e inclinamos a cabeça ao mesmo tempo, na tentativa de seguir seus movimentos.

– Como é que ela... *se entorta* assim? – reflito, em voz alta.

– É tipo mágica – murmura Melissa.

– É *tipo* ter vinte e três anos de idade – emenda Tricia. Nós erguemos o olhar, e ela dá uma resumida, como se divulgasse um boletim de notícias. – Essa é a cor natural do cabelo dela. Pois é, chega a dar nojo. E sim, ela já trabalhou como modelo em mais de uma ocasião. E ainda faz pilates. Ah, e também é podre de rica.

Eu e Melissa nos encaramos, confusas, imaginando como Tricia pode saber tanto sobre a recém-chegada – e se seremos submetidas ao mesmo nível de escrutínio.

– Nós dividimos o táxi do aeroporto até aqui – esclarece Tricia, para o nosso alívio. – Eu reparei na bagagem dela. E nos cartões gold, no plural. Além do mais, aquela pele tem uma elasticidade descomunal...

Observo Margot, sua pele maravilhosa e os cabelos cor de mel. *O tipo de garota confiante que usa chapéu em ambientes fechados e calças culotte*, penso.

– Uau! Será que ela conhece a família real? – pergunta minha irmã.

Além de fugir da tecnologia moderna e da cultura pop desde 1997, Melissa tem gostos de uma mulher com o dobro de sua idade. Seus favoritos: Julie Andrews (er... bom, em tudo), biscoito amanteigado escocês e a rainha. Vira e mexe ela se refere a Sarah Ferguson, a duquesa de York, como "meio *rebelde*", e ainda não superou a morte da princesa Diana. Quando Edward e Sophie se casaram, em 1999, papai iniciou minha irmã no mundo das louças comemorativas reais, então, na época do casamento de Kate e William, ela já tinha perdido a conta da coleção. Em resumo, é a monarquista mais fervorosa que alguém já teve o infortúnio de conhecer.

Tricia se agacha e segura o pé, já muito gelado e incômodo.

– Pare de ser esquisitona – sussurro para Melissa, aproveitando a chance – e de se impressionar com gente rica.

– *Não consigo* – devolve ela, balançando a cabeça. – Eu amo a palavra "smoking".

– Quem não gosta? – indaga Tricia, levantando-se outra vez, evidentemente a par de nosso diálogo. – E "lacrosse"? Adoro! Mas e aí, vocês são amigas?

– Irmãs.

– Ahhh... – Ela assente, antes de acrescentar: – Ai, lá vamos nós.

Nós observamos Magnus descer de uma árvore e dar uma cambalhota para trás, sem qualquer razão aparente.

– Ninguém tem o direito de ser tão flexível assim depois dos vinte e cinco anos – acrescenta Tricia, sonhadora. – Ele é tipo uma minhoca...

Ele é "tipo" um exibido, penso.

– Eita! Trabalheira, hein, moças? – diz Magnus, voltando para junto de nós, e antes que alguém consiga responder ele tira a camiseta com os dizeres *New Romantics* e começa a fazer abdominais. A troco de nada.

Tricia começa a salivar. Visivelmente.

– Uau, parece um banquete! – solta ela.

– Ah, que isso...!

Isso já é demais, e me sinto na obrigação moral de quebrar meu voto de silêncio com pessoas de fora da minha família.

– O quê? – devolve Tricia, enquanto Magnus inicia uma série de polichinelos. – Ele é muito gostoso! Eu arrancava essa calça harem com os dentes...

– Você é louca. Esse cara parece o Aladim...

Ela dá uma risadinha e abre um sorriso, que eu retribuo. Então Magnus começa a bater no peito como um gorila escandinavo e anuncia que vai avaliar nosso equilíbrio e "firmeza geral" com um teste. Tricia começa a dar tapinhas no pescoço, logo abaixo do queixo.

— Eu luto com isso já faz anos — confessa ela. — Um amigo meu cirurgião plástico chama de papada.

— Não acho que ele esteja falando do seu pescoço — sussurro, inclinando a cabeça para ver a corda fina que Margot está ajudando Magnus a estender entre dois imensos galhos de abeto.

— Ah! Ótimo. Bom, tudo na vida eu experimento pelo menos uma vez.

Ela ajeita os peitos na blusa e dá início à tentativa. Não se sai muito bem e se apoia em Magnus, segurando-o com mais força que o estritamente necessário.

— Quantos anos você acha que a Tricia tem? — sussurra Melissa, agora que a mulher mais velha não consegue nos ouvir.

— Qual parte dela?

— Você acha que ela arrumou os dentes? — indaga ela, boazinha demais para entender a piada.

— E todo o resto! — Eu explicito meu ponto fazendo um gesto de "melões", mas sou interrompida no meio.

— Você! — grita Magnus.

— Eu? — Mais que depressa, tiro as mãos dos peitos.

— Isso, você! — Ele aponta para mim. — É a sua vez.

Merda...

Ele me instrui a "encontrar meu equilíbrio" na corda estendida às pressas. Apesar de estar a pouco mais de meio metro do chão, a experiência é aterrorizante.

E se eu cair? Ou me machucar? E se fizer papel de boba? Meu coração acelera. Eu subo... e caio. E me machuco. E faço papel de boba.

— Não desista! — ordena Magnus. — Jamais!

Então, eu obedeço. Mas meu equilíbrio na corda bamba é tão deplorável quanto meu "equilíbrio" nas outras áreas da vida. E começar a semana na "rabeira da turma" com Tricia também não me ajuda em nada a melhorar o ânimo.

Em seguida, Magnus confisca meu celular. E eu sinto dor. Física.

Eu deveria ter entregado o aparelho na chegada, mas "esqueci". Graças a um bolso utilíssimo em minha única calça minimamente apropriada para exercícios, consegui dar um jeito de ocultá-lo até agora – quando uma notificação do Facebook emite um estalido agudo e nada natural, e eu sou denunciada por meu petardo eletrônico.

– No saco! – ordena Magnus, o Impiedoso.

Ao largar meu precioso telefone branco/acesso à internet/agenda/entretenimento/meio de vida/equilíbrio mental num saco de juta, sinto que estou abandonando um amado bichinho de estimação. Se eu tivesse um amado bichinho de estimação. Ou se pudesse comparar meu celular a um parente ou uma criança. O que eu jamais faria, claro. Óbvio. Mesmo assim, é doloroso.

– Muito bem, está na hora de vocês serem batizadas por essa chuva torrencial e receberem um nome viking! – grita Magnus.

Culto, penso. *Sem sombra de dúvida.*

– Você! – berra ele para Tricia. – Você será "Peito Soberbo".

Ela estufa os seios avantajados, muito satisfeita.

– Para você... – Ele olha Margot de cima a baixo. – "Ulf", que significa "Lobo da Noite".

Margot assente, muito séria, internalizando a nova persona.

– Aqui, temos "Pernas Fortes"!

Melissa parece gostar, o que ilustra com uma desajeitada pose de Peter Pan.

Por fim, ele se vira para mim.

– Acho que... "Aslög".

Eu olho para ele. *É sério isso?*

– *"Ass log"*? Tipo "cocozão", em inglês?

– "Aslög" – repete ele, soando exatamente como eu. – Significa "comprometida com Deus" em norueguês antigo.

– Não quero saber o que significa em norueguês antigo, eu não vou ser chamada de... – começo a dizer, mas ele joga o saco de juta no ombro e sai andando.

Peito Soberbo e Pernas Fortes me consolam, e Lobo da Noite tenta me convencer de que ser coroada "Ass Log" é lisonjeiro (*"Ah, não fode, você virou Lobo da Noite, tipo uma gladiadora gostosa da tevê!"*, tenho vontade de rebater).

Eu garanto a ela que não vou passar os próximos cinco dias atendendo por esse nome. *Também não planejo usar esses nomes vikings idiotas de vocês*, penso.

– Não se preocupe – solta Tricia. – Só vai ter mulher nesse troço, então tudo bem você ter ganhado um nome fecal.

– O quê? Eu não vim para cá para... para... *arrumar* alguém! – Não sinto muita confiança na terminologia (o que Taylor Swift diria?), mas espero que o recado fique claro.

– Não? Não. Claro. Bom... melhor para você – responde Tricia, meio inquieta.

Eu me sinto mal, e fico grata quando Melissa intervém:

– Você já participou de muitos retiros assim?

– Alguns – responde Tricia, assentindo. – O último foi todo baseado em chia e irrigação do cólon. Daí antes teve o suspiro transformacional: "sentir a clavícula" e trabalhar o abdômen. Também fui a "constelações familiares" e gritei com uma mulher de Watford que estava fingindo ser o meu ex. Ela chorou, eu fiquei supermal. Ano passado fiz terapia de cristais na Croácia. Detox no Arizona. Ioga no Himalaia. E o treinamento militar em Ibiza, claro. Agora, cá estou.

– Uau – diz Melissa, impressionada.

– Por que você escolheu vir para cá? – pergunto, sem me conter.

– Ah, eu decidi na última hora. Não li muito a respeito. Só olhei o que coincidia com as datas que eu tinha e marquei.

– Que sorte – diz Melissa. – Eu precisei de muita organização e um milhão de ajustes no calendário para arrancar a Alice do trabalho.

– Eu tinha umas miniférias... bom, na verdade, ganhei uns diazinhos de folga – diz ela, contradizendo-se. – Então, estou aqui...

Estranho, penso. A única vez que vi alguém ganhar "uns diazinhos de folga" de uma hora para outra foi na festa de Natal do consultório, quando Steve foi pego numa posição bem comprometedora em sua nova cadeira reclinável com Janet, a representante farmacêutica. Esme mandou que ele tirasse uns dias de férias com a esposa "agora mesmo". "E a leve a um lugar bem glamoroso", instruiu. Ele teve que se rebaixar muito para ser readmitido na clínica – e ainda pagou a higienização da cadeira – e ter suas "férias" (ou seja, suspensão) dadas por encerradas.

Olho para Tricia, curiosa. *Será que ela também esconde uma historinha indiscreta de cadeira odontológica/congresso?*

Fico curiosa para saber o que ela faz da vida, mas antes deixo que ela investigue o "status profissional" de Melissa. Só de farra.

– É... eu trabalho com jardinagem, essas coisas.

É essa a resposta vaga que ela anda dando ultimamente. Tricia, então, vira-se para mim:

– E você, como é que paga as contas?

A afirmação de que sou dentista invariavelmente faz os outros passarem uns bons dez minutos falando feito ventríloquos, por medo de julgamento, e em seguida desfiarem o próprio histórico dental e enumerarem as questões bucais que andam enfrentando. Tricia não é exceção, então passamos um tempo conversando sobre tártaro, até que Melissa enfim pergunta:

– E você, faz o quê?

Tricia olha para ela com os olhos semicerrados, como se avaliasse a seriedade da pergunta. Ao ver a ingenuidade de minha irmã (ver "Teletubby"), responde:

– Ah, no rádio. Só nas locais, hoje em dia.

– Legal – devolve Melissa. – Você sabe por que é que as rádios só tocam Céline Dion, Ronan Keating e UB40?

– Oi?

– As rádios locais! – prossegue Melissa. – Tem tipo uma lei, algo assim?

Tricia parece bastante confusa, mas é salva por um berro a cerca de cem metros de distância.

– Regra viking número um: sempre em frente! – urra Magnus.

– Desculpe! – responde Melissa. – Aonde estamos indo?

– E quem é que sabe? O que vale é a jornada! A aventura!

– Claro, mas sério, o que é que nós vamos fazer agora? – indaga Tricia.

Eu suspeito que ela esteja acostumada a retiros um pouco mais estruturados e esteja sentindo falta da segurança de *"manicure às quatro, seguida de coquetel às cinco e meia..."*

— Ok — diz Magnus, percebendo estar não diante de nórdicos durões, mas de um grupo de inglesas patricinhas. — Imagino que vocês devam estar cansadas da viagem. — É a primeira frase sensata desse homem até agora. — Então, vamos começar a erguer o abrigo para a noite na floresta.

Nós vamos passar a noite na mata? Nós vamos passar A NOITE na MATA? Isso está se transformando no meu pior pesadelo. E parece que não estou só.

— Você quer que a gente erga um abrigo *sozinhas*? — solta Tricia, vacilante.

— Isso.

— Mas e se a gente não conseguir?

— Eu vou orientar vocês — responde ele, o que não me traz muita confiança.

— Vocês terão o poder de usar as próprias mãos para construir algo — prossegue Magnus, olhando para mim. — Vão lembrar que há mais na vida que planilhas! Como o sol, o céu e a terra!

Como é que ele sabe da minha planilha organizada por cores?, penso, furiosa. *E quando é que o sol vai dar as caras?* Eu olho o céu acinzentado.

— Nada na vida é tão empolgante — prossegue Magnus — quanto dormir numa estrutura erigida por nós mesmos. Essa emoção o Excel não proporciona. Então vamos lá! Vamos em frente!

Uma resmunga (eu), outra imagina se Magnus já fez bronzeamento artificial (Tricia, comentando para uma intrigada Melissa), e a terceira saltita atrás de nosso glorioso líder (Margot, com uma energia meio irritante. *Ela... quica. Para todo lado. É vitalidade demais*, penso, impaciente).

Somos levadas a uma pirâmide de troncos empilhados.

— Chegamos! — aponta Magnus.

— É isso?

— É isso.

— Eu não sei nem montar móveis com manual de instruções! — diz Tricia, preocupada. — Além do mais, estas mãozinhas aqui já modelaram...

— Ah, é? Para onde? — pergunta Melissa.

— *Revista Saga.*

— Ahn... — Minha irmã não faz ideia do que seja isso.

— E... como é que vão ser as camas? — pergunto, otimista.

Magnus aponta para a terra úmida, e eu engulo em seco.

— Rá! Não exatamente. Brincadeirinha! — diz ele. *Nossa, que engraçado.* — Esperem aqui.

Atrás do monte de lenha, Magnus apanha uma pilha de cobertores cinza de angustiante aspecto "rústico", além de quatro colchões de ar toscos que ele tem a audácia de chamar de "camas infláveis".

— E se houver insetos? — As palavras saem de minha boca num tom tenso e contido.

— Não existem insetos perigosos na Escandinávia — garante Melissa. — Nem assustadores.

— Ela tem razão — diz Tricia. — Isto aqui não é um reality show de sobrevivência na selva. Não há aranhas assassinas e não precisamos comer nada nojento. Eu conferi...

Melissa também não entende essa referência.

Olho a mata ao nosso redor, que ao que tudo indica será minha casa pela próxima semana. Além de uns coelhos que passam por nós feito borrões brancos, estamos completamente sozinhas.

Um calafrio me desce pela espinha.

— Muito bem — diz Melissa, com um soco no meu braço. *Queria que ela não fizesse isso...* — Vamos começar. — Ela dá uma batidinha no tronco mais próximo. — Madeira boa, essa — afirma, com autoridade, então ergue um tronco sobre o ombro e acena com a cabeça para que eu pegue a outra ponta. Relutante, eu abraço a madeira fria e úmida, apinhada de insetos.

Como eu queria ter trazido umas luvas descartáveis do consultório, penso, com ódio de mim mesma por não ter separado uns pares. Costumo ter sempre à mão para qualquer emergência, com um frasquinho de álcool em gel com fragrância cítrica.

Sem esses itens indispensáveis, eu puxo o tronco marrom e úmido com as mãos nuas, sem luvas nem nenhum bactericida. Um pedaço de casca se solta, mas, tirando isso, o tronco não se mexe. Puxo mais um pouco. Nada acontece.

— Vamos, faça um esforço — instiga Melissa.

– Estou tentando – devolvo, sentindo o rosto enrubescer e o coração, acelerar. *Mande. Ver. Nessa. Merda*, digo a mim mesma, esforçando-me ao máximo para deslocar o tronco... exatamente para lugar nenhum.

– Caramba, você é fraca mesmo! Não canso de dizer que você precisa se alimentar direito – comenta minha irmã, muito prestativa.

Margot, que vem me ajudar, é estupidamente forte para uma moça de bundinha tão pequena. *Nossa, que músculos são esses*, penso, boquiaberta, quando ela ergue as mangas e revela os braços esculpidos à perfeição. *Mas um pouco "chamativos", não? Uma coisa meio "você já conhece minha genética incrível?"* *Setinha aqui*

Tricia se aproxima, mas – como previsto – é tão útil quanto uma escada para um instalador de carpetes. De alguma forma, nós quatro conseguimos erguer o maldito tronco nos ombros. Considerando que somos mulheres de alturas variadas, entre uma quase anã (Melissa) e mim (certa vez descrita por um ex como "varapau"), é uma vitória.

Com um tronco posicionado, ganhamos uma certa confiança de que conseguiremos, portanto, botar mais um tronco no lugar. E mais um. E mais outro. Até que talvez, quem sabe, tenhamos erguido algo que nos proteja da chuva. Mais ou menos. Também fomos instruídas a arrumar um pedregulho para servir de "porta", segundo a estranha visão bíblica de Magnus de nosso abrigo inaugural.

Pelo menos, esse é o plano.

Doze horas depois, acordo e encontro Melissa atrás de mim, de conchinha, e sinto o dedão de algum pé roçando meu nariz.

– Eca... o quê?... Saia pra lá! – Afasto uns pés, depois a perna de Melissa, que está jogada por cima de mim. – Eu estava muito feliz sonhando com um spa...

Do outro lado de nosso minúsculo abrigo, vejo uma cabecinha desgrenhada. Margot pisca os olhos, despertando.

– Bom dia!

– Ah, oi...

– Ai... meu Deus... que horas são? – diz Tricia, espichando os pés na minha cara.

– Não sei – respondo, meio ríspida, percebendo que passarei a próxima semana com absolutamente zero privacidade. Além do mais, estou com frio, imunda e incomodada, debaixo de um cobertor áspero, enquanto minha cama inflável esvazia lentamente. *Estou de bunda na terra, sem sombra de dúvida*, penso, encontrando vários pontos de dor fortíssima no corpo. Pedras do tamanho de pequenas ilhas despontam em minha coluna, minha cabeça está latejando e alguém acabou de soltar um pum.

– Ai, desculpe – solta Melissa, abanando a mão para espalhar o cheiro. *Eca, que nojo.*

– Não está aconchegante? – prossegue ela, apoiando-se no cotovelo.

Eu nunca gostei de acampar. Isso sempre foi coisa de papai e Melissa. Mamãe e eu preferíamos locais fechados. E camas. E lençóis. Papai ainda gosta de passar um tempo com Melissa no interior, e ao que parece os dois ainda se aventuram pelas matas. Eu não sou convidada, mas também não tenho vontade de participar. Vejo papai uma vez por ano, às vezes duas, e sempre o convido para passar o Natal ou a Páscoa em minha casa. Nunca vou à dele. Pois isso significaria adentrar uma casa abarrotada de tristeza e sentimentos. A casa onde mamãe morreu. E eu tenho por regra não ficar triste.

Papai nunca reclamou desse arranjo, mas ele nunca reclama de nada. Na verdade, sua presença é quase imperceptível. Depois da morte de mamãe, parece que uma parte dele paralisou. Como se ele tivesse adoecido, tal qual ela, mas de um jeito diferente – uma doença crônica, não terminal. Ele exigia menos da vida e se alegrava menos com ela, por mais opções que lhe fossem apresentadas. Esse estado persiste até hoje. O que pelo menos me ajuda a tentar me convencer de que ele não liga muito para nossa dinâmica atual. De que está tudo bem. De que estão *todos* bem. Eu continuo "no sul", *dentro de casa*, imersa na vida que cultivei para mim, enquanto ele e Melissa brincam de passar perrengue no "mundão" e chafurdam na nostalgia de uma casa assombrada por lembranças. Seja como for, eu não chafurdo, nem acampo.

– E estou velha demais para dormir no chão – resmungo.

— Estamos na terra, na verdade — esclarece Melissa. — E você, tecnicamente, já está velha demais tem...

Eu disparo um olhar que interrompe minha irmã na mesma hora.

Margot se oferece para começar a "alimentar o fogo", enquanto despertamos de nosso sono que mais pareceu um cochilo.

— Para ser honesta, isso também não era bem o que eu tinha em mente quando reservei a viagem — admite Tricia. — Imaginei topar com uns caras tipo o Mads Mikkelsen dando sopa. Ou um pessoal gostoso, uns marceneiros. Forjas de espada, sei lá. Mas isso, não. Jamais.

Ela dá umas batidinhas na pele sob os olhos — para "desinchar", explica —, e inicia uma série de exercícios faciais bizarros, como se executasse uma dublagem muito ruim ("O que foi? O reboco é bom, mas depois de uma certa idade todo mundo precisa de uma ajudinha estrutural...").

— Eu achei que comeria muitos pãezinhos e bolos, mas enfim — diz Melissa. — Mesmo assim é empolgante, não é? Tentar viver como eles viviam há centenas de anos?

Oi? Em colchões de ar produzidos em Taiwan?, quero rebater, mas descubro que perdi o gosto por comentários sarcásticos.

Tricia balança a cabeça, e eu me consolo imaginando que talvez tenha encontrado uma alma gêmea nesse desespero viking.

— Que saudade de uma cama macia, com lençol de seda — diz ela. — E um café pronto.

— Pronto?

— É, comprado na rua. Em copo de papel.

— Ah. — Concordo com a cabeça. — Estou com saudade do meu celular. E dos meus filhos, óbvio — acrescento, mais que depressa.

— Ah, sim. E eu dos cachorros. E do meu filho — conclui Tricia, reavaliando a lista.

— Ah, você tem cachorros? — pergunta Melissa, animada.

É essa a conclusão que ela tira da declaração de prioridades de Tricia? O diabo dos cachorros? Estou intrigada com os arranjos domésticos e parentais de Tricia. Melissa, claramente, não está.

— De que raça? – prossegue minha irmã.

— Eu tenho quatro shih-tzus pequenininhos – responde Tricia, com um sorrisão.

— Ah... – Melissa parece decepcionada. Imagino que ela esperasse algo mais robusto.

— E o seu filho? – A pergunta escapa de minha boca.

— O Ed? Ah, ele é bacana. Já é um marmanjo, mas é ótimo, mesmo.

Eu não sou nenhum exemplo de mãe, mas parece uma avaliação bem estranha da própria cria. Se eu fosse uma pessoa normal, que bate papo naturalmente, pediria várias informações adicionais sobre a educação do rapaz, ou seja lá o que as pessoas costumam perguntar nessas situações. Mas não sou. Então, não peço.

Em vez disso, ainda na roupa de ontem, enrosco um cobertor no corpo, afasto os braços e as pernas aleatórios e me levanto. Vejo minha própria respiração no interior de nosso "abrigo", por não termos tido tempo nem energia para encontrar algo que se assemelhasse a uma "porta" – fosse bíblica, feita de pedra, ou não. Basta me abaixar sob uma viga muito mal equilibrada e estou oficialmente "fora de casa". Tricia e Melissa vêm atrás, e cutucamos a brasa do fogo que Margot conseguiu reavivar, tentando extrair um necessário calor.

Tricia está expelindo um catarro viscoso ("Parei de fumar faz três meses, os pulmões estão tentando se recuperar", explica), quando Margot surge, meio pálida, andando com as pernas meio abertas feito um caubói.

— O que houve? – solta Tricia, e Margot enrubesce.

— Pisei num formigueiro enquanto fazia xixi – diz ela.

— Eita!

— Achei que não houvesse insetos perigosos por aqui – comento, encarando Melissa.

— Não vão matar você, só dão coceira – responde ela.

— E coceira todo mundo já teve – conclui Tricia, cerrando os dentes com a recordação.

Às cinco e meia da manhã, segundo o relógio de pulso antigo que Melissa insiste em usar em vez de aderir à minha tática de ver as horas no celular, o fogo está lambendo a madeira. Começamos a nos aquecer, enquanto o sol nasce e uma luz azulada se estende por entre as árvores.

Eu esfrego as mãos para afastar a dormência dos dedos, até que Melissa intervém:

– Aqui, posso ajudar – diz ela, e percebo que além de passar a semana sem nenhuma privacidade, posso também dar adeus a qualquer esperança de preservar meu espaço pessoal. – Você sempre teve a circulação péssima. Herdou isso da nossa mãe.

– Que ótimo. E você, o que herdou?

– Os ossos largos e o metabolismo lento.

– Que merda. – Tricia balança a cabeça. – Eu tenho joanete.

– Dá licença? Estamos falando da nossa falecida mãe! – retruco.

– Claro, me desculpem. Foi só projeção.

– Tudo bem – diz Melissa –, ela era mesmo meio escr... – Então, ao ver minha expressão, ela para. – Bom, eram outros tempos...

Nesse momento, Magnus aparece, dando fim a qualquer discussão vindoura. Apesar do frio, está sem camisa, mais uma vez, e com os "mamilos em riste", como observa Tricia, com deleite. Hoje ele está com a barba numa trança comprida, que me faz lembrar aquelas correntes de privada antigas.

– Espero que tenham dormido bem, respirando ar fresco – diz. – Os raios infravermelhos do fogo promovem grandes curas no corpo.

– Ah, é? – pergunto, desconfiada, e informo que ainda está frio pra dedéu e que me sinto à beira da morte.

– Aqui, beba isto.

Das vastas e volumosas dobras da calça harem preta de hoje, ele tira um cantil e quatro copos plásticos, que começa a encher com um líquido esverdeado.

– *O que* é isso? – pergunta Melissa.

– Suco verde! – responde Magnus. – Feito de urtiga e plantas medicinais.

– Misturado com gim? – devolve Tricia ao musculoso Magnus. – Eu amo suco verde com gim! Já fui vegana, paleo, crudívora, já fiz a dieta das calorias... – Melissa a encara como se ela estivesse falando russo. – O quê? Se é bom para a Jessica Biel...

Melissa assente, como se fosse um argumento justo, mas ainda parece confusa. Ela não sabe identificar uma celebridade popular com menos de cinquenta anos nem se a foto vier com legenda, então uma vez na vida eu me compadeço.

– Tipo uma Olivia Newton-John moderna. Ou Elisabeth Shue, talvez – explico, e Melissa, agora mais situada, solta um "ahhh!".

O suco verde é tão nojento quanto parece, então bebo tudinho, claro, na certeza de que vai me fazer bem (*amanhã de manhã vou estar igualzinha à Margot, com certeza...*).

Em seguida, somos levadas a um córrego nos arredores da floresta, para um "banho de detento". Pois é, isso mesmo: este "retiro" agora está tão distante de um spa que é praticamente alguma espécie de punição. Quando saímos da floresta, apesar de desorientadas, atônitas e bastante cansadas, somos presenteadas com um trecho de mar azul-cobalto, tão lindo que quase me tira o fôlego. As nuvens no céu parecem feitas de algodão, e no horizonte o sol desponta reluzente, mais brilhante que todas as alvoradas que eu já vi.

Da palaciana calça de Magnus saem canetas e folhas de papel ("O que mais ele guarda lá dentro?", fantasia Tricia, com os olhos arregalados, deixando a imaginação fluir), e ele nos manda escrever uma carta para nosso "eu do futuro".

– Frente e verso, no mínimo – orienta –, a ser enviada ao endereço de vocês daqui a seis meses.

A ideia mais parece saída de um programa infantil, mas minhas companheiras de retiro dão início ao desafio sem reclamar, de modo que eu baixo a cabeça e faço o mesmo.

A essa altura, no entanto, estou zonza de fome – apesar do suco verde –, e a dor de cabeça que passou os últimos dias à espreita começa a se alojar em meu crânio. Descubro que está difícil me concentrar e sinto o estômago roncar. *Talvez meu corpo esteja se fagocitando*, especulo. *Interessante.*

– Pensem em tudo o que aprenderam até agora, o que querem deixar para trás durante esta semana e o que desejam que esteja diferente no dia em que receberem esta carta – orienta Magnus.

Isso é difícil, porque: a) eu tento não pensar muito na vida, para não ser engolida por um turbilhão existencial de reflexão e indulgência (se isso acontecer, quem é que vai cuidar de todo mundo?); b) a fome está me distraindo; e c) estou com medo. Medo de perceber que daqui a seis meses minha vida pode estar exatamente igual.

A bem da verdade, temo que minha vida esteja igualzinha daqui a seis *anos*. Isso até seria tolerável se eu simplesmente topasse com essa data nebulosa durante o curso da vida cotidiana, em meio ao trabalho e às ocupações, pois, nesse caso, estaria apenas seguindo em frente. Lidando com as coisas. O que faço muito bem, obrigada. No entanto, suspeito que a forma como planejo meu futuro (com "microgerência" e uma planilha organizada por cores) não seja exatamente o que nosso líder viking tem em mente. Estamos sendo convidadas a contemplar as grandes questões sob um viés mais amplo. *No segundo dia, que merda.* O que, me convenço, é muitíssimo injusto. Mas faço uma tentativa.

Quando termino (*será que um tópico sobre organizar entregas de mercado pela internet para poupar tempo aos fins de semana está valendo?*), ergo o olhar e percebo que as outras ainda estão empenhadas na tarefa. Então, tento outra vez. E minha caneta, não sei bem explicar como, começa a percorrer a folha de papel, quase numa dança. As palavras vão fluindo, até que meu cérebro se esvazia e vejo que o sol assumiu um tom cálido e rosado. Com alegria, percebo que não estou com frio. E sou a única que ainda está escrevendo. Sem que eu percebesse, o tempo passou voando.

Magnus recolhe nossa tarefa e enfia tudo na calça ("Nunca na vida desejei tanto ser uma cartinha...", murmura Tricia). Então anuncia que está na hora do café da manhã, o que é excelente, pois pela primeira vez em meses (anos?) eu sinto apetite (ver "corpo se fagocitando").

– Ótimo! Cadê a comida? – indaga Melissa, em tom de urgência, e ouço seu estômago roncar.

Magnus não responde, apenas levanta o braço e aponta para a floresta.

– Mas eu não vi nada quando a gente passou por ali... – comenta minha irmã, franzindo o cenho.

– Porque vocês vão ter que encontrar! – anuncia nosso líder. – Vocês vão caçar à moda viking... em plena mata ancestral.

Meu Deus...

Espero muito que a mata ancestral esteja fazendo entregas. Ou que haja um drive-thru de hambúrguer escondido em algum ponto. Porque, pela primeira vez, estou morta de fome.

QUATRO

Avançamos até a floresta, famintas e confusas pela privação de cafeína (de minha parte, pelo menos). Apalpo o corpo repetidas vezes, feito um segurança de aeroporto, convencida de que estou tendo tremores. Mas é só meu smartphone fantasma.

– Que pena... – digo a ninguém, balançando a cabeça.

O cansaço me deixou tonta e a fome retarda meu cérebro, então não presto muita atenção quando Magnus começa a explicar sobre o incrível mundo das plantas comestíveis.

– Para começar, o mais fácil é o cogumelo chanterelle – revela ele, tentando encontrar algum para ilustrar, mas logo desiste e abana a mão, como quem diz "ah, vocês se viram!". – É amarelo e enrugadinho. Muito diferente daquele vermelho e branco que a gente vê nos livros infantis! Não comam *esse*, senão vocês vão morrer! – adverte, com uma risadinha. – Mas o chanterelle é bem diferente, então costuma dar para comer.

– Costuma? – indago. *Maravilha...*

– O alho-dos-ursos, ou alho-selvagem, também é fácil de encontrar – prossegue ele. – São umas folhas compridas, largas no meio e estreitas nas pontas.

A descrição não adianta de nada, mas Magnus garante que é uma "iguaria" e que molho pesto de alho-selvagem é delicioso.

– No café da manhã?

Nem se compara a uma salada de frutas e um copo grande de café...

– Os nossos antepassados comiam o que conseguiam encontrar – responde ele.

Pode até ser, mas aposto que as nossas antepassadas eram mais sagazes...

– Os vikings consomem os alimentos da estação, e está na época de alho-dos-ursos. É só moer – diz Magnus, ensaiando uma mímica pouco convincente, como um homem nada familiarizado com pilão e almofariz. – Soquem bastante... – Antes de olhar, já sei que Tricia está sorrindo. – Substituam o manjericão pela erva colhida, os pinhões por umas avelãs, *imaginem* um parmesão por cima...

Ah, tenha dó. Já que é para "imaginar", prefiro partir para um muffin ou dar uma voltinha no supermercado.

Eu passo uns momentos circulando num supermercado imaginário, enchendo o carrinho imaginário com toda sorte de carboidratos e embutidos imaginários.

– Pequena-angélica também é bom... bem fresca e azedinha – prossegue Magnus. – E também está na época de várias frutas vermelhas, claro.

Enfim um alimento que eu conheço.

Em seguida, ele recomenda que procuremos mexilhões na água, já que a maré está baixa neste horário.

Hum, molusco já de manhãzinha...

– E você quer que a gente faça isso tudo sem sapato? – indaga Melissa, com preocupações mais práticas, encarando nossos pés descalços.

– Melhor ter pés molhados que sapatos molhados – declara Magnus.

– Bom, sim, mas não tem algo mais grosso?

– Algo... grosso?

Ouço uma risadinha.

– É, algo duro! Resistente. Tipo galochas de borracha!

Tricia se esforça para manter a compostura.

É sério isso? Nós voltamos para o colégio, por acaso? A fome está nos deixando histéricas.

– Ah, entendi. Ora, você acha que os nossos antepassados usavam galocha? Melissa balança a cabeça, resignada, e eu reflito que nossas *antepassadas* teriam inventado as galochas rapidinho se tivessem se libertado da tirania patriarcal de um parto atrás do outro... ou tido acesso a um maquinário de moldagem. Estou me sentindo mais irritada que de costume. Provavelmente porque não como há... desisto da aritmética mental antes mesmo de começar, exaurida pela expectativa do esforço... *muitas horas...*

– Então, nós buscamos alimento descalços mesmo – prossegue Magnus.

– Ouvi dizer que xixi fortalece os pés – sugere Margot, com uma avidez alarmante. – Será que a gente tenta?

Se alguém mijar no meu pé, vai levar um soco na cara, penso, vivenciando um explosivo misto de fome e raiva.

– Se nada mais der certo, lembrem-se do que aprenderam na escola! – conclui Magnus. – Passar um tempo em meio à natureza e aprender sobre plantas é uma coisa que as criancinhas fazem muito bem. À medida que o tempo passa, a vida nos "civiliza", e esquecemos essas habilidades essenciais.

Ao que parece, o sistema de educação fundamental escandinavo era um pouquinho diferente do inglês no início dos anos 1980. Infelizmente, tudo o que aprendi (na marra) sobre a natureza no jardim de infância foi a diferença entre cocô de cachorro e massinha de modelar e que urtiga e shorts não combinam. O melhor que a escola primária St. Mary tinha a oferecer era uma "mesinha da natureza", muito da xexelenta, que abrigava brotos de agrião em casca de ovo e, certa vez, o corpo de uma ratazana que o pai de Jonathan Harris atropelou a caminho do trabalho. A população da minha cidade natal raramente ultrapassava os limites do supermercado na busca pelo jantar, nem detinha – muito menos transmitia – conhecimento ou habilidades para encontrar alimento na mata. Embora Melissa, de fato, já tivesse achado uma barrinha de chocolate numa moita da pracinha. Mamãe mandou que ela não comesse, dizendo que devia ser de algum drogado ("Por quê, mamãe? Por que um drogado largaria uma barrinha de chocolate numa moita?"). Melissa devorou o chocolate mesmo assim, apesar de mamãe ter acabado de iniciá-la, aos doze anos de idade, na dieta de Hay.

– Saiam explorando! – incentiva Magnus. – Provem as coisas! Sintam o sabor! Se encontrarem algo interessante, provem um pouquinho. Se for amargo, é melhor não comer. Tirando isso, a maioria das coisas não faz mal. Exceto os cogumelos vermelhos. E as sementes de teixo. E tentem não comer merda, óbvio...

Espere aí... como é que é? Esse cara enlouqueceu?

– É que *por lei* a gente precisa deixar isso claro – explica ele, assim que recuperamos a compostura e garantimos não ter essa intenção. – As raposas e os cães-guaxinim são hospedeiros de um parasita intestinal...

– *Cão-guaxinim?* – pergunta Melissa.

– Isso existe? – reforça Tricia, meio perplexa.

– Existe, sim – garante Magnus. – Onde vocês moram não tem?

– Humm, não...

Ele afirma ser improvável que topemos com um cão-guaxinim, ainda mais durante o dia, mas diz que saberemos reconhecê-lo, se for o caso, pois o animal "parece um guaxinim idoso e meio doente".

– Ótimo, bom saber.

– Mas o risco de infecção é relativamente pequeno e só acontece com quem ingere cocô. O que é improvável, certamente.

– Esperamos que sim. – Tricia olha Magnus como se aqueles músculos lustrosos e avantajados estivessem perdendo o esplendor, e me dou conta de que, pensando bem, meu aprendizado sobre a natureza no jardim de infância até que veio a calhar.

– Porém, caso haja uma situação real de M-N-C...

– M-N-C? – pergunta Tricia.

– *Merda na cara* – esclarece Magnus, e Margot estremece.

– É possível atraí-lo para fora... o verme, quero dizer... usando um pouco de açúcar e apontando uma lanterna para o traseiro. Mas esperamos que não chegue a esse ponto...

– Sim, esperamos – concordo, assustadíssima.

– E cuidado com os lobos, naturalmente – acrescenta ele.

– Oi? – solta Tricia.

Magnus suspira, como se soubesse que a palavra causaria um grande rebuliço e desejasse não a ter mencionado.

– É só que *algumas pessoas* acham que viram lobos por estas bandas, procurando comida. Mas isso é *muito* raro; na verdade, a chance de vocês serem atropeladas por um trem é maior.

Melissa engole em seco.

– Se eu vir um lobo, vou me mijar toda... – solta Tricia, num tom firme, como um aviso aos predadores próximos.

Lição concluída, todas ganhamos uma bolsa a tiracolo de juta cinza ("Parece a filial escandinava do exército de Mao Tsé-tung", observa Tricia. "Está mais para *Jogos Vorazes*", devolvo) e recebemos nossas tarefas.

– Vocês vão formar duplas – anuncia Magnus. – Peito Soberbo, você vai com Pernas Fortes. – *Bosta.* – Aslög, você pode ir com Lobo da Noite.

Que ótimo. Excelente.

Margot abre um sorriso e se aproxima tanto de mim que consigo enxergar seus poros impecáveis. Ela é tão jovem e esguia que vejo até os *músculos* de seu rosto. Tem a pele cintilante, mesmo depois de passar a noite num casebre rudimentar. *E esse cabelo!* É macio e volumoso como eu nunca vi, mais sedoso que em comercial de xampu. *Gente rica tem mesmo um cabelo incrível*, penso. Ela exala saúde e tem uma beleza fresca e natural, que me faz ter vontade de arrancar minha própria pele. Ou passar o resto da vida de balaclava. *Ou roubar esse rosto e fazer uma máscara...*

Faz pouco tempo que o consultório começou a trabalhar com aplicação de Botox, deduzindo que é melhor dar logo um "up" na cara toda do paciente, já que ele está sentadinho num ambiente esterilizado. Eu mentiria se dissesse que não fiquei tentada. *O povo superestima as expressões faciais. Eu prefiro que ninguém saiba quando estou preocupada, nervosa ou ansiosa. Na verdade, pensando bem, o Botox é o que há de mais moderno em termos de repressão de sentimentos – e dura bem uns três ou quatro meses. O que é muito... eficiente.*

Penso em perguntar a Tricia sobre sua experiência, então lembro que ela mal consegue franzir as sobrancelhas, ou seja, não deve ser a melhor pessoa para me orientar. *Talvez seja um caso de "menos é menos"*. Mesmo assim, sinto que preciso fazer *alguma coisa*.

Olho minhas mãos finas feito papel, a pele azulada, e encaro as de Margot, de unhas feitas e aspecto brilhante. *E os braços!*, penso, seguindo com minha avaliação. *A garota tem os braços da Michelle Obama, ombros esculpidos, a barriga lisinha que nunca passou por uma gravidez, pernas esguias e compridas. Arghhh!* Eu puxo a camiseta para baixo, ciente de meu próprio corpo.

Um dia, também fui assim. Mas exigia de mim um esforço colossal e passei tanta fome que parei de menstruar. Por dez anos. Foi a maior burrice que já cometi na vida, em tese, mas parte de mim jamais conseguiu abandonar essa inclinação. Em geral, eu me saio bem. Consigo abafar as vozes em minha cabeça e segurar as pontas (ver "quatro sacolas retornáveis no carro o tempo todo"). O autodesprezo, no entanto, ainda ecoa feito um coro. Como uma tragédia grega barata.

Na adolescência, eu cultivava uma imagem de "vitoriana desamparada" – uma coisa meio "tuberculosa chique" –, e acho que os outros pensavam que minha palidez era natural. Enquanto isso, Melissa ficava cada vez mais corada, à base de chá forte, ovo frito e bacon. Quando ela sentia que meu visual "menina abandonada" estava um pouco exagerado demais, dizia: "Sabe o que é bom para curar a tristeza?", e erguia um saco de salgadinhos ou coisa assim.

Por sermos irmãs, todos imaginavam que fôssemos naturalmente parecidas. Que "funcionássemos" da mesma forma e fizéssemos tudo juntas. É isso o que acontece nos filmes. Com a gente não era assim. Quando mamãe adoeceu, caiu no meu colo a imensa humilhação de repetir os dizeres "clínica de obesidade, por favor" cada vez mais alto para a recepcionista meio surda do centro médico e acompanhar minha irmã nas consultas mensais. Eu sentia que seria julgada da forma mais dura e inimaginável possível pelo povo da sala de espera, que estava ali por uma simples gripe, se eu engordasse um grama que fosse no intervalo entre cada consulta. Então, parti para o extremo oposto. Passei a comer menos e me exercitar mais.

Uma década depois, o trabalho enfim me salvou. A nossa dentição tem poderes muito reveladores, e acabei sendo denunciada por minhas gengivas inchadas e vermelhas. Na tentativa de poupar os nutrientes necessários à minha sobrevivência, meu corpo abandonou a boca – e também as funções reprodutivas. Eu não tinha vitamina D suficiente para absorver o cálcio, explicou meu primeiro chefe, com olhar de aversão. Os passos seguintes, segundo ele, seriam retração gengival e periodontite. "E ninguém quer um dentista com gengivite", afirmou. Se eu quisesse trabalhar "na vanguarda da higiene bucal", eu teria que "resolver essa questão". Então, voltei a comer. Na medida do possível. E deixei de parecer a maldita Margot...

– Está ouvindo, Aslög?

Ai, meu Deus, ele está falando comigo.

– Estou, sim... temos que procurar comida?

– Eu estava explicando onde buscar...

– Claro. Entendi. Obrigada. – Eu garanto a ele que estou prestando atenção (só que não), e nós então somos entregues à própria sorte.

O vento, agora mais agitado, assobia em nossos ouvidos enquanto subimos a encosta. Somado ao terrível buraco que se formou em meu estômago, isso acaba tornando o trajeto bastante incômodo. Descalças em meio à mata, avançamos até uma área onde Magnus garantiu que encontraríamos "coisa boa".

O cheiro de bosta de ovelha paira pesado no ar. Caminhamos – Margot, a passos firmes; eu, alternando o olhar entre o horizonte e o solo, desviando das pedras e de umas plantas espinhosas desconhecidas, que machucam meus pés descalços feito as pecinhas de Lego das crianças largadas no chão. *O que devia ter sido um ótimo treinamento para uma semana de perrengue ao estilo dinamarquês.* Melissa e Tricia se afastaram rumo à costa, mas Margot parece tão confiante em sua missão que não discuto e simplesmente vou atrás dela, o mais depressa possível.

– Então, como é que é ser dentista? – pergunta ela, e quando ergo o olhar, de cenho franzido, acabo pisando num espinho. – Eu adoro a cadeira reclinável! E a piazinha onde a gente cospe o flúor! – Ela fala depressa, seja para acompanhar as passadas, ou... *será... que está nervosa?* Não sei dizer. – Alguém engole?

– Oi?

– O flúor cor-de-rosa! – diz ela, virando a cabeça e balançando os cabelos.

Ah, que ótimo. Estou presa com a modelete perfeita, geneticamente abençoada, praticamente um embrião de tão jovem, e a garota ainda por cima sofre de verborreia...

— Deve ser um trabalho supergratificante! — prossegue ela. — Espero muito já estar com a carreira estabelecida quando chegar aos quarenta!

Eu disparo um olhar fulminante para ela e percebo todos os meus músculos rígidos, como se eu estivesse pronta para fugir ou lutar com essa exótica criatura.

— Eu tenho trinta e sete.

— Ah! Claro! Eu só achei... — diz ela, com uma risadinha. — Você é tão *resolvida* e tal... desculpe... — Ela vai parando de falar, balançando a cabeça, e assume uma expressão que parece me dizer "ai, como eu sou desastrada!".

Calma, digo a mim mesma, mas espumando por dentro. *Calma.* Lembro que também era péssima em decifrar a idade das pessoas mais velhas que eu e considerava todos idosos. *Eu sou adulta, tenho equilíbrio emocional... eu sou adulta, tenho equilíbrio emocional... eu sou adulta, tenho equilíbrio emocional... eu vou MATAR essa garota...*

Margot pisca bem devagar, o que eu naturalmente interpreto como uma declaração de guerra, então dá meia-volta e recomeça a subir a encosta rapidamente. Quando chego ao topo, ela já está lá, toda ligeira e diligente, metendo coisas na bolsa, como se estivesse na versão nórdica e selvagem de um programa de tevê. Então, eu faço o mesmo, ou tento, pelo menos. O problema é que já esqueci tudo o que Magnus disse.

Porque, verdade seja dita, não estou nem aí.

Para além da minha sobrevivência nos próximos cinco dias, essas não são habilidades de que eu necessite.

Eu sou uma mulher ocupada, justifico, relutante. *Poderia estar fazendo coisas melhores agora. Tipo tratamentos de canal. Extrações. Próteses dentárias, restaurações, implantes, coroas... Merda, eu encarava até um clareamento dental em vez disso.* Levando em conta a média de trinta minutos por consulta de rotina e no mínimo uma hora para cada tratamento, calculo que esse desvio viking já me custou cerca de doze pacientes, ou vinte e quatro, considerando o dia de ontem. Eu costumo trabalhar seis dias por semana, ou seja, ao final desta viagem desastrosa terei perdido... *setenta e duas consultas*, calculo. Em resumo: não tenho tempo para isso.

Não tenho a menor intenção de morar ou trabalhar a mais de cem metros de distância de um supermercado, então as "habilidades de caçador-coletor" não constam – e nunca constaram – na minha lista de prioridades. Vou cooperar, mas só estou aqui por Melissa. Porque ela me obrigou a vir. Estou aqui porque os spas, ao que tudo indica, estavam "todos lotados".

Mas ninguém pode me obrigar a levar isso *a sério*.

O que eu posso fazer – com muito talento, depois de anos de prática e um casamento milenar (é essa a sensação, pelo menos) – é *ir levando na flauta*. Sou adepta de "fugir" das tarefas. *É só uma semana*, reflito. *O que pode dar errado?*

Estudo o trecho de mata ao qual Margot me levou, procurando descobrir o que a "natureza abundante" se dignou a nos oferecer em termos de lanchinhos. *Ele mencionou molho pesto, não foi? E uns cogumelos venenosos... mas quais são?* Eu analiso uns espécimes xexelentos e acinzentados. *Como tudo o mais neste país.*

Sigo explorando os arredores, buscando inspiração (ou melhor, copiando a estratégia de Margot) e tentando não pisar nas bolotas pretas espalhadas pelo chão, quando topo com uma enorme, terrível, fedorenta e monstruosa *fera*.

Não vejo uma ovelha ao vivo desde a infância – uma das vantagens de viver na cidade e delegar as excursões das crianças a locais propensos a cheiro de bosta para a escola e/ou Greg, quando ele ainda se dava ao trabalho. Tenho vaga lembrança das historinhas infantis e sei que as ovelhas não são animais assustadores. Esse privilégio é reservado aos elefantes, tigres, leões, rinocerontes, dinossauros etc., alguns dos quais aparentemente nem representam mais ameaça. Ao contrário das ovelhas, que são benignas, até onde sei, e com a reputação de estarem sempre junto do rebanho. *Por que esta se desgarrou? Será que se rebelou, feito um Mad Max da comunidade ovina?*

A criatura me encara bem nos olhos, como se dissesse: "Você não sabe de nada, não é? Não está enganando ninguém...". Então emite um som alto e grave, talvez para alertar as outras sobre minhas fraquezas.

Mééé!, ela grita, meio agressiva, e ergue o casco hesitante para mim, mascando algo com diligência e alheia às bolotas que seu traseiro expele sem dificuldade no chão.

Não coma merda, não coma merda, não coma merda. Meu cérebro confuso repete a única informação do tutorial de Magnus que eu memorizei, ao que parece.

Mééé! A criatura solta outro balido. Margot dá um rodopio, com as mãos cheias de folhagem.

– Tudo bem aí? Precisa de ajuda?

– Tudo bem! – respondo, com um sorrisinho, constrangida por ter sido flagrada num embate com uma ovelha. Continuo sorrindo até me convencer de que Margot não está mais olhando. *Meu Deus, que saudade da cidade, do brilho, do burburinho, da profusão de cafés em copos de papel. É sempre tão melhor que essa maldita natureza...*

A ovelha, que não podia estar menos preocupada com minha saudade da metrópole, continua a expelir da região traseira as bolotinhas de vegetação parcamente digerida. Estou planejando bater em retirada quando vejo atrás de minha adversária uma moita cheia de frutinhas vermelhas e redondas.

Comida! Comida de verdade! Algo comestível!

Eu começo a salivar. É a única coisa que vi até agora minimamente semelhante a comida, e estou com tanta fome que faria tudo para botar as mãos nessas frutinhas. Só há uma coisa a fazer.

– Aqui, ovelha! Aqui, ovelhinha, aqui, ovelhinha!

Tento chamar a criatura para longe com um punhado de grama não muito atraente, mas ela nem se mexe. *Será que vou ter que entrar num embate corpo a corpo? Dentista versus ovelha? Será que cheguei a esse ponto?*

Os cachos de frutinhas vermelhas cobertas de terra parecem muito as "framboesas" verdadeiras, as *oficiais* que eu vejo nas prateleiras dos supermercados. Raciocinando que decerto não seria morta por uma ovelha (*posso acabar estropiada, o que equivale a umas semanas de convalescença em algum hospital por aí. Talvez valha a pena esse descansinho, reflito. Pelo menos haveria comida...*), decido seguir em frente.

Se você nunca partiu para cima de uma ovelha, recomendo. Eu me aprumo, jogando o peso do corpo nos calcanhares, ignorando a cautela e os pés descalços, e me inclino para a frente, até que sou dominada pelo ímpeto do movimento e preciso começar a correr ou vou desabar no chão. Com um leve nervosismo e muito entusiasmo, dou um passo, então outro, depois mais outro – vou avançando sem perceber, e a ovelha vai ficando maior. Num dado momento, não sei ao certo se ela vai se mexer, e de súbito os chifres compactos parecem muitíssimo afiados e traiçoeiros. Àquela altura, porém, é tarde demais. Sou impulsionada por minha própria velocidade e não tenho como frear. Nessa estranha disputa entre humana e ovelha, a ovelha no último instante recua... e eu conquisto as frutinhas!

Tudo meu!

Com cuidado, examino as bolinhas macias e aveludadas, sem a menor ideia do que estou buscando. No entanto, fortalecida pelo confronto na mata selvagem e, francamente, morta de fome, enfio umas na boca... e me alegro em descobrir que o gosto também parece muito o de framboesa.

Eu me farto com um punhado. E mais um. E mais outro. *Estou conseguindo! Estou colhendo comida!* Desejo ter alguém a meu lado para testemunhar e validar essa pequena vitória, mas Margot está ocupada, catando algum tipo de noz no alto de uma árvore.

Depois de comer mais ou menos a quantidade de frutinhas de uma embalagem de mercado, pegar mais uns dois bons punhados e acomodar com cuidado na mochila, olho em redor e vejo Margot me observando, carregada de frutos.

– E aí, como foi? – pergunta ela, animada.

– Tudo bem, obrigada – respondo, com a maior confiança possível.

– Que bom – devolve ela, mas sinto que seus olhos dizem "Droga...".

– E você? – pergunto, *por obrigação*, claro.

– *Muito bem*, obrigada.

– *Que bom...* – Eu tento alcançar o tom perfeito entre ambiguidade e sarcasmo, para dificultar a comprovação de qualquer intenção maliciosa de minha parte.

Quando retornamos ao acampamento, Melissa e Tricia já estão lá, sentadas em troncos e cutucando um barril de alguma coisa. Tricia está enroscada em vários cobertores cinza, numa impressionante postura de ioga, tentando soprar e esfregar os pés ao mesmo tempo.

– Fomos nos mexilhões – explica ela. – Até que deu certo, pelo menos para a Melissa, mas estava um *gelo* do cão. – Ela passa para o outro pé, estimulando a circulação com um sopro quente.

Melissa, por sua vez, parece muito à vontade. De calça enrolada acima dos tornozelos, os pés grandalhões de Hobbit nada afetados pelo mar báltico abaixo de zero, ela mais parece um Bilbo Bolseiro moderno.

– Puxem uma cadeira! – solta Magnus, e eu olho em volta, esperançosa.

– Tem *cadeiras*? – Sinto falta de cadeiras.

– Claro! – Ele aponta para a pilha de lenha. – Logo ali!

– Ah, entendi... rá! – respondo, murchando por dentro, e tento sorrir. Margot já começa a se mexer: rola um tronco em direção à fogueira e vai buscar mais um, para mim. – Tudo bem, deixe que eu faço – digo, com um sorriso débil.

– Sem problema, já está na mão. – Margot rola "meu tronco" para o lugar e remove um pouco do musgo com a manga da camisa. – Prontinho!

Ela até oferece o braço para ajudar, como se eu fosse uma tia velha.

Se eu estivesse de sapato, jogaria um na cara dela.

– Obrigada – respondo, com a maior delicadeza possível. Por dentro, porém, estou lívida. E sentindo na pele cada um de meus trinta e sete anos.

Então, comemos.

No menu, cozido de cogumelos com folhas misteriosas, agora com cara e gosto de comida tostada, e em seguida um banquete de exatos quatro mexilhões para cada. Acho que não disfarço a surpresa, pois Tricia se põe na defensiva ("A gente ficou um tempão lá! Só agora voltei a sentir meus dedos dos pés!"). Por fim, o grupo recebe um punhado de avelãs e umas dezenas de frutinhas vermelhas.

Nossa busca por comida, a bem dizer, é um sucesso. Ou estamos todas tão famintas que comeríamos qualquer coisa, e dali a minutos todas as tigelas estão vazias.

É muitíssimo satisfatório (embora infelizmente não tenha matado nossa fome) termos organizado uma "refeição" inteira de graça, contando com nada além de nossas próprias habilidades.

Está vendo, mundo? Eu agora tenho "habilidades"! De sobrevivência! No meio da natureza! A QUILÔMETROS de um supermercado!

Ao perceber meu cérebro privado de cafeína abraçando essa linha de raciocínio, preciso lembrar a mim mesma que não ligo para nada disso.

Ou será que ligo?

— Você está de parabéns, Lobo da Noite — diz Magnus, tocando o ombro de Margot.

Que homem sorrateiro, penso. *Não, eu definitivamente não ligo. Definitivamente.*

Quando estamos um tantinho "menos famintas", Magnus sugere que retornemos à praia. Tricia, horrorizada, se enrosca ainda mais no cobertor.

— Mas eu acabei de me descongelar!

— Desta vez não é para entrar na água — garante Magnus. — É para vasculhar a costa. Vamos começar a coletar umas coisas para a próxima fase do treinamento viking: a sessão de artesanato de amanhã!

A empolgação é interminável, literalmente...

— No ponto onde o mar Báltico encontra o mar do Norte, é possível vermos pedras de serpente... pedras com um buraco no meio. Isso acontece quando uma onda grande — explica ele, erguendo os braços e nos dando o vislumbre de como seria uma enorme onda em formato de homem-de-coque — bate numa pedra.

Ele desce os braços ao redor Tricia, roçando o rosto dela com o canto da axila. Eu a vejo inclinar a cabeça para cafungar os feromônios.

Eca...

— A onda arrasta várias pedrinhas, daí arrebenta... — Magnus abraça Tricia, agora radiante, e lhe dá um puxão totalmente inapropriado. — E vai exercendo força...

Eita, pega leve.

— E as pedrinhas vão desgastando umas às outras, até que um buraco se abre no meio — conclui ele.

— Tá... e depois que a gente apanhar as pedras? – pergunto.

— Bom... — Magnus solta Tricia, já quase desmaiada, então se apruma, flexionando um lado do peitoral, depois o outro. — Vocês podem usá-las como amuleto da sorte. — Ele toca sua nova bijuteria masculina, atraindo a atenção para a monstruosidade que carrega no pescoço, logo abaixo de uma pequena tatuagem de triângulos entrelaçados (um "símbolo nórdico", Tricia me informa mais tarde). — É muito calmante a sensação da pedra macia, além de ser um meio de conexão com a natureza... onde quer que vocês estejam.

Se eu não estivesse tão preocupada em manter meu parco café da manhã no estômago, teria vomitado neste momento. *A natureza que vá para o inferno.* Mas a escassez de alimento parece resultar numa grande irritação e leve desorientação relacionadas à fome, então não me arrisco. Ocorre que uma mulher não consegue sobreviver apenas de framboesas. Nem de framboesas somadas a um aperitivo composto de quatro mexilhões.

— Podemos também, claro, usá-las amanhã durante a tecelagem, para fazer peso no urdume... e vocês todas poderão criar adornos vikings muito especiais!

— Parece que todos os Natais chegaram de uma vez só — murmuro para Melissa.

— Este ano você não vai conseguir trocar o meu presente — devolve ela.

Dito isso, vasculhamos a praia e encontramos dois caranguejos mortos e uma caneta esferográfica trazida pelo mar (*que útil...*). Em seguida, resolvemos nos posicionar no píer, já na tentativa de "pescar" algo para improvisar nossa próxima refeição.

Somos encorajadas a "fazer uma tentativa" com algumas redes que já se encontram posicionadas, mas depois de vinte minutos infrutíferos Magnus se compadece, vai até uma grutinha e retorna com umas varas de aspecto frágil e um pote com alguma coisa dentro. Das quatro "varas de pescar", duas são praticamente um graveto com uma linha amarrada, como as que as crianças confeccionam nos trabalhos escolares. O outro par, percebo, traz aquele "trequinho de enroscar a linha" e parece ter sido feito por alguém que pelo menos já *viu* uma vara de pescar.

Até parece que eu vou ficar aqui sentada o resto da manhã com um acessório que basicamente pertence a um anão de jardim, penso, e mais que depressa agarro uma das varas "oficiais". Tricia faz o mesmo, deixando Margot e Melissa se virarem com a versão de arame.

– Agora é só botar uma isca e largar o anzol na água – diz Magnus.

– Onde é que nós vamos encontrar isc... – Margot começa a perguntar, mas Magnus pressiona o dedo em sua boca, amassando seus lábios.

Cheio de intimidade, penso.

– Tenho um presente para vocês! – diz ele, então estende um pote de minhocas serpeantes que me faz levar a mão à boca.

– *Presente?* – solta Tricia, chocada e com ânsia de vômito. – Não era melhor um vale-compras na livraria? Um Toblerone gigante, talvez?

Melissa, felizmente mais calejada, se oferece para tentar furar com o anzol o corpinho de uma minhoca ainda em convulsão.

Que nojo...

Margot faz o mesmo. Ao ver que Tricia e eu nem nos mexemos em direção ao pote, Magnus se oferece para "meter a minhoca" para nós.

– Eu... – balbucia Tricia. – Não, não me ocorre nada...

Nem Tricia consegue soltar um trocadilho insinuante com as minhocas.

Nós contamos até três e lançamos as varas. Então, esperamos. E esperamos.

– Bem-vindas à pesca – diz Melissa, ainda meio animada, embora dê para ver que a esse ponto ela já está morrendo de fome. – Todo fim de semana fazem isso, lá na fazenda. A espera faz parte da experiência...

Quando fica mais do que claro que não vamos conseguir pescar nada e que a linha das varas de graveto não vai muito adiante da base do píer, Melissa pega a vara "oficial" de Tricia, e as outras duas mulheres optam por procurar comida por terra – ou melhor, Margot faz isso, e minha cética colega Tricia vai atrás, cochichando para mim que pretende tirar uma sonequinha revigorante.

Depois disso, passamos vários minutos sentadas em silêncio, até que sinto Magnus balançando as pernas no píer bambo e percebo que estou rangendo os dentes. *Preciso usar a contenção de bruxismo mais tempo hoje à noite.*

— Aqui costuma dar uns peixes bons — insiste Magnus, como se para justificar o exercício. — Outra área ótima é ali, bem pertinho da ponta. — Ele indica uma saliência rochosa. — Na verdade, acho que vou até lá tentar pescar uns arenques. Ou umas cavalas! Riquíssimas em ácidos graxos, ótimas para a pele e o cabelo, hein, moças? — Ele arrasta a palavra, ao estilo de um DJ da década de 1970 ("moooo-ças"), então dá um pinote e sai andando.

Depois que ele se afasta bem, eu solto um *urghhhh* que passou os últimos dez minutos entalado em minha goela.

— Qual é a reclamação agora? — pergunta Melissa.

— Como assim, qual é a reclamação? Nós estamos com fome, com frio e já passamos uma hora sentadas aqui, a quilômetros de distância da civilização...

— Ai, você e a sua civilização — debocha Melissa.

— *Oi?*

— O povo exagera, só isso.

— Sei... — Minha irmã é oficialmente uma ludita. — Só estou dizendo que nós viemos muito longe para aturar sexismo e pescar arenque.

— Eu gosto de arenque... — retruca Melissa, na defensiva.

— Gosta de arenque servido por um homem com um ego monstruoso?

— Eu não sou exigente. — Ela faz uma pausa, então acrescenta: — Sabe qual é o seu problema?

— Não, mas estou achando que vou descobrir em breve. Calma, deixe eu me preparar. Pronto, pode mandar.

— Você é uma *cavala*! — Melissa parece satisfeita consigo mesma.

— Melissa, acabei de passar uma manhã afogando minhocas. O que você...

— Uma cavala! Sacou? Porque estamos pescando cavalas.

— Jesus...

Melissa sempre gostou de uma piada de "tiozão". Mais especificamente, das piadas do *nosso* tiozão: papai — trocadilhos tão terríveis que deixavam no chinelo qualquer gracejo com pavê e pirulito. Não duvido que haja pelo menos um livro intitulado *As cem piadas de peido mais engraçadas do mundo!* em algum lugar da casa dela.

— Quer mais uma?

– Não, valeu. Sério, *não*.
– Qual é o peixe que sempre anda armado?
– Não sei. E não quero saber...
– O peixe-*espada*! O que o peixe falou para a peixa? – Ela agora quase saltita de alegria. – Estou *apeixonado*!

– Ok, agora chega, silêncio – ordeno, mais ríspida que o pretendido, mas Melissa aquiesce, então concluo que posso sempre pedir desculpas depois, se for o caso. Entre um e outro rodopio da vara, vou observando o mar e repasso mentalmente minha lista de tarefas.

Atualmente, meu catálogo ininterrupto de preocupações consiste em: *atualizar a lista de pacientes de periodontite; falar com Esme sobre a ideia da campanha de informação sobre os colutórios – eu já falei mil vezes: o colutório não substitui uma escovação eficaz nem deve ser usado logo depois da escovação, pois remove o flúor presente no creme dental, que tem a função de proteger os dentes. Pois é, não é superbásico? Mas é impressionante a quantidade de pacientes que não sabe disso...*

Em seguida, passo às questões domésticas corriqueiras, que só poderei resolver quando voltar para casa. Imagino o que Charlotte e Thomas estão fazendo agora e se gostaram dos pijaminhas que dei a eles de presente, cheia de culpa por ter ido viajar. Fico pensando se Greg conseguiu escovar o cabelo de Charlotte hoje de manhã[8] e se ele anda fazendo as lições de matemática com os dois. Fico pensando se Thomas está comendo direito. Fico pensando o que os dois estão almoçando e começo a percorrer mentalmente o conteúdo de minha geladeira, até perceber que estou, *na verdade*, me deleitando com um desfile gastronômico de todas as comidas pelas quais eu de bom grado estrangularia um cão-guaxinim neste momento.

– Acho que esta é a verdadeira e tradicional experiência nórdica – diz Melissa, para se consolar, esfregando a barriga. – Procurar comida, digo.

Arrancada de meu devaneio, sinto-me impelida a retrucar:
– A-hã, sei.
– O quê?

---

[8] Será que meu marido vai se lembrar de passar condicionador no cabelo da filha, como eu instruí? Será que ele vai se enrolar todo?

– Não ter nada para comer, pense só... – Melissa reflete por um instante, embora com o semblante inalterado. – É o golpe perfeito. Já ouço até o barulhinho da caixa registradora.

– Não! – Ela parece horrorizada. Arqueio a sobrancelha, e ela torna a esfregar a barriga, agora menos convicta. – Quer dizer, não, claro que não... Por que você é sempre tão desconfiada?

Eu penso um pouco antes de responder.

– Porque sim. Sou, mesmo.

– Você lembra aquela vez que o nosso pai levou a gente ao aquário, quando a nossa mãe estava de cama com enxaqueca, e você não acreditou que os peixes eram de verdade? – pergunta Melissa. – Você ficava gritando "é boneco, é boneco!", procurando as cordinhas atrás dos peixes. Daí não conseguiu encontrar, claro, e ficou querendo ver quem é que segurava atrás do rabo dos peixinhos.

Torço o canto da boca, pois pela primeira vez de fato tenho a vaga lembrança de uma garotinha de dez anos rodeando um caixote de vidro, convencida de que aquilo era tudo mentira.

– Naquela época você duvidava de tudo e todos. Você algum dia acreditou em Papai Noel?

– Não lembro – respondo (ver "ocultação de nosso passado em comum"). No entanto, assim como o instinto de Melissa é desconfiar dos médicos, o meu é desconfiar de tudo, então suspeito que a resposta seja "não". – Provavelmente não.

– Exato! É disso que estou falando!

Ela, então, retorna à tarefa da pesca. O sol desponta por detrás das nuvens, e por um breve momento uma intensa luz branca se derrama sobre a água. Eu fecho os olhos e aproveito o calor... pelo tempinho que durar.

– Que sorriso é esse? – pergunta Melissa.

– Sorriso? Não estou sorrindo. – Mais que depressa, torno a abrir os olhos, agora bem constrangida.

– Você não costuma sorrir, mesmo – confirma Melissa, remexendo o corpo. – Mas eu vi um sorrisinho aí! Você acabou de ter um *milissegundo* de alegria nesta viagem?

– Não!
– Sei... – diz ela, meio incrédula.
E eu percebo que ela pode ter razão.

Margot retorna ao acampamento um pouco menos composta que o normal, e Tricia vem atrás, mancando e de pés descalços, desviando de pedras, pinhas e bosta de ovelha, certamente.

– Conseguimos comida! – grita Melissa, agarrada a um dos peixes pescados por Magnus, afastando o cabelo do rosto e sujando a testa com restos de tripa.

Eu me ofereço bravamente para cuidar do fogo (não mexo em tripas...) e cutuco a fogueira com um graveto, para fingir que estou fazendo algo de útil.

– Tudo bem com você? – sussurro para Tricia, percebendo a expressão penetrante de Margot.

– Ah, sim, é só que a gente não encontrou muita coisa. Ela só ficava repetindo baixinho: "A história é narrada pelos vencedores". Deus nos ajude se rolar uma guerra...

Eu entendo. A situação, digo. *Margot está irritada porque não "venceu" a busca por comida dessa vez.* Percebo que ela é o tipo de garota acostumada a vencer. Com fobia de fracasso. Sei muito bem como é isso.

Tenho consciência de que essa também não é uma de minhas características mais atraentes. Certos dias, fico achando que na verdade não tenho nenhuma característica atraente. Mas fazer tudo errado é um luxo de que não desfruto há um bom tempo. Fico imaginando como é ser livre para cometer erros e viver saltitando, fazendo o que der na telha. Sem consequências. Sem ninguém que dependa de você. Então, olho Melissa e me cai uma ficha. *Ahh, é assim.* Isso faz dela uma pessoa melhor, eu me convenço. Menos exasperada. Menos tensa. Mais alegre, sem sombra de dúvida. Mais capaz de buscar o próprio prazer. *Qualquer que seja ele,* penso, tristonha. Então, comemos. Eu abocanho um pedaço de peixe morto, meio tostadinho, saboroso talvez como nenhum que já provei... e prontamente me encho de culpa por ser tão babaca e autocentrada.

Talvez seja esse o verdadeiro prazer: momentos breves e aparentemente insignificantes de satisfação.

Desta vez, comemos até nos saciarmos – uma sensação estranha para mim, embora não desagradável. A tarde corre relaxada, no mesmo ritmo da manhã, mas Magnus é incapaz de ficar parado, então sai para fazer "uns dez quilômetros rapidinho" em torno da ilha, e Margot vai atrás, superentusiasmada.

Sigo outra vez para a praia com Melissa e Tricia, que consegue sustentar uns poucos momentos de contemplação silenciosa, então nos presenteia com uma descrição detalhadíssima dos calores que anda sentindo e dos riscos do namoro na perimenopausa.

– A insônia, as menstruações irregulares... a gente fica perdidinha. E as coisas andam difíceis por aí. Para ser honesta, estou quase desistindo. O povo vive me perguntando: "E a vida amorosa, Tricia, como está?". E eu respondo: um deserto árido. Uma terra desabitada, cheia de teias de aranha. Já faz *semanas*, literalmente, que não vejo um movimento. E eu sou uma mulher com um vigor sexual considerável. – Essa confissão me faz enrubescer. – Mas ajeito o terreno, mesmo assim! Ajeito, e Deus sabe quanto. Depilação, bronzeamento. O serviço completo. – Concordo com a cabeça, avaliando seu alarmante tom de pele bronzeado. – Mas, na verdade, nessa batalha as velhas não têm vez. Os homens mais jovens não sabem de nada, e os velhos só querem as novinhas, e se não conseguem ficam rabugentos... com raiva da vida. Se correr o bicho pega, se ficar o bicho come. Em resumo, não temos chance. Deus, me dê a confiança de um coroa branco.

– Pois é, pois é... – concorda Melissa, e acrescenta: – Eu sei...

Eu me pergunto se minha irmã está pensando que teve sorte no último término de namoro, em que "comeu mais que o Elvis". Então percebo que a questão de Tricia é algo que me assusta também: tornar-se invisível, não despertar mais o interesse de ninguém. *É por isso, provavelmente*, penso, com um arrepio, *que o sr. Dentes...*

Enrubesço de vergonha. Afasto o pensamento antes que ele se aloje em meu cérebro e desencadeie um novo pico de culpa, feito a adrenalina anda invadindo minhas veias de tempos em tempos desde o episódio do hotel do centro de convenções. Em vez disso, contraio os lábios num sorrisinho. *Todo mundo sabe que se você enfrenta a dor com um sorriso e empurra para debaixo do tapete, fica tudo bem,* digo a mim mesma. Incessantes vezes. *É só botar a Alice triste, irritada e confusa numa caixinha, fingir que ela não existe... e ta-rã!* Ela ameaça pular de volta, feito um boneco de mola na caixa, quando sou atraída por uma visão emergindo da água, meio em câmera lenta: uma figura intimidadora, de short curtíssimo e top, uma faca numa das mãos e várias conchas na outra.

– Será que é?... Nós estamos?... Vocês estão vendo o mesmo que eu?

Pisco várias vezes, para me certificar de que não é uma miragem provocada pelos cogumelos misteriosos.

– Acho que sim... – murmura Tricia. – Ou estamos numa versão nórdica de *007 Contra o Satânico Dr. No.*

A versão escandinava de Ursula Andress avança pelas águas rasas. Suas panturrilhas firmes e bronzeadas se emendam a coxas firmes e bronzeadas – que parecem *coxas* de verdade, não o braço de uma criança de doze anos (como passei anos almejando).

– Uau... – solta Melissa, cambaleando de leve.

– Parece capa de revista – consigo murmurar, apenas, pois a essa altura vemos diante de nós uma guerreira de crina lustrosa, uma Mulher-Maravilha, uma deusa amazona em forma humana.

– Inge.

Ela fala!

– Oi? – pergunta Tricia.

– Inge – repete ela. Não fazemos ideia do que significa. – Sou a esposa de Magnus.

Magnus é casado? ESTA é a esposa dele?

– Ele não falou de mim? – Ela não parece furiosa, e sim achar graça. – Bom, ele costuma *esquecer*, mas cá estou. Eu vi que ele se esqueceu de trazer a comida. De novo. Deve ter dito que vocês só podiam comer o que encontrassem na mata, certo? – Nós assentimos, caladas. – Pois é, mas não é bem assim. Ele gosta de fazer essa brincadeira com os recém-chegados.

Desgraçado!, penso. *Vou matar esse cara, vou acabar com a raça dele! E talvez depois coma a carcaça.*

— Enfim, tem um cestinho com aveia para mingau, farinha, ovos, alguns itens essenciais. — Ela aponta para a praia. — E eu gosto de me livrar dos mexilhões ruins. — Ela aponta com a cabeça as conchas que traz na mão. — Não quero ninguém morto aqui!

— Não – repito. — *Exatamente...*

— Então, o que estão achando do retiro até agora?

— É... – balbucia Melissa. — Tudo certo, mas eu pensei que veria uns elmos vikings por aí...

Ai, meu Deus, isso de novo, não.

Eu torço para que ela pare. Ela não para.

— Sabe? – prossegue Melissa. — Com os chifres?

— Os vikings não usam elmos com chifres – devolve Inge, impassível.

Eu meneio a cabeça, furiosa e doida para dizer que não caí naquele papo de *Asterix, o gaulês.*

— Nem nos "grandes momentos"? – Melissa é dura na queda. — Eles não se arrumam nas ocasiões especiais? – indaga ela, ainda esperançosa.

— Ser viking não tem nada a ver com vestimentas – retruca Inge, analisando Melissa. — Tem a ver com o nosso interior. É o encontro com a nossa Estrela Polar – diz ela, embainhando a faca.

— Nossa o quê? – pergunta Melissa.

— O nosso princípio condutor.

— Isso é tipo a coisa das sete fases? – pergunta Tricia. — Artesanato, perda do controle e tal?

— Tipo isso – responde Inge. — A perda do controle e das roupas, a nudez, tudo aponta para o encontro com a nossa essência...

— Ah – diz Tricia, pensativa.

— Desculpe, mas pode repetir essa última parte? – eu intervenho.

— O encontro com a nossa essência? – pergunta Inge.

Bom, sim, mas também...

— A *outra* parte...

– A nudez? A perda das roupas?
– A-hã – confirmo, apreensiva.
Inge parece confusa, como se isso não fosse um motivo de preocupação.
– Você está com medo de *ficar nua?*
Sim, estou! Que diabo é isso?
Tricia e Melissa se esforçam para demonstrar que estão confortáveis – e talvez estejam, mesmo –, então apenas "Alice, a travadona" que perde as estribeiras com a ideia de tirar a calçola.
– Por baixo de tudo está "o seu verdadeiro eu", apenas. A nudez traz liberdade – solta Inge, pragmática, entregando a Tricia e Melissa os mantimentos para o acampamento. – Não importa se você é executiva ou faxineira. Todos somos iguais diante da nudez... e todos nós, claro, precisamos estar confortáveis em nosso estado natural.
Claro. Eu faço um enorme esforço para não parecer à beira de um ataque de nervos.
Entenda bem, eu não fico pelada.
A bem da verdade, já faz um bom tempo que não há necessidade disso. Mesmo no chuveiro, meu objetivo é entrar e sair sem bater o olho no espelho, para não precisar ver minha própria silhueta maculada por dois partos. Nas raras ocasiões em que sou forçada a pôr os pés num vestiário público, eu me visto inteira, colocando a roupa por baixo da toalha enrolada no corpo, manobra que executo à perfeição graças aos anos de prática.[9]

Eu não fico pelada.
– Mas e a calcinha? – indago, ainda esperançosa. – Posso perder o controle de calcinha? De sutiã, talvez...
– Não – devolve ela. – Segure isto aqui.
Ela me entrega uma cesta de ovos, e fica muito claro que não será dada mais nenhuma explicação – nem haverá discussão sobre o assunto.
Eu desmorono por dentro, mas por fora tento ficar fria, calma e contida... sem o menor sucesso. *Melissa não mencionou nada a respeito de tirarmos*

---

9   Meu recorde pessoal é de seis segundos. E o seu?

a roupa! Eu vou ser forçada a ficar nua! Na frente de mulheres que nunca tinham me visto até ontem! Daqui a uns... eu tento recordar que dia é hoje e calcular quantas horas de ansiedade terei até ser constrangida ao ponto da tortura, mas não consigo. Outra vez. *Bosta de matemática. Bosta de contagem regressiva de nudez, bosta de matemática. Ah, e eu já mencionei que todas teremos que ficar NUAS?!*

– Se ela quiser mesmo se preocupar com alguma coisa – diz Inge a Melissa, em tom de brincadeira –, a maioria das pessoas se borra quando fica perdida na floresta!

Eu prendo a respiração.

Que merda é essa?

Não me dou bem com as florestas (ver "esporos"). Agora, ficar perdida na mata? Isso só aconteceu uma vez, e a experiência foi tão terrível e deixou uma marca tão indelével em minha mente adolescente que garanti que jamais tornaria a acontecer.

Eu tinha quatorze anos e guerreava contra o mundo por causa da doença de minha mãe. Mas, como gostava de "guerrear" sozinha (ou melhor, havia sido educada assim), resolvi me afastar e tentar sair para "uma caminhada", como diriam os rueiros. Escureceu (também não gosto de escuridão; prefiro sempre uma cidade iluminada e poluída), e eu fiquei com medo. Graças à minha relutante participação nos passeios em família, achei que me lembrava de um atalho para casa, então tentei voltar pela mata. Provavelmente foram as seis horas mais aterrorizantes da minha vida.

Nunca tive muito senso de direção – em relação a nada –, e o problema com a bosta da natureza é que tudo parece a mesma bosta. Não havia nenhuma casa, nenhuma loja, nenhum marco para me informar que eu já tinha cruzado duas vezes uma determinada área da mata ou que estava andando em círculos e prolongando minha tortura. Só havia um monte de árvores. E insetos. E, nas últimas horas, morcegos. Eu segui cainhando, cada vez mais gelada e com medo de ficar presa ali eternamente. Com medo de perder o tempo que ainda me restava com mamãe.

Nesse momento, tive meu primeiro ataque de pânico.

Perdida e sozinha na escuridão, eu me agachei em meio à vegetação, tentando desesperadamente respirar e forçando minhas pernas a se erguerem. Elas acabaram obedecendo. E eu chorei de alívio. Não sei quanto tempo levou, mas enfim encontrei uma clareira no inferno das árvores e avistei uma casa a distância. Apesar de tantos anos aprendendo que não devia falar com estranhos, concluí que minha maior – ou talvez a "única" – esperança seria implorar por ajuda aos moradores. Eu me preparei para ser sequestrada e/ou morta, mas pensei que seria um preço válido a pagar se pelo menos eles me deixassem ligar para casa antes. No fim das contas, era ali que moravam nossa professora de francês, Madame Duval (A Máquina Sexual[10]) e seu marido Clive. Eles estavam no meio de um jogo de caça-palavras e ficaram muito surpresos com a aparição de uma ex-aluna do quarto ano, branca feito papel, espiando pela vidraça do jardim de inverno. Deixaram que eu ligasse para casa na mesma hora e me serviram chá de hortelã, enquanto eu esperava alguém vir me buscar. Mamãe chegou, lívida, furiosa, com aquele misto de raiva e alívio que eu só vim conhecer depois de ter filhos. Eu estava tão chocada, com tanto catarro no nariz, que passei duas horas sem conseguir abrir a boca. Pelo menos, ninguém me matou.

Desde então, eu e a natureza não nos entendemos. Não me admira que as palavras de Inge me atinjam feito uma lança de gelo.

– Ora, ora, vejam só quem eu encontrei! – grita ela quando retornamos ao acampamento, aos trancos e barrancos, e vemos Magnus e Margot competindo, depois da corrida, para ver quem fazia o melhor agachamento. Ao ver a esposa, ele mais que depressa se afasta de Margot e enfia a mão na calça harem, para ajeitar as partes e disfarçar o que suspeito ser o início de uma ereção.

– Você esqueceu o cesto de boas-vindas – diz Inge, num tom ácido.
– Outra vez.

---

10 Essa era a alcunha oficial. Ninguém sabe por que motivo, mas rimou, então pegou. Era a mistura de folclore escolar e a sagacidade de um bando de pubescentes do interior da Inglaterra da década de 1990.

Ao perceber que até as deusas amazonas têm seus momentos de desarmonia – ou melhor, exasperação – conjugal, eu me tranquilizo.

– Bom, aí está. – Inge entrega a cesta e nos encoraja a comer. – Vou procurar as crianças.

– Tudo bem – balbucia Magnus, meio constrangido.

– Ah, vocês têm filhos? – indaga Margot.

– Três. – Inge ergue a sobrancelha. – Magnus não mencionou?

– Não, não mencionou! – devolve Margot, balançando a cabeça, alheia a qualquer discórdia para a qual possa estar contribuindo.

Inge não responde, mas abre um sorrisinho.

– Onde é que eles estão? – pergunto, incapaz de me conter. – Seus filhos, digo.

– Ah, estão por aí – responde Inge, abanando a mão. Meu rosto deve estampar uma expressão de puro terror, pois ela acrescenta: – Estão brincando... as crianças precisam de liberdade. Nós chamamos isso de "negligência saudável".

Neste momento, ouvimos um urro, e um miniviking de cabelinho loiro surge à vista. Magnus se agacha, recebe o menininho de braços abertos e o ergue no ar, em meio a gargalhadas agudas de alegria.

– Cuidado, ele andou comendo umas frutinhas – diz Inge ao perceber as mãos sujas do filho, mas Magnus ignora, segurando o menino no ar e girando seu corpinho de cabeça para baixo. – Magnus, o menino deve ter se empanturrado de frutas – repete Inge. – Eu não faria isso, se fosse você...

Magnus continua a ignorá-la, então Inge dá meia-volta e começa a se afastar.

– Três, dois, um... – murmura ela, entre dentes.

Como se fosse uma deixa, a criança solta uma golfada, projetando bile e frutinhas arroxeadas na perna do pai.

– *Ecaaa!* – Magnus baixa o filho e tenta limpar o vômito da calça harem.

– Eu avisei – diz Inge, mordendo o lábio para conter um sorriso, então se dirige à criança, agora de estômago vazio: – Venha comigo. Vejo todas vocês mais tarde, certamente – conclui ela, e vai embora.

– Uau, ela... – Pela primeira vez, Tricia está sem palavras.

– Pois é... – falo. Nunca conheci alguém assim.

Melissa, no entanto, tem outras coisas em mente.

– O que tem nessa cesta, hein? Vamos dar uma espiada?

Então, espiamos.

À medida que o lusco-fusco se aproxima, cozinhamos algumas folhas que Margot e Tricia encontraram mais cedo, e Magnus nos ensina a fazer uma massa com nossa ilustre farinha. Vamos fazer pão, informa ele, para assar na fogueira.

Estou prestes a argumentar que não como pão e comentar que sou intolerante a glúten (mentira, minhas coxas é que são), quando Melissa me acerta um peteleco no braço. Eu fico tão consternada (*isso não é atitude de um adulto!*) e agoniada (*ai!*) que na mesma hora fecho a boca e esfrego o braço.

– Deixe de onda e coma a maldita comida – sussurra ela.

Eu cogito retrucar, mas estou exaurida. E faminta. Então decido "comer a maldita comida", simplesmente (já vejo a *hashtag* no Instagram: #*camc*), e suspendo meus princípios contra os carboidratos.

Magnus nos ensina a enroscar a massa de pão no espeto para fazer *snøbrod*, como ele chama – ou "pão enrolado" –, ao estilo tradicional.

– Nós aqui temos um ditado – diz ele. – Quando alguém precisa se acalmar, dizemos que é bom "*spis lige brød til*", ou "comer um pão". – Ele abocanha um pouco de massa crua e começa a mastigar, para ilustrar. – O carboidrato faz quase tudo melhorar – explica, com a boca cheia, ao que Melissa assente com veemência.

Eu sabia!, penso. *Carboidrato = preguiça. Vou precisar de uma desintoxicação dupla quando voltar à civilização.* Mas por ora eu topo.

Sentadas em troncos num círculo em torno da fogueira, vamos girando os espetos bem devagar, até a massa assar num perfeito marrom-dourado (Margot) ou numa maçaroca dura, preta por fora e indigesta, talvez crua, por dentro (o resto de nós). Mas tudo bem. Porque estamos famintas e preparamos a comida sozinhas, então é – quase – a coisa mais deliciosa que já comi na vida. A gostosura pastosa em nossa boca libera um vapor contra o ar frio da noite. Encolhida junto à fogueira enquanto cai a noite escura e úmida, penso que talvez essa viagem não seja tão ruim assim. Então Magnus começa a falar sobre o que nos aguarda em nosso treinamento e o que significa "perder o controle". E eu mudo de ideia.

– A ideia da perda do controle vem dos "berserkers". Esse é o nome dado aos ferozes guerreiros vikings que usavam peles de lobo e uivavam nas batalhas feito animais ensandecidos – explica ele, num tom casual, como se informasse como prefere o arenque (avinagrado, presumo).

– Seeei. – Melissa tenta compreender. – Então, é... o que é que a gente vai fazer?

Todas prendemos a respiração durante a pausa aparentemente interminável de Magnus, que formula sua resposta.

– Bom... – começa ele, devagar, arrastando a palavra de um jeito que não nos inspira confiança.

– *Bom?*

Magnus explica que não gosta de detalhar muito a fase da perda do controle, para não ficarmos intimidadas.

Diante disso, um coro de Valhala começa a ecoar em minha mente, provocando ansiedade, e Melissa transmite a informação de que "a Alice já ficou intimidada depois do que a Inge falou!".

Valeu, Melissa.

Magnus parece meio irritado por alguém ter roubado sua cena, então concorda em fornecer umas brevíssimas informações. Conta que sua versão de fúria incontrolável envolve "horas de corrida", "comunhão com A Ira", "nudez", "nado no mar" e "dança livre". Cada item, por si só, já bastaria para inundar de medo o coração de uma inglesa contida; juntos, suscitam um efeito similar a paralisia.

Depois que Magnus vai para casa, enfrentar – ao que parece – as recriminações de sua esposa e filho depois do episódio do vômito e do fracasso em reconhecer a existência da família, somos deixadas sozinhas com nossos pensamentos. Que, em minha experiência, nunca são a melhor companhia. As reflexões se concentram basicamente nos detalhes do que nos aguarda no sétimo dia de treinamento.

– Eu ouvi dizer que é um ritual xamanístico – diz Tricia, alegando que conheceu um sujeito que já vivenciou a experiência numa iurta no Arizona.

– O povo se droga, alucina, essas coisas – diz ela, meio vaga em relação a "essas coisas".

– Não é tipo um triatlo extremo? – pergunta Margot. – Achei que fosse um Iron Man feminino sem roupas, com pista de dança no final.

Não sei ao certo o que parece pior: isso ou as alucinações.

– Não envolve ursos, né? – solta Melissa, num tom alto, e eu empalideço. – Não rola uma luta com um urso? Ou um animal selvagem, pelo menos? Tipo um desses cães-guaxinins asquerosos?

Agora, estou apavorada.

Um urso? A porra de um urso? Ou na melhor das hipóteses um cão-guaxinim todo perebento, que pode ou não tentar me derrubar com uma cagada na cara? Eu enfrentei uma ovelha. Já não está de bom tamanho? Lutar com animais deve ser proibido por lei... até na Escandinávia. Não existem normas de saúde e segurança em relação a esse tipo de coisa? Então, recordo a fala de Magnus: "Aqui não tem isso de brigada de saúde e segurança. Nós somos *vikings*".

Logo depois, de volta a nosso "abrigo" e já preparada para enfrentar o frio da segunda noite, percebo que minha mente está a toda.

Será que isso está ficando meio O Senhor das Moscas?, penso, preocupada. *Se for o caso, que personagem eu sou?* Essa decerto é uma questão válida a considerar. *Eu sou o Ralph? Eu seria o Ralph, não seria?* Aposto que o Ralph dos dias de hoje teria quatro sacolas retornáveis no carro. *Mas e se na verdade eu for o Piggy? Ou algum dos porcos de verdade? E se o navio não vier nunca? E se eu não vir meus filhos nunca mais? E se Greg ficar sabendo da minha morte pelo noticiário?*

Eu me deito, muito quieta, me torturando a respeito disso tudo e tentando me aquecer, mas descubro que não consigo parar de tremer. Meus músculos são incapazes de relaxar, e eu sinto a pressão atrás dos olhos aumentar.

Tem mais alguém com vontade de chorar? Alguém?, desejo dizer. Mas jamais diria. Nem poderia.

Então, uma mão surge na escuridão e dá um aperto reconfortante na minha.

– Vai ficar tudo bem – sussurra Melissa.

Eu engulo em seco, enquanto uma lágrima desce por meu rosto e se aloja na orelha.

– Obrigada – consigo responder, enfim.

Ela aperta minha mão uma última vez, com sua força habitual. Eu caio no sono e sonho com porcos me perseguindo pela mata desconhecida, carregando nas mãos uns pães em forma de vara de pescar.

CINCO

As galinhas cacarejam e se dispersam enquanto nos aproximamos, e eu vejo com o canto do olho algo que pode ou não ser um rato. Magnus escancara a porta dupla de um galpão decadente e anuncia, com um floreio:

— Bem-vindas à oficina!

É mais uma manhã cinzenta no acampamento, e nós caminhamos uma eternidade até um círculo de cabanas ao longo da costa, para começarmos a nova fase de nosso treinamento viking. Rústicas e surradas, expelindo uma fumaça preta e carcinogênica, as cabanas são bem básicas, para dizer o mínimo, e eu não nutro qualquer esperança em relação ao dia que temos pela frente.

— Era assim mesmo nos tempos vikings? — pergunta Margot, sempre uma incansável otimista.

— Claro. — Magnus dá de ombros. — Só que com mais moscas. Nós costumávamos jogar ossos velhos e lixo do lado de fora, tal e qual os vikings, mas o pessoal da vigilância sanitária descobriu e resolveu proibir.

Ele parece desapontado com a lembrança, embora, pelo menos a meu ver, o cenário ainda pareça muitíssimo rústico. *Daqui a pouco topamos com alguém tocando alaúde.*

Achando graça, reparo que hoje a barba de nosso líder está dividida em duas trancinhas, duas marias-chiquinhas penduradas no queixo.

Será que Magnus tem alguma insegurança com o tamanho das partes baixas?, imagino, observando a criatura barbada de calça harem à minha frente. *Acho que sim.*

Ele acende um lampião que pouco ajuda a iluminar o ambiente; só consigo distinguir uma estrutura de madeira meio primitiva, com umas cordas e uns pedais amarrados. Também há um fogão de pedra enegrecido e várias cestas de tecido exibindo o que eu chamaria de "mixórdia", mas Melissa sem dúvida descreveria como "uns trecos úteis, tudo no mesmo espectro indistinto de cores que já aprendi a esperar destas bandas.

— Fiquem à vontade! — diz Magnus, abrindo os braços.

Nós permanecemos paradas, à exceção de Margot, que se aproxima da estrutura de madeira, e sou informada de que se trata de um tear. Ela dá uma espiadela, se acomoda num banquinho e estala o pescoço e os ombros, como uma pianista prestes a começar um recital. Então, posiciona as mãos na máquina e começa a bombear furiosamente os pedais. Com a mão direita, enfia habilmente uma linha numa fileira de barbantes, depois outra vez, enquanto a geringonça se move, ruidosa e estridente.

— O que... — começa Melissa.

— ... ela está fazendo? — solta Tricia, concluindo a frase.

— Ah, estou vendo que Lobo da Noite é uma tecelã nata! — diz Magnus, satisfeito. — Eu duvidei que alguma de vocês fosse capaz de diferenciar trama de urdume!

PUTA QUE PARIU! Quem é que tem bíceps perfeitos, cata nozes que nem a merda de um esquilinho da Disney E ainda por cima entende de tecelagem? Como isso é possível? Essa garotada de vinte e poucos anos não vive ocupada tirando selfie? Ou aprendendo programação? Como é que esse povo tem tempo de dominar a arte da TECELAGEM? Qual é o PROBLEMA dessa garota? Agora estou determinada a encontrar *alguma coisa*.

Margot ergue os olhos, mas não reduz o ritmo do pedal.

— Ah, isso? Eu aprendi no Prêmio Duque de Edimburgo. Módulo ouro — acrescenta, num tom casual. — Para o módulo prata eu escolhi manejo de alpacas, e no módulo ouro ia fazer balé ou aerodinâmica, mas resolvi trocar para tecelagem e fiação.

Ele é fiandeira também? Como assim?

— *Duque de Edimburgo?* Tipo o marido da rainha? — pergunta Melissa, de olhos arregalados, dando vazão a seus interesses monarquistas. — Você... conhece o duque?

— Não — respondo. — Ela não conhece o duque. O Prêmio Duque de Edimburgo é só um lance das escolas chiques... — Então, percebo um certo constrangimento em Margot. — É isso, não é?

— *Bom...* — titubeia ela.

Você está de sacanagem?

— É que o meu pai também pinta umas paisagens com o Phil de vez em quando — explica Margot, dando de ombros e balançando de leve a vistosa crina cor de mel, como se dissesse "não é nada de mais...".

Aí já passou do limite.

— Uau... — solta Melissa, maravilhada.

— Nossa, como você é *bem* relacionada! — solta Tricia, com ar perplexo. — Eu estava perto do banco de reserva no *It's a Royal Knockout*, o torneio real de 1987, mas precisava que alguém no campo sofresse alguma lesão para eu conseguir dar uma espiadela. Não tive essa sorte. Não consegui nem apertar aquelas mãozinhas enluvadas — acrescenta ela, tristonha. — Mas o Duncan Goodhew me arrumou um *vol-au-vent* do camarim.

— Duncan quem? — Margot franze a sobrancelha.

— Pois é — responde Tricia, com um suspiro. — Era um grande nome nos anos 1980. Você não era nem nascida. Que deprimente... e como as nossas estrelas perdem o brilho depressa... — Ela vai murchando e começa os tapinhas debaixo do queixo, numa tentativa de voltar no tempo. — Por outro lado, muitos nomes grandiosos naquela época se revelaram pedófilos... então, no fim das contas, até que foi bom.

— Então, o que mais podemos fazer, em termos de artesanato? — pergunto, tentando mudar o rumo da conversa para esquecer essa imagem perturbadora e o círculo social refinado de Margot.

— Bom, tem costura — responde ele. Melissa fecha a cara, como se alguém tivesse lhe oferecido um balde de vômito frio, mas Magnus persevera: — No tempo dos vikings, a mulher que queria demonstrar interesse por um homem costurava uma camisa para ele.

— Não é para mim, querido — devolve Tricia. — Eu não organizei uma transformação televisionada nas pacifistas de Greenham Common[11] para costurar camisa de homem.

Rá!, penso. *Arrasou!* Então me lembro dos quatro botões que cerzi para Greg no mês passado. *Ai...*

— Bom, pode ser também artesanato em couro — prossegue Magnus. — Vocês podem fazer bolsinhas de moedas... ou um cinto, para sustentar a minha calça! — Ele aponta para a calça harém, que de tão caída revela seus "ilíacos de Brad Pitt em *Thelma & Louise*". Percebo Tricia lambendo os beiços.

Puta que pariu! Mas e as mulheres da Greenham Common?!

— Tem também confecção de bijuterias. Os vikings usavam muito bronze, e os broches faziam bastante sucesso — explica ele. — A gente faz um molde de cera, envolve no barro, aquece no forno, espera a cera derreter, preenche o molde com bronze, depois enfia numa meia e o rodopia no alto da cabeça enquanto o bronze ainda está derretido.

— Sério? — pergunta Melissa, desconfiada.

— Eu nunca brinco quando o assunto é metal fundido — retruca Magnus, oferecendo o que creio ser um excelente lema para a vida.

Desde o confisco de nossos sapatos, só usamos as meias na hora de dormir, então alguém precisa retornar ao acampamento para pegá-las. Margot se oferece e sai correndo.

— Só não pegue a da Melissa — grito para ela, recordando o fiasco da "meia da sorte" com enjoativa clareza.

— Grossa! — solta Melissa, então grita para Margot: — Pode ignorar!

Mas Margot já está longe. Então, nós começamos.

---

11 "Tive que enfrentar muitas jaquetas impermeáveis e óculos gigantes à la Deirdre Barlow..." é como Tricia explica sua contribuição pessoal ao acampamento pacifista de mulheres estabelecido em 1981 para protestar contra as armas nucleares da Força Aérea Real Greenham Common, em Berkshire.

É um esforço físico surpreendente, e depois de minutos socando a cera para fazer um molde eu começo a tirar camadas de roupa – fato sem precedentes na viagem, dados a minha circulação e o clima escandinavo.

– Deus do céu, quanta roupa você está usando? – pergunta Tricia.

– Eu? Ah, eu sinto frio...

– É porque ela não come direito – intervém Melissa.

– Obrigada.

– Mas é verdade. Você parece uma figurante de *Os Miseráveis*.

– Humm... Bom, não estou vendo nenhuma churrascaria rodízio por perto.

Não sei de onde tirei isso. Não vou a uma churrascaria desde 1998. Quando mamãe morreu. Melissa sabe disso.

– Menos conversa! Mais trabalho! – interrompe Magnus, e nós nos calamos.

Respingo barro em minha figura de cera... em meu... humm... besouro...

É um besouro?

É um besouro, decido. Envolvo com cuidado o molde no barro, ponho no forno e me queimo – esquecendo totalmente os utilíssimos pegadores na lateral, justamente para essa finalidade. Magnus me manda enfiar o punho num balde d'água de aspecto nada limpo, que ele guarda à mão para tais emergências, enquanto eu solto os palavrões que consigo.

Quando Margot retorna com seu próprio par de meias de hóquei, de altíssima qualidade, Melissa já preparou um molde de cachorro bastante elaborado, Tricia parece ter feito o que a princípio penso ser uma flor, até que ela me conta que é um "autorretrato" de sua própria genitália, e meu molde de besouro é... bom... mais uma maçaroca oval.

– Pronto? – pergunta Magnus, de meia na mão.

– Pronto – assente Melissa, reivindicando a primeira volta na "funda de meia".

– Será que não é melhor fazermos isso lá fora? – pergunta Tricia.

– É... sim, acho que é melhor – concorda Magnus, dando uma olhadela para o abrigo, que exibe várias manchas com lascas de bronze na parte de baixo das vigas, indicando que os representantes vikings anteriores não tiveram a mesma visão de Tricia. Ou as meias grossas de Margot.

Vamos para fora, e Melissa começa a rodopiar, ganhando bastante ímpeto.

– Ótimo, Pernas Fortes, excelente trabalho! – aplaude Magnus. – Acho que agora já deve estar bom – acrescenta. Mas Melissa não para.

– Uhuuul! Eu sou o Clint Eastwood! Sou Eufrazino Puxa-Briga! Sou Billy Crystal em *Amigos, Sempre Amigos*! Sou... digam um nome feminino! – grita ela, enquanto a meia com o metal derretido passa perigosamente perto de minha cabeça.

– Meu Deus... – Bem a tempo, eu desvio.

– Jessie, de *Toy Story 2*? – sugere Margot, com certo medo de minha irmã.

– Isso! Eu sou essa aí! Seja lá quem for![12] Uhuuul! – Melissa continua a rodopiar.

– Ok, vamos todos nos afastar um pouquinho. – Magnus nos leva um pouco mais para longe, como espectadoras de um show de fogos de artifício, enquanto minha irmã começa a correr, rodopiando a meia feito um laço. – Eu já vi isso acontecer – confessa ele. – Essa coisa de arremesso sobe à cabeça. Além da fumaça do metal fundido. A gente só precisa deixar que ela rodopie até cansar.

De uma distância segura, nós quatro observamos Melissa executar uma espécie de movimento espiralado, como se estivesse num bambolê. Por fim, ela dá um último rodopio com a meia e cambaleia para trás, tonta e aturdida pela endorfina.

Ela tateia o dedão da meia de Margot, feito uma criança procurando um presentinho na meia de Natal, até que sua mão emerge, triunfante, com uma bola de argila no formato, imaginamos, de um cachorro. Ela ergue a bolota no alto da cabeça, arremessa no chão para quebrar o molde, agarra a criação de bronze ainda morna e aperta junto ao peito.

– Olhem! – diz, mostrando para nós, enquanto soltamos gritinhos de entusiasmo.

– Humm...

– Seu cachorro só tem três pernas? – indaga Margot, com inocência.

---

12 *Toy Story 2* foi lançado depois que minha irmã abandonou a cultura pop, portanto não faz parte de seu repertório. Mas provavelmente a essa altura você já devia imaginar...

Melissa vira a estatueta nas mãos e conta. Sei disso porque ela ainda movimenta a boca na hora de contar (e de ler). Vejo um instante de hesitação, então minha irmã, normalmente honestíssima, por algum motivo resolve disfarçar.

— Tem — responde ela. — Tem, sim. Era *exatamente* essa a minha intenção.

— Ótimo — solta Tricia, batendo as palmas. — Agora, eu!

O percurso de seu "autorretrato" na funda é bastante árduo, lamento informar, mas Tricia garante que com alguns retoques a obra vai ficar "bem apertadinha". Meu besouro sai igualmente abstrato, com um jeitão de cocô de mentira de loja de mágica, como diz Melissa. Mesmo assim, é meu. Eu fiz uma coisa do zero, sozinha.

Em seguida, pegamos no pau. Literalmente. Magnus mostra exemplos de estatuetas entalhadas e esculturas inspiradas em artes vikings, exibindo muitas cordas, muitos enfeites e desenhos claramente fálicos.

— É só contornar com um marca-texto e desbastar com um cinzel — explica ele.

— Os vikings usavam canetinha? — pergunta Melissa, desconfiada.

— Teriam usado. Caso conhecessem — responde Magnus, com firmeza. — Além do mais, o cheiro é uma delícia. — Ele dá uma longa fungada. — Com certeza teriam usado em rituais xamanistas, ou coisa assim...

— Eu sabia! — solta Tricia, triunfante, e eu começo a me preocupar.

Será que a perda do controle na verdade envolve nudez, florestas e marca-textos? Que merda.

— Quer dar uma cheirada? — pergunta Tricia, enfiando a canetinha no meu nariz. Por reflexo, eu recuo. — O quê? — retruca ela, percebendo minha expressão. — Faz dias que não tomo um drinque. Vou dar uma cheirada na caneta.

— Ah, claro, boa ideia — incentivo.

Quando estamos todas entorpecidas de marca-texto, Margot começa a remover as lascas de um pedaço de pinheiro e o restante de nós segue em silêncio com nosso artesanato — exceto pelo coro de roncos que começa a irromper de nosso estômago. Hoje nós nos refestelamos no café da manhã, com mingau e ovos, mas algo no ar fresco e na atividade física, somado ao esforço de aprender algo novo, faz com que um apetite voraz desperte em nós (até em mim!). De onde estou, consigo ouvir o ruído na barriga de Melissa.

– Acho que já aprendemos o básico – solta minha irmã, largando as ferramentas. – Que tal a gente comer?

– Bom, tem a floresta – começa Magnus, ao que nosso coração aperta... e o estômago também.

– Ou você poderia... – Tricia tenta uma nova abordagem. – Bom, você parece levar jeito para a pesca de arenque. – *Uma frase que jamais imaginei ver saindo de sua boca.* – Será que não podia pescar mais uns... e mostrar como os deixou tão *gostosos* ontem...

Magnus, como já ficou óbvio, é um homem suscetível a elogios. Depois de uma objeção pouco convincente ("Ah, foram só uns peixinhos!..."; "Ora, essa não é bem a proposta, mas se as moooo-ças quiserem muito..."), ele é persuadido, então sai assobiando.

Tricia, vitoriosa, dá um adeusinho e se vira para nós, empunhando sua escultura, que mais parece um pênis viking.

– Viemos, vimos e entalhamos! – vibra ela, e eu me pergunto se ela não deu uma cheiradinha extra na caneta. – *"As garotas estão entalhando sozinhas..."* – Tricia começa a cantarolar a sua versão do dueto de Annie Lennox e Aretha Franklin, e eu não contenho um sorriso. *Ela cheirou mais marca-texto que a gente, sem dúvida...* – *"Sozinhas... entalhando a ma-dei-ra..."*

– Que versão horrorosa! – murmuro, com uma risada.

– Que a Annie Lennox não me escute cantando uma música dela – diz Tricia, parando abruptamente. – Ela vai cantar para você de volta. Muito alto. A gente saiu juntas nos anos 1990, por cerca de oito minutos. Daí eu a ofendi de alguma forma... não lembro bem como... e a amizade acabou. Enfim, teve uma vez, depois de sair com ela, que fiquei uma semana com um zumbido no ouvido.

– Você conhece todo mundo! – solta Melissa, sem ironia.

Nós seguimos com o artesanato para esquecer a fome, e eu percebo que mergulho na experiência e curto o processo de entalhe, que deixa no ar um cheirinho de fumaça. É uma vivência interessante para mim, que da escola à vida adulta me afastei de toda e qualquer criatividade por medo de fazer besteira.

E eu faço, mesmo. Mas descubro que não importa, na verdade. É muito gratificante usar as mãos para algo que não envolva dentição e fazer algo só *por fazer*, sem objetivo específico. Durante o processo, deixo de lado todas as preocupações habituais, e é como se a experiência me ajudasse a calar um pouco o familiar caos mental.

Eu nunca compreendi o objetivo dos hobbies. Mesmo na escola, quando Melissa convencia nossos pais a nos inscrever em cursos extracurriculares e aulas de macramê, eu sempre sentia que poderia estar fazendo outras coisas, como o dever de casa, aulas extras ou transações bancárias pela internet. Em casa, mal tenho cinco minutos para ir ao banheiro. Muito menos para um bom número dois. Certa vez, passei uma semana inteira sem "evacuar". Estava ocupada demais para cagar, literalmente. Meus "hobbies" hoje em dia se limitam a arrumar a sala e lavar roupa.

Desde que me entendo por gente, a vida me exauriu todo o tempo e toda a energia. Não tenho espaço livre na agenda, não tenho cor sobrando na planilha para atividades não essenciais. Não faço nada só por fazer. Pois me render a um hobby seria apenas isso: uma rendição. Então, quando alguém pergunta sobre meus passatempos, eu faço cara de paisagem.

"Algum hobby? Ou você é do tipo que no tempo livre corre para a casa da amiga para comer carbonara e reclamar?", perguntou uma paciente tagarela semana passada, enquanto eu tentava ministrar-lhe um anestésico.

"Eu não tenho tempo livre!", quis disparar. Em vez disso, enfiei a agulha com força, para que ela calasse a boca. Na mesma hora, contudo, comecei a perceber que não tenho mesmo muitas amigas, como bem apontou Melissa quando sugeriu que eu tirasse umas férias. Eu nem lembro quando foi a última vez que saí para me divertir com um grupo de mulheres.

Os amigos nem sempre esperam por quem vive ocupado, trabalhando demais ou chafurdando no lodaçal da maternidade. Eu perdi a sintonia tanto com as amigas que tiveram filhos antes de mim quanto com as que tiveram depois – ou não tiveram. Os amigos antigos se mudaram, à medida que foram arrastados para outros locais por causa dos preços dos imóveis, de seus empregos, suas famílias ou do habitual esmagamento da vida urbana. Nos últimos anos, meu círculo social encolheu. Se eu tivesse mais coragem e ousadia, teria previsto isso e começado a recrutar novas amizades. Mas daí seria necessário que eu socializasse de verdade – clubes de leitura, saídas à noite, jantares, até hobbies. O que exigiria demais de meu estoque já muitíssimo limitado de conversas. *E eu sou oficialmente um fracasso em termos de interações humanas*, penso, deprimida, recordando minha "fuga de *gente*" no congresso de odontologia, atrás da cortina preta, evitando encontros constrangedores.

Mas, se isso for verdade, que sensação estranha, quentinha e agradável é essa que estou sentindo agora, quase como se eu estivesse... contente... na companhia dessas mulheres, fazendo uma coisa só por "diversão"?

– Relaxante, não é? – pergunta Margot, entalhando a madeira sem olhar. *Ah, agora ela também "esculpe às cegas"?!* – É a dopamina. Um antidepressivo natural que o nosso corpo produz quando fazemos algo criativo e nos concentramos de verdade. É por isso que eu amo a marcenaria. – Ela ergue o produto de seu trabalho: uma fênix impressionante e elaboradíssima, emergindo de caracóis de madeira que simulam labaredas.

– Cacetada! – As palavras escapam de minha boca antes que eu consiga contê-las. – Tem alguma coisa que você não faz bem?

Margot reflete por mais tempo do que pedem os bons modos. Faz um biquinho para falar, mas muda de ideia, então responde:

– Badminton.

Magnus não retorna apenas com o arenque; traz cavalas também e se oferece para cozinhar. Só pede que busquemos umas folhas e frutinhas para servir de acompanhamento.

Já experientes na busca por alimento, levamos pouquíssimo tempo para coletar nossa contribuição. Eu me ofereço para pegar as frutas, e juntas nós reunimos todas as comidas que a floresta decide nos entregar e retornamos à base, prontas para encher a pança. Ainda está frio. Ainda está úmido. Mas nós nos sentamos junto a uma fogueira, sob o céu acinzentado, e comemos o que estava na mata pouco tempo atrás. E é... bom.

Uma vez empanturradas, recostamos o corpo perto do fogo, de barriga cheia, e comparamos os produtos de nosso artesanato.

– Foi um dia bom, não foi, moças? – indaga Magnus.

– Superdivertido! – responde Margot, concordando com a cabeça.

Não sei se chega a tanto, penso, mas faço um esforço para me lembrar de algum momento em que senti tamanha liberdade. *Estou perigosamente próxima do entusiasmo*, observo.

Depois que o sol se põe, Magnus volta para casa – seja lá onde for – e nos deixa à mercê de mais uma noite no grande descampado. Desta vez, porém, não sinto medo. Em vez disso, nós quatro nos deitamos de barriga para cima, aquecendo os pés no calor do fogo e admirando o céu estrelado.

– Não é incrível pensar que existem outros mundos lá fora? – indaga Margot, ainda empolgada. – E que o ser humano viaja para o espaço!

– Pff... espaço. – Melissa faz uma expressão de desdém, e eu respiro fundo. *Vai começar...*

– Como assim?

– Ah, é só que eu não acredito nisso – solta ela.

– Não acredita no *espaço*? – Margot se apoia no cotovelo, incrédula.

– Melissa acha que a ida do homem à Lua foi encenada – explico, no tom mais discreto possível. A incredulidade de minha irmã em relação ao espaço, consequência do número astronômico de vezes em que matou aula, não é algo que gosto de ressaltar.

Só me falta mais essa... passar vergonha na frente da Margot...

– Sério? Por quê? – Tricia não se acanha em jogar mais lenha na fogueira, então se vira de lado e encara Melissa.

– Pois é, eu não caio nessa história dos engravatados e não entendo como é que não dá para todo mundo morar em Marte, se o ser humano faz essas viagens ao espaço há, tipo, *cinquenta anos*! – devolve minha irmã, em tom de escárnio.

– Entendi... Bom, cada um com seu cada qual, não é? – solta Tricia, meio soturna.

– Como assim?

– É que eu sinto exatamente o contrário. Acho que o espaço está perto demais.

Ergo uma das sobrancelhas, intrigada.

– Você já viu *Armageddon*? – continua Tricia. – Eu acho que o Bruce Willis a essa altura já está um pouquinho passado para salvar a humanidade de um asteroide. E o Ben Affleck está mais ocupado com outras coisas. – Ela abana a mão, resumindo as preocupações do sr. Affleck. – Só não acho que eles vão ter tempo de *consertar* da próxima vez... então sempre guardo comida enlatada a mais, para...

Margot arregala os olhos, perplexa.

Ela não aprendeu na escola sobre esse tipo de gente, e agora vou entrar no bolo desse "tipo de gente", graças à minha proximidade genética com a negacionista espacial. Valeu, Melissa...

– Você estoca comida? – indaga Margot. – Para o caso de um *asteroide* cair na Terra?

– *Para o caso*, não – responde Tricia. – Para *o dia* em que acontecer!

– Eu acho que vai ficar tudo bem... pelo menos por hoje – digo, tentando trazer a conversa de volta à Terra com a maior delicadeza possível.

– É isso o que "eles" querem que a gente pense – rebate Tricia.

– Ah, *é*?

Tricia dá um tapinha no nariz, como quem diz: "Não falo mais nada".

Melissa assente, concordando com a teoria da conspiração da amiga, e eu torno a me deitar, em desespero.

Margot, sentindo que qualquer tentativa de ter uma conversa científica será infrutífera, também se deita, bem devagar, e nós observamos em silêncio as constelações.

– Não se veem tantas estrelas assim lá na Inglaterra – murmura Tricia, por fim, ao que Melissa responde que dá para ver, sim, no "interior de verdade".

– Em Streatham não dá, então? – pergunto.

– Não – responde ela, com firmeza. – Foi mal.

Nunca me interessei muito pela natureza. Mas, ao admirar uma extensão tão extravagante e interminável de céu estrelado, penso que talvez Melissa tenha razão em sua doutrinação em prol da vida no campo.

– É uma brilhante! – assente ela, vagamente.

– Estamos ficando um pouco técnicas – provoco, e ela me dá a língua. Eu bocejo, com agradável cansaço, e pisco os olhos umas vezes, depois mais outras, convencida de ter visto uma estrela cadente. Então esfrego os olhos, para me certificar.

– Você viu também? – pergunta Melissa.

– Eu... acho que vi!

– Façam um pedido! Rápido! Todas nós.

Então, nós fazemos.

SEIS

Burr-burrr-burrrr!

O estrondo de uma corneta começa a soar, numa convocação que se mistura ao sonho muito realista em que estou imersa, envolvendo o tratamento de um terceiro molar incluso.

Burr-burrr-burrrr! A intimação continua por uma eternidade, até que eu desperto e estreito os olhos, absorvendo os arredores.

Burr-burrr-burrrr...

Eu começo a me perguntar quando a barulheira vai parar.

Burr-burrr-BURRRR!

Não vai parar NUNCA?

O som fica mais alto. E ainda mais. Até que vejo uma figura imponente, agarrada a um chifre que deve ter pertencido a um atemorizante touro, avultando sobre nós.

— Impressionante capacidade pulmonar. — Tricia, toda amarrotada, emerge de um emaranhado de cobertas e esfrega os olhos. Margot e Melissa não estão à vista, mas minha irmã pelo menos eu consigo ouvir.

— Acordem! O dia está lindo! O sol está brilhando, os pássaros estão cantando! — grita ela, nos fundos de nosso abrigo.

— Beleza, Branca de Neve, já deu — resmungo, apoiando-me no cotovelo.

Ao concluir que o mundo lá fora está frio demais, eu me deito de volta e enfio as mãos sob as axilas, para me aquecer. Depois de ouvir Melissa cantarolar por mais cinco minutos, desafinada apesar do entusiasmo, concluo que não dá mais para aguentar. Vou ter que me levantar. Enfio um sutiã por baixo do moletom com que me acostumei a dormir e viro a calcinha do avesso, para usar mais uma vez. Sim, cheguei a esse ponto. E, por incrível que pareça, estou levando muito bem.

Talvez eu seja uma viking...

Margot aparece, de mãos na cintura, os cabelos ainda mais brilhosos que de costume, exibindo um brilho quase etéreo e uma aura iluminada sob o sol da manhã.

— Tudo sempre melhora depois de uma corrida, não é?

Tricia e eu trocamos um olhar telepático, como quem diz: *"Não faço a menor ideia. Deus, me dê força e um café espresso, por gentileza"*.

Ao ver Magnus, Margot se apruma um pouco mais do que sua excelente postura permite.

— Oi, oi! Como vai hoje?

Hoje, porém, Magnus a ignora. Hoje não há tempo para firulas sociais.

— Somos guerreiros — informa ele.

— Mas e o café da manhã? — pergunto. Logo eu, que passei mais de uma década evitando a primeira refeição do dia! *Você mudou, Alice.*

— Pois é! — diz Tricia, tentando domar o cabelo e ficar mais apresentável. — Os guerreiros não têm nenhum tipo de ritual matinal? — Ela tenta o que pode para adiar o inevitável. — Um aquecimento, talvez? Uma dinâmica de conexão com nosso guerreiro interior... um arremesso de argolas, quem sabe? — Pelo semblante de nosso líder, vejo que não teremos sucesso. — Não?

— Venham comigo — diz Magnus, estendendo o braço musculoso para ajudar cada uma a se levantar, como se fôssemos Marilyn Monroe e Jane Russell em *Os Homens Preferem as Loiras*. Eu digo a ele que não preciso, mas Tricia aceita, aproveitando para dar uma roçada, sem-querer-querendo, em seu peitoral nu.

— Mais macio que ostra fresca — sussurra ela, enquanto ele nos conduz para fora da cabana.

– Depilado – comento. – Não é possível que um homem tão barbudo não tenha pelo nenhum do pescoço para baixo.

Tricia solta uma risada que parece um grasnido. Ao mesmo tempo, percebo que hoje nosso grande líder fez nada menos que *três* tranças na barba.

Eita, um tripé.

– Digam o que quiserem da depilação masculina – diz Tricia, recobrando a compostura. – Não foi à toa que o mamute-lanoso entrou em extinção...

Depois de mais um belo passeio pela mata, cruzando os "galpões de artesanato", chegamos a uma estrutura grande, com uma espécie de chaminé. O que é isso, exatamente? Um barraco? "Casa" parece um termo grandioso demais. Do lado de dentro, ouço o estalido de chamas e foles; dou umas tossidas, tentando ajustar os pulmões ao ar espesso, tomado de uma fumaça azulada. Quando meus olhos se acostumam à incômoda nuvem de carbono e param de lacrimejar, percebo paredes de pedra, vigas de madeira de onde pendem diversas ferramentas e o que parece uma pessoa em tamanho real, bem no canto.

– Tem alguém aqui? – sussurro.

– Ah, sim. – Magnus parece um pouco irritado. – Ele está só dando uma mãozinha. – Então diz alguma coisa num idioma que não compreendo, mas que parece muito a fala de um bêbado.

Ou então está prestes a solucionar um assassinato numa série de tevê nórdica, ambientada sob um céu cinzento.

A criatura que bombeia o fole aparentemente é dispensada e passa por nós depressa, o rosto virado para baixo, deixando para trás apenas um odor fumacento e almiscarado.

– Hum – diz Melissa, respirando fundo. – Parece um ferrador.

Não faço ideia do que seja isso, mas os olhos de minha irmã ficam marejados com a lembrança. Tricia explica que um ferrador é um "especialista em cascos de equinos, que basicamente calça sapatos nos cavalos".

Magnus pega o fole e faz o possível para controlá-lo com a mesma facilidade do sujeito anterior.

— O ferreiro era uma das figuras mais importantes na época dos vikings — resmunga ele, entre as pancadas. — Certa vez, um rei mandou amputar as pernas de seu ferreiro só para impedi-lo de sair do vilarejo.

Sem saber a resposta apropriada a esse comentário, ficamos em silêncio.

— Pois bem, é assim que se forja ferro – diz ele.

— Sei – devolve Melissa. – E... de quanto ferro a gente precisa para fazer uma espada?

Ele dá um rodopio ligeiro.

— Vocês não vão fazer uma espada.

— Ah, não?

— Não! – responde Magnus, com uma risada bem na cara dela, e balança a cabeça, como se a sugestão de Melissa fosse "muito engraçada". – A maioria dos aprendizes começa fazendo um prego.

— Um *prego*? – retruca Melissa, nada impressionada. – Nós vamos fazer *um prego*? No "dia dos armamentos"?

— Isso. Um bom ferreiro de espada precisa de *anos* de experiência.

— Sei. E há quanto tempo você faz isso?

— Há *anos*.

Melissa apresenta sua melhor cara de decepção. Até Margot parece aborrecida. Tricia está distraída, desviando de um monte de centelhas, e eu percebo que no fundo também estou decepcionada por saber que não darei vazão a meus delírios de *Xena: A Princesa Guerreira*.

— Não vou fazer esse prego sozinho, ok? – vocifera Magnus, afastando uma fagulha que pousou em sua barba.

Se existe alguém que necessita de uma máscara de solda, esse alguém é o homem hipster, reflito.

Magnus resmunga e bombeia o fole um pouco mais. Hoje está de ovo virado, e nem a bajulação de Tricia ou o shortinho curto de Margot dão conta de melhorar seu humor. Conforme nos foi avisado, fazer um prego leva "uma triste eternidade", como diz Tricia, e no meio do processo ela anuncia que precisa de uma pausa para o xixi. Já que vamos parar, todas concordamos em adiantar o almoço. Com isso, Magnus pede licença e desaparece no meio da mata, caminhando de um jeito estranho.

Terminamos de comer – arenque salgado de ontem e um pão que não parece dormido, pois está torrado – e continuamos aguardando as "emoções" que estão por vir, quando Tricia observa que já faz um tempo que nosso líder está ausente.

Como Melissa é a única de relógio, diz que podemos dar mais uns cinco minutinhos ("Você não pode apressar o cocô", diz ela, atualizando o famoso refrão de Diana Ross, "Você não pode apressar o amor").

Alheio às expectativas depositadas em suas tripas, Magnus não retorna ao fim dos cinco minutos. Em algum momento em torno dos seis, porém, Melissa informa estar ouvindo um barulho estranho, um choramingo.

Que não seja um animal selvagem, pelo amor de Deus, eu imploro, em silêncio. *Tomara que Magnus não tenha pensado em complementar nosso voraz apetite matando um esquilo... ou sacrificando as ovelhinhas cagonas... e que não tenha sido atacado por um cão-guaxinim... ou um lobo...*

– Ahhhhhhh...

O choramingo se intensifica, agora quase no tom de uma sirene.

– Magnus? – chama Margot, meio preocupada. – Será que deveríamos ir atrás dele?

– O homem está respondendo ao chamado da natureza – diz Tricia. – Acho que ele merece um pouquinho de privacidade...

Ouvimos outro berro audível.

– Por outro lado...

Estamos cochichando sobre o que fazer quando Magnus irrompe, a calça harem arriada, exibindo tudo o que um viking tem a oferecer. Ele cambaleia e vai se inclinando para o lado. Nós observamos passivamente, ainda certas de que ele vai se equilibrar antes de cair, e quando ele desaba todas nos levantamos de um salto.

– Ele está desmaiando! Ele vai desmaiar! – diz Tricia.

Melissa corre, numa admirável tentativa de salvá-lo, mas é ultrapassada por Margot, que avança em disparada. Ela o agarra no meio da queda, evitando que sua cabeça acerte uma pedra angulosa... mas ele perde o controle dos esfíncteres.

– Ai, meu... – Margot se esforça para segurá-lo, fazendo o possível para não ficar cheia de... – *Cocô*!

– É muita merda, mesmo – solta Tricia, enquanto observamos a deplorável figura de nosso outrora grande líder.

Suas bochechas estão tomadas de uma forte vermelhidão, feito um adolescente com acne, e ele transpira visivelmente. Então, vomita. Uma enorme poça de um líquido viscoso, de cor bastante arroxeada, com pedaços de folhas colhidas na mata.

Enojada, mas sentindo estar diante de uma situação que uma mulher com quatro sacolas retornáveis no carro *deveria* ter condições de enfrentar, eu solto a frase que venho ensaiando desde os dezessete anos:

– Abram espaço, eu sou da área de saúde!

Nesse momento, Melissa solta a frase que vem ensaiando desde os quinze:

– Você não é médica de verdade, é *dentista*...

– Os profissionais de odontologia recebem treinamentos regulares para situações de emergências médicas no nível adequado a suas responsabilidades clínicas! – retruco, impaciente.

– E isso significa o quê, em língua de gente normal?

– Que a gente aprende primeiros socorros! Por quê? Você ia fazer o quê? Uma *reza* para ele melhorar?

Com isso, ela fica quieta.

A bem da verdade, além de sentir a temperatura na testa de Magnus, determinar que ele está com cólicas estomacais e confirmar que está fraco demais para se levantar, eu não faço muita coisa. Graças a Deus, as "emissões" – tanto as de cima quanto as de baixo – estão livres de sangue. Mas ele agora está com calafrios, e as frutinhas vermelhas presentes no vômito deixam pouca dúvida quanto à causa do problema. Todos os olhos estão em mim. Bom, os que não estão em mim no momento estão revirados para cima, cravados na cabeça de nosso ilustre líder.

Merda.

– Então, o que é que a gente faz? – indaga Tricia.

Tento pensar rápido.

O que uma mulher com quatro sacolas retornáveis no carro faria nesta situação? Então, eu me lembro. *Habilidade de sobrevivência número um: conferir se o resto das pessoas está bem.*

– Tem mais alguém passando mal?

As outras negam com a cabeça; quanto a mim, salvo o enjoo provocado pela cena de investigação criminal à minha frente, meu estômago felizmente está intacto.

– Ele comeu o mesmo que a gente? – pergunta Margot.

– Acho que sim...

– Bom, ele deu cabo das frutinhas vermelhas...

Eu começo a suar. Sinto que me deixei levar pela tolice das plantinhas comestíveis, e agora me pergunto se não acabei envenenando Magnus com alguma fruta ruim de uma árvore inapropriada.

Eu sou tipo a Eva no Jardim do Éden, só que não posso culpar a miserável da serpente...

– Muitos homens têm questões de saúde nessa idade – diz Tricia, com certa autoridade, partindo em meu resgate. – O meu ex vivia no banheiro, sempre passando mal com alguma coisa. Não tinha estômago.

Um princípio de chuva e o retorno dos ruídos intestinais de nosso enfermo viking afastam um pouco minha onda de culpa.

– Eu preciso fazer – murmura ele. – De novo...

Ai, meu Deus.

– Você consegue ir até o mato? – pergunto.

Magnus geme um pouco mais.

– Hein? – insisto.

Ele nega com a cabeça.

– Beleza, então – digo, mas descubro que também não consigo me mexer. *O que está havendo comigo? Por que é que nada acontece?* – Beleza – repito, tentando mais uma vez soar convincente, mas em vão. Estou completamente paralisada.

Não tenha outro ataque de pânico, por favor, não tenha outro ataque de pânico...
– Vamos! – grita Melissa para mim. Então arregaça as mangas e enfia a cabeça sob o braço de Magnus, tentando erguê-lo e resmungando comigo: – Você tem filhos, já encarou cocô humano!
– Mas eram bebezinhos fofos! Não um viking de cem quilos! – O medo percorre minhas veias, e eu percebo que estou travada. – Além do mais, quem tem bicho é você! – rebato.
– E daí? A Tricia também tem! E tem um filho! – grita Melissa.
– Os seus são maiores! – disparo. *Não dá para comparar com um shih-tzu pequenino.*
– É, isso mostra bem o que você sabe, porque a) cavalo caga basicamente feno; b) coelho come a própria bosta; e c) os meus cachorros são supertreinados e só cagam no mato. Eu não lido com nenhum tipo de excremento. É um dos meus lemas de vida.
– Ah, que bom. É importante termos nossos valores – intervém Tricia, agora com o semblante preocupado e a atração por Magnus arrefecendo a cada emissão aromática. – Misericórdia... o que temos aqui é uma situação de merda, literalmente. Não podemos largá-lo aqui...
– Não podemos. Né? – pergunto, esperançosa.
– Não! – As mulheres se viram para mim.
– Nós fomos mal na pesca, o estoque da cesta não vai durar mais muito tempo, e eu não quero comer de novo essa comida misteriosa... – diz Tricia.
– E o mais importante – interrompe Margot, com um olhar incrédulo para Tricia –, ele precisa de ajuda.
– Isso – concorda ela, mais que depressa. – Isso, *claro*. Além do mais... e se uma de nós também passar mal daqui a pouco?
Todas nos entreolhamos, calculando mentalmente – eu calculo, pelo menos – como nos dividiríamos nas tarefas de limpeza vindouras.
– Bom, eu passei bem longe das frutinhas vermelhas – diz Melissa.
– Ah, valeu mesmo! – devolvo. – E se tiverem sido os mexilhões?
– Eram mexilhões bons pra chuchu!
Com esse argumento, até eu sinto vontade de vomitar.

– Que folhas eram aquelas? Você sabe? – pergunta Tricia a Margot.

– Alho-selvagem? O alho-selvagem estava ótimo – responde ela, prontamente.

– Tem certeza?

– Tenho! – rebate Margot, na defensiva. – Nosso pai tem um livro sobre plantas comestíveis no banheiro do andar de baixo – explica ela, e eu vejo os lábios silenciosos de Melissa dizendo "que chique" –, e além do mais eu fiz um curso...

Que novidade...

– Deixe-me adivinhar – retruco, de imediato. – Duque de Edimburgo?

Margot faz que sim, alheia ao meu deboche.

– Módulo platina.

– Platina? Tem isso, é?

– Não é todo mundo que sabe.

– Quem paga escola cara pode ter o que quiser – murmura Tricia.

– Deve ter sido alguma coisa peçonhenta... – anuncia Margot.

Pega no flagra.

– *Piolhenta*? – solta Melissa, arregalando os olhos.

– Peçonhenta! – rebatemos as três.

Todas nos entreolhamos, desconfiadas, até que Melissa balança a cabeça e diz, no mesmíssimo instante em que o céu se abre:

– A natureza pode ser cruel...

Magnus solta mais um grunhido, e fica muito claro que ele Precisa. Fazer. Agora. Ele não parece apto – nem disposto – a dizer mais nada, e depois de uma série de mímicas concluímos que é um caso crítico de Código Marrom.

Melissa concorda em botar seu corpo forte e resistente para uso e até limpa tudo depois, com a ajuda de Margot e de toda a folhagem disponível.

Será que Margot consegue ficar bonita limpando cocô?

Resposta: ela consegue.

Depois do que Melissa descreve como um "Contato Imediato do Terceiro Barro", fica bem claro que precisaremos buscar ajuda. Minha irmã, que vem ganhando confiança no papel de heroína de livro infantil, começa o falatório:

— A gente tem que descobrir onde ele mora. Não deve ser muito longe. E a Inge? Não é melhor a gente falar com ela? Será que a gente leva o Magnus até lá?

— Se pelo menos a gente soubesse onde fica "lá" – devolvo.

— Bom... – Melissa reflete. – Quando o Silas...

— Silas?

— É um dos meus cachorros. Gosta de escapulir. Um tarado.

— A-hã...

— Então, quando o Silas foge, depois volta com alguma prova de... sua atividade recreativa, eu tenho que descobrir onde ele andou... *brincando*...

— Transando, quer dizer? – diz Tricia, ávida por esclarecer.

— Transando, isso. A gente precisa ir pedir desculpas se o nosso cachorro emprenhar a cadela de alguém, né? – *Tenho certeza de que a coisa tem mais nuances que isso.* – Então, eu sigo as pegadas dele. A chuva dificulta as coisas, claro... – Ela perscruta o céu e aperta os olhos para o horizonte. – Mas a Inge ontem veio *dali*. – Melissa assente, decidida, então se ajoelha, pega um pouco de terra e remexe entre os dedos.

Dai-me forças...

— E ela trazia uns mantimentos num saco, ou seja, as pegadas devem estar mais fortes de um lado – prossegue ela, muito séria. – Talvez o saco tenha se arrastado um pouco no chão durante a caminhada... – Ela fareja o ar, como se buscasse um aroma.

Certo, Sherlock Holmes.

— Além do mais, o Magnus tem uns pés enormes, então dá para ver que não são as nossas pegadas...

— A regra é clara: quando o pé é grande... – começa Tricia, então Magnus vomita numa moita, e nem ela consegue concluir a linha de pensamento.

Desolada, encaro o chão todo enlameado, incapaz de enxergar pegadas em nenhum sentido. Melissa, no entanto, parece muito segura.

— Por aqui! – diz ela, apontando.

Margot não discute, e se há uma pessoa em quem eu intimamente confio que possa nos tirar daqui vivas, com algum tipo de bruxaria de Duque de

Edimburgo/menina chique, é Margot. *Então, Melissa deve estar no caminho certo. Não deve?*

– Tem certeza? – indaga Tricia.

– Tenho – responde Melissa, embora sem demonstrar muita confiança. Magnus emite um ganido que nos impulsiona à ação. Melissa, inexplicavelmente, começa a se acocorar. – Pois bem, é isso aí, eu vou levar esse cara nas costas.

– Oi? Como é que é?

– Eu consigo... – diz ela. – *Unnngggg...* – Minha irmã vai ficando vermelha, tentando erguer nas costas um homem de cem quilos, molengo e sujo de cocô. – Tudo bem... eu consigo... eu... sou... Pernas... Fortes... Além do mais, já soquei a cara de um pastor-alemão. Derrubei o bicho no chão.

– *Como é que é?* Por que é que você fez isso? – pergunto.

– Ele já tinha arrancado o tríceps do jardineiro e estava vindo na nossa direção, com as orelhas para trás. Aí, já viu... Amo cachorro, mas tem hora que não temos alternativa... *unngggg...* – Ela se prepara e ergue o peso mais um pouco.

– Aqui, vou ajudar.

Margot pega as pernas de Magnus, permitindo que Melissa deslize por baixo e agarre os braços. A moça mais jovem demonstra uma força sobrenatural, e Melissa fica meio ofendida ("Meus músculos são para uso, não para exibição", diz ela.). As duas sacolejam Magnus feito uma boneca de pano e começam a avançar na direção sugerida por Melissa.

Assim, nós seguimos durante um tempo. Num dado momento, Tricia e eu nos oferecemos para revezar, mas descobrimos ser incapazes de aguentar mais do que uns poucos metros ("Perdoe a fraqueza da minha irmã", diz Melissa a Margot. "Ela é oitenta por cento salada."). Logo somos dispensadas da tarefa, e as profissionais assumem outra vez.

Margot e Melissa fazem um belo trabalho, mas depois de uma distância considerável até as supermulheres começam a perder a força.

Isso não está dando certo. O que é que a gente vai fazer?, penso, desafiando a mim mesma.

Não tenho nenhuma ideia brilhante, então começo a pegar pesado.

Eu perguntei O QUE É QUE A GENTE VAI FAZER? Não pretendo definhar de fome no meio da mata, coberta de lama e responsável por um viking com diarreia. Nós precisamos de um plano. DE UM PLANO, ENTENDEU BEM? Anda, Alice, PENSA!

– É... talvez... – começo, a princípio hesitante, mas percebo que ninguém tem outra sugestão, então é melhor que eu me pronuncie. – Talvez a gente precise de uma maca? – Aponto para o corpo molengo de Magnus, gemendo, dependurado entre Margot e minha irmã.

– Uma maca? – indaga Melissa. – Onde é que a gente vai arrumar uma maca?

– Bom...

Pense, Alice! Você é da área de saúde, lembra? Uma profissional da ciência! Você tem um jaleco... em algum lugar. E usa sapato especial. Você dá conta disso. Você já soltou a ideia em voz alta, e agora as outras estão contando com você. Diga alguma coisa. Alguma coisa boa... e depressa...

– A gente pode... FAZER uma! – Eu pareço... confiante. – Assim é mais fácil de carregar, e, além do mais, com uma maca improvisada, dá para cada uma segurar numa ponta.

Margot e Melissa trocam um olhar de concordância, e Tricia assente, ávida por participar.

– Muito bem. – Melissa deita o paciente no chão. – Então, como é que a gente faz?

Funcionou? Funcionou! O meu plano foi aprovado! Contendo o ímpeto de parabenizar a mim mesma, percebo que é neste momento que a cobra fuma: na hora da execução.

Como fazer uma maca... Penso em todas as séries de tevê sobre o dia a dia de médicos no hospital que vi na vida.

– Bom, podemos começar com duas vigas – respondo, tentando transmitir confiança.

– Beleza, então, *gênia* – diz Melissa. – Onde é que você sugere que a gente encontre vigas por aqui?

– Bem... – Eu aponto para o nosso entorno.

– Estou vendo árvores. Não tem como a gente usar *árvores* inteiras!

– Com certeza a gente consegue encontrar alguma coisa mais... aerodinâmica...

A essa altura, ninguém vai me deter. Por um milagre, a tropa obedece.

Conseguimos encontrar dois galhos de aspecto resistente, mas não muito grossos, razoavelmente retos e sem folhagens além de um broto no canto, que começamos a remover. A coisa não sai perfeita – na chuva, com os dedos quase dormentes de frio e sob a trilha sonora de um Grande Dinamarquês com disenteria –, mas nos empenhamos ao máximo.

Concluindo que vamos precisar de algo robusto para cruzar a mata com nosso enorme paciente, Melissa sugere que acrescentemos uns galhos na diagonal, para dar um efeito de porteira de fazenda.

– Ótima ideia! – aprova Margot. – O triângulo é a figura geométrica mais firme, devido à rigidez das laterais, e permite que a transferência de força seja mais uniforme em seu contorno do que os outros formatos!

– Claaaro... – diz Melissa. – É exatamente disso que estou falando...

– A boa e velha física em ação! – exclama Margot, empolgada, como se de fato pudéssemos nos fiar nisso. Não podemos.

– Isso mesmo! – devolvo, com um sorriso. – Daí, é só prendermos as vigas e fazermos uma base de tecido – prossigo, ao que Margot já começa a tirar a camada externa de roupa, revelando um justíssimo top de corrida e exibindo a barriga sarada.

– O que você está fazendo? – pergunto.

– Vamos ter que usar as nossas roupas, não é? – pergunta ela, inocente.

– É... isso. Vamos lá, todo mundo! – digo, tentando soar autoritária e pressionando as outras. – Todas temos que tirar alguma peça de roupa para fazer a maca!

– Será que não é melhor a gente voltar e pegar um cobertor? – Tricia olha em volta, desesperada.

– Já estamos muito longe – dispara Margot, balançando a cabeça e me olhando, em busca de apoio. – Não é?

– Estamos, sim – respondo, tentando ser firme. – É melhor continuarmos seguindo em frente. Se ele chega ao acampamento menos de uma hora depois de amanhecer, a casa deve estar perto. A gente já está andando faz o quê, uma meia hora? – Minha irmã confere o relógio e faz que sim com a cabeça. – Então já passamos da metade do caminho!

Por dentro, estou abaladíssima com minha positividade ao estilo Poliana, que não me é nada característica. Por fora, exalo animação. *Você está conseguindo!*, digo a mim mesma, satisfeita com meu exterior calmo e tranquilo, digno de quatro sacolas retornáveis.

– Ok, então vamos lá. – Tricia despe uma camada de sua roupa esportiva de marca. – Vamos que vamos!

Eu entrego meu suéter à missão de resgate, tentando não pensar muito no fato de que meu belo suéter de marca agora será usado para improvisar uma maca para um homem com caganeira.

– Compreendo a sua dor – diz Tricia, erguendo meu suéter para admirá-lo antes de entregá-lo ao esforço de guerra. – Quando a cara começa a despencar, a gente tem que investir numas roupinhas melhores, não é? Para disfarçar. Senão começamos a parecer meio maltrapilhas...

"A gente"? Tricia está achando que sou da idade dela? Por que é que todo mundo acha que sou mais velha? Será que a minha energia é de velha? A energia de alguém completamente exaurida da vida? Preciso resolver isso...

– Melissa? – diz Tricia, mudando o foco para minha irmã. – É a sua vez!

Melissa, porém, dá um abraço protetor em seu casaco de lã marrom-avermelhada. Por um instante acho que ela está com frio, então recordo que Melissa não sente frio; essa função é minha.

– Podemos contar com a sua roupa também, Melissa, por gentileza? – pergunta Margot, muitíssimo educada e paciente. Melissa murmura alguma coisa, num tom quase inaudível. – Como é?

– Eu falei que não...

– Oi?

– É o meu casaco da sorte!

– *Sério?*

– Não em termos *sexuais*, né? – indaga Tricia, horrorizada com a peça manchada e já cheia de bolinhas.

– Não – respondo para Tricia, com certa confiança, em nome de minha irmã.

– Ei, você ficaria surpresa. Até que eu me saio bem – devolve Melissa, erguendo a sobrancelha para me desafiar. – Usei isto aqui em nove dos meus dez últimos encontros e tive uma taxa de sucesso de cem por cento, se quer saber. Esse casaco dá uma surra.

– Se você diz...

Bom, a situação ficou ainda mais estranha.

A ideia de que minha irmã caçula faz sexo – sem falar no casaco de lã surrado – é bem parecida com a ideia de meus pais transando: nojenta. E vai contra a ordem natural das coisas, de certa forma. Na minha imaginação, ela brinca com cachorros e cavalos e toma chá com folhas soltas na caneca comemorativa da Kate Middleton. Na minha imaginação, ela, bem como todos os outros membros da família, é conveniente e higienicamente *assexuada*. *Sem* genitália, inclusive, feito a Barbie. Nessa versão imaginária da vida bucólica de minha irmã, jamais pensei que ela encontrasse estranhos e saísse mandando ver num casaco marrom. Tento afastar a imagem e retornar à tarefa diante de mim.

– Eu compreendo que talvez tenha... valor *sentimental* – argumenta Margot, na maior delicadeza, enquanto amarra as roupas entregues até então aos pedaços de madeira, com um nó impressionante. – Mas sinto que vamos precisar de mais alguma coisa, mais firme, para forrar a superfície da maca... não me leve a mal.

– Tudo bem.

Melissa alisa as laterais do casaco, como se concordasse que de fato a roupa é bastante ampla, de poliéster da melhor qualidade. Relutante, ela abre o zíper, e eu escuto um estalido de eletricidade estática enquanto ela vai tirando os braços. Por baixo, ela está usando sua camiseta *"Keep calm and think about Cary Grant"*, que espero que suavize um pouco o golpe. No entanto, ela se agarra com força ao casaco e demora a soltar. Depois de quase arrancar a roupa da mão de minha irmã, Margot começa a transformação do "casaco feio" em "item de emergência médica". Como previsto, o casaco de Melissa compõe uma excelente superfície para nossa maca improvisada, e eu tenho certeza de que o Duque de Edimburgo ficaria orgulhosíssimo.

Acomodamos Magnus e seguimos em frente, num passo acelerado. Durante o trajeto, ele continua gemendo, e vira e mexe leva a mão à barriga e emite seus gases tóxicos. É bem mais fácil carregá-lo assim, e nós nos saímos bem, cada uma segurando uma ponta. Ou teríamos nos saído, não fosse o fato de Melissa ser uns trinta centímetros mais baixa que Margot e eu, de modo que Magnus começa a escorregar pelo canto mais rebaixado de nosso retângulo ambulatorial.

– Vocês têm as pernas muito compridas – solta ela, aos arquejos. – É difícil acompanhar!

Esse obstáculo se revela especialmente traiçoeiro quando cruzamos um córrego veloz e quase perdemos nosso líder para a correnteza, que desce em direção ao mar.

Imagine só a manchete!

"Viking" morre nas mãos de quatro inglesas em retiro experimental.

Uma das mulheres, Alice Rat [provavelmente], uma dentista de Streatham, mãe de duas crianças, esteve recentemente envolvida num incidente causado por embriaguez, num hotel do interior do país, tendo sido convidada a se retirar de um bufê de café da manhã. "Ela tinha um aspecto deplorável", observaram várias testemunhas.

Então lembro a mim mesma que não sou a protagonista da história e me concentro no que tenho que fazer. Depois do episódio do córrego, seguimos em frente, agora mantendo o ritmo, atentas aos pontos fracos das outras ("altura" e "falta de força", basicamente), levando tudo em consideração para nos deslocarmos em sintonia.

Cruzamos uma encosta de pedras com uma finesse digna de uma comédia-pastelão, e então, quando começo a sentir que meus braços e pernas não vão mais aguentar, Tricia anuncia, num tom dramático, que "viu uma luz!".

Avanço mais uns passos pela chuva e também avisto luzes trêmulas a distância e uma pequena chaminé expelindo um filete de fumaça. Ao longe, enfim, vejo uma casa.

— Tijolo! É de tijolo de verdade! — Tricia quase se ajoelha, de tanto delírio e empolgação. — E tem porta! E janelas!

Somos todas tomadas de alívio, e eu me vejo explodindo numa gargalhada que logo se torna contagiosa. Meu coração dispara — de um jeito bom, para variar —, e eu me sinto... exultante.

— Nós conseguimos! Sério, conseguimos!

Não estou acreditando.

— Quem é que precisa forjar espada? A gente salvou a vida de uma pessoa! — acrescenta Tricia. — Acho.

— Nós somos vikings! — berra minha irmã, erguendo o punho vitorioso e quase deixando cair a maca.

A comoção resultante e a gritaria prolongada de Melissa são interrompidas por um guincho agudo e primitivo.

— Merda! O que foi isso?

— Magnus?

Nós baixamos a maca para conferir se o ganido viera de nosso grande líder, mas, exceto por um pouco de baba e umas manchas suspeitas, Magnus parece tranquilo, num sono profundo. *Ou então morreu*, penso, preocupada. *Mas vamos de sono, por enquanto...* de todo modo, não é ele que está emitindo o som mais atroz e trevoso que já ouvi na vida.

— *Reeeeeeeeeer-urghhhhhh!* — alguém, ou algo, grita outra vez.

Seguro com força o braço de Melissa. Vai que ela está assustada...

— Está tudo bem — diz ela. — Vai ficar tudo bem...

Ela aperta minha mão, e uma criatura corpulenta e coberta de lama se aproxima, bamboleante, balançando a banha.

— É só um porco!

Ai, meu Deus. O Senhor das Moscas. Eu sabia.

A fera mete a cabeça por uma cerca não muito robusta, solta outro guincho — "*Reeeeeeeeerurghhhhhh!*" — e retorna à tarefa de revirar o solo e assustar várias galinhas, cavoucando a terra.

Tendo agora concluído que "Magnus cria porcos, além de galinhas", nós nos aproximamos da casa caiada e paramos junto à porta, meio tensas.

— Será que a gente bate? — pergunta Margot.

— Claro que a gente bate — respondo, e dou um empurrãozinho em Melissa para que ela tome a frente. Ela dá uma batida vigorosa na porta, mas ninguém atende. — Será que tem campainha?

Não tem campainha. Então aguardamos, como boas inglesas educadas, vez ou outra ajeitando o viking de coque, todo vomitado, que agora solta uns resmungos.

— Ok, vamos tentar entrar — diz Melissa, estendendo a mão para tocar a maçaneta.

— Não! Não podemos! — retruco, puxando a mão de minha irmã.

— Por quê?

— É falta de educação.

— Ele está todo cagado! *Isso,* sim, é falta de educação!

É um argumento justo.

Melissa torna a estender a mão, e a pesada porta de madeira se abre.

À segunda vista, Inge não é menos impressionante: toda espremida numa roupa de laicra preta, como se a qualquer momento fosse sair para um treino.

— É... oi... — murmura Melissa, nervosa.

Eu não me saio muito melhor.

— Que linda a sua casa — solto, no maior esforço para "falar que nem gente normal".

Felizmente, Inge nos salva. Ergue a mão, dispensando o papo furado, então espicha o pescoço de cisne e vê, atrás de Melissa, a deplorável figura caída sobre a maca.

— Esse é o meu marido?

— Ai, meu Deus. É! — declara Tricia.

No mesmo instante, começamos a pedir desculpas, cheias de remorso, esquecendo temporariamente a razão de nossa presença ali.

— Ele está passando mal... — começo a dizer, mas não há necessidade, visto que Magnus demonstra sua indisposição naquele exato instante com um violento vômito arroxeado.

– *De novo?* – Inge parece mais irritada do que preocupada com o bem-estar do marido. – Eu *avisei* – continua ela, agora furiosa. – Eu falei "bote umas plaquinhas! Os turistas não sabem colher alimento na mata, acham que as frutinhas já nascem na loja!".

– Rá! – Melissa solta uma risada, ávida por exibir seu crachá de roceira e se dissociar do rótulo de turista. Injustamente, a meu ver.

– Bom, pior que a maioria acha mesmo... – começo a dizer.

– Eu sempre aproveito a promoção de dois por um – diz Tricia, corroborando minha fala.

– Como assim, dois por um? – indaga Margot, inocente.

Ah, claro, só podia ser. É óbvio que ela não compra nada na promoção. Não deve nem frequentar o supermercado! Deixa isso para algum empregado, certamente! Um mordomo, sei lá...

Inge, nada interessada em nossos hábitos de consumo, faz um gesto para sairmos da frente e avança em direção ao marido enfermo.

– Agora é comigo, podem deixar.

Ela ergue Magnus do chão com aparente facilidade e entra na casa com ele nas costas, como se fosse uma mochila.

– É melhor vocês entrarem – diz ela, olhando para trás.

Nós a seguimos. Cruzamos a soleira e adentramos um saguão apinhado de roupas de variados tamanhos e formas. Cruzamos um cômodo cheio de sapatos, onde – percebo, com alegria – estão os nossos. Uma criança gorducha oferece minhocas a umas galinhas sob uma luz infravermelha, escalando uma serra elétrica enferrujada e vários pares de tênis esportivos para garantir que algumas desagarradas também recebam seu quinhão.

Extraordinário.

O corredor desemboca numa cozinha revestida em madeira.

– Caso escutem algum barulho estranho – adverte Inge –, é o cordeiro na despensa.

Por um momento, imagino que seja um eufemismo ou alguma expressão intraduzível, até que escuto um balido agudo e suave, e um pequeno focinho rosado desponta do armário sob a pia. Em seguida brota uma pernoca fina e comprida, então outra, até que vejo uma carinha peluda. Dois olhinhos pequenos e brilhantes observam as recém-chegadas, então a criatura solta mais um balido e recua de volta para o armário.

– Foi abandonado pela mãe, então estamos cuidando dele por enquanto – explica Inge, ainda carregando seu fardo viking.

– Que horror! – diz Tricia, mexendo com a criaturinha.

– Acontece, *no interior* – garante Melissa, nossa correspondente rural, e percebo que ela está querendo impressionar Inge. Começo a me perguntar se a mamãe malvada era a ovelha que enfrentei na mata.

Aquela que tentou melar minha busca por frutinhas e cagou por todo lado.

Na mesa da cozinha, de madeira rústica, vejo um pedaço de pão e uma tigela de algo branco e leitoso.

– Leite de cabra – informa Inge. – Fresquinho, ordenhado hoje de manhã. Pronto para beber.

– Gente... – diz Tricia.

– Nós voltamos para o passado? – sussurro.

– Pois é, acho que sim – responde ela.

– Vocês têm cabras também? – indaga Melissa.

– Temos.

– Uau.

– Foi difícil encontrar a casa? – pergunta Inge, e fazemos que não com a cabeça.

– Vocês usaram o trailer?

– Trailer? Não... nós fizemos uma maca – diz Margot, a meu ver um pouco ávida por levar o crédito pela ideia.

– Vocês o *carregaram* até aqui?

– Isso.

– Pela estrada?

– Tem uma *estrada*? – indaga Melissa, estupefata.

Inge ajeita Magnus para liberar o braço e aponta para a janela. Logo ali, junto à trilha batida em meio à mata, há uma estrada paralela, lindamente asfaltada.

— Bem ali, perto do porco — diz ela, como se fôssemos idiotas.

Nós somos idiotas, penso, *ou melhor, Melissa é. Ela nos fez cruzar a floresta...*

— Ah! Claro. Sim, nós vimos o porco — responde Melissa, assentindo, na tentativa de recuperar um pouco do orgulho.

— Pois é, agora só tem um. Tínhamos onze, mas comemos todos — explica Inge, então se dirige a Magnus e fala alguma coisa indecifrável.

— Acho que é *dinamarquês* — sussurra Tricia.

Faço que sim com a cabeça.

Inge puxa as pálpebras do marido e examina suas pupilas, depois inspeciona a língua e apoia seu corpo na parede, feito um fantoche.

— Bom, uma ação vale mais que mil palavras — murmura Tricia, enquanto eu admiro a rápida e eficaz relação médico-paciente.

O jeitão dela de esposa é bem parecido com o meu de dentista.

— Ele vai ficar bem? — pergunta Margot, meio preocupada.

— Ah, vai. Eu vou fazer o de sempre — responde Inge, abrindo os armários e pegando uma variedade de apetrechos e ingredientes.

Ela seleciona um pedaço de gengibre torto de uma cesta de madeira cheia de mantimentos e começa a descascar com o cabo de uma colher, então pica, sem olhar, até o gengibre quase virar pó. Acrescenta um pouco de água quente de uma panela no fogão e finaliza com uma pitada de uma coisa marrom.

Melissa dá uma fungada, tentando identificar o pó misterioso, até que enfim consegue:

— Tem cheiro de taco!

— Cominho — esclarece Inge. — Ajuda a expelir tudo no suor. — Quando ela termina, Magnus está caído sobre seu braço feito uma trouxa de roupa suja. Ela começa a levá-lo para fora da cozinha. — Vou empurrar isso pela goela dele, depois a gente conversa. Fiquem à vontade... Tem café no bule.

— *Café*? — Minhas orelhas se aprumam, e eu sinto o pulso acelerar e os dedos formigarem de tanta ansiedade. — A gente pode tomar café? — pergunto, quase engasgando de emoção.

— Claro — responde Inge, dando de ombros. — Nós somos vikings, não amish.

Ótimo argumento! O imbecil do Magnus e suas regras imbecis. Mas espero que ele melhore, óbvio...

– E podem se servir de alcaçuz salgado – acrescenta ela, como se fosse uma "coisa" superconhecida.

– Como?

– Vocês não têm em casa? É um ótimo revigorante. Você parece estar precisando. Enfim, está bem ali, em cima da mesa.

Inge aponta para uma pequena vasilha de vidro com umas bolotas empoeiradas, que mais parecem excremento do cordeirinho.

Melissa mete a mão no pote na mesma hora, afirmando já ter provado as bolotas em suas aventuras prévias em terras escandinavas e garantindo que são "uma delícia".

Eu não me convenço, mas bravamente enfio uma na boca, quando a vasilha passa de mão em mão, e me arrependo no mesmo instante.

– Acho que minhas vias aéreas estão pegando fogo...

O gosto é repugnante. *Parece que tem alguém urinando na minha boca, alguém muito desidratado...*

– Ah, sim, o alcaçuz salgado era muito usado como descongestionante – menciona Melissa, só agora.

Uma bala expectorante? Puta que pariu.

– Bom, minhas vias aéreas estão abrindo, sem dúvida.

Eu engulo o mais depressa possível, para me livrar da abominação que escravizou minha boca, e corro para pegar o café. Margot come gemendo, mas sua expressão conta uma história diferente, então Tricia recusa educadamente o que chama de "mijo doce".

Margot estremece de leve diante do comentário, e percebo que nunca a ouvi soltar um palavrão. *Interessante... Margot, sua desgraçada.* Então, ela começa a engasgar, e eu percebo que o responsável pelas caretas talvez seja o alcaçuz salgado.

– Tudo bem com você? – pergunta Melissa, e sem esperar resposta bate nas costas de Margot até que a balinha problemática seja ejetada de sua traqueia.

– Obrigada – diz ela, assentindo.

Assim que Inge sai do quarto, uma criança loira desponta do armário que também abriga o cordeirinho.

– Que diabo... – diz Tricia, espantada, mas a criança faz uma carinha de travessa e corre até a mesa da cozinha.

É o vomitador de frutinhas!, penso, recordando o exímio menininho que deixou o pai no chinelo ao regurgitar no outro dia. *Ah, bons tempos...*

O Vomitador de Frutinhas sobe uma escada e alcança uma caixa de fósforos, junto a um castiçal escandinavo bem bacana.

– Ele tem idade para isso? – pergunta Melissa, desconfiada.

– Não! *Definitivamente* não! – Mais que depressa, eu me adianto para intervir. – Ele tem uns três anos, quatro, no máximo.

Eu me aproximo dele bem devagar e estendo a mão, no que espero ser o gesto internacional para "me dê esses fósforos, seu pequeno piromaníaco". O menino, porém, me devolve um olhar que é a linguagem internacional infantil para "nem a pau!".

– Criança e fogo, o que pode dar errado? – observa Melissa.

– Não fique aí parada, venha ajudar! – ordeno, enquanto a criança risca dois fósforos, um atrás do outro, e solta um gritinho.

– Beleza, vamos partir para um ataque frontal duplo! – sugere minha irmã.

– Quê?

Não tiro os olhos do pequeno Prometeu, imaginando em que planeta Melissa vive se acha que está na hora de usar jargões militares aleatórios.

Neste nada auspicioso momento, outra criança aparece, igualmente loira, com no máximo cinco anos – a idade de Thomas –, brandindo o que parece um punhado de facas.

– Meu Deus! – grito. Então vejo um ou dois garfos reluzindo entre as facas e percebo que ele está apenas segurando... talheres.

Ok, talvez você deixasse uma criança de cinco anos excepcionalmente madura (?) segurar uns talheres, mas fósforo é proibido, não é? Mesmo na Escandinávia...

– Pegue os fósforos!

– Parece uma batalha! – resmunga Tricia, que junto com Margot tenta tomar a caixinha do menino.

– Está tudo bem? – Inge retorna, com as mãos na cintura.

– Ai, graças a Deus! – exclama Tricia, suspirando. – As crianças, elas apareceram, daí pegaram uns fósforos... e facas... e *garfos*! – acrescenta, sem muita necessidade. – São tão ligeiros! – Ela tenta justificar nossa lamentável falta de controle sobre a situação, mas Inge não se abala.

– Vejo que conheceram Villum e Mette – diz ela, se dirigindo aos potenciais assassinos e fazendo-os acenar para nós.

"*Villum*"? *Está mais para* "*Vilão*".

As duas crianças dizem algo em dinamarquês.

– E vocês conheceram Freja, a mais nova, lá fora – completa Inge.

– São três? – indaga Melissa, fazendo o cálculo. No meio da empolgação, quase me esqueci da criancinha escalando a serra elétrica.

– Isso. Mas todo mundo ajuda com as tarefas – explica Inge, enquanto Villum, o Vomitador de Frutinhas, sobe na mesa para acender as velas, e a menina de cinco anos... *Mette, deve ser...* arruma as facas, os garfos e as colheres. *Merda, Thomas não sabe nem onde a gente GUARDA os talheres. E Charlotte tem sete anos, mas não se mexe nem para trocar uma fronha...*

Inge vai buscar Freja e retorna com a garotinha no braço, feito uma bola de rúgbi. A menina ainda segura um pintinho amarelo e peludinho. Seu rosto e a mão livre recebem um "banho" apressado na pia da cozinha, e ela é acomodada numa cadeira alta de madeira lisa.

– Estávamos indo comer – diz Inge, tirando do forno uma bandeja de bolinhos perfumadíssimos e acomodando sobre a mesa, com pães e manteiga. – Estão servidas?

– E o Magnus? – indaga Tricia, recordando a emergência médica em que estávamos envolvidas cinco minutos atrás.

– Ah. – Inge abana a mão – Ele vai ficar bem. É só um caso brando de envenenamento neurotóxico.

"Brando" e "envenenamento neurotóxico" são palavras que eu jamais usei na mesma frase, mas Inge parece tranquila.

– Daqui a uns dias os sintomas passam. Ele só precisa de comida leve, descanso e muito líquido. – Ela joga um pano de prato no ombro, apanha pratos para todas nós e está prestes a se sentar quando percebe umas pocinhas d'água à nossa volta. – Ai, vocês estão encharcadas! Vou pegar umas mudas de roupa.

Então ela se retira, com três crianças loiras e selvagens a tiracolo.

– Bom, acho que merecemos um descanso – diz Melissa, sentando-se e servindo um café.

– Isso aqui não é nenhum perrengue – diz Tricia. – Mas eu gostei!

– Meu Deus... que delícia – digo, apenas, ao sentir na língua a primeira golada de café amargo em dias e inalar o aroma envolvente, apreciando esse néctar dos deuses como nunca tive tempo de fazer. É primoroso. Depois do segundo gole, eu me sinto uma nova mulher: *renascida* pela cafeína.

Do outro lado da mesa, Margot desaba de leve numa cadeira e come vorazmente. Apesar de suas habilidades de jovem bandeirante e inclinações de Pequena Miss Sunshine, percebo que foi ela quem carregou a maior parte do peso de Magnus nas últimas horas. *Ela deve estar exausta*, reflito. *Não admira estar faminta.*

Eu me pego tendo esse pensamento incomum. *Que sensação esquisita, no mínimo. É uma sensação que reservo a Thomas e Charlotte, uma espécie de... ah!* Então, a ficha cai: *É isso! É compaixão por outro ser humano adulto que não seja parente de sangue ou a vítima de uma atrocidade noticiada na tevê, alguém que não tenho a menor obrigação de tratar bem.*

Vejo que ainda tenho trabalho a fazer.

– Aqui, roupas secas. – Inge retorna, carregada de vestimentas cinza ou pretas. – Devem estar limpas, ou o quanto é possível numa casa com três crianças. Talvez fiquem um pouco... é...

A voz dela vai morrendo, e todas compreendemos na hora: nenhuma de nós tem o corpo de uma deusa amazona, e é provável que pareçamos crianças brincando de se vestirem de adultos. Mas tentamos. Melissa e Tricia se despem ali mesmo ("O quê? As crianças não vão ligar..."), enquanto Margot e eu nos revezamos no banheiro para trocar de roupa. Depois da reorganização de indumentárias, estamos todas vestidas nas roupas grandes e monocromáticas de Inge, agora incrivelmente parecidas com uma trupe feminina de teatro experimental. Mas estamos quentinhas. E secas. Meus dedos das mãos e dos pés começam a formigar, muitíssimo gratos com o retorno da circulação (se é que os dedos vivenciam tais emoções, mas com uma remexida neles eu concluo claramente que sim, pelo menos no momento).

Nossas roupas são desamarradas da maca improvisada, e Melissa, agradecida, aceita a oferta de receber seu casaco marrom-avermelhado "da sorte" limpo assim que possível.

Comemos bolinhos com recheio de passas, deliciosamente aromatizados com cardamomo e passados na manteiga – até o meu. Então Inge pede às crianças que tirem a mesa, e por mais incrível que pareça elas obedecem.

Essas criaturas estão drogadas?, penso, observando os dois pequenos recolhendo pratos com a maior elegância. *Hipnotizadas, será? Como é que pode uma coisa dessas?*

– Se enfatizarmos o que eles podem fazer, não precisamos gastar tanto tempo enfatizando o que não podem fazer. – Inge parece ler meus pensamentos.

Ela é mágica, MESMO.

Estou tentando conciliar a veneração que sinto por essa heroína com a Alice sensata das *quatro sacolas retornáveis*, quando Melissa me dá um chute na perna.

– Está vendo só? Eu falei que ia ser uma aventura!

Inge atrai nossa atenção apoiando os braços sobre a mesa, como se quisesse abordar um assunto sério. E quer, mesmo.

– Muito bem. Vocês vão receber o reembolso integral, é claro, e nós podemos entrar em contato com a companhia aérea agora à tarde, para solicitar a alteração nos voos.

– Para quê? – indaga Melissa, tirando uma passa arisca dos dentes de trás.

– Para vocês voltarem para casa.

– Para casa?

O ar parece se esvair de meus pulmões. Melissa engole em seco, tentando entender, e Margot empalidece. Ninguém tinha parado para pensar nisso. Sem líder viking, sem treinamento viking.

Estamos todas em choque. Pois, apesar de meus resmungos – para Melissa, Tricia, o universo, para quem quisesse ouvir, a bem dizer –, a ideia de voltar à minha antiga vida me traz uma certa tristeza.

Nós já avançamos tanto, aprendemos tanta coisa. Que diabo, nós criamos um vínculo graças a uma maca improvisada, demos um jeito de compensar várias questões físicas para transportar um homem por sete quilômetros, numa mata desconhecida... eu fiz um broche de besouro, pelo amor de Deus! Não podemos ir embora agora!

A ideia de retornar à minha velha vida agora parece impossível. Implausível, até. Eu quero gritar, fazer alguma objeção. Mas as outras estão em silêncio. Ninguém está argumentando que "ir para casa" agora seria Uma Péssima Ideia. E seria, mesmo.

É isso, então. Está tudo acabado. Nada vai mudar.

Vou ver as crianças antes da hora, o que será ótimo. Depois de quatro noites fora, estou morta de saudades. Por outro lado, terei que voltar para o trabalho. E para Greg. E – já mencionei isso? – *NADA VAI MUDAR...*

De súbito, sinto calor subindo pelo meu peito, feito uma erupção, até que...

– Não! – O protesto emerge de maneira involuntária. Quatro pares de olhos se viram para mim. – Bom, quer dizer, de repente a gente podia debater primeiro o assunto... entre nós.

A expressão de Melissa se altera lentamente, indo do desespero ao seu costumeiro semblante de labrador. Eu vejo Margot assentindo, bem devagar, e até o rosto de Tricia se ilumina.

– Pode ser? – pergunto, agora em tom de súplica.

Inge me olha, totalmente imóvel.

– Tudo bem. Vou deixar vocês conversarem. Acho que Freja está com a fralda suja, na verdade.

Ela pega a menina menor, cheira sua bundinha e a leva para o banheiro, como uma bola de rúgbi. Depois que Inge se afasta, nós nos entreolhamos, sem saber por onde começar.

– Eu gosto daqui – diz Margot, por fim. – Não tenho por que voltar... pelo menos não esta semana, quer dizer.

Melissa assente.

– Os cachorros estão comendo e passeando direitinho, uns garotos lá da área estão de olho nos cavalos, meu vizinho está com os coelhos. Está tudo sob controle.

– Eu posso dizer honestamente que nunca me diverti tanto carregando um viking desacordado numa mata desconhecida – reflete Tricia. – Não estou nem ligando por não ter nenhum homem solteiro aqui! Está sendo bom dar um descanso. Uma profusão de hormônios femininos, tipo reposição hormonal, mas sem o inchaço!

– Além do mais, eu quero muito construir um bote! – acrescenta Melissa.

Uma sensação de união percorre a mesa, e eu percebo que estou sorrindo.

– Então estamos de acordo?

– Parece que sim.

Quando Inge retorna, olhamos para ela com nossa melhor expressão de súplica.

– A gente queria ficar – eu digo, e minhas colegas assentem, animadas. – Será que a gente pode dar um jeitinho, mesmo sem o Magnus?

Faz-se um silêncio intenso e quase explosivo, de tão ansiosas que estamos para saber o que o futuro nos reserva.

Por fim, Inge se pronuncia:

– Bom... eu já conduzi o treinamento algumas vezes, quando Magnus, vocês sabem...

– Quando ele deveria ter botado umas plaquinhas? – pergunta Melissa, cheia de tato (na visão dela).

– Isso. Então, acho que *eu* poderia ensinar umas coisinhas a vocês...

– Sério? Além de cuidar de três crianças, um marido doente e um cordeiro escondido no armário?

Eu quero ficar. De verdade. Mas mal consigo lidar comigo mesma todos os dias, então quero dar a Inge a chance de pensar a respeito. *Treinar quatro inglesas totalmente loucas, gerenciar um viveiro de crianças selvagens e cuidar de um viking com disenteria seria demais para qualquer mulher, não seria?*

Margot não leva nada disso em consideração.

– Seria incrível! – diz ela, radiante, e Tricia bate palmas.

– Ok, muito bem. – Inge assente, como se a questão estivesse resolvida, mas adverte: – Só que eu não consigo ir ao acampamento todos os dias, não com Magnus e as crianças aqui.

– Ah, sim, claro – respondo. – Bom, a gente pode vir até aqui?... – Não tenho nenhuma lembrança da rota que fizemos, mas agora sei que temos a opção da estrada e imagino que pelo menos uma de nós vá se lembrar.

– Ou vocês podem ficar hospedadas aqui – diz ela.

– *Podemos?* – Tricia arregala os olhos. – Tem espaço?

Hummm, chuveiro quentinho... lençóis! Eu começo a fantasiar.

– Claro – diz Inge. – As crianças em geral dormem juntas. – *Claro que dormem.* – Então vocês podem ficar com o quarto de Mette e Freja. No fim de semana passado eu fiz um beliche para elas.

– Tirou da caixa e montou sozinha? – solta Tricia, impressionada.

– Não... – retruca Inge, parecendo estranhar a pergunta. – Usei as árvores...

Tricia engole em seco, na presença dessa mulher tão habilidosa e formidável que consegue até construir móveis do zero.

– Uau, que beleza... – murmura Melissa, enquanto Inge se levanta e começa a olhar a cesta de vegetais, conferindo o que tem para o jantar.

– Ela é de verdade? – sussurro para Tricia.

– Acho que é...

– Ora, ora, isso vai ficar interessante...

SETE

– Então, por onde a gente começa? – pergunta Margot.

Cheias de estrogênio e ainda agitadas pela tomada de decisão coletiva quanto à continuidade de nossa aventura, ficamos esperando a resposta, ansiosas.

– Por onde? – Inge ergue o olhar, com uma batata numa mão e um pano de prato na outra. – Bom, a gente *começa* com uma limpeza. Até os vikings precisam encher a lava-louça.

Ela indica onde devemos botar as nossas canecas.

– Ah. Claro, desculpe.

Então nos levantamos e começamos a tirar a mesa com agilidade. Inge arremessa um pano para cada criança e empurra uma pá de lixo e uma escovinha na mão de Margot. A moça, muito confusa, encara os objetos como se fossem venenosos.

– Você já viu isso, não viu? – pergunto a ela.

– Já. Claro que já.

Ela balança os dois itens de plástico, tentando desenganchá-los. Por tentativa e erro, consegue soltar a escovinha. Margot hesita, então dá uma batidinha apressada no chão, mas é salva da humilhação pelo cordeiro, que emerge do armário e aspira o resto das migalhas.

– Depois, vamos acomodar vocês e preparar as camas.

Isso é um conforto, e eu quase vibro de empolgação com a possibilidade de a) dormir numa cama, e b) descobrir como essa incrível mulher-unicórnio vive.

Só não parece muito a experiência de retiro "com perrengue" que minha irmã tinha em mente, penso, observando a expressão de Melissa enquanto caminhamos.

– Tudo bem por você? – pergunto a ela. – A gente trocar os tapetinhos de dormir pelo beliche?

– Sim, acho que sim... – Nunca ouvi minha irmã soar tão ambígua. – Eu tenho meus próprios motivos escusos – acrescenta ela, igualmente misteriosa.

"Escusos"? Ela nunca teve nada escuso na vida!

Fico achando que ela simplesmente usou a palavra errada, então abro um sorriso e sigo em frente, satisfeita por ter me safado, por ora, com o esquema da cama.

Sucesso!

– Você está sorrindo? – pergunta Melissa, me encarando.

– Qual é? Eu não posso sorrir?

– Pode, claro... mas é desconcertante.

Ela finge um calafrio. Em resposta, reviro os olhos, então percebo, intrigada, que de fato estou sentindo algo similar a "alegria".

Estranho...

Da cozinha, somos levadas a um segundo corredor – parecido com a entradinha de um bangalô, mas no primeiro andar – e passamos pelo quarto onde está Magnus, que ainda geme.

– Será que a gente... – começa Tricia. – Ele está?...

– Ele vai ficar bem – responde Inge. – As roupas de cama ficam aqui...

Sem fazer menção de ir olhar o marido enfermo, ela segue em frente, mostrando um quarto onde ficam a máquina de lavar, a secadora, um freezer e uma antiga estante de livros cheia de lençóis brancos e limpinhos.

– Estendam os braços – instrui Inge, e nós obedecemos. – Tem um lençol e um cobertor para cada uma, e depois vocês escolhem as fronhas.

Deve ser bem assim na prisão, reflito, na fila para receber o lençol dobrado. *Uma prisão de luxo, mas ainda assim...*

— Todo mundo pegou? Ótimo, então vamos – diz ela, e nós somos expulsas. – Aqui é o banheiro. – Ela aponta com a cabeça para um cômodo grande, com azulejos brancos e uma única vela tremulando serena.

Que coisa é essa que os vikings têm com o fogo?

Enquanto avançamos, percebo uma estante no corredor, agora com livros, bem como uma cesta – ali, à vista de todos – com uma coleção de celulares.

— Esses são... – sussurro para Tricia.

— São – responde Inge, que me entreouviu. – Mas eu confio que vocês vão deixar tudo aí até o fim da semana.

Confia? Você me conhece?

Sinto um ímpeto quase incontrolável de estender a mão e agarrar o iPhone branco que funciona há Deus sabe quantos anos como extensão do meu braço direito, sempre que estou longe do consultório. É intrigante a urgência desse impulso – como se fosse apenas mais uma função involuntária desempenhada pelo meu corpo. Como a respiração. Às vezes, ignoro meus filhos para olhar fotos dos meus filhos no celular. *O que certamente não é um exemplo brilhante de maternidade. Mesmo assim...*

Não, Alice. Não!

Num movimento automático, meu braço se espicha em direção à cesta.

Eu já cheguei até aqui... não vou morrer na praia depois de superar minhas reservas em relação a bate-papos, sobreviver a uma experiência de quase morte com uma meia sacolejante e romper meu veto aos carboidratos...

Como se lesse meus pensamentos, Inge começa a desfiar as regras de nosso novo acordo:

— Vocês a essa altura já conhecem o código de conduta viking, não conhecem? As Nove Nobres Virtudes da vida viking? Verdade, honra, disciplina, coragem, hospitalidade, autoconfiança, diligência e perseverança.

— Nove? – indaga Melissa, franzindo o cenho e erguendo os dedos, para ilustrar. – Eu só contei oito.

— Sim, pois é. A nona virtude é a fidelidade, mas... bom, o povo da Escandinávia é bastante liberal. Então digamos que essas são as oito *principais*.

A questão é que a confiança está no cerne de várias delas. E a honestidade também, certo?

– Certo. – Melissa assente, um pouco menos confusa.

Adeus, celular. Antes de seguir em frente dou mais uma espiada nos aparelhos. *Não vou esquecer você...*

– Este é o quarto das crianças – explica Inge, apontando para outro espaço todo branco, com piso de madeira clara. – Eu fiz os beliches porque facilita quando os amiguinhos vêm dormir, essas coisas.

Jesus amado, ela também encara os amiguinhos dos filhos? Já faz anos que venho resistindo aos pedidos de Charlotte para receber outras crianças em casa. Já é difícil demais lidar com duas pessoinhas correndo pela casa e fazendo exigências. *Mas três? Ou quatro, cinco?* Só de pensar, já sinto a enxaqueca chegando.

Talvez eu seja uma mãe horrível, cruel.

Talvez eu só precise aprender a relaxar um pouco.

Talvez eu precise ser mais viking...

Rapidamente, Inge e os dois filhos mais velhos tiram os lençóis da cama, empilham tudo junto à porta e pedem que fiquemos à vontade.

– Podemos escolher? – indaga Melissa, apontando para a cama na parede do lado oposto, decorada não com rabiscos infantis colados à parede com fita adesiva, mas com três grandes telas a óleo. Cada uma está pintada, datada e assinada pelas crias de Inge e Magnus, e todas estão emolduradas, o que as alça à categoria de "arte". *Que bosta, eu devia fazer isso!*, penso. *Nota mental: acrescentar pintura ao calendário vermelho do iPhone, na lista de "tarefas familiares". Quando eu puser as mãos num celular, claro...*

– A de cima é minha! – grita Melissa, subindo a escadinha e se estirando na cama feito um cadáver, para testar o colchão. – Nada mal – diz, então começa a sacudir o corpo.

– É... não sei se é muito inteligente fazer isso. Esse beliche é para crianças...

Eu não divido um beliche com Melissa desde os onze anos, quando, ao que parece, insisti para ter mais privacidade e me mudei para o quarto de hóspedes. Não me recordava de nada disso, até que a lembrança vem à tona por conta de uma empolgada irmã caçula que resolveu testar a resistência da marcenaria de Inge.

— Vai ser igualzinho aos velhos tempos! – declara ela, virando-se de ponta-cabeça, o sangue descendo ao rosto e os cabelos pendurados feito uma cortina. – Só não vá peidar durante a noite, porque o ar quente sobe e o futum vai direto para o meu nariz...

— Eu não peid... – começo a responder, mas percebo que estou entrando no jogo dela. *Ela quer que eu regrida aos onze anos de idade!* – Eu não... faço isso...

Na verdade, com minha dieta vegetariana e uma ingestão de leguminosas muito acima do normal, é bem provável que eu faça isso *mais* do que a média das mulheres.

Esse prazer eu não dou a ela... Além do mais, devo estar superentupida, de tanto amido que ingeri.

Margot se planta timidamente junto ao outro beliche, agarrada ao lençol embolado, sem querer parecer arrogante depois do episódio da pá de lixo, imagino. Tricia, por sorte, não tem tais reservas.

— Posso ficar embaixo? Eu sempre acordo para fazer xixi de madrugada, e periga você levar uma pisada na cara – diz ela a Margot, que aquiesce de imediato.

Depois disso, retornamos à cozinha e encontramos o cordeiro tirando uma soneca em frente ao fogão cheio de lenha quentinha, as crianças brincando com as galinhas e Inge mexendo alguma coisa no fogo. Ela dá uma lambida satisfeita numa colher de pau, tampa sua criação e se vira para conferir onde paramos em nosso currículo viking.

— Então, o Magnus falou que vocês fizeram abrigo, busca por alimento, artesanato e metade de armamentos, correto?

Nós assentimos.

— Já tiveram a conversa sobre primatas, ratos de academia etc.? Já? Ótimo. Vou só terminar este cozido, depois podemos começar a forja das espadas...

Melissa arregala os olhos e abre um sorriso, como se tivesse oito anos e acabasse de ganhar permissão para ficar acordada até tarde. Suas covinhas ameaçam nos denunciar, mas Margot se adianta:

— O Magnus falou que a gente não podia fazer espadas!

Por que é que essa garota não cala a boca?

– Quem dedura pouco dura... – murmura Melissa, e Inge arqueia as sobrancelhas.

– Ele falou que vocês "não podiam"? – indaga ela. Margot faz que sim.
– Bom, Magnus está ocupado vomitando num penico, então a gente *vai* fazer uma espada.

– Aêêê! – solta Melissa, com um soquinho no ar.

– Numa única tarde? – pergunta Tricia, maravilhada, ecoando meu pensamento. – A gente dá conta?

– Claro – responde Inge, dando de ombros, então apaga o fogo e ruma para a porta. – Mirem alto. Abracem a vitória antes que ela surja no horizonte.

– Isso é algum meme? – indaga Tricia, num esforço para acompanhar as passadas largas de Inge. – Tipo aquelas frases *Keep Calm* alguma coisa?

– A questão é ter uma confiança tão inabalável no que você faz que a única decorrência possível é a vitória. É um ditado viking.

Eita. Isso não vende em lojas de presentes...

– Todo mundo pronto? – pergunta Inge.

Depois de um último olhar de solidariedade, nós assentimos: estamos prontas. Então, partimos, deixando a criança mais nova num carrinho de bebê para uma soneca ("o ar fresco é ótimo para os pulmões, e além do mais não há rapto de bebês na Escandinávia", garante Inge). As outras duas são instruídas a "ir explorar e voltar imundas".

Sinto que já vivi umas mil eternidades desde que passamos pelo barracão fumacento, e hoje, pela segunda vez, não somos as únicas ocupantes.

– *Oi!* – grita Inge, assim que pisamos do lado de dentro.

Do canto oposto surge um homem corpulento e barbudo, de camisa xadrez e uma espécie de jardineira, do tipo que eu vestia no Thomas até que ele, aos três anos, resolveu me dizer que aquilo era "roupinha de bebê".

Ora, que bela bobagem, garoto. Veja só, os vikings fortões também usam.

À medida que o homem se aproxima, percebo que ele também tem olhos grandes e castanhos, com cílios frondosos, feito os de uma vaca.

— Quem é esse colírio para os meus olhos? – pergunta Tricia, num tom de voz meloso.

— Este é o Otto – responde Inge. – Meu primo. Otto, venha dar um oi, temos visitas!

— Ô, lá em casa... – diz Tricia, suspirando alto.

O homem, parrudo feito um urso, vem avançando devagar e estende a mão, grandona e coberta de fuligem, a quem estiver disposta a cumprimentá-lo primeiro. Tricia imediatamente se voluntaria, mas logo precisa ser encorajada a soltá-lo, para ceder a vez às outras.

— Foi você que a gente viu antes? – pergunta Melissa.

— Era eu, sim.

— Você não disse uma palavra!

— Pois é – responde ele, apenas, deixando a explicação para Inge.

— O Otto costuma vir trabalhar quando sabe que o Magnus não está por perto.

— Por quê? – pergunta Melissa, sem rodeios. – Vocês dois não se dão bem?

Como é que ela faz essas coisas? Eu me pergunto como foi que minha irmã virou essa especialista em ir direto ao assunto.

— Ah, não, ele nunca me fez nada pessoalmente – responde Otto. – É só que... como é que vocês dizem... – Ele espalma as mãos, reflete por um instante e encontra a tradução perfeita: – Ele é meio babaca.

Ora, ora...

— Ai, ai, ai... – diz Inge, numa apática tentativa de repreender o primo, mas ao mesmo tempo contendo um sorriso. – O Otto é um conterrâneo islandês – acrescenta –, então nós somos os vikings originais, certo?

— Certo. – Ele sorri.

— E às vezes o Magnus consegue ser um pouco... – Ela para, procurando a palavra certa. – Bom... o *Magnus*.

— A-hã... – eu solto, mas me corrijo na mesma hora, enrubescida, ao perceber que concordei com ela em voz alta: – Desculpe.

— Jamais peça desculpas – devolve Inge, num tom firme.

— Certo. Ok. Desculpe. Não, não desculpe...

Merda, é melhor eu calar a boca outra vez.

– Enfim – prossegue ela –, hoje o assunto não é o Magnus. É a transformação de vocês em vikings. A espada que vamos fazer juntas não vai ficar perfeita. Não vai ficar bonita, mas vai pertencer a vocês, será feita com suas próprias mãos.

Eu espio as mãozinhas de Margot, perfeitas como se feitas de plástico. *Rá! Boa sorte em mexer no metal com isso aí!* No entanto, ao erguer o olhar, vejo que Inge também escrutina a moça.

– Como é o processo? – pergunta Margot, saltitante, ávida por começar.

Inge ensaia um sorrisinho torto, mas desiste e parte para o trabalho.

– Primeiro você pega o ferro, martela até virar uma barra e vai pressionando. Com muita força. A lâmina é feita de várias camadas de aço. A gente achata o aço, depois dobra ao meio e repete o processo.

– Tipo massa filo – acrescenta Otto, muito útil.

Eu sabia que valeria a pena passar tantos anos assistindo a programas de culinária e me entupindo com os carboidratos da tela da tevê, penso, satisfeita.

Nós tentamos – e me impressiono ao descobrir que aparentemente adquiri alguma força viking desde hoje de manhã. Tricia não tem a mesma sorte. De novo. Quando Inge dá uma escapada para olhar Freja, que começou a resmungar no carrinho, Tricia convoca Otto para dar uns golpes na espada em seu nome e usar a "vez" dela. Ao retornar, Inge pega Otto fazendo todo o trabalho – e não se impressiona.

– Os vikings *se ajudam* – diz ela, repreendendo Tricia. ("Você não é uma donzela que precisa ser salva do dragão; você *é* o dragão.") Tricia promete agir com mais maturidade, e eu cogito seriamente transformar os aforismos de Inge em canecas motivacionais para o pessoal do consultório.

Inge demonstra ser uma excelente professora, manipulando o aço incandescente e moldando a ponta afiada. Ela finaliza a espada sem grande esforço, produzindo um protótipo de lâmina, enquanto nós assistimos, de queixo caído. O resultado é impressionante e inspirador.

O peso da espada me faz cambalear, mas eu consigo erguê-la no alto da cabeça, fazendo vários pombos saírem voando de seus abrigos. Sinto minhas

escápulas se deslocarem para trás e para baixo e os tríceps enrijecerem. *Sou uma viking de verdade! Nada mal para uma dentista de Streatham...*
— Muito bem, e agora, quem é que quer fazer um machado? – indaga Inge. *Ela jogando a ideia desse jeito... Até eu fico empolgada.*
A gente "bate bastante", como descreve Melissa, moldando "um treco meio em forma de machado" (palavras dela, mais uma vez) e salpicando aço fundido em cima, para a lâmina ficar bem afiada.
Pois é! Olhe só isso! "Salpicando aço fundido" com a maior naturalidade, como se fosse chocolate em pó num cappuccino feito com leite integral! (Que eu não me dou ao luxo de saborear, claro. Só às vezes.)
Depois que aplainamos a superfície e mergulhamos o objeto nas profundezas turvas de um tanque de água fria junto ao forno, para temperar o ferro (termo técnico), aprendemos a arremessá-lo.
Nós nos revezamos para carregar o machado e vamos para bem longe do barracão, então Inge explica os fundamentos do arremesso de machado.
— Vamos usar... *aquela* árvore como alvo. – Inge aponta para um abeto não muito longe de onde estamos. – É só posicionar um pé na frente do outro e erguer o machado como se fosse uma bola, então soltar e deixar o braço acompanhar o movimento.
Ela faz uma demonstração. O machado rodopia pelo ar, feito uma bailarina, e acerta o lado direito do tronco da árvore com um estalido alto.
Inge recupera o machado e o apoia no chão.
— O objetivo é fazer o machado dar um giro de trezentos e sessenta graus, de modo que a parte afiada atinja o alvo. Pode ser difícil no início, mas vejam como vocês se saem...
Ela é interrompida por um baque alto, e vemos nosso machado cravado no tronco, bem no centro do alvo.
Inge dá um giro e se depara com Margot, com o rosto vermelho e um olhar astuto.
— Eu... eu me empolguei... – diz ela, num tom envergonhado.
— Era para esperar eu mandar...
— Pois é. Mas e aí, eu fiz direitinho? – pergunta Margot, inocente.

– Fez. – Inge estreita os olhos, então concorda com a cabeça. – Fez, sim.

Em seguida, Melissa pega o machado e se sai muito bem. Sua coordenação sempre foi melhor que a minha.

Isso é porque eu trabalho com detalhes, penso, tentando me consolar, *e ela lida com animais de fazenda. E mato, essas coisas...*

Eu não acerto nada exatamente, mas dou um golpe satisfatório. Por último vai Tricia, que se dá mal, como imaginei. O problema desta vez é a técnica de elevação do braço.

– Acho que meus peitos atrapalham um pouco.

Ela tenta acomodar um peito de cada vez, em ângulos diferentes, para controlar melhor o braço livre.

– Não admira ser difícil. Esses peitões não vieram a passeio... – diz Melissa, compadecida, e eu enrubesço. Em nome de todas.

Nós não somos parentes, nós não somos parentes, nós não somos parentes...

– Eu devia ter trazido um top esportivo – conclui Tricia, assentindo. – Qualquer coisa para que esses dois não me causassem problema.

– Eu não gosto de usar sutiã – solta Margot.

Nós todas a encaramos.

Ah, vá à merda, Margot!, eu grito em pensamento, ressentida com aqueles seios atrevidos, porém bastante fartos e que NÃO PRECISAM DE CONTENÇÃO!

Por fim, Tricia consegue acertar uma árvore. Mas não é a árvore certa, e o machado, em vez de se cravar no tronco, simplesmente dá um pinote e quase mata um esquilo distraído. Inge, porém, concorda que ela merece nota máxima pelo esforço.

– E a gente fez o troço sozinhas! E uma espada também! *E* salvamos a vida do Magnus! – vangloria-se Tricia. – Que dia! Agora só falta um banho relaxante!

– Tem banheira aqui? – pergunta Margot, esperançosa.

– Não, na Escandinávia a gente costuma usar chuveiro – responde Inge.

– Foi só *modo de dizer* – diz Tricia, tentando apaziguar os ânimos.

Uma chuveirada seria igualmente bem-vinda, e eu mal posso esperar. Antes, porém, somos persuadidas a colaborar com a "vida na fazenda", como acredito que deviam dizer os roteiristas do filme A Família Buscapé.

— O porco come o que está no balde embaixo da pia da cozinha — orienta Inge, empurrando um carrinho de bebê monstruoso pelo terreno irregular, de volta para casa. — As galinhas só precisam de uma concha de grãos do barril que fica perto da porta dos fundos, os cavalos se viram sozinhos...

— Tem cavalos aqui? — indaga Melissa, encantada.

— Cavalos islandeses — explica Inge.

Caramba, até os cavalos são vikings!

— As cabras comem qualquer coisa. — Inge percorre o restante da lista. — E dos outros eu mesma cuido.

— Tem *outros bichos*? — pergunta Melissa, empolgada por estar na companhia de outra Dra. Dolittle como ela própria.

— Só uns gatos e o cordeiro. E as crianças, claro. E o Magnus.

— Ah, certo. Sim.

O que acontece em seguida poderia facilmente ser a sequência de uma refilmagem de *Rocky II* com um elenco feminino, pois, embora nosso objetivo não seja capturar as galinhas, não contamos com sua tentativa de escapar. Junto com o porco, que é aterrorizante.

— Pegue esse bicho!

— Pegue *você*!

Melissa e eu gritamos uma com a outra por sobre toda a barulheira, enquanto Tricia gargalha e Margot tenta "marcar" o porco, como se fosse uma elaborada partida de pique-pega.

Em dado momento, o figurante de *O Senhor das Moscas* resolve jogar para valer e rola num trecho de lama fresca, enquanto nós recolhemos as galinhas.

— Que coisa mais difícil! — protesto, no meio de um salto, tentando agarrar uma das criaturas aladas.

— Não é? — devolve Tricia. — Mas é uma malhação poderosa — conclui ela, aos arquejos, aproveitando a perseguição para fazer uns agachamentos. — Nesse ritmo, minha bunda vai ficar melhor que no treinamento de Ibiza. Bunda. De. Aço...

Neste momento, percebo que Inge nos observa com olhar de desaprovação.

– A questão não é ter um corpo bonito – diz ela a Tricia. – Mas *se sentir* bem. – Ela olha para a filha mais velha, para ver se a menina está escutando. Ao que parece, a compreensão limitada de outra língua não é barreira para uma lição precoce sobre igualdade de gênero. – As suas maiores qualidades têm que estar na cabeça e no coração. Não na sua aparência.

Para ela é fácil falar, penso, admirando as curvas de Inge na roupa de laicra enquanto ela retorna rumo à casa, com a cria a tiracolo.

– O cérebro é a nova bunda! – conclui ela, olhando para trás.

Eu baixo a cabeça e prossigo com a caça às galinhas.

– É – murmura Tricia –, mas que bunda! Se eu tivesse uma bunda dessas, acho que só ia usar chaparreira aberta atrás. Tipo um motociclista. Ou a Christina Aguilera...[13]

– Pois é! – solta Melissa, com uma risada.

– Você conhece as músicas da Christina Aguilera? – pergunto, sem conseguir me conter.

– Cale a boca – devolve ela, num tom que interpreto como afeição fraterna.

– Enfim, existe alguma chaparreira que não seja aberta atrás? – pondera Tricia.

É uma boa pergunta, que nós contemplamos por um instante.

– É esse o problema de uma vida sem o Google – diz Tricia. – A gente é forçada a pensar...

De volta à casa, somos recebidas com a beatífica visão de Inge, de cabelo penteado para trás e agora vestida num suéter de lã grandalhão, ninando o cordeiro e dando a ele uma mamadeira infantil.

Parece uma imagem da deusa Atena!, penso, maravilhada.

– Semana que vem começamos a desmamar, mas por enquanto é na mamadeira.

---

13 Na fase do álbum *Stripped*, de 2002. Vale a pena escutar.

Fazemos que sim, embasbacadas.
– A gente pode ajudar? – pergunta Melissa.
– Sim, o que fazemos agora? – acrescenta Margot, ávida por soar útil.
– Agora eu preciso trabalhar um pouco – responde Inge.
– Mas isso não é trabalho? – indaga Tricia, desabando numa cadeira. – Estou exausta!
– Tem mais café no bule – diz Inge. *Café: sempre a resposta.* – Mas não, isso não é trabalho... isso é *vida*, pura e simples.
– Ah, claro. Mas então, o que mais você faz? – Margot está intrigada.

Inge põe o cordeiro para arrotar. Acomoda o bichinho sob o armário para uma soneca, então espicha o braço e pega, do alto do mesmo armário, uma pasta de arquivos branca e um laptop.

– Eu estudo... – Imagino que ela vá completar com algo como "ioga, para ser professora em meio período", ou "personal trainer" (por causa daquela bunda). – ... psicologia. No momento, estou escrevendo minha tese de doutorado.

Por essa eu não esperava.

– Além de tudo... *isso*? – diz Melissa, abanando a mão para as duas crianças ferozes que correm pelo recinto.

– Pois é.
– Uau.
– E sobre o que é a tese? – indaga Margot, de olhos arregalados.
Nem a Margot tem doutorado...
– A psicologia dos superperfeccionistas – responde Inge, encarando a moça bem nos olhos.

Margot engole em seco, absorvendo a informação, dividida entre a curiosidade e uma grande suspeita de que talvez esteja sendo observada como parte de um experimento científico. Pelo menos é assim que estou me sentindo.

– Eu vou me ausentar por uma hora – conclui Inge.

Minha irmã parece que vai se borrar nas calças, de tão desesperada com a possibilidade de ficar responsável por três crianças pela segunda vez na mesma tarde. As obrigações da divertida tia Melissa em geral não vão além de uma lutinha ao chegar e uma distribuição de chocolates, deixando as crianças cheias de energia, e dali a dez minutos ela devolve meus filhos, com uma cara de "cada um com a sua cruz...".

E olha que são só dois! Talvez minha irmã de fato não queira uma família, reflito. *Interessante.*

Inge não perguntou se alguma de nós tem filhos. Ou se de fato sabemos o que fazer com os três minivikings que agora zanzam por entre os pés da mesa.

– Vocês vão ficar bem? – pergunta ela, numa reflexão tardia, preparando-se para sair.

– Eles vão ficar bem – respondo, esperando reforçar minha capacidade de cuidar de crianças... o tipo de mulher com quatro sacolas retornáveis no carro.

– Estou falando de *vocês*...

– Ah. – *Eita, que constrangedor.* – Vamos. Obrigada – respondo, assentindo.

– Bom, se quiserem usar o chuveiro, fiquem à vontade. Tem toalhas em cima das camas.

Com isso, ela se retira.

Apesar da garantia de que as crianças – até a menorzinha – são autossuficientes, todas as três agora nos encaram, com o semblante ansioso. Ou isso, ou estão nos desafiando. Não sei dizer.

– Não tem tevê? – confere Tricia, meio preocupada. – Te-vê? – repete, mais alto, as sobrancelhas erguidas, ensaiando a expressão universal para "não falo a sua língua porque sou inglesa, mas estou fazendo uma pergunta em alto e bom som".

Felizmente, ao que tudo indica, "tevê" não é diferente na língua *viking*. Todas as crianças compreendem e fazem que não com a cabeça.

– Nem iPad? – eu tento, mas as cabecinhas todas se inclinam para o lado, feito um trio de cachorrinhos confusos.

– Acho que a resposta é "não" – conclui Margot.

– Beleza, então, hora de bancar a Mary Poppins. – Melissa bate as mãos nos joelhos e se levanta num pulo.

– Não creio que Mary Poppins seja um modelo realista para a situação atual... – começo a argumentar, mas Melissa ergue a mão para me interromper, como se eu tivesse transposto uma barreira.

– O quê?
– Mexeu com a Poppins, mexeu comigo.
– Ah, pelo amor...!
– E com a Maria Von Trapp. Sou superfã – explica, olhando para Tricia.
– Você ama todas as personagens da Julie Andrews? – indaga Tricia, curiosa.
Melissa dá de ombros.
– Tenho minhas dúvidas quanto a *Victor ou Victoria*.
– E o papel dela em *O Diário da Princesa*? – pergunta Margot.
– Que filme é esse?

Sou forçada a explicar que Melissa não assiste a nenhuma produção desde que cancelaram sua série de tevê preferida, em 1997.

Surpreendentemente, não "bancamos a Mary Poppins". Depois de uns minutos de discussão, Melissa afirma que as crianças já parecem estar "incorporando a fase 'Voa Papagaio' de Jane e Michael no filme". Levando muito a sério a recomendação de negligência saudável de Inge, ela se esparrama numa cadeira e anuncia que devemos todas apenas "relaxar". Depois de guardarmos as facas, por insistência minha, nós fazemos exatamente isso. Tomamos um café, conversamos, nos revezamos para tomar banho, comemos *mais* pãezinhos e nos sentimos ridículas e decadentes (de minha parte, pelo menos) por estar de bobeira em plena quinta-feira às quatro da tarde, limitando-nos a observar uma ou outra criança que passa de vez em quando. Às vezes com um animal a tiracolo, às vezes agarrando o cabelo de um irmão, às vezes não. E ninguém morre. Nem reclama. Um *in loco parentis* com gostinho de "vitória".

Eu não fico sentada sem fazer nada desde... nunca. *Devo ter feito isso alguma vez, não é?*, penso, de cenho franzido, tentando me lembrar. *Talvez em algum momento no fim dos anos 1980, quando tive pneumonia num feriado.* Ou quando quebrei a perna. Seja como for, é... agradável. Eu corro as mãos pelo tampo amadeirado da mesa, traçando o desenho dos anéis da árvore. Parece usada e amada – muito diferente da placa de granito cinza e asséptica que ostento em minha cozinha.

Parece a mesa da casa dos meus pais quando eu era criança.

Olho para Melissa, posicionada do outro lado, como fazia em casa. A competição era acirrada para ver quem ocuparia a cabeceira, perto do aparador onde ficavam os descansos de prato. Ela nunca entendia por que eu gostava de me sentar ali, mas isso tornava o lugar muito mais desejável que todos os outros. Eu a observava comendo almôndega, torta de carne, pudim, todo tipo de comida caseira bem calórica – segurando a faca feito uma caneta e falando de boca cheia, tomada de puro prazer –, pelo menos às vésperas da clínica de obesidade, antes que mamãe cortasse à metade sua cota de carboidratos. Nós competíamos para ver quem enfiava mais maionese na batata assada e passava mais manteiga na torrada. Daí, quando eu me sentava perto do aparador, guardava com cuidado a comida na gaveta para jogar fora depois, quando ninguém estivesse vendo.

No começo, eu me livrava apenas do café da manhã. Ninguém percebia. Era uma preocupação a menos logo cedo, e mamãe costumava me agradecer por cuidar de Melissa e limpar a sujeira dos ovos mexidos da mesa do café. Depois que ela morreu, as "refeições" perderam ainda mais a relevância. Nós comíamos de forma cada vez mais divergente – de modo que ninguém reparava quando Melissa engolia um frango inteiro às três da tarde, ou quando papai resolvia jantar cereal. E ninguém reparava no que eu comia. Ou não comia. Depois da morte de mamãe, o apetite saudável de Melissa passou a ser motivo de celebração. Adeus, dieta de Hay; olá, todo tipo de doces e guloseimas trazidos por vizinhos e parentes bem-intencionados, ávidos em fazer de tudo pelo "pobre viúvo". De alguma forma, isso os apaziguava – deixar uma lasanha na porta de casa e sair bem depressa, com medo de ter que dizer alguma coisa caso fossem pegos com a boca na botija. E ninguém nunca sabia o que dizer. Então, as comidinhas continuavam chegando. Num dado mês nós ganhamos tanta lasanha que Melissa fez um ranking e deu a cada uma notas de zero a dez. Papai entrou na brincadeira, o que de certa forma o tranquilizava também. Todos estavam desesperados por alguém para alimentar e encher de cuidados, e Melissa tomou para si esse papel. *Mais de uma vez*, penso, olhando para trás. Eu me lembro de ter ficado satisfeita, certo verão, quando estava usando um short e alguém descreveu minhas pernas como "dois cambitos".

Um dia, eu li em algum lugar que as fuinhas usam a comida como forma de competição, e a irmã "alfa" come mais e tenta ganhar peso para reforçar sua posição. Para nós, funcionava ao contrário. No entanto, ainda havia uma questão. Uma coisa básica. Enquanto emagrecia, eu estava "ganhando". Enquanto emagrecia, eu estava "no controle".

Assim que minhas notas começaram a cair, antes mesmo de completar dezoito anos, eu saí de casa. E não voltei nunca mais.[14]

Eu sabia que minha irmã estava infeliz como eu, mas não podia estender a mão para ajudá-la – ou talvez não ousasse. Tinha medo de ser arrastada de volta àquele poço de tristeza, com papai e Melissa, e nunca mais sair.

– Mais um pãozinho? – Tricia estende um prato para mim depois do banho, o cabelo ainda enrolado na toalha, igualzinha a uma estrela clássica de Hollywood flagrada em St. Tropez.

– Não, obrigada, estou bem – respondo, mas percebo, curiosa, que não temo as consequências da farinha de trigo no tamanho das minhas coxas (ou seja, estou passando por uma "des-margotização"). Eu recuso porque o aroma do cozido em fogo brando sobre o fogão está me deixando com água na boca, em antecipação ao que está por vir. – Pode ficar com o meu – digo a Tricia, que não recusa.

Meus músculos estão doloridos, como se tivessem sido muito bem usados, conforme manda a natureza. Depois de uma boa chuveirada, me sinto renovada. Então, Inge retorna, avisa que a hora do estudo acabou e pergunta se queremos uma cerveja antes do jantar.

Eu não costumo tomar cerveja (*duzentas calorias e até dezoito gramas de carboidrato por lata? Nem pensar...*), mas hoje à noite penso: *Que se dane.*

Melissa abre a garrafa com os dentes, só para me irritar (*"Por favor, não faça isso! É a pior coisa do mundo! Pior até que o estrago que cortar fita adesiva com*

---

[14] Aos leitores mais jovens: à época, isso era possível graças às bolsas universitárias (ver "velha"). Além do mais, eu trabalhava como garçonete, dominando as artes de dobrar guardanapos de papel e organizar condimentos. A odontologia foi uma grande perda para a Pizza Express...

o dente faz no esmalte!" Veja só como é genial o meu papo furado. Não admira eu raramente me dar a esse trabalho...). À primeira golada, no entanto, eu esqueço a irritação, porque é *sublime*.

Humm... cerveja... se isso for errado, eu não quero estar certa.

Efervescente, com notas amargas e refrescantes, a bebida logo me deixa mais soltinha e alegre, então se assenta em meu estômago, pesada feito o abraço de um homem forte. Logo em seguida, outro homem forte surge à vista, com mais cerveja local e guloseimas.

– Otto! Cerveja e bolo? Assim você vai nos conquistar! – solta Tricia.

– Que beleza, Embaixador – rebato, em tom de deboche, e ela ri.

Margot franze o cenho, meio confusa. *Otto não deve parecer nenhum dos embaixadores com quem ela se relaciona...*

– A gente achou que vocês iam gostar de beliscar um pouco – diz ele, com um sorriso amistoso, alheio a qualquer referência dos anos 1980 ao bombom Ferrero Rocher.

– Existe um ditado na saga do *Hávamál* – explica Inge, dando uma última remexida no cozido e acomodando a panela na mesa. – Se vem visita, temos que nos preparar. Então, é o que fazemos. É assim que nós somos.

A única saga que já li na vida foi uma série para adolescentes que carecia muito de códigos morais e lições de vida com o mínimo de razão e profundidade. *Além de "não esqueça o protetor labial"*, penso, tocando meus lábios secos e rachados. *Esse conselho era bem sagaz...*

– As sagas são um conjunto de histórias com princípios adotados pelos vikings – explica Inge, enquanto arruma a mesa.

– Tipo as Nove Nobres Virtudes? – pergunta Margot, levantando-se e tentando parecer útil.

– Não. Essas foram inventadas por americanos que não podiam se dar ao trabalho de ler as sagas e queriam um atalho.

– Americanos e Magnus? – brinca Otto, batendo com o dorso da mão na mesa de madeira e abrindo a cerveja, para o deleite de Melissa.

– De qualquer modo – prossegue Inge, ignorando o primo –, eu gosto mais do Ásatrú, a antiga fé nórdica. Eu sou uma *Völva*.

Ela parece estar se referindo à parte externa da genitália feminina... ou talvez ao projeto de artesanato meia-boca de Tricia. Só posso presumir que seja mais um exemplo de "empoderamento escandinavo" e sua célebre abordagem liberal do corpo e do sexo.

Será que é essa a cara da quarta onda do feminismo hoje em dia? Será uma versão nórdica do "Meu corpo, minhas regras"?

– Você é uma *vulva*? – pergunta Tricia, externalizando minha dúvida. – Você *tem* uma vulva, quer dizer?

– Não, eu sou – responde Inge, apenas.

– Uma "vulva"?

– Uma *"Völva*. V-ö-l-v-a.

– Qual é a diferença? – indaga Tricia, clamando pela ajuda de Otto.

– O "ö" tem dois pontinhos em cima – responde ele, como se isso elucidasse alguma coisa.

– Basicamente – explica Inge, dando um gole na cerveja –, nós acreditamos em Thor, Odin e todos os outros, mas não confiamos que eles possam resolver nossos problemas. Afinal de contas, por que eles dariam a mínima? Völva não espera nenhum milagre...

Jesus... Maria, José e todos os amigos carpinteiros estão levando uma bela crítica...

– Nossa própria sorte está a cargo de nós mesmos... e nossa *hospitalidade* também – conclui ela. – Pois bem, um recinto sem café, cerveja e bolo seria uma grande falta de educação.

– Acho que eu poderia ser uma Völva... – murmura Melissa, com ar sonhador.

– Ser um verdadeiro viking também não tem nada a ver com saques nem pilhagens...

– Só se for para saquear a geladeira! – brinca minha irmã, mas Inge a ignora.

– Significa sermos capazes de enfrentar a nós mesmos, toda manhã. Sermos pessoas decentes e verdadeiras, que agem com bons modos e tratam os outros de maneira justa.

Tricia remexe o corpo de leve.

Que estranho.

Eu tento encará-la, mas ela desvia os olhos.

– Precisamos entender que nossas ações sempre afetam alguém ou alguma coisa – prossegue Inge. – Como a natureza, a sociedade ou outras pessoas. Tudo o que vai volta. Não se trata de capacitação, de quantas horas trabalhamos nem dos títulos que acumulamos.

Não dá para computar...

Eu luto para processar o que ela diz, pois um único golpe do martelo de Thor esfacela todas as coisas que me esforcei para alcançar.

– Os vikings – continua ela – conquistam respeito através do comportamento. Cada encontro representa um recomeço. Nada é herdado. Não se trata de dinheiro ou posição social. Até os que nascem com status precisam fazer jus a ele.

Agora é Margot quem demonstra desconforto. Só Melissa parece tranquila.

As crianças se materializam e ocupam seus lugares à mesa. Otto ergue a menorzinha feito um balão e a acomoda na cadeirinha alta, e somos convidadas a um banquete de frango e cozido de legumes. Uma refeição que Inge, ao que tudo indica, fez brotar enquanto cuidava sozinha de três crianças, forjava espadas, arremessava machados, amamentava cordeiros e distribuía pérolas vikings.

Minha ídola.

Começo a encher meu prato de cozido, com o cuidado de evitar as aves em oferta, quando Otto percebe e empurra o prato de frango em minha direção.

– Ah, não, obrigada, eu sou vegetariana – informo, e Melissa faz uma careta.

– Mas é frango! – retruca ele, intrigado.

– Pois é.

– E frango *conta*? – indaga Otto, contornando a mesa.

Inge dá de ombros.

É minha vez de olhar em volta, para ver se estou perdendo algo. *Não? Sou só eu, então?*

– Frango é carne, definitivamente – esclareço, para quem ainda tiver dúvida.

– Entendi – diz Otto, dando de ombros, como se dissesse "é você quem está perdendo". – Mas está morto, de qualquer modo – acrescenta, então pega o prato e dá uma sacudida, para ilustrar que o conteúdo não vai sair batendo as asas. – Então, sabe... melhor comer do que desperdiçar.

– Não existem muitos vikings vegetarianos – explica Inge. – Mas você pode comer o que preferir, claro.

Estou prestes a agradecer a Inge, quando Otto se movimenta para apoiar o prato na mesa e eu sinto o aroma do frango quentinho e suculento.

Jesus amado, que cheiro bom...

– Pode encher o bucho – acrescenta Melissa, com a boca cheia, claramente já enchendo o próprio bucho.

– Ajudaria se a gente olhasse para o lado? – pergunta Tricia, desviando o rosto, para me incentivar, enquanto Melissa pega uma coxa de frango e larga no meu prato.

Que criancice, penso. *Por outro lado... bom, agora já está no prato...*

Eu como. E é divino.

Eu sou mesmo uma péssima vegetariana, ralho a mim mesma, procurando uma distração para evitar o refrão da tragédia grega barata: *"Você é uma desgraça, Alice Ray...".*

Apesar de terem posto a mesa lindamente e se comportado feito perfeitos anjos vikings, as crianças de Inge comem o frango com as mãos, o que me traz certo conforto.

Rá! Pelo menos os modos deles à mesa também não são impecáveis!

Neste momento, nossa líder viking me pega encarando (ou melhor, "julgando") e meneia a cabeça para a cena à sua frente.

– Etiqueta viking – explica, entre bocadas de frango. – Tudo o que voa pode ser comido com as mãos.

Numa sincronia perfeita, as crianças pegam os talheres e começam a espetar os legumes com o garfo, e minha bolha de "mãe convencida" é estourada também. Mette, Villum e Freja comem direitinho, sem reclamar nem pedir nuggets ou ketchup.

É mágica. Definitivamente, é mágica.

Melissa bate um pratão inteiro, então vai pegar mais.

– Segundo? *Terceiro?* – observo, e recebo um olhar duro.

– Estou treinando para perder o controle – devolve ela, com a boca cheia de frango. Minha expressão revela que eu claramente não caio nessa. – Qual é? No Texas, eu sou magrela – acrescenta minha irmã, abocanhando uma coxa.

Uma parte de mim espera que ela arremesse a coxa por sobre o ombro, então sinto certo alívio *(ou decepção?)* quando ela deposita os ossos no cantinho do prato.

– Sei. Que bom...

Depois do jantar, Otto se oferece para supervisionar a escovação dental das crianças e botá-las na cama antes de ir embora, deixando a mulherada, como diz Tricia, "à mercê do vinho barato".

– Achei que você tivesse dito que era gim? – pergunta Margot, inocente.

– Gim, vinho, cerveja... tudo funciona – responde Tricia.

– Ah.

Na terceira garrafa de cerveja local, já um pouco tonta, eu me vejo perguntando a Inge, com muita seriedade, "como é que ela consegue".

É mentira.

O que digo, na verdade, com a fala arrastada, é algo mais parecido com:

– É que eu vivo tão *cansada*! O tempo todo! E reclamo. Muito. E você dá conta da criançada em casa, do doutorado, dos animais, da cozinha, da forja da espada, do arremesso do machado, da amamentação do cordeiro, e sem perder a *pose* em nenhum momento...

Inge, muito modesta, ignora a última observação e apenas me encara atentamente.

– Você enlouqueceu?

Sim! É bem óbvio!, desejo responder. *Você devia ter me visto mês passado, no hotel, tomando vinho pendurado no pescoço! Eu como Big Mac no carro e tento me convencer de que não é "drive-thru", é "piquenique no carro"! É claro que eu enlouqueci!*

Felizmente, a pergunta de Inge se revela retórica.

– As crianças só estão em casa porque a creche está fechada esta semana – explica ela. – Por causa de algum festival religioso que ninguém nem comemora mais, daí tudo fecha e a gente come uns bolos especiais. Tem muito disso aqui, feriado com bolo. Eu não gosto deles em casa o tempo todo! – Então, acrescenta: – Além do mais, eles precisam socializar. A escola aqui começa muito tarde, então eles aprendem brincando com outras crianças. Fora isso... eu gosto de animais, não me importo de cozinhar, e o doutorado é um projeto meu. Isso é o mais importante. É como a gente sempre diz por aqui: ponha a sua máscara de oxigênio primeiro.

— Esse é um antigo ditado viking? — pergunto, antes que meu cérebro engate a primeira marcha.

— Não. As máscaras de oxigênio não tinham muita utilidade para os vikings tradicionais. Na verdade, era raro eles voarem de avião — responde Inge, muito paciente, enquanto eu, constrangida, cubro o rosto com as mãos. — É um ditado viking *moderno*. Diz que precisamos dar conta de nós mesmos antes de poder cuidar dos outros.

Eu assimilo a frase, sentindo uma quietude estranha e fugaz.

— *É isso?* — pergunto, por fim, muito cética. — É esse o segredo de tudo... de tudo isso?

— Pois é.

— Você não é perfeita? — indago, com a voz mole. Feito uma idiota.

— Não sou perfeita. Ninguém é, na vida real. — Ela me encara, avaliativa, e dá outra golada na cerveja. — Escute, não estou dizendo que é fácil... mas afirmo que vale a pena. Viver de verdade, digo. — Ela então se levanta e baixa a lateral da calça de laicra. — Olhe isso.

Meu Deus! Por essa eu não esperava.

— Está vendo, bem aqui? — Ela aponta para a filigrana de linhas esbranquiçadas que adorna a lateral de sua coxa.

— Caramba, você tem estrias...

— Não, eu tenho cicatrizes de batalha — corrige ela, acariciando de leve o intrincado desenho que carrega no corpo. — Cicatrizes da batalha da *vida*. É disso que se trata.

Acho que amo essa mulher...

Começo a me preocupar em não lembrar nada disso amanhã de manhã, dado meu estado atual. *Será que ela escreveria tudo num e-mail para mim?*

A vela à nossa frente começa a tremular. Sem desviar os olhos de mim, Inge estende o braço e abafa a chama trêmula com a mão espalmada.

Ela parece um pegacórnio[15] viking valentão.

Então ela sobe a calça, despeja o resto da cerveja num copo, vira de uma golada só e aponta a garrafa com um gesto da cabeça.

– Não esqueçam, ponham a sua máscara de oxigênio primeiro.

Eu quero fazer isso. Quero muito. No entanto, como uma mulher exaurida por ter passado o último quarto de século se esforçando para fabricar uma versão de si mesma para os outros, não sei ao certo *como* cuidar de mim.

Mas talvez eu esteja no lugar certo para aprender...

Neste exato instante, decido absorver todas as pérolas de sabedoria que essa mulher tiver a oferecer.

– Quem quer sobremesa? – pergunta ela, em seguida.

Pensando em Magnus e nas frutinhas vermelhas, nós quatro estremecemos de leve com a lembrança de nosso último ataque a uma sobremesa, mas Inge nos garante que nenhuma frutinha foi colhida para a confecção deste doce.

– O Otto fez uma torta!

– Ele assa também? – pergunta Tricia, batendo palmas em frente ao decote. – Fiquei toda arrepiada...

– A cobertura é de chocolate e sal marinho, e ele anda fazendo umas experiências com recheio de raspas de laranja – conta Inge, acomodando a torta na mesa.

O resultado é bom. Muito bom. E me faz recordar brevemente a torta de laranja com chocolate industrializada que comi inteirinha aos prantos, no banheiro, certo Natal. Minha memória sensorial guarda a lembrança de um misto de lágrimas salgadas, chocolate barato e laranja sintética. Mamãe tinha acabado de me dizer que aquele seria seu último Natal, mas que eu precisava ser forte – e que devíamos continuar vivendo normalmente, sem contar nada a Melissa. Então, em vez de abrir o bico, fui afogar as mágoas num bolo.

E tome canções natalinas...

---

15 Cruzamento de Pégaso e unicórnio. Óbvio...

Eu me lembro desse incidente com muita clareza, como não costuma acontecer com outras recordações do mesmo período. Ou de antes. Ou de depois, sendo sincera.

Eu estava triste, muito, muito triste. E não tinha ninguém com quem conversar.

Se Charlotte tivesse que passar por isso daqui a uns anos, eu ia querer pegar minha menina no colo e dizer que ficaria tudo bem. Que eu daria um jeito. Naquela época, ninguém fez isso por mim. Estava sozinha.

Pensando pelo lado positivo, reflito, engolindo o nó em minha garganta e levando junto a última bocada de torta, *eu teoricamente inventei toda a coisa do chocolate salgado uns vinte anos antes do resto do mundo, com aquela meia hora de choradeira braba em cima de uma esfera de quase duzentos gramas de chocolate...*

A conversa é interrompida para que possamos comer, mas Tricia, alérgica ao silêncio, começa a resumir para Inge a biografia de cada uma de nós.

– Melissa e Alice são irmãs – explica ela, enquanto eu pestanejo, numa tentativa de manter a pose. *Não chora, não chora, não chora...* – Então, como é que vocês duas eram quando pequenas? – pergunta Tricia.

– Ah, você sabe... – murmuro, tentando não deixar a garganta travar.

– Não sei, não...

– *Você* sabe? – Melissa me pergunta, com os olhos fixos. – A Alice sofre de um bloqueio de memória, não recorda nada até os dezoito anos – explica ela ao resto do grupo.

– Não é bem assim... – argumento.

– Ah, não? Então prove!

Eu bem que gostaria. Queria encontrar uma forma de dizer a minha irmã tudo que nunca consegui. Mas não sei como.

Já faz tanto tempo, e é tudo tão estranho, e eu não encontro as palavras... e talvez só esteja me sentindo assim por causa da cerveja. Olho a garrafa em minha mão e tento escapar da confusão mental. De uma confusão mental ainda maior, pelo menos. *Eu... simplesmente... não consigo...* Em vez disso, tento manter controle sobre a situação e vou repassando os processos fisiológicos em curso no meu corpo (pois dentista = médico. Fato).

... a cerveja agora viaja pelo meu estômago, e o álcool invade a minha corrente sanguínea – mais depressa que o normal, graças às borbulhas, o que eleva a pressão no estômago...

Dou outra golada, enquanto Melissa apresenta sua versão de nossa infância:

– Daí teve um dia que eu encontrei um gato de rua e levei para casa, mas a Alice contou para a nossa mãe, e eu tive que mandá-lo embora... – conta ela, me encarando como se eu fosse uma sequestradora de criancinhas.

Então eu bebo outro gole, sem pensar.

Que desgraça!

... meu fígado agora converte o álcool em variadas substâncias químicas, para neutralizar o veneno... com... com... com... não consigo lembrar. *Que ótimo, agora também estou perdendo a memória da fase adulta...*

– Enzimas! – solto, recordando subitamente. – Foi mal...

– Eu queria ficar com ele, mas ela já tinha vetado o gatinho por causa das "alergias" – prossegue Melissa. Disso eu me lembro. – Perguntei à nossa mãe se a Alice então podia ir morar em outro lugar, mas ela falou que não. – Minha irmã dá uma fungada com a lembrança. – Passei dias chorando.

– Pois é. O meu pai deu um tiro no meu primeiro pônei – solta Margot. Tricia e Melissa ficam horrorizadas. – Foi um acidente. Ele fugiu do cercado bem na temporada de caça às perdizes. O pônei, não o meu pai...

– Carambola! – solta Melissa, apoiando a cerveja na mesa e tocando o braço de Margot. – Você ficou bem?

– Fiquei triste, claro. – Ela meneia a cabeça, agradecida pelo apoio de minha irmã. – Mas eu ganhei outro.

Inge parece intrigada, mas se distrai com o cordeiro, que desponta sonolento de dentro do armário. Ele aproxima o focinho dela, querendo pular em seu colo, e ela faz que sim com a cabeça.

– Então, eu já matei uma vaca – solta Tricia.

– Oi? – indaga Melissa, virando-se para ela. – Como?

– Bom, a *situação* é que, como vocês talvez saibam, ou não, na Range Rover Sport tem uma geladeira entre o assento do motorista e o do passageiro – explica Tricia, como se houvesse uma ligação inextricável entre geladeiras e frísios. – Que quatro por quatro glorioso era aquele carro – conclui ela, balançando a cabeça.

– E aí? – Melissa tenta retornar ao assunto.

– Ah, enfim, eu gosto de acelerar – conta Tricia. – Ou melhor, eu *gostava* de acelerar. E resolvi tirar algum treco da geladeira. Desviei os olhos um *milissegundo*... mas enfiei o carro num portão de madeira. E não abri. Foi esse o principal problema – explica ela. – Eu não dirijo mais.

– Eita. Não... – Melissa arregala os olhos, enquanto eu tento reorganizar minha mente vagante.

Meu fígado agora está usando uma enzima chamada... chamada... percorro meu arquivo mental, mas não encontro a palavra... *usando alguma coisa para converter o álcool em... começa com "a"? Ou com "e", talvez... ai, que droga!* Diante do "branco", resolvo dar outra golada na cerveja, mas me surpreendo ao encontrar a garrafa vazia. Inge, que vem observando a cena com certo gosto, empurra a cadeira para trás e vai pegar leite para o cordeiro e mais cerveja para nós. Ela arremessa uma garrafa para mim, e eu agarro. Por pouco.

– E você? – Tricia me pergunta.

– O que tem eu?

– Bom, os vikings são superfrancos e abertos, não são? – Ela busca a aprovação de Inge, que concorda com a cabeça muitíssimo de leve. – Então, conte para nós um segredo que ninguém sabe!

– Ora, isso é moleza. Faz poucos dias que a gente se conhece. – Melissa ri. – E estamos falando da minha irmã, a "Alice Livro Fechado"!

– Só porque você compartilha até demais! – devolvo, tentando manter o tom jocoso de minha irmã, mas a frase sai esquisita, e um tremor doloroso percorre toda a extensão da mesa de carvalho.

Tricia, ao que parece, não percebe, então insiste:

– Mas vocês duas se conhecem desde que *nasceram*!

– Muito pouco! – solta minha irmã.

– Ei, desembuche! Vai ser divertido! – exclama Tricia, batendo palmas.

Não vai, não, sinto, com bastante certeza.

– Alguém pode ir primeiro? – é só o que consigo dizer.

– Beleza, então. Inge? – Tricia se volta para nossa ilustre anfitriã.

Inge, impassível, revela que seu primogênito foi concebido num drácar viking, o que parece muito apropriado. Também compartilha que fala cinco idiomas e é instrutora de mergulho.

Ultraesforçada, penso, concordando com a cabeça. *Preciso aumentar o tempo de mandarim no Duolingo. E aprender espanhol um dia. Quando as crianças forem para a faculdade, talvez...*

Descobrimos também que Tricia já participou de um *ménage à trois* (revelação que não me surpreende nem um pouco, mas suscita uma miríade de indagações) e que Margot é "alérgica a ibuprofeno".

É isso? É só isso que ela tem? Meu Deus, como esse povo perfeito é entediante.

Melissa sai "vencedora" ao anunciar que foi, por um breve período, líder de uma banda punk pró-monarquista de nome "Carne Régia" depois de terminar a escola ("A gente cantava 'Deus salve a Rainha' sem nenhuma ironia...").

Eu não sabia disso.

– Mas você não sabe cantar! – solto, e uma nova onda de tremor percorre o recinto.

– Ora, você também não sabe, mas pelo menos eu tenho consciência disso!

Que golpe baixo: minha carreira de cantora foi suspensa quando minha irmã me pegou personificando Whitney Houston no chuveiro a plenos pulmões, aos doze anos de idade, e contou para todo mundo da escola que eu "desafinava". Até então, eu era um passarinho cantante de chuveiro, mas depois desse episódio não entoei mais uma nota sequer.

– De todo modo – prossegue Melissa –, era punk. Ninguém ligava para a afinação... Para falar a verdade, nossos ensaios mais pareciam um canteiro de obra... – conclui, reflexiva. – Mas, basicamente, eu só era a líder porque tinha um casaco lindo de couro preto, compridão...

– Esse casaco de couro era *meu*! – retruco, virando-me para ela.

– Você já tinha saído de casa! Nem deu falta dele! – Isso é verdade. Mas, agora que ela me fez lembrar, estou furiosa. Melissa me encara como se me desafiasse para um duelo. – Só porque *você* nunca se divertiu na vida...

– Eita! – solta Tricia, fingindo horror, então acrescenta: – Desculpem... eu só tive um irmão, que era um belo babaca, então isso tudo é novidade para mim. Continuem, continuem...

Só que eu não sei por onde começar. Porque, à exceção das partes tristes, só consigo me lembrar de querer crescer o mais rápido possível, para poder sair para o mundo. Ou melhor, sair *daquele* mundo.

– Em resumo – diz Melissa, perdendo a paciência e resolvendo falar por mim –, Alice se casou jovem demais e definitivamente deveria ter transado com mais gente antes. – Uma síntese afiadíssima de minha vida adulta. – Mas é uma infeliz, com um marido idiota.

Oi? Isso não é justo! Como é que ELA compartilha uma historinha sobre uma banda adolescente e eu tenho meu casamento dissecado na frente de desconhecidas?!

– Reparem só nessas olheiras – continua ela, agora dirigindo a atenção do público para as bolsas escuras em torno de meus olhos. – Ele sequestrou os melhores anos da vida dela.

– Você tem um casamento falido. – Antes que eu possa me defender, Inge balança a cabeça, como se não adiantasse contestar uma afirmação tão evidente. – Por que é que não se separa?

Porque não é assim que funciona! Porque a essa altura do campeonato a história já está emaranhada demais! Porque vamos ampliar a casa no ano que vem! Porque eu aposto todas as fichas na minha família e morro de medo de perder. Porque isso significaria admitir meu erro...

É isso o que eu penso.

– Não é tão ruim assim – me limito a responder. – Só... não é empolgante como um início de relacionamento.

– O que é, então? – pergunta Tricia.

Eu reflito.

– É... a parte do meio, mais complicada...

Tricia concorda com a cabeça, compreensiva.

– E vocês tentam manter o romance vivo? Trocam mensagens apimentadas durante o dia?

Eu a encaro como se ela fosse louca.

– Não, nós somos casados. Só trocamos mensagens quando precisamos de alguma coisa do mercado.

– Ah, estão *nessa* fase... – diz ela, num tom nostálgico.

– Quando você pensa no seu marido, como é que se sente? – pergunta Inge, muito direta.

Eu hesito, sentindo o álcool me invadir, e testo meu tom de voz:

– Bom... eu me sinto... – começo, tentando não deixar escapar o que realmente penso. *Encurralada! Acorrentada! Querendo pular de uma janela MUITO ALTA!* – Ele às vezes é meio irritante – digo, por fim. – Quando ronca, sabe? Eu odeio isso. E quando deixa cair pasta de dente na pia e não se dá ao trabalho de limpar. E os chiados que ele solta, por causa do espaço entre os dois dentes da frente. E o jeito dele de mastigar, nossa, eu detesto...

– Você odeia o seu marido, basicamente? – indaga Tricia, enquanto eu faço uma pausa para tomar fôlego.

– Não!

Eu não odeio o meu marido. Apenas fantasio a morte dele... regularmente.

– Pois é, não deveria ser assim – diz Inge, como se lesse meus pensamentos. Outra vez.

– Mas nós temos dois filhos! – argumento, como se fosse a única justificativa necessária.

– E ainda terão dois filhos, mesmo separados. Vocês não precisam ser melhores amigos... bom, podem ser, se quiserem... mas, desde que vocês consigam coexistir no diagrama de Venn da parentalidade, vai ficar tudo bem. Qualquer pessoa com quem a gente decida compartilhar a vida terá o poder de nos enlouquecer, então é melhor escolhermos muito bem. Mas, se a gente errar, errou. – Ela dá de ombros, então se explica: – Aqui a separação não é nenhum tabu. As vikings podem se divorciar pelos motivos mais comuns, tipo o marido "mostrar muito os pelos do peito".

– Ora, ora! – exclama Tricia.

– Aqui temos um ditado: "Primeiro casamos por filhos, depois por amor".

– Que coisa incrível! – diz Tricia, batendo palmas. – Eu adoro um segundo casamento! O noivo com cara de nervoso? A mulher num terninho creme?

Adolescentes emburrados? Todo mundo enchendo a cara para compensar o constrangimento? Que delícia!

Inge se permite um sorriso, começando a entender o humor britânico.

– Então, você e o Magnus?... – pergunta Melissa, sem rodeios.

Caramba, que coragem...

– Mais uns dois anos, no máximo – responde Inge, ao mesmo tempo firme e tranquila. Como se fosse um projeto, não uma catástrofe. – Da próxima vez, vou escolher um homem que coma em silêncio e não tenha tanta necessidade de ficar ajeitando os genitais... – conclui ela, como se esses pontos tivessem sido a gota d'água.

Tricia corre a língua pelos dentes de cima.

– Pois é, eu entendo bem... é melhor separar do que deixar a coisa apodrecer. Eu e meu ex empurramos com a barriga até o Ed sair de casa. Aquela coisa de quartos separados, conversas inteiras por e-mail em letras maiúsculas. Se tivéssemos terminado antes de um querer degolar o outro, poderíamos ter seguido em frente e passado de um casamento ruim a uma boa divisão de tarefas na criação dos filhos. *Et voilà!*

Eu não sei como explicar a Tricia de maneira educada que não quero apenas "criar" Thomas e Charlotte; quero amar os dois, quero me fazer presente. Assim, em vez disso, tento mostrar que a guarda compartilhada seria uma decepção para mim.

– Acho que sentiria muita saudade – digo, balançando a cabeça.

O amor que sinto por meus filhos só avança numa direção: para o alto – substituindo tudo o que veio antes. *Eu não amei Greg*, agora percebo. *Nunca.* Ele só estava lá. Por conveniência. Num momento em que eu sofria pelo relacionamento anterior e meus jovens ovários gritavam para que eu tivesse um filho com alguém. *Com qualquer um, na verdade... mas valeu a pena, não valeu? Por Charlotte e Thomas?*

– Eu amo ficar com meus filhos. – É a melhor explicação que consigo formular para comunicar minhas ideias, então acrescento: – Bem, quase sempre... exceto quando eles viram uns escrotinhos. – No mesmo instante, meu rosto fica vermelho. – Desculpem.

– Jamais peça desculpas! – ordena Inge. – Não há nenhum problema em se sentir assim.

– Claro que não! – balbucia Tricia. – Não dá para sermos sempre a porcaria da Mary Poppins!

– Eu já falei, não mete a Poppins nessa história! – rebate Melissa.

Ela pode até compartilhar o sentimento de Tricia em relação a Greg, mas não vai dar espaço ao discurso de ódio contra Julie Andrews.

– Só estou dizendo – prossegue Tricia, com as mãos erguidas – que ser mãe é difícil! – Inge faz que sim com a cabeça. – E admitir isso não torna ninguém uma pessoa ruim. Até que eles consigam se cuidar sozinhos... fazer café, votar, essas coisas... é supercansativo! E entediante, também, muitas vezes. Eles levam um século para calçar os sapatos e têm um papo *básico*, para dizer o mínimo. E ficar parada empurrando uma criança num balanço? – Tricia apela para Melissa e Margot. – Que coisa mais chata! Ninguém avisa isso para a gente, mas é *desesperador* de tão chato! Para a frente, para trás. Cadê a emoção? Cadê o suspense?

Melissa meneia a cabeça, como quem diz "eu entendo".

– Criança não é que nem bicho – prossegue Tricia, dirigindo-se a minha irmã. – Com os cachorros, eu podia passar uns dias fora, daí na volta era só dar um biscoitinho e eles ficavam superfelizes em me ver e abanavam o rabo. Mas as crianças ficam *emburradas*. Meu filho vivia reclamando por ter que preparar a própria lancheira da escola... – Tricia balança a cabeça, como se dissesse *"crianças, não é?"*. – E a barulheira? Ninguém avisa sobre o barulho! E isso com um filho só. Não sei como você aguenta com dois! – Ela olha para mim. – Ou três! – Tricia quase grita na cara de Inge. – Eu passei toda a festinha de seis anos do Ed com o abafador auditivo industrial que "peguei emprestado" da casa da Anneka Rice.[16] Mas, apesar de tudo, a gente faz o melhor, e eles alçam voo. Não pertencem a nós. Nunca pertenceram. E, se você estiver presa com

---

16 O reality show *Challenge Anneka* foi transmitido pela BBC de 1989 a 1995, antes de ser cruelmente retirado da programação após sua última aventura, num santuário de leões. Triste época. Desde então, o macacão e o abafador auditivo não andam tendo muito uso, e por isso Anneka provavelmente não deu falta deles. Ainda...

alguém tenebroso depois que os filhos vão embora, bom... é uma desgraça. Eu e meu ex costumávamos ver tevê à noite, para não discutir. Daí, quando ficamos sozinhos, já não concordávamos nem em relação a que programas assistir. Então nos divorciamos.

Eu faço meu olhar mais empático, mas Tricia irrompe em gargalhadas.

– Não, nada de tristeza. Eu queria que essa decisão tivesse sido tomada antes. As coisas com o Ed teriam sido bem melhores. O dinheiro mais bem gasto da minha vida foram os vinte mil que gastei nesse divórcio...

– Entendi. Bom para você – respondo, mantendo o rosto impassível.

– Você agora está no olho do furacão... mas vai ficar tudo bem – diz Inge.

Como é que você sabe?, desejo gritar. *Eu não sou igual a você! Não posso voltar a ser solteira. Precisaria me depilar, não é? Ou será que estou com sorte e a mata frondosa dos anos 1970 voltou à moda?*

Além disso, há uma questão maior que a mata frondosa: divórcio significaria uma derrota. E eu não aceito derrotas.

– Eu e Greg estamos bem – insisto, enganando absolutamente ninguém.

– Essa é a minha irmã... está sempre "bem" – solta Melissa. – Mesmo quando não está. O melhor apelido para ela é Robô-Alice. – Escolho encarar o comentário como um elogio. – Nunca se abra com ninguém, jamais revele suas fraquezas. Sempre mantenha as aparências... por mais que o seu marido mije sentado e borre a cueca.

– Borre... Como assim? – pergunta Margot, intrigada.

– Nada, não! – exclamo, tentando mudar o rumo da conversa.

Melissa, no entanto, não se acanha.

– Robô-Alice, sempre certinha, sempre na linha.

– Nem *sempre*! – corrijo.

– Ah, é? E quando é que você fez alguma coisa errada? *Quando?*

Meu desejo é soltar uma gargalhada, pois ultimamente parece que ando fazendo tudo errado. A maternidade, o trabalho, as amizades, a boa relação com minha irmã, as "interações sociais verdadeiras", mesmo os princípios básicos da vida viking: eu não dou conta de nada. Enquanto isso, Melissa "manda ver", em suas próprias palavras, com um equilíbrio que nem ouso contemplar entre a vida pessoal e a profissional, habilidades sociais que não tenho nem em sonho e uma visão de mundo positiva como nunca imaginei que fosse possível sem a ajuda de óxido nitroso (também chamado de "gás hilariante", o melhor amigo do dentista).

– Eu faço tudo errado! – protesto. – Só dou bola fora... – insisto, e acrescento, em tom de desgraça: – Um monte!

– Tipo quando?

– Tipo recentemente...

– *Sério?* – indaga Melissa, num tom desafiador.

– Sério? – ecoa Tricia, empolgada, arregalando os olhos. – Conte mais!

– Está na sua vez – confirma Inge, dentro de sua lógica escandinava.

A essa altura, meus músculos estão maravilhosamente frouxos e minha cabeça está mais leve, graças à cerveja, então eu conto.

– Bom... – Eu avanço rumo a minha confissão, espichando a palavra o quanto posso, para ganhar tempo. Então, reúno o máximo de ar que meus pulmões são capazes de comportar e começo: – Sabe quando você foi me buscar naquele hotel, no mês passado, depois do congresso de odontologia?

– Aquele em que você vomitou?

– Isso, obrigada, aquele em que eu vomitei. Lembra que eu falei que tinha bebido com um amigo?

– Lembro? – devolve Melissa, ainda pouco convencida.

– Bom, não era exatamente um amigo. Tinha um dentista lá...

– Como assim? Num congresso de odontologia? Que surpresa... – Melissa dá outra golada na cerveja, perdendo a paciência com minha enrolação.

– Eu acho que... talvez... Acho que transei com ele...

No exato instante em que as palavras saem de minha boca, desejo voltar atrás.

A mesa inteira fica em silêncio. A expressão de Melissa se altera, e eu sinto todos os meus músculos tensionarem.

– Como é que *é*? – indaga ela, por fim, num tom horrorizado. – Você enlouqueceu?

– Não! – respondo, agora na defensiva – *Talvez... sim...*

– E aí? Como é que foi? – Tricia quer detalhes.

– Eu... eu... não lembro...
– O que é que você estava *pensando*? – indaga Melissa.
– Eu não estava! Esse é o ponto... – Eu olho ao redor, em busca de apoio.
– Qual é o seu problema?
Eu não imaginava que a conversa fosse se desenrolar dessa forma.
Quer dizer então que Tricia pode transar a três e eu não tenho direito a uma pequena/média indiscrição em doze anos de cumprimento das minhas responsabilidades conjugais?
Tarde demais, percebo que avaliei mal o tom dessa "conversa entre mulheres".
É por isso que você não conversa com mulheres, sua imbecil! Você não dá conta!
– E aí? Era grande? – prossegue Tricia, ignorando a onda latente de desarmonia fraterna.
– Eu... eu não sei...
– Entre todas as... – Melissa se refreia, então balança a cabeça. – Simplesmente não estou acreditando.
Eu não esperava que ela se aborrecesse tanto. Nem que os remendos tortos de nossa relação fossem expostos tão publicamente.
– Quando foi que você virou essa puritana? – retruco, adentrando um território desconhecido. – Além do mais, você nunca gostou do Greg...
– Ai, o *Greg*. – Do jeito que ela fala, parece que o nome é uma palavra inventada. – O *Greg*. Ninguém gosta do *Greg*.
– Como é que é?
– O nosso pai não gosta dele.
– Ah, *não me diga*...
– Chamou o Greg de babaca no último Natal.
– Ah, foi? Nossa, quanta delicadeza...
– Ele *é* um babaca.
– Não é essa a questão! – retruco, aos berros.
– Não, o *Greg* não é a questão!
– Greg é o marido? – pergunta Inge, de cenho franzido, tentando acompanhar.

— Acho que é — sussurra Margot, mas tão alto que não se qualifica como um sussurro.

— É — confirma Melissa. — E é um camareiro.

— De hotel? — pergunta Margot, agora convencida, tenho certeza, de que o resto de nós não passamos de meros serviçais. *Criados e serventes na vida dela e na de seus parentes*, reflito, com amargura.

— Não! — responde Melissa. — Usei o termo como um insulto. Para ele, diversão é se trancar numa sala escura na companhia da âncora do telejornal e de umas pedras antigas. Ele acha que criar filhos é estacionar as crianças na frente de um iPad.

— Não comece a julgar as capacidades dele como pai!

Eu fico duplamente ultrajada, porque a) não cabe a ela criticar e b) ela tem razão. O que eu odeio.

— Eu já falei que a questão não é o Greg! — explode Melissa.

— Ora, se a questão não é o Greg, qual é o seu problema? — pergunto, perplexa. — Por que todo esse julgamento?

— Julgamento, eu? — Melissa parece incrédula. — Olha quem fala, juíza Judy![17]

— Esse não é o meu nome...

— Mas devia ser!

— Gente, gente, vamos deixar essa discussãozinha de lado — intervém Tricia, tentando em vão intermediar a paz.

— Você fala de vida em família — insiste Melissa —, mas não faz o *menor* esforço para ver o papai...

— Você estava *superbêbada*? No tal congresso? — pergunta Margot, sem saber ao certo que tom dar à pergunta ou de que lado está, mas ávida por se juntar ao debate.

— O quê? — Eu me viro para ela, confusa, e balanço de leve a cabeça. — Não. Quer dizer, estava.

— *Hipócrita*. — Melissa saboreia a palavra, enfatizando todas as consoantes.

---

17 A juíza Judy Sheindlin, que tem fama de durona, é estrela do reality show norte-americano que leva seu nome, transmitido há mais de duas décadas, e autora do livro *Não mije na minha perna e diga que é chuva*, ou seja, "não me faça de otária". Sábias palavras...

Por um segundo, fico boquiaberta, em choque.

– Por que você está dando tanta importância a isso?

– Eu estou "dando tanta importância" – responde Melissa, os olhos apertados – porque há anos, desde que me entendo por gente, você vive aí, toda empinada...

– Tipo em cima de um cavalo? – pergunta Margot, tentando ser útil.

– Isso! – devolve Melissa, elevando o tom de voz. – E eu morro de medo de contar certas coisas a você, por conta dessa sua pose de juíza Judy...

– Vou repetir: esse não é o meu nome.

– E você está o tempo todo criticando todo mundo e fazendo essa cara...

– Que cara?

– Essa! A que você está fazendo agorinha mesmo! Ela não está? – indaga Melissa, apelando para Tricia.

– De fato, você tem uma expressão bastante feroz – admite Tricia, pisando em ovos. Eu me viro para exibir por inteiro minha expressão feroz. – Isso, essa mesma. – Tricia faz que sim com a cabeça, cobrindo os olhos de um jeito teatral. – Ai, dá para *sentir*! É o olhar de uma mulher mortífera. *De novo...* – Ela se vira para Melissa. – É esse o furacão categoria cinco do qual você me advertiu?

Minha irmã estala a língua e faz que sim.

– Vocês andaram falando de mim? – eu pergunto, magoada. Achava que Tricia fosse minha aliada. Minha companheira de fracasso nas habilidades vikings. *E o tempo todo ela bancando o judas, falando de mim para Melissa?* – Vocês duas estão conversando sobre as minhas "caras"?

– Pare de se achar... – retruca Melissa.

– Foi coisa rápida... – solta Tricia, ao mesmo tempo.

– Comigo ninguém falou nada – acrescenta Margot, a título de consolação.

– Ah, NÃO ENCHE, MARGOT! – Eu pretendia comunicar esse desabafo apenas com uma expressão facial, mas percebo que as palavras escaparam de minha boca.

Um novo tremor se avulta com o aumento da tensão. Sinto o deslocamento das placas tectônicas.

Tento rir da situação, mas a risada sai seca. Por uma fração de segundo, ninguém abre a boca – nem respira.

– Para quem se preocupa tanto em ser bem-vista pelas pessoas, a essa altura você já deveria ter arrumado um jeito de ser menos babaca – solta Melissa, então balança a cabeça, genuinamente decepcionada.

Umas batatinhas fritas se materializaram na mesa feito mágica, e eu enfio um punhado na boca, para não dizer nada que vá lamentar mais tarde.

– E aí? – insiste minha irmã. – Você não vai pedir desculpas?

Estou tão cansada. E bêbada. E entupida de batatinhas...

– Estamos esperando... – diz ela.

– Vá pro inferno! – solto, com a boca cheia de batatas semimastigadas.

– Eu desisto, chega – diz Melissa, e se recosta na cadeira. Então decide que ainda não terminou coisíssima nenhuma: – Sabe – diz ela, inclinando o corpo para a frente, com o dedo em riste –, eu *sabia* que tinha alguma coisa estranha quando fui buscar você no congresso e senti o seu fedor de rato morto. E você não facilitou quando... bom, você não facilitou em hora nenhuma. Como sempre. É inacreditável! Você já parou para pensar nos sentimentos dos outros?

– Você está falando sério? – retruco, quase cuspindo. – Eu *só faço* pensar nos outros! – Imagino se agora é um bom momento para mencionar as quatro sacolas retornáveis. *Sem falar nas máscaras que guardo de reserva, para dar aos pacientes/funcionários do supermercado/professores/outros pais da escola das crianças, caso estejam resfriados...* – Eu cuido de *todo* mundo! Sempre faço doações para a ONG Dentaid: Melhorando a saúde bucal do mundo, um sorriso por vez! Sou presidente da Associação de Pais e Mestres! Jamais estaciono em local proibido! Nunca me atraso! Na verdade, sou sempre a primeira a chegar...

– Você não é a primeira a chegar porque se importa com os outros! A sua pontualidade é um ato de agressão militar! Você quer estar na vantagem. Você *precisa* estar na vantagem!

Olho em redor, confusa e em busca de apoio. *Isso é sério? Nós estamos fazendo um barraco? Como nos reality shows da tevê?* Eu não sei fazer barraco. Nunca soube. Melissa berrava e perdia as estribeiras quando era pequena (chutava, também, agora lembro...), e papai vez ou outra erguia a voz. Mamãe e eu ficávamos quietinhas, observando. Melissa sempre dizia que isso era o pior – por que não podíamos simplesmente "botar tudo para fora" e seguir adiante? Mas esse nunca foi o nosso estilo. Deixe quieto. Engula o choro. Não se renda. Até com Greg, nos piores momentos, sempre cultivamos uma espécie de aversão silenciosa. Uma certa mágoa esterilizada, cozinhando em fogo brando. Mas perder as estribeiras? Jamais. *Pois quem perde pode acabar não achando nunca mais.* Ainda assim, cá estou, gesticulando feito uma louca e cuspindo insultos como um demônio ensandecido.

– As calminhas é que são sempre as mais assustadoras – brinca Tricia, tentando, imagino, amenizar a situação. Mas eu não estou a fim.

– Disse a bêbada que só sabe falar de gim-tônica! – retruco, do nada, e tapo a boca para tentar engolir de volta as palavras.

Tricia se eriça por um instante, e Melissa subitamente prende a respiração. As duas se entreolham, e minha irmã balança bem de leve a cabeça. Tricia, então, relaxa e dá de ombros.

– É que eu tenho muito medo de contrair malária...

Será que Melissa sabe algo que eu não sei?

A sensação de que as duas se juntaram contra mim – ou no mínimo estão me excluindo de alguma coisa – se agiganta e me atormenta. A bebida agrava a paranoia, e a coisa segue num crescendo.

Margot ri do comentário sobre a malária: o quinino, componente da água tônica que acompanha o gim, faz parte do tratamento para essa doença. Eu então me viro para ela:

– E você, com esse rostinho perfeito, com essas mãos de manequim de plástico que nunca viram um dia de trabalho na vida... enquanto eu passei *décadas* removendo tártaro brabo!

Não é verdade, estritamente falando; uma década e meia seria mais preciso, mas não teria a mesma sonoridade.

– Chega, Alice! – grita Melissa.

– Chega nada! – rebato.

– Cale a boca!

Eu não calo. Em vez disso, disparo:

— Não venha me dizer o que fazer! O que é que você sabe das coisas? Você vive na porra de um chá das cinco de ursinhos de pelúcia! Nem todo mundo pode se dar ao luxo de passar o dia inteiro de palhaçada com os animaizinhos da fazenda. Tem gente que precisa trabalhar no mundo real, para ganhar dinheiro e fazer as coisas acontecerem. Feito adulto...

Enquanto falo, percebo que estou fazendo uma lambança.

"Relaxe", todo mundo vive me dizendo. "Divirta-se de vez em quando", todo mundo diz.

Bom, foi o que eu fiz. E qual foi o resultado? Minha irmã está espumando de tanta raiva e à beira das lágrimas. Eu estou me comportando feito um animal acuado, mas, curiosamente, não consigo me refrear.

— Você não conhece nada da minha vida — diz Melissa, num tom duro e comedido que eu desconheço. — Você não faz ideia.

Chegou a hora, reflito. *Chegou a hora de pedir desculpas e tentar consertar as coisas. É isso que eu deveria fazer. É o que uma pessoa normal faria.* Mas estou elétrica, tomada de medo e adrenalina. *Ninguém fala assim comigo. Ninguém fala assim comigo desde... bom, desde Melissa. Em casa. Na noite em que fui embora.*

Então, em vez de pedir desculpas, eu parto para o ataque.

— É sério isso? Você nem vive no mundo real... ou melhor, ficou parada em 1950. Tipo, quem é que não tem smartphone? Nem wi-fi? Nem saquinhos de chá?! Parece que você só quer chamar a atenção! Você é superdramática! Sempre foi!

— E você é fria e esnobe — devolve ela, com a mão na mandíbula, e eu sei que é uma tentativa de atenuar a dor do siso que ela *ainda* não tinha ido ver.

— Bom — respondo, ardendo feito mil labaredas —, prefiro isso a ser emocionalmente descontrolada! Dê uma boa olhada no espelho antes de começar a me criticar! E invista numa escova de dentes elétrica! Sua... *criançona*!

Com isso, Melissa empurra a cadeira para trás e vai embora, batendo a porta com uma força impressionante.

— Estão vendo só? — eu pergunto às vikings restantes, ainda perplexas. — Não teve a menor consideração pelas crianças que estão dormindo, nem pelo homem que passou por um enven... — Não continuo, para o caso de minha fala ser uma admissão de culpa. *"Envenenamento" é uma palavra forte*, penso. Já temo perder minhas interlocutoras sem tornar a mencionar o episódio das frutinhas, então reformulo a frase: – Nem pelo homem doente.

Eu não sou fria e desalmada, certo? Quero sacolejar as mulheres à minha frente, exigindo uma confirmação: *Eu sou prática. Sou uma pessoa boa para se ter por perto. Sou uma pessoa boa, ponto. Não sou?*

A porta bate outra vez. É Melissa.

– Eu não me acalmei, só voltei para pegar o casaco da sorte – anuncia ela, puxando do encosto da cadeira a monstruosidade marrom recém-lavada e jogando-o sobre os ombros, feito a capa de uma super-heroína pobretona. Então, após uma brevíssima reflexão, ela apanha a garrafa de cerveja meio vazia e sai pisando firme outra vez.

OITO

— Ovo? Mandei chamar você para comer ovo. Quer um? – pergunta Tricia, enquanto eu esfrego os olhos, sonolenta. Ela está outra vez com uma toalha enrolada no cabelo, como uma estrela de cinema dos anos 1960, com uma colher furada numa mão e uma bebida que parece um Bloody Mary na outra, mas estou tão aliviada por ela ainda estar se dirigindo a mim que me abstenho de fazer qualquer comentário.

— Humm, obrigada – respondo, encabulada.

Meus braços e pernas estão pesados feito chumbo e muito doloridos; se é pelo esforço, o álcool ou um misto dos dois, não sei ao certo. Mas a dor de cabeça e a boca seca parecem atestar que a "cerveja" pode ter tido um papel importante.

Margot está alongando os quadríceps junto à parede; ao que tudo indica, acabou de voltar de uma corrida, o que só me deixa ainda mais acabada. Inge tem uma criança agarrada em cada perna e a terceira às costas, brincando de cavalinho. Ela pega o cordeiro com uma das mãos e uma manteigueira com a outra. Apoia a manteigueira na mesa, afasta as crias e manda que todos ajudem com o café da manhã. Eles aquiescem, muito obedientes, sem dar um pio, enquanto ela alimenta o cordeiro com a mamadeirinha.

A psicologia dos perfeccionistas. Tento analisar essa expressão, mas é um esforço doloroso, então me sento numa cadeira e recebo meu ovo, muito grata.

– A galinha botou hoje de manhã! – conta Margot, radiante. – Fui eu que peguei, não foi? – Ela busca a aprovação de Inge, mas não ganha. – Peguei ainda *quentinhos*, pois é!

Para ser honesta, a imagem de meu ovo quente saindo pela cloaca de uma galinha barulhenta há menos de uma hora me desanima um pouco. *Largue. De. Ser. Fresca*, digo a mim mesma, e sem querer perder a pose na frente de Margot e Inge abro um sorriso e quebro a casca. No maior silêncio possível. As velas já foram acesas – faz um tempinho, a julgar pela altura da chama –, e eu me admiro com o fato de os vikings não deixarem passar uma refeição/pausa para café/oportunidade que seja para sentar-se diante de uma pequena labareda.

Parece que a eletricidade nunca foi inventada...

– Vocês sempre tomam café da manhã à luz de velas? – pergunto a Inge.

– Sempre – responde ela, apenas. – Já ouviu falar em estilo *hygge*?

– Quem é que não ouviu, hoje em dia? – Minha intenção era responder mentalmente, mas pelo olhar divertido de Inge percebo que falei em voz alta.

– Não se trata apenas de velas, mas é um bom começo – explica ela. – O resto, só sentindo. E você vai sentir, quando a semana terminar.

Apesar de minha enorme dor de cabeça, de alguma forma eu acredito nela.

Uma criança (*Villum, certo?*) larga na minha frente um bloco de pão de centeio e uma grande faca serrilhada, pois está mais do que evidente que crianças e facas são uma combinação aceitável para os vikings. Passo uns cinco minutos serrando o pão até conseguir destacar uma fatia, depois mais uma eternidade a cortá-la em tirinhas, para então mergulhar os pedacinhos na gema amarelo-vivo. Mas o sabor faz valer a pena, e eu devoro tudo.

Pão de centeio praticamente não é carboidrato, digo a mim mesma. *Vai me fazer bem... talvez.*

– Como vai o Magnus hoje? – pergunto, com a boca cheia.

– Ah, o de sempre... você sabe – responde Inge. – Mais um pouquinho de suco de cominho, e ele fica novo em folha.

Faço que sim com a cabeça.

– E... cadê a Melissa?

Hoje de manhã, quando enfim reuni coragem para dar uma espiada, encontrei a cama de cima vazia. Imaginei que ela já estivesse acordada, como todo mundo. *Como eu normalmente estaria*, penso, com uma pitada de vergonha salpicada de rebeldia. *Dane-se, "antiga eu"! A nova Alice bebe cerveja e dorme até...* olho o relógio da cozinha. Ainda são sete e quinze da manhã. *Muito rock'n'roll.*

— Melissa? — Tricia ergue os olhos. — Você não sabe?

— Não.

— Nem a gente! — diz Margot, fazendo uns agachamentos para prolongar o rubor pós-corrida. Ela está lindíssima e um pouco alegre demais para se envolver no drama atual.

— Eu não a ouvi chegar ontem à noite — confirma Inge, e um bolo de pavor se aloja em meu estômago.

Merda...

Melissa tinha saído furiosa, mas presumi que ela esfriaria a cabeça dali a uns minutos. Literalmente, a julgar pela temperatura das últimas noites. *Espero que ela não tenha feito nenhuma bobagem*, penso. Pois minha irmã é graduada nessa área.

Certa noite, na época dos simulados para o vestibular, Melissa estava operando no modo autodestrutivo e sumiu de casa, levando dois litros da sidra caseira do papai disfarçados numa garrafa de Fanta. Eu tive que percorrer os parques locais, desviando de pedintes e outros adolescentes bêbados (nós crescemos numa cidade dedicada à embriaguez de menores), até encontrá-la no parquinho infantil, aos prantos, debaixo de um escorrega. Arrastei-a de volta para casa, então a fiz beber meio litro de água e a acomodei na cama, de mansinho, para que papai não percebesse. *Como se ele precisasse de mais uma preocupação!*

Neste momento, ocorreu-me que nunca perguntei a Melissa por que ela estava chorando. Imaginei que fosse a pressão por causa das provas. *Mas agora não tenho tanta certeza.* Teve também a vez em que ela matou aula na cara dura, e eu tive que me desculpar com a diretora. *Como se papai precisasse de mais esse estresse!*

Resolvi dar uma de detetive (ou seja, dei início a uma leitura de diário — atitude que considerei totalmente louvável e justificável). Descobri que ela estava faltando às aulas de geografia para trabalhar como voluntária num abrigo de burros, e ameacei confiscar o conjunto de xícara e pires comemorativos de Charles e Diana se ela não voltasse a frequentar as aulas. Durante um tempo, a tática funcionou.

No entanto, eu nunca tinha precisado lidar com suas viagens de improviso para fora do país. Nem na presença de desconhecidos. E os sumiços dela nunca tinham sido *sussurro* culpa minha, até agora... tinham?

– Achei que ela tivesse saído para uma corridinha, que nem eu – explica Margot –, mas isso já faz horas. Você conhece o ditado: "Deus ajuda quem cedo madruga". – *Quem cedo madruga que vá à merda*, penso, sem a menor delicadeza. – Então, se a Melissa ainda estiver correndo... bom, eu estou passando vergonha!

Nós duas sabemos que isso é improvável. Abro um sorriso tenso, sem dizer nada, e arrisco uma olhadela para Tricia enquanto Margot alonga a panturrilha.

– A sua irmã não corre nenhum perigo aqui – garante Inge, pousando um braço em meu ombro. Com os cabelos compridos ainda úmidos do banho, ela cheira a roupa limpa e esperança. – Logo que nos mudamos para cá, a Mette passou um dia inteiro desaparecida.

Isso deveria me tranquilizar, mas tem o efeito oposto.

Quando estamos saindo da casa para a lição do quinto dia, "Introdução à construção de botes", a porta se escancara, feito um *saloon* do Velho Oeste, e Melissa surge à nossa frente – exibindo um brilho rosado sob o céu da manhã. Tem os cabelos desgrenhados e adornados com acessórios que mais parecem pedaços de palha. As barras da calça estão desniveladas: uma exibe uma única dobrinha, e a outra parece sugerir que ela está vendendo algum tipo de droga. O casaco marrom da sorte está jogado de qualquer jeito sobre o ombro. Mas ela parece... radiante.

Se eu não fosse sagaz, acharia que ela ESTAVA correndo de fato... ou outra coisa...

– Então, estamos indo? – diz ela, apenas, dirigindo a pergunta a Inge.

– Não vai querer café da manhã? – pergunta Inge, apontando para a mesa ainda cheia de bolos, condimentos e o pão de centeio que Freja agora escarafuncha com as mãozinhas gorduchas. *Habilidades vikings*, penso.

– Não, obrigada.

– Você não quer café da manhã? – Até Tricia fica boquiaberta.

— Mas tem bolinho de canela! – argumento. – Você adora bolinho de canela!

— Não tem problema. – Ela me olha com cara de quem chupou limão, e eu me calo, assustada.

Acho que a coisa está feia, deduzo.

— Escute – eu começo, correndo em direção à porta para aproveitar um instantinho a sós com Melissa. – Desculpe. Por ontem à noite, quero dizer...

Minha irmã não responde. *Ela está me dando gelo!* Eu não consigo acreditar. *Nós voltamos à adolescência? Talvez ela não tenha ouvido.*

— Peço desculpas pela briga – digo, tentando outra vez. *Se é que foi isso...*

— Pela briga? – Ela para, me encarando.

— Isso.

— Não pelas coisas que falou? – pergunta, com a boca meio mole.

Ah... então... o que foi, exatamente? Eu corro a língua áspera pelos dentes ainda ásperos, mesmo após dez minutos de escovação.

— Nós duas com certeza falamos coisas das quais nos arrependemos... – respondo, mas sou interrompida:

— Deixe pra lá.

Melissa balança a cabeça e começa a se afastar, rumando para a orla, onde fica o ancoradouro.

Parada na soleira da porta, eu a vejo partir e me sinto impotente. Tornou a chover durante a madrugada, e das árvores caem gotinhas de água cintilantes, iluminadas pelo sol. O lugar tem um cheiro de ar fresco, revigorante mesmo. É totalmente diferente da lembrança que guardo da véspera, com o odor de metal e a barulheira dos animais.

Vai ficar tudo bem, penso, admirando a paisagem revitalizante. *Não vai?*

Já não sei mais a quem estou perguntando.

— Você ainda está preocupada – diz Inge, que agora empacota uma cesta de piquenique, ou melhor, um saco de juta cinza. Ela segue meu olhar até a imagem de Melissa caminhando pela grama, em direção ao mar, e Tricia correndo para alcançá-la. *Minha maior aliada e minha irmã*, penso. *Que maravilha...*

— Vai ser bom você se manter ativa hoje – diz Inge, enfiando na bolsa um pote cheio de maçãs.

– É – respondo, num tom muito mais fraco que o pretendido. Eu tento outra vez, com um esforço para soar alegre: – Gosto de ficar ocupada...

– "Ocupada", não. Ativa.

– E tem diferença?

– Você vai ver – responde ela. Ao perceber que meu pescoço começou a enrubescer e meus olhos estão ficando marejados, ela se compadece e me explica o que quis dizer. – Nos últimos dias, enquanto você aprendia habilidades novas e fazia trabalhos manuais, não pensou tanto na sua casa e na saudade que está sentindo dos seus filhos, não é?

– É mesmo...

– Não teve tempo de... como é que vocês dizem? Queimar a cabeça?

– Esquentar? – sugere Margot, que ouve nossa conversa.

Mas que pentelha...

– Isso. – Inge dá de ombros, como se esses pedantismos fugissem totalmente do assunto em questão. – Pois bem, a lição mais importante de hoje, em relação à construção de botes – diz ela, enquanto ajeita Villum nas costas, acomoda Freja no carrinho e chama Mette para ir andando conosco –, é que *não tem a ver* com construção de botes.

– Ah, não?

– Não.

– Ah. – Não quero parecer rude, mas não sei ao certo se entendi. – Se não tem a ver com botes, então... é... tem a ver com *o quê*?

– Com *fazer* alguma coisa. *Qualquer coisa.* – Inge parece tão exasperada quanto imagino que ela possa ficar (ou seja, ainda guarda uma dose sobrenatural de paciência, pelos meus parâmetros). – Você já ouviu falar em caminhada terapêutica?

Eu nunca ouvi falar.

– Já – minto. Não estou disposta a ser humilhada.

– Existe também a dançaterapia, a equoterapia...

Que merda é essa? Tento processar a informação. *Melissa estava CERTA? Com aquela ideia maluca de pintar pônei?!* Já imagino minha irmã estalando os dedos, triunfante com essa confirmação...

– Equoterapia? – pergunto a Inge, com hesitação.

— Pois é... dá para descobrir muito sobre uma pessoa pela forma como ela reage a um cavalo.

Ah, então não é pintura no pônei...

— A terapia com animais é uma técnica muito usada na psicologia.

— Ah, é? Então nós estamos...

Tento descartar a ideia antes que ela se forme em minha mente, mas, quando Inge se distrai com uma criança querendo fazer xixi, Margot me encara com seus olhões de gato, e eu me pergunto se ela está pensando o mesmo que eu.

— Será que a Inge está psicologizando a gente? – pergunto.

Margot começa a corar e nem se dá ao trabalho de me corrigir. Eu claramente cutuquei uma ferida.

— Acho que talvez esteja... – responde ela.

Por uma fração de segundo, fico lisonjeada ao pensar que posso estar sendo analisada como estudo de caso para a tese de doutorado de Inge, mas então percebo que Margot está praticamente roxa. *Se tem alguém sendo observada por ser perfeccionista é a infeliz da Margot.* Minha conclusão resulta num misto de emoções. Fico feliz por não estar sob os holofotes, óbvio. Óbvio. *Por outro lado...*

Eu também já não fui perfeccionista, em outros tempos? Tirando os debates nos congressos de odontologia? Tenho a sensação de ter passado os últimos dez anos tão ocupada e cansada que não consigo me lembrar de nada. Margot, por sua vez, está visivelmente transtornada.

— É por isso que você não se incomodou de nos ensinar? – pergunta ela, ansiosa, depois que Inge retorna com as crianças já aliviadas. – De assumir o resto do nosso treinamento viking, digo?

— De onde você tirou isso? – devolve Inge, com o semblante impassível. – Eu quero que vocês vivenciem a *cultura viking*. Assim como Magnus faz, ou pelo menos como ele vai voltar a fazer quando terminar de expelir todos os gases...

Nós todas torcemos o nariz ao mesmo tempo e concordamos em nunca mais mencionar os odores pavorosos que vêm emanando do quarto principal nos últimos dias.

— Como é que ele está? – pergunto, hesitante.

– Enfim, como eu estava dizendo – diz ela, tentando seguir em frente –, também é muito valioso nos concentrarmos em alguma coisa, usarmos as mãos e esvaziarmos a cabeça. Todo mundo precisa saber ser o capitão do próprio navio. Quem sabe velejar não teme as tempestades.

Meu Deus, como ela é boa. Ela está conduzindo nosso aprendizado a partir de uma metáfora com navios!

– Nós ficamos mais conscientes de nossos pontos fortes e fracos – prossegue Inge –, dos fatores que podem ser controlados e dos que fogem ao nosso controle. Como a água. E os ventos.

Então ela continua a andar, com Freja no carrinho de bebê, Villum nas costas e Mette se esforçando para acompanhar o ritmo da mãe. Avança tão depressa que até eu e Margot precisamos dar uma corridinha, para não perder nenhuma informação dessa valiosa *Völva*.

– Às vezes a gente fica parada, flutuando, sob o balanço das ondas – prossegue Inge, e eu percebo Mette revirando os olhos, como se já tivesse ouvido essa conversa em outro idioma. – Às vezes vemos apenas um bote furado, cheio d'água. Às vezes tememos que nosso bote não resista à tormenta.

Neste momento, ela olha diretamente para mim.

Jesus... se até a Inge, que encara tudo, considera que eu estou passando por uma tormenta, talvez minha vida esteja mesmo desgovernada...

Fico imaginando o quanto ela ainda consegue espichar a metáfora do bote.

– Precisamos nos questionar: que aspecto do meu bote tem prioridade no momento?

Ah, ainda não acabou...

– Precisamos considerar as opções – prossegue ela. – Tipo, que aspecto desejo que meu bote tenha? Aonde quero que ele me leve? Num bote, bem como na vida, às vezes as ondas se avolumam e molham os nossos pés. E, quando a gente molha os pés, precisa começar a retirar a água do bote.

– Entendi...

Não sei ao certo se embarco nisso tudo, mas uma parte de mim queria estar anotando esses ensinamentos. Margot também está de cenho franzido, tentando absorver tanta informação.

— Magnus nunca mencionou essas coisas — murmura ela.

— Bom, não. — Inge suspira. — Para ele, tudo de fato *gira em torno do bote*. Ele gosta da trabalheira. Além do mais, é preciso esforço, daí ele consegue passar bastante tempo sem camisa. O que ele adora, como vocês devem ter percebido. E, ainda por cima, acho que talvez ele esteja viciado em vapor de alcatrão... — Ela franze o cenho.

Faço uma nota mental de não mencionar as cafungadas nas canetinhas marcadores permanentes, então disparo uma olhada para Margot, como quem diz "fique quieta!", para encorajá-la a fazer o mesmo. Ela concorda com a cabeça.

Será que eu acabei de me conectar com a minha arqui-inimiga? Sinto uma estranha satisfação — como se eu não pudesse, no fim das contas, ser uma pessoa tão ruim. Por mais que Tricia também tenha me abandonado. Reduzo um pouco a marcha, apreciando a vista deslumbrante e parando vez ou outra para botar Mette nos ombros e dar-lhe uma carona, compadecida, quando percebo que sua mãe se afastou demais ("As crianças vikings *caminham*", diz Inge, em relação à caminhada de cinco quilômetros a que vem sujeitando a filha no momento).

Quando chegamos à orla, Melissa e Tricia já estão lá — gargalhando alto e cochichando, como se fossem amigas de infância. Vejo Melissa dar um simpático murro nas costas de Tricia. *Aposto que doeu*, penso, imaginando se Tricia estava preparada para os socos "afetuosos" de Melissa.

No trechinho de areia logo antes do mar, despontando das taboas e da grama alta, vejo uma estrutura já montada, apoiando o esqueleto de um bote.

— A gente não vai fazer o barco todo? — pergunta Margot, decepcionada.

— Não — responde Inge. — Até os barcos menores levam cerca de duas semanas para ficar prontos. Dez dias, se eu me esforçar e não tiver crianças no meu cangote. — Percebo, de repente, que ela está falando de um trabalho individual. *Introdução ao perfeccionismo*. — Mas ainda tem bastante coisa a fazer — diz ela, enquanto nos aproximamos de Melissa e Tricia. As duas rapidamente se afastam e prestam atenção. — Precisamos conferir se há tábuas sobrepostas e preencher as lacunas com lã. — Ela aponta para três sacos de juta cheios certamente do produto de minha inimiga ovelha e suas primas, a poucos metros de distância. – Depois lambuzamos tudo de alcatrão, para impermeabilizar.

– É desse troço que o Magnus gosta? – pergunta Margot. *Ela pode até ser super-humana e geneticamente favorecida, mas o tato passou longe...*

– Oi? – retruca Melissa, parecendo confusa.

– Pois é, isso mesmo – responde Inge. – É desse troço que o Magnus gosta. Enfim, para fazer alcatrão é preciso cortar um pedaço de pinheiro ou bétula, cobrir de grama e atear fogo...

– É impressão minha ou a cultura viking envolve muito fogo? – pergunta Tricia.

– Isso. – Inge não sente necessidade de argumentar. Em vez disso, aponta para um enorme barril de petróleo, com cinzas queimadas ao redor. – Ali tem um pouco de alcatrão, que eu fiz mais cedo.

Todas damos uma risadinha.

Parece que estou num episódio de um programa infantil de televisão...

– Mas então... é... vai caber todo mundo no bote, depois que estiver tudo pronto? – pergunta Tricia.

Eu estava pensando exatamente isso. *Parece meio pequeno, mesmo...*

– Oficialmente? – responde Inge. – O bote comporta duas pessoas, mas considerando homens vikings. Vocês... – Ela avalia o nosso tamanho. – Eu diria que dá para encaixar três. Não vamos entrar todas juntas. É preciso um certo lastro, claro, mas a água tem que estar no máximo dois dedos abaixo da primeira tábua. – Ela traça uma linha imaginária para ilustrar onde termina a primeira tábua. – Eu sempre recomendo que fiquem duas nos remos e uma no leme, que também seja a capitã ou a reserva, como no futebol.

– Ah.

– A reserva também pode tirar a água com um balde, caso necessário. Tem um bujão no assoalho do bote, para escoar a água – orienta Inge.

– Um bujão? Como uma rolha? – indaga Melissa. – Mas daí a água não vai *entrar*?

– Não.

– Tem certeza? – pergunta Margot.
– Vocês estão me ouvindo? – retruca Inge.
– Es-estamos?... – Margot agora não parece tão confiante.
– Então eu tenho certeza.
Se ela diz...
– O *bujão* – diz Inge, bem devagar, como se fôssemos idiotas, e aponta para a rodela de borracha no piso do barco – é para quando o barco estiver *fora* d'água, para escoar a água da chuva. Com o barco dentro d'água não podemos puxar o bujão. Óbvio.
– Claro! – Melissa parece aliviada.
– E é necessária alguma âncora ou coisa assim? – pergunta Margot, ainda ansiosa.
– Os vikings não davam a mínima para esses botes. Faziam tudo bem leve, para que fosse fácil arrastá-los por terra.

Para demonstrar, Inge levanta o bote e dá um leve rodopio. Margot faz o mesmo e fica mais tranquila. Quando eu tento, o bote não se desloca nem um milímetro.

Porcaria de força nos braços! Porcaria de Margot, com esses braços de Michelle Obama. Só porque ela e Inge ganharam na loteria genética...

A parte do barco que já levou alcatrão (palavra à qual eu luto para não acrescentar "e penas") tem uma textura de metal – quente, enferrujada e quase escamosa. Melissa também corre os dedos pela superfície, sentindo o toque.

– Parece um dragão – murmura ela para si mesma.
– Você sabe que dragões não existem, não é? – A provocação sai de minha boca antes que eu consiga contê-la.
– Sei! – responde Melissa, mas parece decepcionada.
Ah, que ótimo. Espaço, não, mas dragões? Claro...[18]
– Ok – diz Inge. – Está na hora da ação. – Ela olha para mim. – Precisamos terminar de passar o alcatrão, depois faremos os bancos, os remos, as forquetas e a estrutura do leme. É bastante coisa! – Cada uma ganha uma tarefa, e primeiro

---

18 Pois é, eu sei que comparei Inge a um pegacórnio. Mas eu estava BÊBADA. TOTALMENTE, diria...

de tudo eu vou usar minha bravura nada impressionante para trocar as cordas, que já estão duras por causa da água do mar.

Eu quero que Melissa volte a falar comigo depois do meu ataque de ontem à noite, mas o comentário infeliz sobre o dragão não ajudou. Ela está toda alegre, gargalhando, conversando com Tricia, Inge e até com Margot. Mas nem olha para mim. Eu fui eliminada de todas as conversas.

Fale comigo!, imploro mentalmente, segurando um pedaço de corda de cânhamo salgada. *Comigo!* Ao que parece, no entanto, minhas reservas de telepatia fraterna já se esgotaram.

Eu me animo um pouquinho com uma breve aparição do sol – uma esfera branca e incandescente que arde no céu a oeste enquanto trabalhamos. Muito. É tanto trabalho que ficamos longos momentos sem dar um pio. Nossa energia coletiva é empregada no esforço de arrastar e pregar tábuas de madeira, preencher os vãos com punhados de lã e transportar baldes pesadíssimos de alcatrão escuro e escaldante para lambuzar o bote. As crianças brincam na grama alta, vez ou outra nos trazendo comida e empanturrando-se com as maçãs do saco de piquenique, até que Inge manda os mais novos pararem ("Marido e criança cagando líquido, eu não tenho condição", solta ela, com eloquência). Por fim, quando me convenço de que não consigo fazer mais nada sem colapsar ou pelo menos encontrar um cantinho entre as taboas para tirar uma soneca revigorante, Inge solta:

– Pois muito bem. Vamos fazer uma tentativa.

Tradução: vamos ver a coisa dar errado juntas...

– Será que a gente veste uns coletes salva-vidas? – pergunto, sem confiar totalmente em nossa própria criação.

Inge me encara, como se eu acabasse de sugerir que defecássemos em sua primogênita. Eu tomo isso como uma negativa e recordo a insistência de Magnus em afirmar que os vikings não trabalham com diretrizes de saúde e segurança. Mas não sou a única com reservas.

– Se a gente cair na água, vamos pegar leptospirose? – pergunta Tricia, muito séria, afastando o cabelo do rosto com as mãos sujas de alcatrão. Inge parece intrigada. – Talvez vocês chamem de outra coisa. – Ela apela para nós, mas infelizmente meus conhecimentos médicos não se estendem a infecções bacterianas causadas por urina de roedores. – Sífilis de rato? – pergunta ela, numa nova tentativa.

Inge se permite erguer as duas sobrancelhas.

– Eu? Não, eu não tenho sífilis de rato...

– Não, *você*, não... estou falando da água! A água é limpa? Se a gente cair no mar? – Muito ansiosa, Tricia olha o bote, depois o mar, depois o bote outra vez. – Ou se... afundar?

– Claro que a água é limpa. Nós estamos na *Escandinávia*.

– Tudo bem. – Melissa dá uma fungada e começa, sozinha, a arrastar o barco em direção à água.

Mesmo nos momentos mais enervantes, minha irmã é impressionante, penso, com certo orgulho.

Nós fazemos dois passeios, com Inge e duas simples mortais por vez, para que nossa amada criação não naufrague em sua viagem inaugural. Melissa escolhe ir com Tricia, o que me magoa. Então, eu fico com Margot. Outra vez.

O grupo de minha irmã vai primeiro, com direito a pulinhos de empolgação (dela), e do ponto da praia onde estou vejo que Melissa está vivendo um dos melhores momentos de sua vida.

– Eu sou o Rei do Mundo! – grita ela ao longe, de pé, meio cambaleante, e Inge mais que depressa a puxa de volta. – Desculpe! – berra ela. – "Rainha", quer dizer! Ou melhor, "viking"!

– Minha irmã não é nenhum Leonardo DiCaprio – murmuro.

– Ah, eu conheço ele! Uma garota da minha turma já saiu com ele umas vezes. Eles se conheceram durante um trabalho de modelo que ela fez – diz Margot, comendo uma maçã.

É óbvio que a Margot estudou com modelos que saem com astros de Hollywood!

A maior celebridade que minha escola já conheceu foi Geoff Capes, arremessador de peso, que foi abrir o festival de verão certo ano. *E o Jamie McMahon, que engravidou duas garotas mais velhas na véspera do vestibular*, agora lembro.

Eu deixo a história do Leo para lá, e já estou até dando uma nadadinha para encontrar o bote e ajudar a puxá-lo quando Tricia e Melissa retornam do passeio.

— Foi. Simplesmente. Incrível! — exclama Tricia. — E pensar que foi a gente que construiu! Praticamente.

Por essa eu não esperava. À parte a empolgação com o arremesso de machado, o que vem me unindo a Tricia até hoje são nossos fracassos no domínio das honoráveis artes vikings. *Agora... uma manhã com a minha irmã, e ela se transforma numa guerreira nórdica?*

Sinto minha boca se contrair, de tanto ciúme.

Melissa e Tricia se cumprimentam batendo as mãos e até oferecem a mão para Margot, que cruza a água e pula graciosamente a bordo. Comigo? Nada.

— Parece que foi superdivertido! — falo, tentando puxar assunto, mas Melissa me ignora, limitando-se a segurar o bote com firmeza enquanto eu pulo sem um pingo de graciosidade a bordo.

Inge explica onde devemos nos sentar. Então, erguemos os remos pesados e cobertos de areia e partimos.

É muitíssimo diferente do remo que eu costumava fazer na academia, quando tinha tempo de ir à academia. É real. E assustador. Ainda assim...

Fomos nós que construímos!, digo a mim mesma, a cada remada. Apesar do medo de sair da terra firme e de um leve enjoo por causa do sacolejo do mar, essa história de bote tem umas vantagens bem distintas. Eu aproveito a brisa amena em meus cabelos e as gotículas de água salgada fresquinha que salpicam meu rosto. Além do mais, descubro que o bote tem uma vela, quando Inge aponta "o treco branco enorme enrolado num mastro", bem no centro da embarcação. Mas isso, ao que tudo indica, vai ser amanhã. Hoje não vamos percorrer uma distância tão grande que justifique tal aventura, e, embora Margot pareça decepcionada, descubro que estou radiante e eufórica, apreciando o exercício como um todo.

Eu gosto disso! Quero mais!, penso, e fico até meio triste quando Inge informa que está na hora de voltar.

— Estou vendo a Mette tentando limpar a bunda do Villum com uma taboa outra vez. Ela acha que está sendo útil, mas o resultado é um menino lambuzado de bosta *e* taboa. Ela tende mesmo a pensar fora do cubo... — conclui Inge. Eu me pergunto se ela quis dizer "caixa", mas não falo nada. E nós retornamos, triunfantes.

Agora sou uma viking náutica! Ouçam o meu rugido!

Quando pisamos outra vez em terra firme, estou me sentindo mais otimista em relação a tudo. Revigorada, até. *Agora entendi a razão daquele "bate aqui" das duas, e por que Tricia curtiu tanto.* Quando eu e Margot (ela sozinha, praticamente) terminamos de puxar o bote para a areia, Tricia e Melissa já começaram a caminhar de volta à casa. Inge pega as crianças menores no colo, e Margot se oferece para levar Mette nos ombros, usurpando meu papel.

Com Inge muito à frente e Margot impressionando Mette com a imitação de um cavalo (função para a qual ela sempre terá mais talento que eu, já que de fato *tem* vários cavalos...), o resto da caminhada passa devagar. E eu me sinto só.

Depois da adrenalina do passeio de bote, sou dominada por uma onda de cansaço. Sinto que despendi uma enorme dose de energia tentando fazer as pazes e fracassei solenemente. *Contrição não é o meu forte*, penso, *e Melissa ainda está muito furiosa. Que bosta.*

Quero chegar em casa, correr para o quarto e sentir a onda de alívio que sei que apenas terei ao fechar os olhos. *Tornar a me levantar talvez requeira um esforço mais heroico do que sou capaz de despender*, reflito. *Mas vou fazer o melhor possível. Sempre faço. Não faço?*

Enfim, eu chego à casa, e, enquanto o restante do grupo vai tomar banho e comer, eu rumo até o quarto, para me deitar – só um pouquinho. No caminho, porém, depois de passar de fininho pelo quarto principal, para evitar discussões constrangedoras com Magnus por causa das frutinhas safadas, esbarro na estante do corredor. Meu cotovelo engancha em alguma coisa, e uns fios de palha ficam presos ao meu suéter. Ouve-se uma barulheira, e percebo que algo desabou da prateleira. Eu me agacho no piso de madeira, na intenção de consertar a bagunça antes que alguém veja, mas logo me deparo com... meu celular.

Olho em volta, para conferir se ninguém está vendo, então o pego. Por instinto, aperto o botão de ligar. Ofegante, com o coração acelerado, desbloqueio a tela e recebo minha recompensa: os rostinhos sorridentes de Charlotte e Thomas. Sou acometida por um tremor e percebo que é uma saudade profunda, vinda das *entranhas*.

Eu só queria ver a foto dos dois, rapidinho, mas não consigo largar o aparelho.

Não consigo *não* olhar mais um pouquinho para meus filhos. Para os rostinhos gorduchos e macios desses dois incríveis seres humanos, que estão no mundo basicamente graças a mim.[19]

Enfio o celular na manga do suéter, devolvo o resto dos aparelhos à cesta e sigo para o quarto, para tentar telefonar ou pelo menos olhar as fotografias dos meus pequenos debaixo das cobertas. É algo similar à experiência de ler aquela mesma série adolescente à luz de vela, quando criança, com as luzes da casa todas apagadas. *Bom, pelo menos tem relação com a saga viking*, penso, aproveitando para ignorar o fato de que estou quebrando uma das Nobres Virtudes de Inge e um dos pilares da vida viking e Völva: a honestidade.

Mas ontem à noite eu tentei ser honesta e veja só no que deu. É agora ou nunca...

---

[19] Sim, "basicamente" graças a mim: a única coisa que Greg teve que fazer foi passar dez minutos sem pensar na legislação trabalhista da República Tcheca ou nas restrições de estacionamento de Brent. Duas vezes. O resto, fui eu que fiz.

NOVE

Primeiro, tento ligar para Greg. Não movida por um grande desejo de falar com meu marido, mas na esperança de que ele ponha as crianças no telefone.

Daí eu posso confirmar se o incisivo central superior[20] da Charlotte caiu e se o Thomas foi bem na apresentação...[21]

No entanto, ninguém atende o celular. Nem o Facetime. Nem o Skype. Como eu e Greg compartilhamos uma tendência ao silêncio (bem como um exagerado desprezo mútuo), não fico muito surpresa. Não é nosso hábito contribuir para conversas desnecessárias, muito menos iniciá-las. Além disso, eu tinha deixado mais do que claro que aquela seria minha "semana de férias" – "férias" das crianças, do casamento, da odontologia, de tudo. E Melissa também tinha avisado que talvez não houvesse "ondas de recepção telefônica" no local do retiro, então não poderíamos ligar para casa. *Ou seja, na verdade fui eu mesma que preparei o terreno para não contatar os meus filhos*, reflito, infeliz. Mas eu tento. De novo. E de novo. Até que me deprimo de tanto olhar minha própria cara, como se encarasse o espelho do cabeleireiro, tentando completar as chamadas de vídeo. Chega, já deu. Desconsolada, desligo.

Greg deve estar ocupadíssimo chafurdando em torradas e no noticiário da tevê...

---

20 O dente de cima do meio, que estava mole na semana passada.
21 Um trabalhinho sobre dinossauros = importantíssimo.

Mando então uma mensagem de texto, e aí me ocorre como sinto saudade do barulhinho etéreo do disparo de uma mensagem pelo celular.

Não tanto quanto dos meus filhos, ÓBVIO... mas um tantinho.

Também sinto falta de ver os três pontinhos debaixo das mensagens azuis, indicando que alguém está digitando uma resposta. Então...

Opa! Três pontinhos!

Greg parece estar respondendo. Os três pontinhos se mexem enquanto ele digita... então, somem. Minha mensagem fica ali, sozinha, suspensa no nada.

Que horror. Isso é péssimo... mas a gente não pode se separar, penso, ainda tentando me convencer. *Nós temos dois filhos! Quem é que vai me querer com dois filhos?*

Eu olho o telefone, totalmente inerte. Sem pontinhos. Sem resposta.

Quem é que vai me querer? O Greg é que não, claro...

Caro Greg, desejo escrever. *Não comece uma coisa que não esteja disposto a terminar...* Então percebo que uma abordagem mais madura, como convém a uma profissional e mãe de duas crianças que guarda quatro sacolas retornáveis no carro, seria não dar início a uma troca de mensagens passivo-agressivas. *Se eles baixam o nível, você sabe... ou algo assim.* Respiro fundo e telefono. Outra vez. Mas ninguém atende. Outra vez.

Ele não quer falar comigo. Ou seja, não vou conseguir falar com Thomas e Charlotte... um cenário que, em parte, fui eu mesma que criei. Isso me deixa muito mal. Então decido aproveitar ao máximo meu contrabando telefônico para me distrair.

Ta-rã! Sensações ruins: enterradas.

Algumas mensagens do trabalho me dão uma onda de importância e reconhecimento, apesar de serem basicamente variações de "CADÊ você?", enviadas por colegas que esqueceram que estou de férias. Mas tirando o pessoal do consultório, ninguém sentiu minha falta.

Ninguém?, penso, meio magoada. Fico aliviada, claro, em ver que não há nenhuma mensagem do número anônimo, que agora tenho 99% de certeza de que é o Sr. Dentes. *Mas, sério... ninguém? Nenhum amigo, nenhuma amiga? Nada?* Mais uma vez, percebo que nos últimos anos devo ter deixado minha vida social desmoronar.

Em vez de aproveitar a vida para além do trabalho e da família, percorro as fotografias de Charlotte e Thomas que guardo em meu celular. O amor incondicional domina meu semblante, e meu humor melhora. Vejo meus filhos vestidos para o primeiro dia de aula; no jardim, envoltos por um céu azul; no último inverno, brincando na neve.[22]

Tento uma nova rodada de ligações, mas não obtenho resposta, então resolvo diversificar e abro outros aplicativos. Dou uma fuçada no LinkedIn, atrás de novas migalhas de gratificação digital (*mais um endosso! Alice Ray entende de facetas de porcelana? Pode apostar que sim!*), dispenso uns e-mails do consultório que podem esperar e marco outros para responder assim que retornar. Agora, enxergando as coisas pela perspectiva de uns dias de afastamento, nada é de fato tão urgente quanto um e-mail sinalizado como "URGENTE" pretende ser.

Exceto a restauração da sra. White. Isso precisa ser resolvido o quanto antes.

Encaminho o pedido à recepção, com um ponto de exclamação vermelho para sinalizar prioridade alta. Depois dou uma navegada, aproveitando quanto posso o livre acesso ao wi-fi.[23] Antes que eu perceba, percorri três anos de fotos de uma amiga de escola no Facebook, invejando sua casa perfeita e sentindo uma pontada aguda de tendinite, que já me é habitual. *Isso não é nada bom*, lembro a mim mesma. *Pare com isso. Pare já de rolar essa tela.* Quando estou quase fechando o aplicativo, vejo que Steve, do consultório, publicou um vídeo engraçadinho, aparentemente já compartilhado centenas de milhares de vezes, chamado "Mulher enlouquece no trabalho", acompanhado da hashtag #issoéshow. Steve acrescentou um comentário pessoal: *"ASSISTAM... eu já estou até gostando mais do meu trabalho! ;)"*, ao que Beverley, da recepção, respondeu, num tom brincalhão: *"Não precisa ser louco para trabalhar aqui, mas ajuda!"*.

Sem pensar, eu clico.

O link leva a um site, em que vejo flagras de mulheres de biquíni, homens bronzeados com sorrisinhos safados e uma matéria sobre como as performances de drag queens belgas estão corrompendo moralmente nossa juventude à custa dos contribuintes britânicos. Torço o nariz e me preparo para fechar a

---

22 Eu gosto de neve. É muito *limpa*...
23 Ver "confiança nos hóspedes".

página, jurando ser mais espiritualizada do que isso, quando o vídeo começa a passar automaticamente.

Ah, bom, então a culpa não é minha, penso. E começo a ver.

No início, parece um erro – o vídeo exibe um par de sapatos num piso de carpete azul meio sujo, como se alguém tivesse começado a gravar por acidente. Inclino o corpo para a frente, para conferir se não estou perdendo alguma coisa, e distingo um áudio abafado. Então aumento o volume, e consigo ouvir uma voz feminina. A mulher parece chateada. Irritada, até.

"Por que é que ainda me *importo*?", pergunta ela. "*Por que* é que ainda me importo?", repete, mudando a inflexão. "Me diga! Por quê? Estou rodeada de gente que não vê uma escova de cabelo há anos, que precisa de umas boas chineladas, gente que não tinha nem *nascido* quando fiz meu primeiro Teleton de celebridades, mas eu reclamo?" Ela não espera resposta. "Não reclamo." Neste momento a câmera se inclina para cima, meio trêmula, ao estilo dos programas de sensacionalismo policial,[24] como se o cinegrafista estivesse ganhando confiança – filmando sem a ciência do protagonista, mas determinado a conseguir uma imagem melhor da situação. Vejo um par de escarpins, de onde brotam as pernas esguias e bronzeadas de uma mulher. Ela está parada ao lado de um bebedouro, balançando o corpo de leve e vez ou outra cutucando uma segunda figura, um homem de calça jeans e moletom de capuz. A câmera sacoleja tanto que os rostos são apenas um borrão na telinha do celular, mas entre uma frase e outra a mulher parece beber algo de uma caneca branca com um logotipo.

"A única coisa... a *única coisa* que espero é um pouquinho de lealdade. Mas não. Eu fico sabendo em segunda mão... em *segunda mão*! Que aquele... *embrião*... ganhou o meu programa!"

"Eles falaram que estavam em busca de uma vibe mais jovem", tenta explicar o Homem-Capuz.

"Por que não um dos outros? Se eles querem juventude, deviam tentar trocar o Marcus. Ou o Nigel. Ou o Doug. E o DOUG?", indaga ela, com um

---

24 Investigações com filmagens trêmulas feitas por câmeras escondidas. Excelente exemplo de jornalismo: náusea garantida. Bons tempos.

cutucão. "Quer dizer, isso é o *rádio*! Que tristeza não se poder ter uma mulher com mais de cinquenta..." Ela para, então se corrige. "... de *quarenta e cinco*, na verdade, na droga do rádio!" Ela dá um gole da caneca. "Bom, vou lhe dizer uma coisa: eu *cansei*! CANSEI! Está ouvindo? Não preciso aguentar isso! Eu participei do *Celebrity Shark Bait*! Fui baixada ao mar por uma mulher com apenas três dedos! Estas coxas?" Ela aponta. "Num maiô? O tubarão pensou que eu fosse uma foca estrebuchando! Partiu para cima de mim, e eu MESMO ASSIM fui ao ar e fiz meu programa na manhã seguinte. *Isso* é o show business!"

O Homem-Capuz oferece um copo de plástico com água, mas a Mulher-Caneca, que me parece estranhamente familiar, dá um empurrão e continua. "Pulei de paraquedas e bebi champanhe com o elenco da série *Plantão Médico*! Vesti um conjuntinho de corrida e comi lagosta para uma matéria de página dupla no *Sunday Times*!"

A câmera balança um pouco, e eu percebo que a pessoa segurando o celular está rindo.

"Ei!" A Mulher-Caneca olha na direção da câmera. "Você está me *filmando*?"

"Não...", murmura uma voz masculina, mentindo para tranquilizá-la, enquanto a câmera se afasta e começa a filmar uma fila de cadeiras de plástico cinza, ocupadas por um motoboy segurando o capacete, algumas escoteiras vestidas com uniformes marrons, dando risadinhas nervosas e acompanhadas de uma mulher com aspecto de supervisora, e dois sujeitos barbados segurando cartões-postais. Outras duas mulheres entram por uma porta giratória, sacudindo guarda-chuvas. Uma delas carrega uma sacola de uma farmácia, mas as duas fazem silêncio ao ver quem está no recinto – e a câmera retorna ao rosto da Mulher-Caneca.

Não é a... será? Será que é...

Algo na cabeleira loira excessivamente desfiada e nos trejeitos da Mulher-Caneca faz a ficha cair. Eu sei que deveria parar de ver. Quero parar. De verdade. Minha parte boa quer, pelo menos (basicamente: Kylie Minogue). Mas descubro que não consigo.

Não consigo parar de ver. Preciso saber como essa história acaba, preciso ver se essa pessoa é quem estou pensando...

"Ora, veja só quem chegou!" A protagonista do vídeo cumprimenta a mulher com a sacola, que enrubesce, aturdida. A Mulher-Caneca dá outra golada e se inclina junto a uma parede, tentando alcançar uma prateleira que parece abrigar uns panfletos e cartões-postais. Eu distingo pequeninas fotos promocionais de homens e algumas mulheres, ostentando sorrisos vazios. Infelizmente, a Mulher-Caneca superestima a distância entre seu corpo e a parede e dá um tranco forte, balançando a prateleira e espalhando o conteúdo no chão de carpete azul.

A mulher com a sacola se agacha para apanhar os cartões-postais.

"Ah, deixa comigo", ordena a Mulher-Caneca, prendendo com o escarpim a foto de um homem barbudo. "O *Doug* merece!" Ela vê uns postais ainda na prateleira e dá um peteleco, soltando uma gargalhada louca ao vê-los desabarem em cascata. "E o Nigel! E o *Marcus*! E você, logo, logo!", conclui, para a outra mulher. "Eu já fui que nem você! Quando comecei, era tão novinha que parecia um joelho de bebê! Ao longo dos anos, os críticos e os homens de costas gordas fizeram da minha vida um inferno, mas eu perseverei! Mesmo na época em que surgiu a tevê de alta definição, que ressaltava cada defeitinho e fazia todo mundo parecer que estava fazendo teste para trabalhar nessas casas de terror de parque de diversões, e é claro que eu não sou mais convidada para participar de programas de entrevista, afinal, não tenho um *PAU*..."

A câmera então filma as escoteiras, muito chocadas. Duas estão chorando.

"Mas no final eles acabam pegando você!" Ela sacode a caneca branca na direção da moça mais jovem, derramando líquido transparente para todo lado. "Eu já tive tudo!", prossegue a Mulher-Caneca. "Joguei *Imagem & Ação* com o vocalista do Led Zeppelin! Comi *coq au vin* com o Phil Collins! *Isso* é o show business!" Mais líquido se espalha pelo chão.

É ela MESMO! É... a Tricia!

Tento entender que diabo de vídeo é esse – e se ele explica por que a ex-figurante do *It's a Royal Knockout* veio parar com a ralé nos confins da Escandinávia –, enquanto o drama se desenrola na minúscula tela à minha frente.

"Beleza, vamos todos ficar calmos", começa a dizer o Homem-Capuz, ao que a Mulher-Caneca – ou melhor, *Tricia* – atira o resto da bebida bem na calça dele.

"*Calma*? Você quer que eu fique *calma*?" Tricia inclina o corpo para o lado, no que eu suponho ser a imitação de um jovem. "Bom, *tipo*, enfie a sua calma NO RABO!"

"Isso é um absurdo!", resmunga a responsável pelas escoteiras, enquanto a câmera dá um giro. "Com licença, você pode ligar para alguém, por gentileza?", pergunta ela a uma recepcionista de unhas enormes, pintadas de azul-turquesa, que revira os olhos de um jeito teatral, apanha o telefone e disca bem devagar.

"Você tem que admitir que o programa não anda muito bem das pernas...", prossegue o Homem-Capuz, bravamente, ignorando a braguilha ensopada.

"E daí se eu estava na rádio comendo castanha-de-caju? Eu adoro castanha-de-caju!"

"A questão não é a castanha-de-caju, Tricia...", argumenta o Homem-Capuz.

"Ah, ok, então eu tive UMA noite difícil!", grita ela em resposta. "*Duas*, no máximo! Esqueci a 'notícia' vez ou outra..." Ela ergue as mãos junto à cabeça, imitando orelhinhas de coelho para fazer aspas no ar, como se não tivesse total certeza do significado de "notícia". "O James Naughtie falou um palavrão no *Today Show* e não aconteceu nada! O Tony Blackburn tocou "If You Leave Me Now" do Chicago em *loop* e não sofreu esse tipo de abuso!"

"Acho que sofreu, na verdade", responde outra voz, fora da tela.

"Cale a boca, agente do patriarcado!", devolve Tricia.

"Quem falou foi a Sheila...", sussurra a mulher com a sacola.

"Ah, desculpe, Sheila. Espero que a tireoide melhore..."

"A Karen do RH está vindo", diz a recepcionista da unha azul, num tom monocórdio.

"A Karen do RH é uma sonsa que queria me pôr na rua desde o primeiro dia." Tricia está descontrolada. "E vocês estão todos sabendo que ela também *transava* com o Doug, não estão?" O motoboy no canto esquerdo balança a cabeça, indicando que isso é novidade para ele.

"Ok, ok... não vamos causar confusão no estúdio", diz o Homem-Capuz.

"Você acha que ISSO é confusão?" Há uns murmúrios de concordância, ao que Tricia joga a cabeça para trás e solta uma gargalhada que me é familiar. "Você não VIVERAM! Isso não é nada! Eu não estou dizendo a todo mundo que tomo anabolizante! Não atirei um telefone em ninguém! Não vou raspar a cabeça, não vou contrabandear um macaquinho de estimação para a Alemanha, cacete... EU NÃO VOU BALANÇAR A BUNDA!"

Só que, ao que parece, ela balança. Tenta, pelo menos.

"É isso o que vocês querem? Querem que eu balance a bunda? Que eu faça uma dancinha especial, para me igualar aos apresentadores JOVENS? Querem que eu abra um perfil no Snapchat? Que eu pratique um esporte radical? Vocês vão ver só o esporte radical..."

Uma mulher de laquê no cabelo, que eu presumo que seja a tal Karen do RH, adentra a recepção a passos firmes. Ajeita os óculos de aro redondo no nariz, indicando que não está de brincadeira, e alisa a blusa, preparando-se para a batalha, enquanto Tricia desaparece num cubículo envidraçado e retorna com um par de fitas antigas para gravador de rolo.

"Já chega, Patricia", diz Karen do RH, tentando conter a confusão.

"Ah, é, Karen? Já chega? Você não quer ver como a minha vibe é jovem?", devolve Tricia, com os olhos faiscando. Ela larga a caneca, ajeita um rolo de fita na mão direita, impulsiona o braço para trás e arremessa o rolo na parede. A fina película marrom se enrosca toda, como os tentáculos de uma água-viva. "Olha, eu jogo frisbee!" Ela arremessa o outro rolo na parede oposta, quase acertando uma das escoteiras. "O que é que você acha, hein?"

"Faça alguma coisa!", grita Karen do RH para um homem grandalhão de casaco de lapela, que surgiu na cena. Ele ajeita o corpanzil, levando um bom tempo para desenganchar a calça de tecido sintético da virilha, então agarra Tricia pelo braço e a arrasta rumo à porta giratória.

"Tire as mãos de mim!" Ela luta, balançando os braços e as pernas e perdendo um sapato no processo.

"Esquece isso, amor. Ele não vale a pena!", grita um dos barbudos caçadores de autógrafos, para dar apoio moral.

"Isso! Você tem mais classe que todos eles juntos, Tricia", diz outro.

"Obrigada, camaradas", responde ela, então retorna aos oponentes. "Viram só? Viram só? Eu ainda tenho FÃS! É bom vocês já irem chamando os advogados!", solta Tricia, agora aos berros.

"Como é que é?", resmunga o segurança.

"Em bom americanês: vai rolar processo!", devolve ela, antes de ser expulsa do prédio. "Essa história não acabou! Eu tenho amigos influentes! Já falei que conheço o Phil Collins? O PHIL COLLINS, QUE SE DIVORCIOU POR FAX! *Isso é o show business!*", conclui Tricia, então a tela fica branca, e mesmo assim, de alguma forma, ainda consigo *ouvi-la*.

"Que diabo...", prossegue a voz.

Eu fico encarando a tela com atenção, aumento o volume e aperto uns botões, imaginando o que terá acontecido.

Então, o vídeo recomeça, lá do início: "Por que é que eu me *importo*? Por *que* é que eu me importo?"

– Alice? O que você está fazendo? – É a mesma voz, mas já não sai do meu telefone.

Ergo os olhos, assustada, e vejo Tricia. Os pés descalços no piso de madeira lisa não anunciaram sua chegada, e eu estava tão absorta que esqueci totalmente onde estava. Além do mais, para começo de conversa, eu nem deveria estar vendo um vídeo no celular. E a estrela do vídeo está plantada bem aqui, na minha frente.

– Tricia! Oi!

Tentando disfarçar, escondo o celular nas costas e assisto à chegada da versão em carne e osso. Só que apertar os botões do telefone a torto e a direito acaba não sendo a *melhor* ideia que eu já tive.

"ESTOU RODEADA DE GENTE QUE NÃO VÊ UMA ESCOVA DE CABELO HÁ ANOS!"

– Ai, merda, merda, merda...

Eu me embaralho toda, tentando agarrar o celular, e percebo que na verdade *aumentei* o volume do vídeo.

– Isso aí é... – Tricia franze a testa. Ou melhor, tenta franzir.

"QUE NÃO TINHA NEM NASCIDO QUANDO FIZ MEU PRIMEIRO TELETON DE CELEBRIDADES", prossegue a voz, enquanto meu corpo todo pega fogo, de tanta vergonha.

– Onde é que você arrumou isso? – indaga Tricia, partindo para cima de mim. Um breve embate se desenrola, enquanto a Tricia virtual grita qualquer coisa sobre "embrião" e a Tricia de carne e osso tenta arrancar o telefone de mim.

"EU PARTICIPEI DO CELEBRITY SHARK BAIT!", começa a berrar a Tricia do vídeo.

– Desculpe – começo a dizer –, não tive intenção...

– Me dê isso aqui! – Tricia pega o celular da minha mão e encara a tela, horrorizada, enquanto eu escuto o áudio. "ISSO É SHOW BUSINESS!"

– Eu só percebi que era você quando...

"VOCÊ TEM MAIS CLASSE QUE TODOS ELES JUNTOS, TRICIA..."

A Tricia de carne e osso ergue os olhos para mim. Seu rosto está tomado pelo pavor.

– Bom... – prossigo. – Foi nessa parte, na verdade. Quer dizer, eu percebi umas semelhanças, mas... enfim... – Eu titubeio, nitidamente constrangida.

– Eu sabia que essa filmagem existia, mas não fazia ideia de que era tão ruim – sussurra Tricia, muito pálida. – Nem que haveria gente compartilhando isso. – Ela me encara, e eu me vejo na sala da diretora da escola, tentando me desculpar por algum delito (em geral cometido por Melissa). – Bom, você deve ter rido bastante às minhas custas – conclui ela, com a voz trêmula. – Bem-vinda ao meu surto.

– Desculpe – eu repito.

– Aqui está falando – diz ela, apontando para a tela, que sem dúvida agora exibe outras beldades de biquíni – que "isso é o show business" está nos trending topics do Twitter.

– Essas coisas mudam tão depressa... – tento argumentar, levantando-me para tirar o telefone das mãos dela.

– E os comentários! – diz Tricia, com a voz entrecortada, levando uma mão à boca enquanto a outra vai rolando a tela para baixo.

Nunca leia os comentários! Até eu sei que não é bom fazer isso!

– "Cara, essa mulher está trêbada!" – Tricia começa a ler alguns comentários mais maldosos. – Este aqui: "Está claro que o Doug deu um pé na bunda dela". Ora, ora, Sherlock Holmes, muito bem... ah. "Esqueça o Doug, sua gostoza, eu pego você." Bom, a ortografia deixa a desejar, mas mesmo assim... – Ela se distrai um pouco, então volta a se concentrar na situação, com ar de vingança. – Você não devia estar olhando isso!

– Sinto muito. Eu sei, não devia nem ter ligado o celular, muito menos clicado...

– Você e todo mundo... estou vendo que tem trezentas e cinquenta MIL visualizações...

– Ah, é? Bom, eu não me preocuparia com isso. A maioria deve ter parado de ver na metade...

– Que nem você?

– É... não. – Meus argumentos de defesa se exaurem.

– Eu achei que você fosse minha amiga – diz ela, bem baixinho.

– Eu sou sua amiga!

– Amigas não fazem essas coisas.

– Não.

– Bom, muito obrigada por aumentar as visualizações da minha humilhação pública para trezentos e cinquenta mil e uma. Bem que a Melissa falou que você era uma enxerida.

– Eu não sou enxerida!

– Ah, não? Você nunca leu o diário dela? – Eu não digo nada. – Além do mais, você simplesmente deu de cara com o meu vídeo, no meio de todo o conteúdo da internet?

– Foi. – Eu percebo que a coisa não está muito boa para o meu lado.

– Sua irmã tem razão, sua pior inimiga é você mesma.

Ela me devolve o celular e vai embora. Dali a uns trinta segundos, ouço exclamações vindas da cozinha, quando minha gafe (será que dá para chamar assim?) provavelmente é revelada. Se Melissa já não estava falando comigo antes, fica muito claro que as coisas vão piorar bastante.

DEZ

– Eu *falei* para eles – diz Tricia, entre soluços. – Eu falei para eles: "Vocês também beberiam gim na caneca em pleno meio-dia se tivessem que apresentar um programa recebendo ligações dos ouvintes sobre 'as melhores estações de serviço rodoviário da Inglaterra' ou 'os nomes mais engraçados para animais de estimação'". Eu devia ter escolhido vodca, assim não dava cheiro nem nada. Foi assim que o falatório começou. – Ouço uma assoada forte de nariz e alguns murmúrios empáticos. – Era inevitável, na verdade. Foi um milagre eu não ter pirado antes. Só estou chocada por alguém ter registrado toda a droga da situação do gim. E por várias pessoas terem visto. E compartilhado... *que gente escrota...*

Paro diante da porta, e tão logo as outras notam minha presença sinto a temperatura do ambiente despencar de "fria" para "Sibéria".

– Eu pedi desculpas – tento dizer, com a voz fraca. No entanto, o olhar de Melissa para mim é diferente de todos que já vi.

Parece que ela me odeia. Que desistiu de mim...

Enfio as mãos nas mangas do casaco e abraço meu corpo, como proteção. Ou uma camisa de força improvisada. *O que também ajudaria*, penso.

– Onde é que foi parar a confiança viking? – dispara Melissa, quase cuspindo as palavras. – Para começo de conversa, o que é que você estava fazendo com o celular? Não conseguiu passar nem uma semana longe desse treco...

Ela balança a cabeça, e eu baixo a minha, envergonhada.

Durante o jantar, as cadeiras são afastadas de mim, os olhos miram o teto e o chão, e a conversa é cheia de tensão.

– Creio que você vá devolver seu telefone ao local apropriado – diz Inge, depois de uma eternidade em silêncio, enfatizando a palavra "creio" e me encarando com firmeza. Faço que sim com a cabeça, bem de leve, mas não faço contato visual.

Quando tento engolir a batata, uns pedaços aderem à minha goela, brigando com o nó que se alojou ali. Então engulo o máximo de vinho que meu esôfago aguenta, para aliviar a dor, e depois de um jantar deprimente me recolho para a cama. Outra vez. Mas não devolvo o celular. *Vocês são tudo o que me restou*, penso, olhando as fotos de Charlotte e Thomas e desejando estar com meus filhos. Envio uma única mensagem de texto – que já deveria ter enviado há várias semanas –, então faço o possível para esvaziar a mente e desligo o telefone, para não gastar bateria.

Quando ouço o barulho da escovação de dentes e o rangido da porta do quarto, indicando a entrada das outras, finjo já estar dormindo – não tenho a menor condição de encarar mais um confronto. Enfio então a cabeça no travesseiro e choro em silêncio – só que desta vez ninguém aparece para me dar a mão.

De manhã, encontro a cama de Melissa vazia outra vez. Apesar de uma nova tentativa de me desculpar, Tricia se mantém distante. Além disso, ela parece meio acabada, e fico pensando quanto álcool foi consumido ontem à noite, depois que fui me deitar. Eu preparo meu próprio ovo. Só Margot consegue, no máximo, ensaiar um sorrisinho constrangido para mim.

Inge também não está para brincadeira, depois de passar as últimas doze horas acordada, segundo ela relata, por causa da dentição de Freja, do espetáculo de Villum esfregando cocô nas paredes às três da manhã e de Magnus, que "ainda geme". "Até os vikings têm noites ruins", é como Inge resume o que mais parece uma boa dose de inferno parental. Mette serve um café para a mãe (*preciso ensinar Charlotte a usar a cafeteira...*), e o humor de Inge melhora um pouco. Mas fico imaginando se ela está arrependida da decisão de prosseguir com nosso retiro, na companhia de personagens tão ecléticas.

– Muito bem, vamos em frente – diz ela, esvaziando a caneca de café e indicando à filha mais velha que um refil seria muito bem-vindo. Mette obedece.

– Hoje o assunto é aonde vocês desejam ir e como farão para chegar lá – prossegue Inge, entre goladas do combustível preto. – Comam bem, hidratem-se e estejam preparadas para muita concentração, pois essa merda é importante. – Margot se encolhe ao ouvir a palavra, e Tricia encara o chão com o olhar rígido. – Cadê a Melissa? – pergunta Inge, dirigindo-se a mim.

Eu dou de ombros, mas na mesma hora me censuro. *Quanta maturidade, Alice.*

– Bom, se ela não chegar em breve, vai ter que nos encontrar – conclui Inge.

– Vai ter que *ir nadando*! – solta Margot, feliz com o trocadilho.

Eu reviro os olhos, mas percebo que não me restaram muitas aliadas. *É melhor baixar a bola.* Então, em vez de rir, solto uma bufadinha meio chocha.

Nós começamos mais tarde que de costume, mas Melissa chega bem na hora em que estamos saindo, as bochechas coradas e a camiseta do avesso, exibindo a etiqueta.

Ao ver sua confidente, Tricia enfia uma última torrada na boca e veste o cardigã. Empurra a cadeira, abre um sorriso, corre em direção a Melissa e engancha o braço no dela, e as duas saem da cozinha, cochichando.

– Dói, não é? – pergunta Inge, baixinho.

– É – respondo, com um sussurro, antes mesmo de pensar ou conseguir calibrar meu rosto para uma expressão de "indiferença".

– Às vezes... – começa ela.

– Hum? – pergunto, na esperança de que ela me ofereça sábios conselhos ou palavras de conforto. Porém, ao que parece, não é assim que os vikings operam.

– ... a vida é uma merda – conclui ela, com uma golada final do café. – Às vezes a gente só precisa seguir em frente.

– Claro. Obrigada. Que ótimo.

Ou eu posso bater a cabeça nesta mesa de carvalho, reflito, correndo os dedos pela madeira. *Nocautear a mim mesma e acabar com essa "merda".* Pois é, eu posso enfim estar perdendo a sanidade oriunda das quatro sacolas retornáveis. Bem aqui, num bangalô escandinavo, nos confins da Dinamarca rural, na companhia de perfeccionistas, uma irmã distante e uma viciada em bronzeamento artificial que bebe gim na caneca no meio do dia.

– Vamos lá, vamos navegar. – Inge se levanta e me dá um "tapinha" no braço, tão forte que quase desloca meu ombro.

Caramba, ela andou tendo umas aulas com a Melissa? Fortalecer. É. Tudo.

– Hoje é um novo dia, e esta é uma nova habilidade para todas, então vamos começar em pé de igualdade. Nenhuma de vocês costuma velejar nem remar, certo? – pergunta Inge, acomodando sua tigela e colher na lava-louças. Margot parece meio aflita. – *Você* veleja?

– É só que eu comandei um acampamento de vela, num verão – começa ela –, e o meu pai tem um barco. E eu remava na escola... – A voz dela vai morrendo.

Inge respira fundo.

– Bom, para o resto de nós, então, o mais importante é estabelecermos uma conexão com nossos sentidos...

– Ah, *isso* a gente não fazia... – reflete Margot.

– Sei...

– A gente lia um monte de livros. Estudávamos, traçávamos rotas, rascunhávamos mapas...

– Ah, não vamos precisar de mapas.

– Não? – Margot parece ansiosa.

– Não – responde Inge, com firmeza, segurando a porta aberta e conduzindo Margot, agora aflita, para fora da casa. – Vamos indo?

Ao que parece, Magnus foi outra vez considerado apto a assumir os cuidados de sua prole, e percebo que Inge se desloca de um jeito diferente quando não tem que carregar uma criança em cada braço ou empurrar um carrinho de bebê mata adentro. Ela avança com firmeza, mas ao mesmo tempo com certa leveza – como uma atleta nata. Eu apresso o passo, para não ficar para trás. Já perto da orla, alcançamos Melissa e Tricia, e Inge começa a explicar o que nos aguarda:

– A navegação viking é uma atividade corporal, baseada em sensações e intuição. – Eu e Margot ainda não entendemos, então Inge detalha mais: – É como quando trabalhamos com madeira ou metal. Não dá simplesmente para ler um livro e desempenhar bem a tarefa... é preciso praticar. Pois então, o mesmo vale para a navegação: é preciso vivenciar as sensações. Sentir aqui – diz ela, remexendo os dedos das mãos –, e também aqui. – Ela aponta para os dedos dos pés.

Não consigo conter um sorriso, então percebo que Melissa também abafa uma risadinha. Nossos olhares se cruzam, e por um instante me pergunto se é possível estender uma pontezinha suspensa diante do abismo que se abriu entre nós.

– Qual é o motivo de tanta graça? – pergunta Inge.

– Nada. – Melissa balança a cabeça.

– Por que estão rindo?

– Nada, não. Desculpe, é que essa frase saiu parecida com a música...

– Que música?

– Deixe pra lá – intervenho, ainda sorrindo.

Será que estamos... nos reaproximando? Graças ao clássico pop do Marti Pellow, "Love Is All Around"? Eu me encho de esperança, mas Melissa já seguiu adiante.

– Então, se é instintivo – pergunta minha irmã, séria –, quer dizer que a gente nunca se perde?

– Jamais – responde Inge, assertiva. Eu a encaro com admiração. *Não falo com tanta confiança assim desde... bom... desde nunca.* – Eu conheço os meus caminhos, e quanto bate a dúvida simplesmente esvazio a mente e me reconecto com o corpo.

Eu absorvo a informação.

Isso leva um tempo.

O resto da caminhada, para ser sincera.

Ao chegar à orla, passamos uns momentos em silêncio, contemplando a praia vazia à nossa frente.

– E agora? – pergunta Margot, aproveitando a oportunidade para fazer umas flexões.

– Agora, nos *aquietamos* – responde Inge.

– A gente não precisa ir buscar nada? – Margot aponta para um casebre mais adiante, com o corpo inclinado de barriga para baixo, mais parecendo uma mola, pronta para cumprir instruções. – Algum equipamento?

Inge não responde. Apenas aponta para os próprios olhos, bem devagar, depois para os ouvidos. Por fim, estende as mãos.

– Não tem bússola? – indaga Margot, decepcionada.

Inge balança a cabeça.

– Nem GPS? – prossegue ela, esperançosa, mas recebe outra negativa. – Compasso? Clinômetro? – A cada muleta dispensada, ela se desespera mais. – Um apito? – fala Margot com a voz entrecortada, e então desaba, desconsolada. – Nada? *Nadica de nada?*

– Nadica de nada – confirma Inge. – As pessoas hoje usam muitos equipamentos para se localizar... celular, Google Maps.

Ao ouvir isso, sinto meu smartphone ardendo no bolso. *Todo mundo estava me dando gelo*, penso, argumentando mentalmente. *Essa era a única companhia que eu tinha, meritíssimo... meu amigo substituto. E daí se eu passei a noite "dando like" nas fotos/crianças/vidas de meus antigos colegas de escola?*

– Os vikings, por outro lado, têm muita consciência de seu entorno. Sabem interpretar as ondas, sabem avaliar se as ondas continuam no mesmo ângulo de uma hora antes, se o vento ainda sopra na mesma direção. Quando estamos perto da costa, conseguimos olhar a água e avaliar se está tranquila ou agitada, e com isso estimar a profundidade do mar. E também há os cisnes, claro...

– *Cisnes*?

Será que ouvi errado?

– Isso mesmo – diz Inge. – Eu costumo basear minha navegação nos cisnes. – Quatro rostos impassíveis a encaram fixamente. Ela suspira, como se cansada de lidar com idiotas, então se compadece e explica: – O pescoço do cisne tem cerca de quarenta centímetros de comprimento...

– Que bacana! – exclama Melissa, parecendo impressionada.

— E muitos barcos chegam a até quarenta centímetros abaixo do nível da água. Então, se na água houver cisnes com o traseiro para o alto, dá para saber que a profundidade é suficiente para um barco. Se o corpo estiver todo à vista e o cisne estiver pescando só com a pontinha da cabeça, significa que o leito não tem profundidade, e o barco vai encalhar. Outras aves servem também. A maioria voa em direção à costa ao entardecer, e sempre é bom levar um corvo para ajudar na localização. – Inge solta a informação num tom casual, como se mencionasse que é bom termos uns lanchinhos para uma longa viagem. – Os corvos voam muito alto e não gostam de ficar perto do mar. Então, quando a gente solta um corvo de um barco, ele vai subindo até encontrar a terra e voa para lá. Daí é só acompanhá-lo. Se não encontrar terra firme, ele retorna para o barco.

— E aí? – pergunto.

— Aí você se fodeu – responde ela, sem rodeios.

Ah, a descontraída abordagem escandinava dos palavrões, reflito, enquanto Margot se enrijece com a obscenidade.

— Também é possível nos guiarmos pelas nuvens – explica Inge. – Olhem para o céu. – Nós erguemos a cabeça. – O que é que vocês veem? – Todas ficamos em silêncio. – *Nuvens*, eu sei. Mas o que mais?

— Hum... ok... – Tricia aperta os olhos, enquanto Melissa protege a vista com a mão e arqueia as costas, as pernas afastadas.

— Bom, aquela ali parece um pouco um dragão – solta minha irmã.

Ela e os dragões, penso.

Por fim, Inge fica com pena de nós.

— A questão aqui é o volume. Há sempre mais nuvens sobre a terra do que sobre o mar.

— Ah! Sim – exclama Melissa, concordando com a cabeça como se soubesse disso o tempo todo.

— Também é bom olhar para cima, para enxergar de outra perspectiva. Sentir nossa insignificância diante da natureza.

Não sei como explicar a ela que já sinto minha insignificância diante de inúmeros cenários, tanto em casa como no trabalho.

— Também é preciso escutar — acrescenta Inge. — É possível *ouvir* a terra. No tempo dos vikings, os navegadores conseguiam distinguir um ferreiro bem ao longe, ou até os latidos de um cachorro. E também tem os cheiros... em geral de fogueiras e excrementos.

Que adorável.

— Navegar é se conectar com todos os sentidos. Vocês vão apreciar essa sensação meditativa. Experimentem!

Então, eu experimento.

Nada.

Eu olho em volta. Melissa, Tricia e Margot parecem igualmente perdidas.

— Ok — diz Inge, por fim. — Vamos para a água. Talvez assim vocês peguem o jeito.

Passamos o resto da manhã aprontando o barco para a nova viagem, depois paramos para uma refeição simples, com pão e queijo. O gelo continua depois do almoço, quando Inge nos divide em pares. Como Melissa e Tricia agora parecem duas gêmeas siamesas, fico com Margot. Outra vez. E somos as primeiras a embarcar.

Margot e Inge ficam encarregadas de puxar nossa pesada embarcação viking para dentro d'água, enquanto eu corro na outra ponta, empurrando a *parte pontuda de trás cujo nome ainda não decorei.*

Já no bote, que avança depressa, eu me concentro em conter o pânico inicial de não estar em terra firme, então me recordo como foi bacana o dia de ontem, com os remos. E logo me sinto *bem.*

Quando nos afastamos da costa e a água fica mais agitada, Inge desata o nó que prende o enorme tecido branco ao nosso mastro. Com uma chicotada rápida e violenta, a vela se abre, drapejando e estalando ao se encher de ar, e nos impulsiona para a frente. Meu coração acelera, e o vento frio em meu rosto me traz uma sensação incrível. Durante um tempo, esqueço que eu sou *eu.* O que é ótimo.

Inge para, saboreando o ar, então se dirige a Margot:

— Não sei o que você andou aprendendo por aí, mas, como eu sempre digo, é com a bunda que se aprende a velejar.

— Oi? — rebate Margot, meio preocupada.

— Quando estou na rota errada, sinto uma coisa na bunda – explica Inge, subindo o tom de voz por causa do barulho. – Temos que saber usar o corpo para perceber se o barco está em equilíbrio ou se está pendendo para a frente ou para um lado. Dá para usar a cabeça também, claro, mas não racionalmente. É só se mexer um pouquinho, até sentir o vento soprando nas duas orelhas. Os vikings nunca confiaram numa única fonte de orientação... É preciso exercitarmos uma percepção constante do mundo à nossa volta.

Ainda me achando meio boba, vou inclinando a cabeça até perceber o vento batendo nas orelhas. Observo que as ondas estão vindo para cima de nós, ameaçando engolir nossa embarcação, e logo em seguida Inge aponta para o leme e reorienta a vela. O bote dá uma guinada, e nós mudamos de rumo ("Isso se chama cambada", me explica Margot, cheia de autoridade).

O bote avança depressa, cortando a água sem esforço. Minutos (horas? dias?) se passam enquanto avançamos feito um foguete, repetindo a manobra várias vezes. Por fim, executamos o que aprendo ser um "jibe" e partimos de volta à terra firme.

— Como é que foi para você? – pergunta Inge, ao chegarmos.

— Até que... foi ok.! – consigo responder. – Obrigada.

— Sério? – retruca ela, sugerindo algo que não compreendo.

Ainda estamos falando de barcos? Ou estou sendo psicologizada?

Ela se aproxima, para que Margot não ouça.

— Não existe um jeito "seguro" de fazer nada disso, sabe? A gente só tem que fazer.

ESTOU sendo psicologizada!

— Você sabe qual é o seu problema? – prossegue Inge.

Não é isso que os psicólogos fazem, é? Não é o que aquela mulher fez em Os Sopranos...

— Não cabe a mim mesma "descobrir"? – pergunto.

— Normalmente, sim. Mas amanhã é o seu último dia, e parece que você não está entendendo. Além disso, você com certeza está pensando nos psicanalistas americanos que vê na tevê. A gente prefere dizer as coisas como elas são na Escandinávia.

Ah, não me diga...
— Então você vai ser cruel, mas será para o meu bem?
— Prefiro dizer que vou ser honesta.
Você pode até preferir, mas não é assim que vai soar, tenho vontade de responder. Mas não respondo. Pois estou boiando – literalmente – com uma psicóloga viking e uma modelete ultraesforçada (ou duas).
— Você tem questões de raiva – solta Inge.
Como é?
— Eu? – retruco, incrédula. *Robô-Alice, toda calma e contida?* – Eu nunca perco a cabeça! – *Bom, exceto aquela noite... mas, no geral...* – Eu me orgulho de manter as emoções sob controle – argumento, em defesa própria.
— Esse tipo é o pior – diz Inge. – Raiva *reprimida*. E a raiva precisa extravasar para algum lugar, ou então se volta para dentro.
O quê? Então agora eu não posso nem espumar de raiva sozinha?
— Não dá para negar os seus sentimentos: é preciso enfrentá-los. A mesma coisa com o passado. Já foi, já aconteceu. Mas precisamos fazer as pazes com ele antes de seguir em frente. Meus antepassados têm uma forte tradição marítima... – prossegue ela, enquanto começo a desejar também ter à mão uma caneca de gim.
Ai, meu Deus, mais metáforas de barco.
— E não é de hoje que o temperamento viking guarda uma tensão entre ficar e partir... o desejo por algo melhor que possa estar por vir e a tristeza pelo que foi deixado para trás. – Ela olha na direção de Melissa, e eu vejo minha irmã e Tricia estiradas na areia, tomando sol e gargalhando. – Tem muita coisa que não podemos controlar... como o tempo, a água, outros barcos... então temos que aprender a nos aquietar e observar quando algo vai mal.
É para eu "me aquietar quando algo vai mal", é isso? Tento absorver a informação, mas o conceito esbarra num pequeno defeitinho de software: *claro que, quando "algo vai mal", a gente precisa se manter ocupada e esquecer o problema, não é?* Mais trabalho, mais tarefas – mais *qualquer coisa* que seja –, até que a sensação desapareça. Ou adormeça. Ou até que a exaustão se instale a ponto

de encobrir o motivo inicial do estresse. *Não é assim que se lida com a sensação incômoda de que "algo vai mal"?*

— Você precisa se abrir para os sinais e aprender a identificá-los — aconselha Inge.

Ou posso ignorar os sinais!

Esse vem sendo meu *modus operandi* desde que me entendo por gente, e vem me servindo, se não "superbem", pelo menos "de modo satisfatório". Não é?

Tremor no olho? Ignore! Nó no estômago? Deixe para lá e tente mascar uns chicletes sem açúcar! Síndrome do túnel do carpo? Dê uma sacudida no punho e siga em frente! Enxaqueca recorrente? Alopecia localizada? Surto no hotel em pleno congresso de odontologia? Para debaixo do tapete! Bem escondidinho! Depois é só fugir com a irmã para um retiro viking e tentar esquecer tudo! Fácil, não é? Ah... ah, espere aí...

Neste momento, percebo que meu tradicional mecanismo de enfrentamento não funciona mais.

Inge se afasta para ajudar Margot a "rizar a vela" (*olha só, estou aprendendo os jargões!*), então se prepara para nos conduzir de volta à costa. Observo suas mãos hábeis e tranquilas fazendo movimentos complexos com as cordas, ao mesmo tempo que ela auxilia sua pupila com os próximos passos. *Eu queria que ela sempre me dissesse o que fazer*, penso. Mas não sei como pedir. E suspeito que ela diria "não" — pois talvez, só talvez, ela própria já tenha que lidar com muita coisa, entre retiro, doutorado, três crianças e Magnus a tiracolo. Inge deve ser cinco anos — uma década, talvez? — mais nova que eu, mas não consigo conter o desejo, por mais que eu idolatre minha mãe, de ter sido filha dela. *Pelo menos eu teria herdado essa bundona...*

À medida que a água vai ficando mais rasa e assumindo uma impressionante gradação turquesa, Margot enrola a perna da calça, pronta para pular do bote e nos puxar até a areia. Antes que eu desça para fazer o mesmo, Inge põe a mão na minha.

— Vá dar uma volta — diz ela, bem baixinho. — Pense um pouco no que você quer. Depois volte e faça as pazes.

Então, eu obedeço. Enquanto Melissa e Tricia sobem no bote, ainda às gargalhadas, para sua voltinha no mar, eu sigo andando, conforme instruído, e vou subindo a colina até encontrar uma frondosa clareira. Não faço ideia de onde estou, mas da posição onde me encontro vejo a fumaça subindo pela chaminé da casa. *Então não tenho como me perder muito.* Mesmo com meu tenebroso senso de direção...

Eu me acomodo numa pedra e observo o bote zarpando rumo ao mar. Quando a vela é desfraldada e a embarcação ganha vida, prendo a respiração.

– Que lindo... – murmuro. – Muito... lindo.

Méééé! Um barulho perturba minha paz.

– Mas que...

Méééé! A vibração que se segue faz tremular o ar à minha volta, interrompendo meu transe. Os arbustos próximos farfalham, e um par de olhinhos negros reluz em meio à folhagem. Umas moscas começam a zunir, e eu vejo uma fera avançar pesadamente, o corpanzil lanoso sustentado por perninhas ossudas.

A ovelha.

Sem pestanejar, a criatura me analisa, com olhos que certamente já viram *muita* coisa. Então, eu a encaro de volta. Agora, com mais coragem, depois da vitória do confronto anterior.

Parece que faz uma eternidade...

Minha inimiga ovelha baixa o pescoço e arranca vários nacos de grama, respirando com força pelo nariz. Então rumina mecanicamente e mexe a boca de um lado para outro, como se falasse.

Eu presto atenção. Só por garantia. Mas nada acontece.

Espero um pouco mais.

Mais rápido, ovelha! Eu tento a telepatia: *Está tentando me avisar que amanhã neste mesmo horário vou enfrentar você, durante a sessão de perda de controle? Porque, se for isso, seria bacana darmos uma ensaiada antes...* Eu ainda não sei ao certo qual é o teor da atividade, então decido me preparar para qualquer coisa. *Ou eu comi algum troço estranho e tudo isso faz parte de um longo ritual xamanístico? Isso eu encaro: ver* O Senhor das Moscas. *Será este o momento em que você ou um dos seus amigos animais revela que "é impossível escaparmos de nós mesmos" ou coisa que o valha, e daí eu surto e desmaio? Pelo menos foi isso o que rolou com aquele garoto... Simon, não era?* Eu me parabenizo pela lembrança. Então, fico irritada.

Maldito Simon: um macho típico! Uma mulher não ia pirar no meio da mata só por estar muito cansada e topar com umas vísceras. Eu tenho que dar conta de muita coisa, não posso ficar desmaiando por aí.

Um inseto pousa em meu punho esquerdo. Eu o acerto com a mão direita, igualmente alarmada e impressionada com minha própria precisão e as tripas de mosca que agora adornam meu antebraço. Respiro fundo três vezes, tentando conter a náusea. Então, de pé sobre a pedra dura, ajeito a postura, o corpo meio rígido depois de uma semana de exercícios novos. Percebo que a ovelha não vai entrar no jogo, então vou ter que lidar com isso sozinha. Sem vinho. Nem Kylie. Nem as outras muletas habituais. *Saúde, mundo...*

Beleza, começo, pensando na tarefa de Inge: *então, o que é que eu quero?*

Eu nº 1 espera uma resposta, mas logo percebe que a resposta também precisa vir... hã... de mim.

— Ai, droga, que coisa cansativa — resmungo, ao que a ovelha responde com um balido, para que eu largue de palhaçada.

Vamos, Alice, pense: o que é que você quer?

Eu nº 2: Eu não sei, beleza? Pare de me torturar!

Eu nº 1: Você não vai escapar assim tão fácil! POR QUE é que você não sabe?

Eu nº 2: *dá de ombros, feito um adolescente petulante/Thomas, de cinco anos* Sei lá...

Eu nº 1: Você é o quê, uma idiota?

Eu nº 2: Por que você é sempre tão dura?

Eu nº 1: Eu não sou dura! Sou... eficiente...

Eu nº 2: Ah, agora é ESSE o nome?

Eu nº 3: *adentra o palco pela esquerda, pedindo um tempo com as mãos e tentando mediar a situação* Alto lá! Isso não está ajudando em nada...

Eu nº 1: Pois é, mas ela às vezes tem o dom de ser uma verdadeira escrota.

Eu nº 3: Eu sei disso. Jesus amado, e como sei... *revira os olhos* mas ela precisa de ajuda.

Eu nº 1: Eu estou OUVINDO vocês, sabiam?

Eu nº 2 e nº 3: *murmuram* Foi mal.

Eu nº 1: Isto não está funcionando; vocês duas estão dispensadas.

Eu nº 2 e nº 3: Você não pode dispensar a gente!
Eu nº 1: Vejam só se eu não posso.
Belisco a mão para recobrar a consciência, antes de adentrar, feito Simon, o território dos desmaios. *Aja com maturidade*, digo a mim mesma. *E pense.*
Eu não sei aonde estou indo.
Acho que nunca soube.
Mas será que sei o que quero?
Na verdade, sei.
Quero voltar a conviver com minha irmã. Quero ver meus filhos saudáveis e felizes. E... Greg? Nada. Não sinto *nada*. Forçando a barra, eu provavelmente poderia evocar uma leve irritação. Ao mesmo tempo, no entanto, tenho consciência de que não posso culpar meu marido pelo nosso casamento falido. Eu escolhi tudo isso. Além do mais, lá no fundo, eu sempre soube onde estava me metendo, não é?
Durante um tempo, gostei de ser a metade séria e mais bem-sucedida do casal. A mais controlada e organizada. Mas então a coisa perdeu a graça. Sobretudo depois que as crianças nasceram. Greg não era o antídoto para minha vida até o momento em que me casei com ele; era a continuação. Como quando reformamos o banheiro, e eu olhei em volta e percebi que o problema, na verdade, não era o banheiro.
Eu só continuo com Greg por causa de Charlotte e Thomas, admito agora, *mas talvez fosse muito melhor se eles tivessem um pai e uma mãe que os amam, mesmo vivendo separados, do que um pai e uma mãe que moram sob o mesmo teto, mas alimentam um caldeirão de ressentimentos?* Essa parte, percebo agora, é relativamente simples.
O maior problema é Melissa.
Eu pensava que meu desejo era escapar de Greg e da vida em casa. Mas e se minha real necessidade fosse passar um tempo com minha irmã?
Essas são águas desconhecidas, que não sei totalmente como atravessar (e com "totalmente" quero dizer "nem um pouco"). Eu observo o sol chegar ao seu ápice no céu e iniciar a descida, enquanto tento desenredar esse dilema.
Ela me trouxe aqui; era um desejo dela. Talvez, então, o mínimo que eu possa fazer seja me comportar de um jeito bacana, para compensar. Deixar de lado a

relutância habitual e me jogar de cabeça nisso tudo, considerando que as próximas quarenta e oito horas vão ser uma espécie de... recesso viking. O recesso de uma vida inteira de ceticismo.

Parece uma tarefa hercúlea. Mas preciso tentar. Eu me levanto, planto os pés com firmeza no chão e ergo os olhos em direção ao sol.

– Eu quero ser mais viking, sob todos os aspectos – entoo, em voz alta, com a seriedade que somente uma mulher na companhia de uma ovelha é capaz de invocar. – Começando agora. Ou daqui a um segundo, pelo menos...

Eu apanho o retângulo de metal aquecido por meu corpo e corro os dedos pela superfície lisa, na tentativa de memorizar cada uma de suas curvas sedutoras. Preciso devolver, agora sei. Antes, porém, vou conferir uma coisinha.

Respiro fundo, aperto o botão de ligar e aguardo – esperançosa – por uma vibração. Depois de um instante, ela chega. Estava à minha espera: é a resposta à pergunta que passei semanas enrolando para fazer.

"Não tive essa sorte :)", diz a mensagem.

– Não rolou! – conto à ovelha, com um suspiro de alívio.

Méééé!, responde ela, me parabenizando.

– Eu não transei com o sr. Dentes!

Mééé?

O celular vibra outra vez, com uma segunda mensagem. Eu leio.

Ai, cacete...

– Bom, rolou um pouco de mão naquilo, aquilo na mão – confesso à ovelha. – Mas onde é que começam as preliminares, afinal de contas?

Mééé.

– Sério? Ai, Deus... bom, o lance é que não chegamos às "vias de fato".

Mééé!

– Eu sei, eu sei, para começo de conversa isso não deveria nem ter acontecido. Eu jamais deveria ter me colocado na posição de *permitir* que algo acontecesse. Sou uma imbecil. Mas mesmo assim. Ufa...

Mééé.

– Valeu. Para você também.

Com isso, eu desligo.

– Adeus, smartphone – sussurro. – Volte para onde estava. Por um tempinho...

Olho a extensão inspiradora de mar azul à minha frente e vejo o bote, de vela branca esticada, rumando em direção à praia.

Se eu for ligeira, consigo ir até a casa, devolver o telefone e voltar, sem ninguém perceber. Para fazer essa estimativa, calculo o tempo que levamos para caminhar até a praia e a distância que a fumaça da chaminé parece estar de minha atual posição, então divido por dois. *Pois eu serei impulsionada por uma nova injeção de determinação e pela adrenalina, o hormônio secretado pelas glândulas suprarrenais em resposta ao estresse, que eleva a frequência cardíaca, a pressão arterial e o nível de glicose e lipídios do sangue, o que aumenta o desempenho...*

Ao perceber que estou perdendo um tempo precioso, começo a andar. Agradeço à ovelha pelos conselhos, então disparo colina abaixo, gritando mais ou menos isto:

– CARAAAAAALHO!

Para sua informação, correr descalça num matagal desconhecido e repleto de pedras afiadíssimas é *extremamente* doloroso.

Mas sigo em frente. Porque agora sou uma mulher com uma missão. Eis o plano: *devolver o celular, pedir desculpas a Melissa, retornar ao grupo antes do pôr do sol e viver feliz para sempre.* Eu repito o mantra – em parte para me distrair da dor excruciante que atravessa meu pé direito, em parte para manter a motivação.

Se eu for ligeira, ninguém vai perceber. Se eu for ligeira, Inge vai pensar que ainda estou na colina me reconectando com minha alma. Se eu for ligeira, concluo, tentando ignorar a sensação aguda que se espalha até o meu tornozelo, *posso até ter a oportunidade de caçar um paracetamol. Talvez até um Band-Aid. E quem sabe uns sapatos, ainda, antes da perda do controle...*[25]

Totalmente manca – e com o pé direito imerso em pura agonia, lama e sangue pisado –, eu consigo chegar à casa. Improviso uma meia com uma toalha de praia, para não sujar de sangue o piso amadeirado, e firmo-a no lugar com

---

25 Ei, sem julgamentos... passinhos de formiga viking. Não é possível separar uma mulher de seu celular e ainda por cima dizer que ela *jamais* voltará a usar sapatos (pelo menos por um dia e meio) no intervalo de uma única hora.

um elástico de cabelo. Está meio apertada, mas eu deduzo que a compressão só pode trazer vantagens, já que é improvável que eu consiga erguer o pé ou aplicar gelo no futuro próximo (primeira aula de primeiros socorros: repouso, gelo, compressão, elevação – esse troço salva vidas). Meia de toalha no lugar, vou coxeando pelo corredor e deposito meu telefone na cesta de vime, que nossos anfitriões ainda têm a confiança de deixar à mostra.

No instante em que largo o aparelho, sinto uma libertação. E um leve orgulho por ter, enfim, Feito A Coisa Certa.

Eu sou uma boa pessoa! Eu sabia!

Estou começando a retornar, quando ouço Magnus e as crianças entrando na casa.

Não quero ter que explicar o que estava fazendo, mas agora também não posso passar despercebida pela porta da frente. *Vou ter que esperar até alguém ir fazer xixi*, ou coisa assim. Entro na despensa que as galinhas, a serra elétrica e *rufem os tambores* os sapatos chamam de casa...

Satisfeita, observo uma variedade de calçados infantis, algumas botas curtas superestilosas que presumo serem de Inge e um monte de tênis embolados. Incluindo... *os meus!* Corro até eles, tentando não respirar enquanto afasto o sapatênis xexelento de Melissa do caminho e pego meu par de tênis de corrida da Nike, ainda branquíssimo.

Encontrei você!

Aperto os sapatos contra o peito, num abraço caloroso, e me emociono.

Se eu guardar você num lugar seguro, penso, dirigindo-me ao calçado, *e arrumar uma meia, poderei usar você amanhã! Se o inchaço estiver menor...*

Daí a pouco, escuto as pequenas pessoinhas correndo. A porta da geladeira se fecha, o cordeiro solta um balido, e eu deduzo que todos estejam apreciando um refresco. Depois de uns instantes, como é inevitável, alguém choraminga – o tom universalmente conhecido como "criança que precisa fazer pipi com muita urgência" –, então ouço o grupo avançar pelo corredor, rumo ao banheiro.

Ufa!

Encosto o corpo na porta e empurro, tentando abri-la sem fazer barulho, até que me vejo frente a frente com prateleirinhas contendo um sortimento de itens da vida familiar. Nos dois primeiros retângulos vejo vários molhos de chaves, um bloco de Lego e uma luva sem par, e logo abaixo há duas pilhas de correspondências fechadas. A primeira pilha é de cartas seladas e carimbadas, onde vejo alcunhas sensacionais e exóticas, incluindo Stine Tormenta e Wolf Solitário (*parecem lutadores vikings!*, penso, alegre. Sim, eu sou enxerida, mas quem não seria, com esses nomes?) A outra prateleira administrativa contém envelopes com todas as informações, mas ainda sem selo. Fico fascinada com esse sistema e reflito se deveria implementar algo semelhante em casa, quando percebo, na pilha "de saída", um envelope com meu endereço.

Examinando mais de perto, no lusco-fusco, reconheço a carta que escrevi a mim mesma, lá no primeiro dia – a que seria enviada dali a seis meses. *Será que leio agora?* Eu me encolho, pronta para ser esculhambada por meu antigo eu. *Será que ainda lembro o que tem nessa carta?* Quase com carinho, penso naquelas primeiras horas de "treinamento viking", na estranheza daquilo tudo. *Eu nunca nem tinha comido pão de centeio! Nem improvisado uma maca com galhos de árvore e um casaco da sorte! Nem sabia catar alimento, construir botes e navegar com a bunda! Agora, já fiz tudo isso... graças a Melissa*, percebo, então esboço uma nota mental para agradecer a ela. E pedir desculpas. De novo. Desta vez, da forma adequada.

Boto a carta de volta no lugar, pronta para exercitar a paciência – pela primeira vez na vida –, então espero.

Não está sendo tão ruim, avalio, agora. *Nenhuma parte. Nem a Margot é tão ruim, para dizer a verdade. Mesmo sendo absurdamente privilegiada, além de linda até quando está desgrenhada.*

Apesar de criticar Melissa por se impressionar demais com gente chique, sinto um certo fascínio pela vida aparentemente refinadíssima que Margot parece levar.

O que será que os pais dela fazem? Onde será que ela mora?

Percebo que há um meio muito simples de matar minha curiosidade em relação à última pergunta, então apanho a pilha de cartas e vou passando uma a uma, olhando os envelopes. Vejo que Tricia mora perto de Brighton, mas isso acho que já sabíamos. E Margot? Vejo um endereço de Kensington, um dos bairros mais sofisticados de Londres (*Claro que ela mora em Kensington, desgraça!*). Estou prestes a devolver as cartas quando dou uma segunda olhada.

Espere aí...

Separo dois envelopes e confiro a prateleira, para o caso de haver mais algum escondido.

Nada... Que estranho...

Observo as duas cartas em minha mão, ambas com meu nome. Uma exibe minha própria caligrafia, e outra, o garrancho grandalhão e cursivo que eu passei os últimos trinta anos admirando: é a letra de Melissa.

No envelope estão escritos "A/C: Alice Ray" e o endereço de minha irmã. A princípio, fico achando que ela se confundiu no exercício. Mas, *se foi isso, por que enviar para a casa dela? Será que ela esqueceu meu endereço?*

Eu não me orgulho do que acontece em seguida. E penso que talvez Melissa e Tricia tenham razão. *Talvez eu seja enxerida, mas a cartinha está endereçada a mim. Então, em tese, é minha. Mas o celular também era meu, e olha a confusão em que eu me meti...*

Meros quinze minutos depois da promessa de ser mais viking e abraçar o *ethos* e todas as suas qualidades – aquela coisa, honestidade, verdade, nada de bisbilhotice... –, eu me vejo abrindo o envelope e desdobrando a carta. Quase sem respirar, eu leio.

"Querida Alice..."

ONZE

Querida Alice,

A má notícia é que, se você estiver lendo isso, eu não estou mais por aqui. Ou então estou num estado tão deplorável que você já está sendo obrigada a recolher as minhas coisas e passear com os meus cachorros. Por outro lado, eu me acostumei a tal ponto com o vaivém das enfermeiras e as camas bacanas de hospital (aquelas com botãozinho para reclinar) que estou ensaiando um protesto sentado (ou seria "deitado"?). Enfim, seja como for, peço desculpas.

Eu paro e viro a folha, para ver se não é uma piada – alguma brincadeira para irritar ainda mais a "Alice nervosinha". *Que história é essa?* Sem encontrar nenhuma pista na frente ou no verso do papel, continuo:

Se for a primeira opção, espero que o funeral tenha sido um sucesso e que todo mundo tenha enchido a cara. E que tenha tocado The Clash. E que o papai tenha perdido a linha, e a tia Jill tenha resmungado um monte. Tem coisas que nunca deveriam mudar. Outras, eu percebi, deveriam.

Estou escrevendo esta carta a você depois da primeira noite no nosso abrigo viking. Estamos vendo o sol nascer na praia, e você está a alguns passos de mim, de cara fechada, franzindo a testa e bufando alto, como faz quando tenta se concentrar (você sabe que faz isso? Aposto que seus pacientes sabem!). Eu sei que sequestrei você e tirei você da sua zona de conforto ao trazê-la para esse fim de mundo nórdico, mas era o único jeito, a meu ver, de passar um tempo com você. Com a Alice de verdade – a "desconhecida". Eu não queria que você sentisse pena de mim, nem que fizesse aquela "cara de dó" que eu costumo ver nas pessoas a quem já contei sobre o câncer...

Eu preciso me apoiar na parede. Um bolo se forma em meu estômago.

Que história é essa? Por favor, diga que isso é uma piada de péssimo, péssimo gosto...

Eu não queria ser mais uma obrigação na sua vida. Você vive dizendo que tem que dar conta de tanta coisa – e eu acredito –, por isso achei melhor não aumentar ainda mais o seu fardo. Você acha que eu gosto de ser mais um item na sua lista de tarefas? Não gosto. Então estou tentando passar por essa sozinha. Estou tentando ser mais parecida com você. Eu posso implicar com você, mas tudo que eu sempre quis foi ter minha irmã de volta, passar mais tempo com ela. Sinto saudade de você.

Eu esperava que um tempo só nosso – umas miniférias – antes da cirurgia pudesse nos aproximar. Os médicos disseram que em uma semana o nódulo não ia crescer mais, então pensei em passar um tempinho vivendo normalmente.

Desculpe não ter contado nada, mas antes tarde do que nunca, não é? Então, no espírito de honestidade total e caso eu não tenha a chance de contar depois, eu encontrei um caroço no seio, na época da Páscoa. Parecia uma ervilha, bem debaixo da pele, e depois o meu mamilo começou a virar um pouco para dentro, como se estivesse tímido (e nenhum dos dois costuma ser nada tímido!). Eu ia deixar quieto – tinha muita coisa para fazer, e pensei "que mal pode me causar uma ervilhinha?" –, mas então pensei: "O que a Alice faria?". E fui fazer uns exames. Pois é, eu enfrentei um consultório médico. Está orgulhosa de mim?

Ao que parece, segundo explicou a médica que fez minha mamografia, tenho mamas muito densas. Perguntei se isso era bom, e ela disse que não, e que seria necessário comprimir bastante para conseguir uma boa imagem (para sua informação, doeu bastante). Enfim, encurtando a história, encarei agulhas e xícaras de chá em salinhas de espera, e depois um especialista falou um monte de palavras que eu não entendi. *Ele se ofereceu para soletrar tudo, mas eu estava confusa demais para explicar que também não sou boa de sotrelação* [sic]. *Então agradeci e apertei a mão dele. Eu tinha entrado no consultório só com a carteira e a chave do carro. Saí de lá com o diagnóstico de um câncer.*

Neste ponto, vejo as palavras borradas, pois a tinta se misturou às lágrimas. Se são dela ou minhas, não sei dizer.

Não me sinto "doente". Estou ótima. Mas terei que passar por uma cirurgia quando voltarmos, depois mais três a seis meses de quimioterapia. Os médicos disseram que devo sofrer com queda de cabelo, feridas na boca, perda de apetite (vamos ver...), náusea, hematomas, muito cansaço, essas merdas todas. Ah, e a minha menstruação deve parar de descer (que nem a sua!).

Eu não fazia ideia de que ela sabia disso...

No melhor cenário, você nunca vai receber esta carta, tudo vai correr bem, e dentro de seis meses vou estar fazendo terapia de reposição hormonal. Terei só passado um tempinho afastada. Pode ser que tudo se resolva. Ou pode ser que o câncer avance até os ossos, daí, quando chega nos ossos, a coisa fica feia.

Vou tentar de tudo para que isso acabe logo – mastectomia, quimioterapia, reposição hormonal –, mas o meu limite é o veganismo. Dane-se essa bosta. A mamãe se desgraçou toda no final e não venceu a batalha, não foi? Então, que esperança eu tenho?

Vou ser honesta: acho que não tenho muita chance, Al...

Essa frase crava um punhal em meu coração. *Ela não me chama de Al desde que a gente era criança*, percebo, com um nó na garganta.

... e estou com medo. Mas é bom sentir medo, não é? A gente só precisa "enfrentar" mais. Só precisa seguir em frente.

Pelo que já vi nos filmes, esse tipo de carta é a minha chance de desfiar alguma sabedoria além-túmulo – então não ria, pois estou fazendo uma tentativa. Primeiro de tudo: tente se divertir um pouquinho mais. Pode ser com ou sem o Greg, mas cultive a sua felicidade. De alguma forma. Ver você desse jeito me deixa para morrer (sem trocadilho). Eu sei que você não quer viver que nem eu, e tudo bem, mas sempre tive a sensação de que você também não vive do seu jeito. Então, dê uma chance à "diversão". Você vive me dizendo que precisa cortar os carboidratos/ser promovida/arrumar a casa/fazer uma limpeza sei lá onde. Que se dane isso tudo. Você é muito dura consigo mesma, sempre foi. Em vez disso, viva um pouquinho. Ninguém tem controle sobre o futuro, na verdade, mas a única coisa que dá para controlar é como a gente vive o presente. Eu aprendi isso faz pouco tempo. A vida é resplandecente – e eu gostaria de viver mais. Mas, de modo geral, eu vivi plenamente, e me sinto mais feliz pelas coisas que fiz do que preocupada com as que não fiz. Eu nunca quis ter filhos; sei que você não acredita, mas é verdade. E sou feliz.

Nunca tive muito talento para me planejar com antecedência – e agora é que não quero provocar o destino. Então estou tentando aproveitar todas as "novidades". Outro dia comi sushi, e foi surpreendente, uma delícia! Aposto que você ia gostar.

As pessoas passam a vida inteira pensando no que não têm, em vez de reconhecer a sorte que têm. Eu tenho amigos incríveis, uma vida boa, posso acordar todo dia e comer pão com ovo frito, se quiser (você também pode). Ou seja, não estou tão mal assim. Sei o que me faz bem, e não é conseguir me enfiar em roupinhas minúsculas de criança (ver A calcinha de Charlotte – a estranha sequência de A teia de Charlotte?!). É passear com os cachorros, passar tempo com meus amigos... e com minha irmã, quando você não está sendo uma escrota. São as pequenas coisas que eu talvez fique um tempo sem conseguir fazer. Ou que não consiga nunca mais. Uma bundinha pequena e um casarão imenso (por que nunca é o contrário? Daria para economizar uma fortuna nos móveis) não mudariam nada disso.

Talvez para mim seja mais fácil dizer essas coisas, pois eu levei uma bela sacudida para chegar a esse ponto. Merdas acontecem, mas é a vida. E eu não pretendo desperdiçar nem um minuto cultivando tristezas. Você também não deveria.

Meu plano é vir assombrar você todo dia, de modo que isso não é um "adeus", mas um "até logo". Mas achei bom desfiar tudo isso logo agora, para o caso de eu fracassar como assombração do além (não dá para saber quais fantasmas terão o dom da comunicação, não é? O Patrick Swayze se comunicou com a maior clareza em Ghost: Do

Outro Lado da Vida, *com a ajudinha da* ~~Whoopy Whoopeee~~ *Whoopi (?) Goldberg. Mas e os fantasmas do Scooby Doo, cobertos com lençol branco? Mais vago impossível).*

Eu sei que você sempre me achou muito dramática. "Sensível ao extremo." Então estou tentando, de verdade, passar por tudo isso sozinha. Segurar as pontas, estancar a sangria e cuidar de mim. Enfrentar. Como você faz. Só estou escrevendo isso na esperança de que você compreenda, quando toda essa história acabar, o quanto você é importante para mim. E como espero, no fim das contas, ter sido a irmã que você gostaria que eu fosse.

Todo o meu amor, sempre,
Melissa

Muito trêmula, tento me lembrar de respirar enquanto escancaro a porta, sem me importar com quem possa estar ouvindo, e disparo para fora.

Como posso dizer a ela que eu estava errada? Que vivi tantos anos errada? Que uma vida inteira "estancando a sangria" e escondendo as emoções resultou numa mulher infeliz – e talvez até oficialmente louca, que conversa com ovelhas?

Preciso dizer à minha irmã que desejo estar presente. Que quero cuidar dela. Que não posso perdê-la, que ela não precisa enfrentar nem mais um instante de dor sem a minha ajuda – se ela ainda quiser.

Eu preciso pedir desculpas à minha irmã.

DOZE

Os pelinhos da minha nuca se eriçam enquanto corro a toda velocidade, o coração palpitando feito uma luz estroboscópica. *Preciso ver isso*, penso. Meu pé lateja também, mas agora não importa. O lusco-fusco veio e já se foi, e a escuridão se instala enquanto ouço um estalido trêmulo. Alguma coisa se remexe junto à minha cabeça. *Um morcego? Uma coruja? Maldita natureza*, eu xingo, mas sigo em frente.

Vislumbro umas silhuetas no horizonte. Meu peito dá um salto, esperando que Melissa esteja no meio.

Vou ficar sozinha com ela, daí peço desculpas. Repasso o plano repetidas vezes, acompanhando o ritmo da corrida. Conforme me aproximo, porém, vejo que nenhuma silhueta corresponde à de Melissa. São Inge e Margot, contornando a encosta, com uma figura loira logo atrás que parece Tricia.

Melissa não está com elas.

Espero que ela esteja bem, reflito, torturando-me com a lembrança de todas as vezes que a decepcionei. O dia em que ela se grudou em mim até me melecar inteira de suor e lágrimas, pois não queria que eu saísse de casa, e eu tive que me desvencilhar à força. Os Natais em família dos quais eu fugi depois da morte de mamãe, preferindo passar o dia com amigos, namorados ou – uma vez – sozinha. Qualquer coisa para não ir para casa e encarar os acontecimentos. Quando crianças, nós jamais duvidamos da imortalidade de nossos pais. Mas depois da morte da mamãe eu tive que crescer, e depressa. As emoções, concluí, eram um perigo. Os únicos sentimentos que eu tinha eram medo e tristeza – muito similares à náusea. Ou seja, melhor não sentir absolutamente nada. Uma espécie de enrijecimento tomou força dentro de mim – uma calcificação –, e pronto. Eu não podia correr o risco de amolecer outra vez, nem de baixar as defesas, pois se isso acontecesse eu acabaria me perdendo.

Não pensei uma única vez em Melissa, reconheço, envergonhada.

Havia momentos, na época da faculdade, em que ela me ligava dizendo que precisava muito conversar. E eu fazia o que qualquer irmã normal e atenciosa faria: botava a ligação no viva-voz e seguia com minhas tarefas, de pernas cruzadas no corredor, soltando um "a-hã" aqui, um "é mesmo?" ali, para fingir que estava ouvindo. Ou passava o telefone para quem quisesse conversar. Ou simplesmente *desligava*, dizendo "preciso ir", explicando que estava com pressa. O que era sempre verdade, de certa forma.

Nos últimos anos, arrumei mil desculpas para não visitar minha irmã na "Fazenda dos animais". Também me referi muitas vezes à casa dela como uma ilha remota que ficava num lugar estranhíssimo, e como se para chegar lá eu tivesse que que tomar uma vacina inconveniente e desagradável com muitos meses de antecedência.

Eu sou um ser humano terrível, digo a mim mesma, outra vez, enquanto a chuva começa. Outra vez. *O que é que há com este país?!*

Melissa mal passou tempo com as crianças, agora percebo. Tomando por base essa escassez de visitas, é um milagre que eles gostem da tia e fiquem tão à vontade perto dela. Culpa minha, novamente; eu nunca a convido para minha casa. E meus filhos nunca vão visitá-la. Porque *eu* nunca vou visitá-la. Mesmo a distância, quase nunca me esforço para fazer parte da vida dela. Até nos aniversários dela, os presentes caros que vez ou outra dei a ela – mais por culpa, sobretudo – eram coisas que eu pensava que ela *deveria* ter. Nunca eram coisas que ela de fato quisesse. Como eu podia saber o que ela queria? Jamais perguntei.

Pensando em retrospecto, percebo que não recordo uma única vez em que falhei na aparente missão de ser pouco generosa com minha irmã. Ou muito crítica. Ou ausente, apenas.

Sob muitos aspectos, minha irmã e eu somos duas desconhecidas.

Não é isso que eu quero, penso, mancando, pestanejando em meio à chuva e às lágrimas. *Eu quero passar mais tempo com ela.* Quero conhecer minha irmã direito, como adulta, como ela disse na carta. Quero ter tempo para criar hábitos só nossos, como fazem os irmãos e as irmãs dos livros. Quero poder dizer coisas como "ah, isso é típico da minha irmã" ou "a minha irmã adora... [inserir atividade ou maneirismo preferido]", seguido de uma gargalhada leve. Quero que criemos tradições juntas e uma rede de segurança emocional, como Charlotte e Thomas já têm. Porque, se eles acabassem como eu e Melissa estamos neste momento... eu seria invadida por uma imensa tristeza.

Gotas d'água caem do céu agora escuro, sem nuvens aparentes.

– *Maldita* merda de bosta de tempo instável da Escandinávia.

O vento também está mais forte, grudando meus cabelos às bochechas enquanto corro rumo ao píer. Presumo que ela ainda esteja aqui. Espero, pelo menos. *Senão*, penso, estremecendo ao sentir a dor no pé aumentar, *vai ser um longo trajeto por todos os outros anexos e o restante da ilha.* Misericordiosamente, meu palpite é recompensado.

Bem no ponto em que o matagal cede lugar à areia da orla, eu paro. Vejo uma figura pequenina, quase invisível sob uma nesga de luar, tentando empurrar o barco em direção à água, que recua rapidamente.

Eu observo por uns instantes, enquanto a terra úmida borbulha, formando pequenas poças entre meus dedos dos pés. Não digo nada, mas Melissa parece sentir minha presença, interrompe o que está fazendo e olha para cima.

– Alice? É você? – Meu rosto trêmulo e assustado deve me denunciar, pois ela repete meu nome: – Alice?

Uma aflição trava minha garganta, e eu percebo que não consigo falar. Não é que não queira, como sempre. Eu só... não consigo.

– Se estiver procurando a Tricia para pedir desculpas outra vez, ela já foi... – diz ela.

— Não, eu quero falar com você...

— Comigo? — Ela aponta para si mesma. — Que *sorte* a minha. Veio tentar me "consertar"? Estou meio ocupada agora. — Ela faz um gesto teatral para a extensão do bote. — Muita coisa para fazer, muitos passeios, não tenho tempo para palestras...

— Não vim dar palestra. — Eu me aproximo, hesitante. — Não é isso. Eu... eu... — Eu falo para dentro, com dificuldade de emitir as palavras. — Eu li a sua carta; estou sabendo da doença. Eu sinto muito. Sinto tanto... e quero ajudar...

Ela larga o remo que tem na mão e se vira para me encarar.

— Oi? Aquela carta era pessoal!

— Estava endereçada a mim...

— Para daqui a meses! — Melissa parece nervosa.

— Bom, sim, mas...

— Qual é o seu *problema*? — pergunta ela outra vez, agora balançando a cabeça. — Srta. Enxerida...

— Ah, claro, que nem aquela história de "juíza Judy"? — rebato, sem conseguir evitar.

— *Isso mesmo!*

— Não acredito que você não me contou.

— Eu não quero falar sobre isso.

— Você está com *câncer*...

— Sim, obrigada, doutora! Eu *disse* que não quero falar sobre isso! — retruca ela, irritada.

— Mas a carta...

— Não era para você ler agora! — grita ela.

— Que bom que eu li! — grito de volta, então suavizo o tom: — Eu vim pedir desculpas, está bem? Por tudo. E vou continuar pedindo, pelo tempo que for preciso...

Melissa abana a mão.

— Pois chegou tarde. O que eu falei na carta... deixe pra lá.

— Como é?

— Eu queria passar um tempo com você, mas quer saber? Você é muito difícil. Não faz outra coisa além de reclamar! Você só sabe dizer que é a única que resolve tudo, passa quase o tempo todo ridicularizando as outras pessoas. E não finja que isso é mentira, eu vejo você revirar os olhos! E você tem o verdadeiro dom de aborrecer as pessoas...

— Isso não é justo... — eu começo, então recordo meu catálogo de reclamações e as lágrimas de Tricia ontem à noite. E Margot, a quem também não aceitei exatamente de braços abertos.

Ah...

— Mas eu sou sua irmã... — consigo dizer, apenas.

— Bom, considere-se dispensada dessa obrigação.

Isso machuca. Mas não vou embora. Não vou.

Ainda assim, ela persistiu...

— Eu sei que não posso consertar tudo com um belo pedido de desculpas no meio da chuva. Sei que vai levar tempo, muitas conversas, muito esforço, muita meditação. Mas eu vou tentar — falo.

Melissa franze os lábios, com a expressão rígida.

— Vá embora. Beleza?

— N-Não... — A palavra sai trêmula.

— O quê? — Melissa parece surpresa. Eu me aproximo, agora pisando firme, furiosa, para ganhar tração, um ponto de apoio, qualquer coisa que faça com que minha irmã me dê uma abertura. — Como é que *é*? — Ela me encara com firmeza, estreitando os olhos.

— Tenho sido uma irmã de merda, eu sei disso... mas não acho que "o meu jeito" seja o melhor, pode acreditar. Eu acho que não tenho nada resolvido.

Se pelo menos ela soubesse! Se pelo menos eu tivesse dito... ou deixado minha irmã ver a garota que passou anos enfiando a mão debaixo do secador de ar do banheiro do trabalho e nos eventos sociais para abafar o som do choro...

— Eu me sinto totalmente inadequada...

— Sério? — pergunta ela, meio desconfiada.

— Quase o tempo *todo*! Mas você... você é incrível. — Estou sendo sincera. — Você se dá bem com todo mundo. Consegue conversar com todo mundo. Já eu... – Eu dou um puxão em meu rabo de cavalo, agora todo desgrenhado, num esforço para dizer a coisa certa. – Eu não consigo falar nem com o cabeleireiro...

– Bem que eu estava achando esse cabelo aí meio comprido para uma mulher de quase quarenta...

– Pois é, obrigada.

Eu mereço. E ela tem razão. Tirando os estalidos da tesoura, considero o silêncio total depois de esgotados os assuntos básicos – o corte que vou querer, os planos para o fim de semana, onde vou passar o feriado – simplesmente intolerável. Assim que gasto minha cota de "a-hã" e "ah, é?", é um sofrimento interminável até enfim chegar à parte boa: o secador, que impossibilita qualquer conversa.

– Mas você – prossigo –, você deixa todo mundo à vontade. Eu sempre admirei isso... e... tantas outras coisas... e queria muito que fôssemos mais próximas... – Ela parece desconfiada. – Estou falando sério! Eu quero ser mais presente! – Só de olhar para ela, sinto uma pontada de dor no peito, mas não posso quebrar o contato visual.

Por fim, ela desvia o olhar e esfrega as mãos na calça, numa tentativa inútil de secá-las.

– Pare de falar comigo, por favor. – Ela quase sopra as palavras, de tanta exaustão, então volta a atenção ao bote.

– Não.

– Oi?

– Eu não vou parar de falar com você, nunca.

Até o dia de hoje, já desisti de muitas coisas na vida – coisas muito dolorosas ou muito duras. Passei anos num moto-contínuo: sempre em movimento, em constante mudança rumo ao objetivo seguinte, numa tentativa de me ocupar e desviar de tudo o que me amedrontasse. Bom, desta vez não.

– Eu espero – concluo. – O tempo que for preciso.

Indecisa em relação à melhor estratégia, eu avanço, meio manca, e apoio as mãos na madeira fria e úmida de nossa miniatura de drácar viking. Melissa tenta me ignorar e movimentar o bote sozinha, mas a embarcação não se mexe sobre a areia molhada. Além do mais, percebo que estou agarrada ao troço com muita, muita força.

Melissa, frustrada, dá um empurrão no bote.
— Bom, fique você aí esperando, que eu vou embora.
Merda. A bola está com você, Alice...
— Tudo bem, eu vou com você — devolvo.

Ela solta um grunhido inexpressivo, para mostrar que me ouviu, então dá um empurrão fortíssimo no bote. Eu estremeço, aflita.

— Quer dizer, estou quase certa de que vem tempestade por aí — arrisco, olhando o céu com desconfiança. — E está superescuro... Tem certeza de que é bom a gente sair *agora*?

— Ah, eu vou — responde ela, arrancando o bote de mim com uma explosão renovada de força. — *Agora*.

Ela empurra o bote, que desliza pela areia encharcada rumo à arrebentação.

— Você pode fazer esse tipo de coisa na condição em que está? — Assim que as palavras saem de minha boca, percebo que pisei na bola. Melissa está com cara de quem vai me espancar.

— Eu fui liberada para fazer "exercícios vigorosos" antes do início do tratamento pelo meu médico *de verdade*, muito obrigada. Não preciso da orientação médica de uma *dentista*.

Touché.

Tento outra abordagem e aponto para o mar escuro e agitado.

— Mas olhe! Não é seguro! — Não é que eu esteja com medo, sabe (mas também é *isso*)? Eu só não tenho a menor intenção de perder minha irmã, justo quando estou bem a ponto de encontrá-la. *Está vindo uma tempestade de merda por aí...* — Por que é que a gente não espera até amanhecer? Ou até o tempo melhorar? Amanhã, quem sabe?

Melissa, no entanto, não me escuta. Um nevoeiro roxo vem baixando, também conhecido como A Teimosice da Família Ray. Ela avança pelas águas rasas, então tenta subir no bote, como só uma tampinha de menos de 1,60 metro em condições adversas poderia arriscar, sem sucesso. Três vezes.

— Eu vou conseguir — murmura ela para si mesma, tentando várias manobras.

Nossas roupas estão empapadas, e eu começo a me convencer de que isso seria classificado como péssima ideia por qualquer observador imparcial. A bem da verdade, no entanto, que escolha eu tenho? *Preciso ir com ela*, digo a mim mesma – uma constatação –, *não posso abandonar minha irmã agora*.

Só espero que *duas* irmãs Ray chapinhando na água se saiam melhor que uma.

É agora ou nunca, reflito, enquanto o vento me açoita o rosto. Eu jogo uma perna para o lado, com a maior dignidade que pode reunir uma mulher numa calça de ginástica ensopada, então pego um remo, determinada a fazer minha parte.

– Ok – digo a ela –, estou dentro. Me dê aqui a sua mão, que ajudo você a subir. Daí a gente vai...

– Esperem! – grita uma voz na escuridão. – Parem!

Não é Melissa.

Também não é Inge, como eu no fundo esperava, vindo exigir que abandonemos essa missão claramente irresponsável.

– *Tricia?*

– Oi! – exclama ela, arquejante, apoiando as mãos nos joelhos um instante e expelindo o alcatrão que ainda se esconde em seus pulmões, depois de uma vida de dedicação ao Marlboro Light. – Esperem aí! – Ela ergue a mão, ainda com a cabeça entre as pernas, e respira fundo após uma escarrada poderosa que expele o último bocado de gosma. – Tenham paciência comigo... Isso, assim está melhor. Beleza...

– Tudo bem com você? – pergunta Melissa, preocupada.

– Tudo, tudo bem. – Tricia abana a mão, lutando para recuperar o fôlego, e dá mais uma tossida forte, alarmante e "produtiva" antes de continuar. – Tudo bem, eu tenho outro pulmão, se for preciso! A Inge falou que vocês duas deviam estar aqui. Era melhor suavizarmos a tensão... – Tricia não explica se foi ela ou Inge quem pensou nisso. – Então, cá estou eu!

Fico feliz em ver que ela cogita voltar a falar comigo. E quero consertar tudo. *Mas agora? Sério mesmo?*

– Tricia, eu sinto demais pelo que houve ontem à noite, mas agora preciso conversar com a minha irmã. Será que você pode nos dar licença um instantinho?

Neste momento, a umidade invade minha calcinha.
Eu sabia que ia ficar de bunda molhada outra vez. Eu sabia...
— Tudo o que você quiser me falar pode falar na frente da Tricia — retruca Melissa, mais que depressa.
Ela está de brincadeira?
— Melissa, eu sei que você está com raiva de mim — começo. — E você também, Tricia — concluo, e retorno a minha irmã: — Mas será que podemos conversar só nós duas? — Ela não diz nada, então eu tento Tricia outra vez. — Será que você pode voltar para a casa, Tricia?
— Por que é que *você* não volta? — diz Melissa.
— O quê?
— Volte você! Se isso for uma questão, *Alice*.
Ah, é uma questão, sim...
— Vá embora, se é isso que você quer, *Alice* — prossegue minha irmã. — Você tem talento para isso, para dar no pé...
Eu escancaro a boca, lutando para responder. *É tipo uma oficina de agressão passiva. Ela está se transformando em MIM... eu criei um monstro!*
— Tudo bem, já entendi. Correspondente passivo-agressiva Alice aqui, apresentando-se para o serviço. Entendo que você esteja muito brava comigo, mas eu não vou sair daqui.
— Bom, nem eu.
— Eu também não — acrescenta Tricia, então olha em volta, meio hesitante. — Ainda mais porque não sei bem se meu corpo aguenta outra corrida debaixo de chuva hoje... — diz ela, cambaleando em direção ao bote para "uma sentadinha".
— Sei. — Não foi assim que imaginei o cenário de meu grande reencontro com minha irmã. Então, tento uma nova abordagem: — E a Inge? Ela não vai se incomodar com todo mundo sumindo desse jeito? Antes do *jantar*?
Ainda espero dissuadir as duas, apelando para suas maiores virtudes... ou para o estômago. Além do mais, acabo recordando como fico irritada quando preparo comida em casa e todo mundo resolve fazer outras coisas.

— Não. – Tricia ergue a perna, exibindo a virilha da calça, e eu levo uma bundada na cara quando ela joga a perna no mar, com impressionante flexibilidade para uma mulher de seus... cinquenta? Sessenta? – Foi o Magnus que cozinhou, e saiu tudo meio... *tostado*. A gente comeu um pouco, daí a Inge nos liberou para fazermos o que quiséssemos. E falou bem baixinho que ia deixar pão e queijo para comermos mais tarde.

Não vou mentir: apesar de nossa aflitiva situação atual, o pensamento me alegra imensamente. *Meu mundo está à beira do colapso, e eu me empolgo por conta de queijo? Estou mudada, definitivamente.*

— Daí a Inge foi dar banho nas crianças. E no Magnus. O que foi bem esquisito... – acrescenta Tricia, meio perturbada com a lembrança e parecendo totalmente curada da paixonite do início da semana.

— Bom, então pronto – diz Melissa, decidida.

— Você não vai nem dizer aonde estamos indo? – pergunto, mas minha irmã balança a cabeça.

— Vou revelar quando for necessário. Tromba para fora, Dumbo – diz ela, apenas.

— Você quer que a gente reme neste fim de mundo escandinavo?

— Não. O que eu quero, Alice, é que você saia do bote e vá para casa. Mas, já que isso não vai acontecer, eu vou zarpar mesmo assim. Ok.?

— Ok.

— Beleza, então. Todos a bordo! – grita ela, mergulhando um remo na água e me mandando fazer o mesmo.

— Dizem isso nos trens, não? – pergunto. Ela me lança um olhar de "está muito cedo para piadinhas". Então, eu me calo e remo.

Tricia também faz silêncio, o que tem menos a ver com sua atenção à tensão do momento e mais com a falta de fôlego, por causa do esforço excessivo. Mesmo assim ela assume o leme com surpreendentes sossego e habilidade, como se já tivesse feito isso antes. *Como se soubesse, inclusive, aonde estamos indo.*

O mar está agitado, e o bote balança muito mais que antes.

É a tempestade. Sem sombra de dúvida, vem uma tempestade por aí.

Está ficando mais difícil mover os remos dentro d'água, e o volume da chuva – em ambos os sentidos – dificulta também que usemos nossos sentidos, como Inge instruiu. A água, observo, *é barulhenta* – não só o tantão debaixo de nós, que vez ou outra dá uma lambida na lateral do bote, mas também as gotas geladas que desabam em nossa cabeça. Minha sensação mais forte é de "frio", mas eu remo com toda a força, e nós avançamos aos trancos, cada vez para mais longe da praia.

– Bom, vamos... é... coisar a vela – diz Melissa, já meio esquecida dos jargões.

Segue-se uma discussão com Tricia sobre a melhor forma de fazer isso, bem como uns gritos e gorgolejos. Eu resolvo não me meter, então mantenho a cabeça baixa, concentrada na tarefa "muscular" que ironicamente me foi atribuída: operar os dois remos, enquanto as outras se ocupam do gigantesco lençol branco. Quanto a berraria fica mais pronunciada, ensopada e desesperada, eu me permito uma olhadela de esguelha. E levo um susto ao descobrir que a barulheira não está vindo de *dentro* do bote.

– Estão ouvindo alguma coisa? – pergunto, agora preocupada.

– Oi? – Melissa me olha com irritação.

– *Nghm...* socorro! – solta uma voz abafada, por sobre o tumulto.

– Tem alguém no mar! – Eu olho o nada, vasculhando a água atrás de... não sei de quê.

Tricia se debruça sobre o bote, para tentar ver melhor.

– Acho que ela tem razão...

Melissa aperta os olhos para o oceano escuro.

– ESTÁ TUDO BEM?

– N-Não – responde a voz, apenas.

– Que diabo... – murmuro.

– QUEM ESTÁ AÍ? – grita Melissa.

Nada. Não ouvimos mais qualquer som humano, e eu fico pensando se não acabamos de vivenciar uma alucinação auditiva coletiva.

A coisa, ou pessoa, seja lá quem tenha sido, já não está na superfície.

– Alô? – tento, mais uma vez.

– Socorro! – diz a voz gorgolejante. – Sou eu! Não consigo...

A voz é novamente abafada pela água, mas não sem antes avistarmos um corpo se debatendo no mar.

TREZE

– Sou eu!
– "Eu", quem?
Não há resposta, mas o corpo continua a se debater.
– Sabe – diz Tricia –, está parecendo um pouco a...
– *Margot?* – Melissa franze o cenho em meio à escuridão.
– Isso! É você, Margot?
– So... – responde a criatura, muito agitada, engolindo um bocado d'água e afundando. Então ressurge, sacolejante, e tenta de novo: – Sou eu!
– Ai, meu Deus! – exclama Tricia.
– É MESMO a Margot! – Melissa processa a nova informação.
– Não fiquem aí paradas olhando! – eu grito. – FAÇAM alguma coisa! Melissa, você consegue usar a vela para acelerar a velocidade? E Tricia, aquele troço ali não serve para mudar a direção?

Eu aponto para o "volante do bote", que mais tarde lembro que se chama leme, e começo a remar com toda a força, para acelerar a mudança de rota. Não é fácil. O mar está mais violento que o habitual, e o vento se intensificou a tal ponto que agora parece soprar em todas as direções. A corrente está forte e a maré vem baixando, então nós avançamos para longe da praia, mesmo sem meus parcos esforços com os remos.

Mas não estamos tão longe assim da praia, calculo. *Uma pessoa acostumada a nadar não deveria ter nenhum problema...*

Ao alcançarmos a figura desgrenhada e gorgolejante, consigo estender um remo e puxá-la para perto. Mas o esforço de não afundar exauriu nossa recruta viking mais jovem, que está um verdadeiro bagaço.

– Tudo bem com você? – pergunto, puxando Margot pelo tronco, depois ajudando-a a erguer aquelas pernas intermináveis.

– *Mmm-nnnn...* – Em resposta, ela só consegue bater os dentes e contrair o corpo num calafrio, e eu entro no modo médica. Nós três nos revezamos para esfregar suas mãos e seus pés, que perigam se transformar em blocos de gelo muito mais depressa que os nossos. Não há nada seco com que envolvê-la, e estamos todas ensopadas, então a única coisa que consigo vislumbrar para evitar a hipotermia é o contato humano.

– Como assim? Um *abraço coletivo*? – Tricia parece surpresa com minha sugestão, e até Melissa me olha com incredulidade.

– Isso – respondo, com um suspiro. – Acho que sim.

Então, elas concordam. Abandonamos nossas funções e envolvemos Margot feito um grupo de pinguins da Antártica. Passamos uns bons quinze minutos assim, até que nossa integrante mais jovem começa minimamente a se aquecer. A experiência parece constranger Margot quase tanto quanto a mim, e quando enfim a libertamos do abraço coletivo ela só consegue ensaiar um sorrisinho nervoso.

– E aí, o que foi que houve? – pergunto, no tom mais gentil que sou capaz de evocar.

Margot ajeita o cabelo molhado atrás da orelha como se sua vida dependesse disso. Ela parece humilhada.

– Você estava *se afogando*? – solta Melissa, direto ao ponto, e eu percebo que o corpo de Margot se enrijece, talvez devido ao frio.

– Você estava se debatendo toda – diz Tricia, com delicadeza –, quase como se não soubesse... – Ela deixa a frase em suspenso, até que Margot se permite desabar e ergue as mãos, decepcionada, num raro momento de vulnerabilidade.

— Pois é – diz ela. – Eu estava... quer dizer. E não, eu não sei... – Ela não termina nenhuma frase: – Mas e daí? O Dennis Conner, tetracampeão da Copa América de vela, também não sabia, e isso nunca foi problema... Eu só... não achei que afundaria tão depressa...

— Como é que é? Você não sabe *nadar*? – Melissa está doida para esclarecer essa informação, de um jeito ou de outro.

— Não – responde Margot, olhando para baixo. – Não sei.

Ninguém sabe ao certo o que dizer, mas meu monólogo interior se dá mais ou menos assim:

A Margot não sabe nadar? A Margot não sabe nadar!
A Margot tem um defeito? A Margot tem um defeito!

Como eu disse, não sinto orgulho disso.

— Mas então por que é que você entrou na água? – Tricia encara Margot como se a moça estivesse louca. Coisa que, a essa altura do campeonato, poderia acontecer com qualquer uma de nós.

— Eu... eu não queria ficar para trás – responde Margot, depois de recuperar o fôlego –, digo, ficar lá com o Magnus e a comida queimada. Queria ficar com vocês. Ver o que vocês estavam fazendo. Não queria ficar de fora... – Nós três trocamos olhares. – E aí? – pergunta ela, com uma última tossidela cheia de muco. E comida queimada. Provavelmente. – O que vocês estão fazendo?

— Ah, nada de mais – respondo, por instinto, sentindo a janela da conversa franca com minha irmã sobre sua doença se fechar com um baque.

— Não é *bem* verdade – corrige Melissa.

— Não?

Sério? Ela quer fazer isso aqui? A Melissa não queria nem contar à própria irmã que está com câncer e agora quer discutir o assunto na frente de duas mulheres que nós nem sequer conhecíamos na semana passada?

Eu devo tê-la decepcionado muito, mesmo.

— Não! – devolve ela. – Você ia pedir *desculpas* à Tricia. Mais uma vez. Pela bisbilhotice. E por ser uma babaca, de modo geral...

— Eu não creio que tenha falado essa última parte... – começo, mas Melissa me olha com uma cara tão feia que me ouço concordando. – Isso, isso mesmo.

– Ainda estou sendo punida, e com razão, então ofereço minhas desculpas: – Eu lamento *muito*, Tricia.

– Tudo bem. – Ela dá de ombros, bem de leve. – Enfim, eu queria também explicar como foi que as coisas acabaram daquele jeito. Sabe, o Doug, o gim na caneca ao meio-dia... por isso vim até aqui.

– Claro. – Faço que sim com a cabeça. – Certo.

– E você, aonde está indo? – pergunta Margot a Melissa, com muita sensatez.

Olho para irmã, que se faz de desentendida e limita-se a encarar a intensa chuva.

Tento seguir o olhar dela, afastando a água da testa com a mão livre, na esperança de conseguir enxergar alguma coisa em meio àquele toró.

Não, nada.

Então, resolvo ecoar a pergunta de Margot:

– Pois é, Melissa, *aonde* é que a gente está indo?

– E quem é que sabe aonde todos estamos indo? – devolve ela, repetindo o discurso irritante de Magnus no primeiro dia.

Nessa bobajada eu não caio.

– Sim, claro, mas *especificamente*? Tipo *agora*? – insisto, enquanto uma onda se avoluma e nos faz rodopiar. – Parece que estamos todas indo para esse tal lugar, então não seria justo que você nos informasse?

Melissa estala a língua e faz uma cara que mais parece um mecânico dizendo que até *pode* consertar o seu carro, mas que *não vai sair barato*.

– Sendo bem honesta, eu já não tenho certeza.

– O quê? – retruco, num tom severo.

– Bom... com toda a comoção do resgate da Margot...

– Foi mal – diz Margot, com uma fungada.

– Tudo bem. Enfim, com toda a comoção, e o abraço de pinguim... *talvez* eu tenha perdido um pouco a noção de qual rota tomar. Ou para onde estamos apontando agora. Ou até... – conclui ela, com leve tremor – qual é o caminho de volta...

Enquanto um bolo se forma em meu estômago – sensação multiplicada por dez pela inclinação do barco –, quase sinto nossa ansiedade coletiva se avolumar. Todas olhamos em volta, para confirmar a preocupação de Melissa, e não vemos... *nada*. Não há luz, não há terra... *nada*.

Estamos em águas estrangeiras. Perdidas. Molhadas. E com frio. Um frio inconcebível, de doer os ossos.

O luar está fraco, uma nesga crescente meio encoberta pelas nuvens, que também camuflam qualquer estrela que possa auxiliar nossa navegação.

Quer dizer, se alguma de nós fosse capaz de se orientar com base nas estrelas. Embora Margot com certeza já tenha feito um cursinho sobre isso com o Duque de Edimburgo, em algum momento.

O que ela não fez, ao que tudo indica, foi "natação básica", e nenhuma de nós ganhou o certificado de conclusão do módulo "como enfrentar uma tormenta no meio da noite e encontrar o caminho de casa".

– Então estamos perdidas? – pergunta Tricia, assustada. Em resposta, um trovão ribomba ao longe.

– Pode ser que sim – admite Melissa. – Qual é? Foi um abraço coletivo superdemorado! – acrescenta ela, na defensiva, enxugando o rosto com a manga da roupa enquanto o bote sacoleja sob a ventania.

– Beleza... – Eu não tenho ideia do próximo passo.

O que um viking faria? Eu ponho a cabeça para funcionar, mas nada me ocorre. Minha irmã confunde meu silêncio com hostilidade.

– Ah, claro, já sei o que você está pensando – diz ela. – Está pensando "a Melissa ferrou com tudo outra vez", está achando que a culpa é minha...

– Não é nada disso...

– Que eu sou uma irresponsável, ao contrário da "Alice perfeitinha", que nunca faz nada errado...

– Não! Sério, não é nada dis...

– A gente vai morrer? – interrompe Tricia, agora com os lábios meio azuis, as mãos trêmulas junto à garganta.

– Não – respondo, com a maior autoridade possível. – A gente não vai morrer.

– Bom, no fim das contas, todos vamos morrer – diz Melissa, impassível. – O que foi? – retruca ela, ao ver minha expressão. – Alerta de spoiler: ninguém vai escapar da morte.

– Tudo bem, mas ninguém vai morrer *agora* – insisto, falando direto com minha irmã. – E escute aqui, eu nunca disse que era perfeita! Não sei de onde você tirou isso...

– De você mesma! Você e esse seu livrinho de regras, cujo único exemplar é o seu e ao qual ninguém nunca está à altura! Sempre foi você quem recebeu atenção especial, quando a gente era criança! Sempre mimada pela nossa mãe, fazendo aula de violino...

– Ah, eu também fiz aula de violino! – intervém Margot. – E de violoncelo...

Cale a boca, Margot! Ela, no entanto, continua a tagarelar sobre notas musicais, e Tricia também recomeça a falar, até que as quatro mergulhamos em nossas conversas particulares. Em nosso inferno particular.

– Quando estou preocupada, sinto que ficar falando ajuda – prossegue Tricia, observando a escuridão, a voz agora tomada de medo. – Sabe como é: uma vez locutora, sempre locutora! – Ela solta uma risada nervosa.

– Você tem ideia de como foi crescer sem ter a inteligência, a magreza, os "talentos" que a nossa mãe gostaria que eu tivesse? Como você tinha? Eu cresci morrendo de medo de ser espaçosa demais. Tinha medo até de esbarrar nas pessoas na rua... vivia me esquivando, desviando dos outros. O tempo todo. Era exaustivo. Teve um dia que eu resolvi não desviar de ninguém, passei uma semana fazendo isso, e devo ter trombado com umas duzentas pessoas. Dei de cara, mesmo, porque ninguém abria portas para mim, nem se afastava para me dar passagem, nem me levava para as AULAS DE VIOLINO!

Eu não fazia ideia de que o violino tinha sido tão importante. Só me lembro de conseguir tirar um som tão extraordinariamente sufocado, que meus pais acabaram concordando quanto à minha absoluta falta de talento e acharam melhor que eu parasse com as aulas. Que "talvez fosse melhor" que eu "concentrasse meus esforços em outra coisa". Para o bem de todos. O que eu falhei em perceber, de alguma forma, foi o olhar desejoso de minha irmã mais nova, à espera do dia em que ela própria tomaria nas mãos o instrumento de cordas e desfrutaria da atenção de nossos pais. Um dia que nunca chegou, pois a tragédia se abateu e nosso pai embarcou em seu luto de uma década.

– Por que você não falou nada? – pergunto.

– Eu não deveria precisar falar! – devolve Melissa. – Você deveria ter visto que tinha alguma coisa estranha.

– Mas você parecia... *bem*.

– Só que eu não estava!

Eu tento absorver a informação.

– Desculpe – digo, apenas. – Eu não *pesquei*...

Tricia, ao que parece, também não pescou.

– Acho que também preciso explicar umas coisas – diz ela para mim – sobre o vídeo...

Agora, Tricia? Sério? Essa mulher é ruim de timing...

– Bom – prossegue ela –, a *questão* foi a seguinte: o trabalho escasseou um pouco, daí uma amiga das antigas me sugeriu dar uma circulada na praia um dia, usando bem pouca roupa, aquela maquiagem "sem maquiagem"... sabe, lábios grossos, olhos grandes, tipo isso. Eu dei uns saltinhos, tomei um picolé de um jeito bem insinuante, essas coisas. Daí conseguimos que um amigo chamasse uns fotógrafos e fingimos que uma gaivota estava me atacando. Achei que podia melhorar meu perfil antes do *Strictly*...

– *Stricly*? Que que é isso? – pergunta Margot.

– Um programa de competição de dança. Enfim, foi uma coisa supercruel. Falaram que eu tinha tido "assistência cosmética" nas fotos. Francamente, sabe? – Tricia parece ofendida. – Daí eu tive uma noite da pesada... duas, no máximo... e umas performances ruins na rádio. Eles disseram que eu estava pronunciando as palavras de maneira ininteligível, me chamaram, de tartamuda... sei lá que diabo é *isso*! Depois teve a coisa da castanha-de-caju... Eu terminei com o Doug depois de uma discussão acalorada numa loja de ferragens de Burgess Hill. E daí a minha antiga companheira inseparável resolveu fazer um curso de fortalecimento de confiança e levantou um pouco a autoestima. Arrumou o cabelo. E roubou o meu programa. E o Doug também, mas que faça bom proveito. Agora, a coisa do programa doeu. Tipo... ela não tem nem página na Wikipédia! Agora eu sei que nada daquilo foi culpa dela. Ela é só uma garota tentando conquistar sucesso no mundo. A culpa é do sistema. Abaixo o patriarcado. Enfim, não sei em que ponto estava no ciclo remédio/vinho/café, mas cheguei ao meu limite. Daí o arremesso das fitas de gravador de rolo...

Tricia é interrompida por uma bofetada de água do mar Báltico bem na cara. *Já deu*, penso.

– Depois que a nossa mãe morreu – engata Melissa, assumindo o bastão outra vez –, você simplesmente foi embora! – Ela arqueja, com frio, então se vira para mim e prossegue com as acusações: – Você não me esperou, nem sequer *falou* comigo. Eu fiquei tão triste... passei por tudo sozinha. E você se mandou e foi se divertir...

– Não foi divertido – retruco, pensando no primeiro ano longe de casa: sozinha, triste, falida[26] e um ano mais nova que todos os meus colegas, de modo que era preciso muito fingimento para dar a entender que eu sabia o que estava acontecendo. Que eu fazia ideia de alguma coisa na vida. – Nem tudo, pelo menos – acrescento, caso ela não acredite.

Ela não acredita.

– Doeu. Muito. E você deve saber disso – diz minha irmã. – Mas agora já superei. Superei *você*. Eu tentei tanto, por tantos anos, e só levei tapa na cara. Organizei esta viagem para tentar mais uma vez resgatar alguma coisa entre a gente... qualquer coisa. Mas você *continua* me tratando como se eu fosse uma piada. O seu plano B. Pois muito bem, eu não sou a bosta do plano B de ninguém!

– Desculpe.

Eu não tinha percebido que ela se sentia assim. Não tinha percebido que ela conseguia *me ler* com tanta facilidade – e que já fazia isso há anos. Todas as premissas e todos os preconceitos que eu pensava esconder tão eficazmente sob o manto das muitas "tarefas" sempre estiveram, ao que parece, tão evidentes quanto a plumagem de um pavão. *Sou um ser humano pavoroso.*

– Você... tem sido tão boa para mim – prossigo, lutando para emitir as palavras. – Sei que nem sempre facilito.

---

26   Bolsa estudantil: bastante generosa em retrospecto, mas à época ainda parecia miserável.

Quero abraçar minha irmã. E não soltar mais. Então, abraço. No início, ela não se empolga com a ideia, mas por fim amolece, envolvendo meu corpo com o seu casaco da sorte encharcado.

Agora entendo a obsessão por esse moletom de polietileno tereftalato, reflito, admirando a forma com que as fibras sintéticas protegeram Melissa da chuva, mas sem perder a surpreendente maciez. E, embora não esteja exatamente "quentinha", já me sinto menos congelada que antes. *Minha irmã tem um abraço bom...*

— Sabe o que você escreveu na carta sobre estancar a sangria? Bom, na verdade eu não consigo — murmuro, junto ao cabelo dela, que agora cheira a cachorro molhado. — O seu jeito é melhor. Você tem razão em ser honesta quanto aos seus sentimentos. Em ficar triste quando é necessário. Me desculpe por algum dia ter feito você duvidar disso. Eu é que estava errada. Quase arrumei uma hérnia, de tantos anos que passei tentando engolir as coisas... mas isso não dá certo. Acaba saindo por algum lugar.

— Tipo num banheiro de hotel?

Concordo com a cabeça.

— Não só, mas também.

Eu fecho os olhos, para tentar conter a maré de lágrimas que ameaça piorar ainda mais a nossa situação de alagamento, mas ainda ouço a voz agitada de Tricia em meio ao estrondo das ondas:

— Todo mundo fala... o pessoal diz: "Tricia, você faz isso há anos! Deve estar rica! Para que passar o Natal em Hull, cheia de cordas, interpretando a rainha malvada numa pantomima?" E eu respondo: "Porque eu amo!". Mas é claro que eu não amo essa bosta! Passar o Natal em Hull. Cheia de cordas! O único compromisso que eu tinha na Páscoa era participar do júri de um concurso de gatos, sibilando, arqueando as costas, e só estavam os donos, mas isso é o show business! Para quem não é uma supercelebridade, nessa época do ano é tudo o que dá para conseguir — conclui ela, cerrando os dentes.

— Humm — responde Margot, por educação, a única "plateia" de Tricia.

Por fim, eu e minha irmã nos afastamos. Melissa me encara.

– Você está chorando? – pergunta ela, com um sorriso.

– Não! – respondo, meio rindo, meio aos prantos. – É só que está chovendo... na minha cara.

– Pois é, na minha também. – Ela dá umas batidinhas nos olhos molhados, assoa o nariz na mão e limpa na calça cargo.

Essa é a minha garota, penso, com amor.

Feito um cavalo selvagem, o bote sacoleja sob uma nova ventania, até que somos forçadas a nos sentarmos, e me espanto ao sentir a bunda molhada outra vez, graças às ondas geladas que lambem a lateral da embarcação. Parece que afundamos um pouco em relação ao passeio de mais cedo.

Ai, ai, isso não é bom. Não é nada bom...

– O que foi mesmo que a Inge falou sobre caberem dois homens no bote? – pergunto, temendo a resposta.

– Ela estava falando de vikings corpulentos, não? – responde Melissa. – Três mulheres, tudo bem...

– Sim, mas agora somos quatro... – Eu olho em volta e vejo minha irmã mexendo a boca, enquanto faz as contas. Inclino o corpo. – E tenho quase certeza de que ela falou alguma coisa sobre a água estar no máximo dois dedos abaixo da primeira tábua... – Vou tateando com a mão, mas meu punho está enfiado na água antes que eu consiga sentir uma única risca na madeira.

– Meu Deus, nós estamos... – murmura Tricia.

– Afundando? – completa Margot, preocupada. – Além de perdidas?

– Pode ser que sim – respondo.

Sacudo o corpo para ativar a circulação, então começo a tirar água do bote com as mãos o mais rápido possível. Espio a rolha no assoalho, agora refratada e ampliada pelo enorme volume de água, como se zombasse de nós. *Rá! E vocês aí achando que eu funcionava que nem tampa de banheira! Tolinhas!*

– Merda de rolha idiota – murmuro para mim mesma.

– O quê? – pergunta Melissa, de cenho franzido, agora também tirando água com as mãos.

– Nada. – Eu balanço a cabeça e procuro o "balde" que tenho certeza de ter visto hoje mais cedo.

— Minha nossa, nós chegamos a esse ponto? – indaga Tricia, evidentemente escolhendo entrar em pânico em vez de ajudar a tirar a água. – Nunca passei perigo de verdade em nenhum retiro! Por mais que eu tenha reclamado dos circuitos de flexão burpee em Ibiza! – Ela começa a choramingar. – Não quero morrer aqui! Preferia estar fazendo compras em lojas de departamento! Cometendo pequenos furtos!

Essa é nova...

— Você não vai morrer no meio do mar, num barco viking – eu respondo, com firmeza. – Não na minha frente, pelo menos. Mas agora temos que ficar concentradas e CALMAS! Precisamos tirar água do bote e tentar reduzir o nosso peso... – Melissa ergue os olhos, horrorizada. – Estou falando da água e de qualquer... hã... carga excedente – emendo, mais do que depressa, procurando algo que sirva de exemplo.

— Tipo *isso*! – Tricia ergue um balde e estende o braço para atirá-lo ao mar.

— Não! Calma! – grito, mas é tarde demais: um som de mergulho ecoa no meio da tempestade, e nosso balde desaparece na escuridão. – Que ótimo. Alguém sugere um novo objeto que nos ajude a retirar a água?

Eu continuo, usando as mãos. Melissa faz o mesmo, mas então chega bem pertinho, para que ninguém nos ouça, e me encara com olhar de súplica.

— *É isso mesmo?* – sussurra ela.

— Não sei – confesso.

A gente podia nadar, imagino. Mas alguém teria que carregar Margot, já que ela não sabe. E a única pessoa com força para carregar Margot é... a própria Margot. Além do mais, não sabemos para que lado seguir. Ainda por cima, a água está gelada. Tão gelada que certamente estaríamos sem forças em quinze minutos. Pela marca de meia hora, calculo, a hipotermia chegaria com tudo. Eu vi *Titanic*.

Com essa linha de pensamento, um peso profundo invade meu âmago. Continuo tirando água do bote na maior rapidez que minhas mãos, agora dormentes, permitem, mas a reflexão me leva, se não a desistir, no mínimo a fazer as pazes com o que possa estar por vir. *Pelo menos estamos juntas*, reflito, enquanto todas tentamos, em silêncio, esvaziar o bote.

É possível encarar o frio quando a pessoa sabe que vai voltar a se aquecer em breve. Ou se secar. Sou fã de chuveiradas frias, inclusive, para ativar a circulação, firmar a pele e dar brilho ao cabelo (pelo menos é o que dizem as revistas). Tolero até aqueles dias amargos de inverno em que a gente precisa cobrir toda a extensão do corpo antes de sair de casa para poder chegar ao carro ou ao metrô sem a pele queimada de tanto frio. Sobretudo por saber que logo virá a recompensa, seja a lufada de ar quente do carro ou a transpiração e o dióxido de carbono expelidos pela horda de passageiros do transporte coletivo. Mas, isso? Sem previsão de acabar? Não sei mais quanto tempo aguento. Temo que seja, de fato, o fim da linha.

– Espere! – Tricia se empertiga e começa a mexer os braços debaixo do moletom ensopado.

– O que é que você está fazendo?

– Isso! – Ela tira e balança um enorme sutiã de bojo bem pertinho do meu rosto.

– E aí?

– Isso aqui segura tudo – diz ela, apontando para o sutiã, então inclina o corpo e recolhe um bocado de água no bojo, para ilustrar. – Está vendo?

Com os bojos tamanho extragrande, ela devolve uns bons dois litros de água ao mar, então repete o movimento. É um avanço na coleta manual, e eu descubro que meu top esportivo também não faz feio, se eu for rápida. Já o modelo de algodão da Marks & Spencer de Melissa não é de muita utilidade. E Margot "não usa sutiã", como ela insiste em lembrar. Mesmo com dois baldinhos de sutiã a menos, porém, já é alguma coisa. *Qualquer coisa...*

Um relâmpago ilumina o horizonte, e logo em seguida o trovão ribomba, agora mais próximo. *Talvez seja melhor morrer atingida por um raio... pelo menos é mais rápido. E mais quentinho, sem dúvida*, reflito, enquanto um novo relâmpago entrecorta a escuridão, fazendo Tricia soltar um grito de terror. Então, eu percebo uma coisa.

Será que é?... Poderia ser?...

É nossa única esperança. Eu não digo nada, mas cruzo os dedos.

À terceira pancada, estou preparada, pronta para correr o olhar durante a fração de segundo em que o céu é iluminado pela descarga eletrostática. Bem à frente, vejo uma linha reta, agora muito nítida, onde o mar se transforma em céu, mas à minha esquerda o horizonte está pontilhado, repleto de... *árvores*.

— Terra! — grito, apontando e ao mesmo tempo engolindo um bocado de água do mar. — Estou vendo terra! E árvores!

As outras mulheres perscrutam o nada, num esforço para compartilhar de meu entusiasmo, até que um novo relâmpago irrompe e torna a iluminar o mundo por um instante.

— Terra! — repete Melissa. — Eu amo a terra, porra!

— Eu também! — Desta vez, Margot nem sequer se incomoda com os palavrões.

— A gente vai conseguir! A gente consegue! — falo, para as outras e para mim mesma.

O que foi que a Inge falou? Repasso os eventos dos últimos dias e começo, mais que depressa, a reunir as informações.

— Ok, precisamos de duas nos remos, uma no leme e uma baldeadora. Margot, você é a mais forte, então fiquem você e Melissa nos remos, e eu e Tricia nos revezamos entre o leme e baldear a água, para que a gente não afunde, e vamos trocando até chegar bem pertinho da costa.

Nós quatro nos posicionamos para um último, exaustivo, esmagador e congelante embate contra as forças da natureza.

Vamos nos alternando nos remos e baldeando a água, até que as árvores começam a crescer e algumas luzes despontam em meio a uma imensa cortina de abetos. Empurramos os remos até não conseguirmos mais e sentimos o fundo do bote encontrar uma bem-vinda barreira de areia.

— Graças a Deus. — Tricia desaba, e então começa a vomitar de alívio, com muita energia, bem na parte do bote de onde Melissa acaba de sair.

— Valeu mesmo — diz Melissa, arquejante, desviando dos piores jatos, mas sem abandonar a missão de empurrar até a praia o que ainda resta de nosso bote.

Juntas, arrastamos a carcaça de madeira até a areia. Enquanto avalio lentamente as opções disponíveis para o "próximo passo" de nosso quarteto de quase náufragas – percorrendo minha parca sabedoria extraída unicamente de livrinhos infantis com cenários de praias tropicais repletas de cocos e macacos –, Melissa parece... confiante.

– Venham – diz ela, limpando restos do estômago de Tricia de seu casaco da sorte. – É por aqui.

Tricia, depois de vomitar, também parece mais tranquila. Ela torce o sutiã-balde, pendura no ombro e acompanha Melissa pelas dunas de areia molhada, em direção a uma luz distante.

Margot e eu nos entreolhamos, ainda no escuro... em todos os sentidos. Sem muita opção, geladas até a alma e consumidas – secretamente – pela curiosidade, nós vamos atrás das duas, cruzando a areia molhada.

QUATORZE

As árvores cintilam, molhadas de chuva, refletindo um brilho a distância. Margot avança à minha frente, segurando um galho de abeto cheio de folhas e *não tão* comprido para que eu passe, de modo que as folhas batem em meu rosto e respingam gotinhas de água geladas.

Puta que pariu. Eu olho para cima. É sério isso? Eu preciso me molhar ainda mais?

Ainda trêmula e muito salgada – estou com os lábios, os dedos, tudo enrugado, de tanta água do mar –, sigo atrás de minhas líderes, totalmente cambaleante.

Melissa e Tricia já estão muito à frente, duas diminutas silhuetas desaparecendo na mata, enquanto eu e Margot nos esforçamos para acompanhar. Mais adiante da espessa barreira de folhagem com aroma de pinho, porém, somos recompensadas por uma visão celestial: um chalé de madeira branca, com uma varanda que se estende por um pedregulho. Há velas tremulando nas janelas e indícios de uma lareira no interior, porque de uma pequena chaminé desponta um filetinho de fumaça, a enfrentar bravamente a chuva.

Calor!, exclamo, em silêncio. *Se conseguirmos entrar, poderemos nos aquecer!* Esse é meu único pensamento enquanto avanço, forçando cada músculo de meu corpo combalido.

Em meio ao barulho da chuva, agora ouço uma música – alegre e meio pop, mas com um baixo forte e retumbante, que rivaliza com o ribombo da terra e traz uma vibração a meus pés. *Ou isso, ou as minhas pernas ainda acham que estão no barco*, penso, meio instável.

– Tudo bem? – pergunta Margot, estendendo a mão para me ajudar a enfrentar o último trecho íngreme.

– Tudo ótimo – respondo, mas aceito a ajuda, concluindo que orgulho ferido é um preço pequeno a pagar para secar o corpo de uma vez.

Além do mais, a casa de todo mundo caiu um pouquinho nas últimas vinte e quatro horas, não foi? Acho que nenhuma de nós está particularmente orgulhosa. Na verdade, nada disso parece ter importância no momento, com a luz dourada da majestosa fortaleza à nossa frente cada vez mais próxima. Uma placa de madeira balança sob o vento, onde se lê:

"Bem-vindos a Valhala."

Ao abrir a pesada porta dourada, vemos uma sala cheia, dominada por uma imensa lareira de pedras (*vikings + obsessão por fogo, evidência nº 9*) apinhada de troncos. As paredes caiadas dão lugar a vigas brutas, de onde pendem lâmpadas baixas. Há cerca de uma dúzia de vikings obscenamente fotogênicos – todos com pinta de modelo, magros e bronzeados –, recostados nas paredes ou empoleirados em bancos estofados com pele de carneiro. Ostentando belas golas de algodão, tricôs maravilhosos ou simples camisetas brancas, a clientela toda se vira, ao mesmo tempo, para encarar as duas figuras desgrenhadas que acabavam de entrar, trazendo uma lufada de ar gélido.

– É... oi! – tento dizer, em meu melhor sotaque "pan-nórdico" (ou seja, devagar e bem alto). – Alguém viu minha irmã?

Eu espio todos os rostos, procurando Melissa – ou melhor, os espaços entre os rostos, imaginando que minha irmã seja uns bons trinta centímetros mais baixa que todo mundo. Minhas extremidades ardem de tanto alívio por terem saído do frio, e eu corro a mão pelo cabelo, numa inútil tentativa de ficar apresentável. *Não sou descolada o suficiente para este lugar*, reflito.

Minha irmã, ao que parece, é.

– *Aquela* ali é... a Melissa? – pergunta Margot, apontando para alguém.

Ao acompanhar seu braço estendido, vejo duas diminutas figuras no centro do que agora é oficialmente uma multidão escandinava, sendo acolhidas como velhas amigas. Elas recebem cobertores e bebidas, e Melissa ... eu espremo os olhos, para confirmar que não estão me pregando uma peça... Melissa está ganhando... um *beijo*. Um beijão, bem na boca.

– Aquele não é... o primo da Inge? – observa Margot, que aparentemente deu para profetizar.

Tento enxergar melhor o homem com quem minha irmã está trocando saliva, mas só consigo vislumbrar uma *barba* e uma cabeleira castanha e cacheada. Penso no homem a quem Margot se refere, num esforço para evocar uma imagem clara.

A gente não conheceu esse cara no dia do envenenamento do Magnus? No dia da torta de chocolate com raspas de laranja? No dia em que me entupi de cerveja e deixei escapar sobre o sr. Dentes? No dia em que a Melissa parou oficialmente de falar comigo? Tanta coisa aconteceu desde então. Posso ser perdoada por não reconhecer um rosto. Não posso?

Eu olho outra vez. É um choque pegar minha irmã no flagra. Além do mais, sinto uma leve incredulidade em relação ao improvável casal.

– É ele? Sério? O cara com pinta de Peter Jackson e cheiro de bolinho? – murmuro meio alto, ainda encarando minha irmã, agora nas pontas dos pés e olhando o homem-urso, com a testa colada na dele.

– Ele mesmo – confirma Margot. – Otto? Não é esse o nome dele?

– Isso, acho que é... – respondo, e no mesmo instante levo um tapa no ombro.

– Vocês chegaram! – É Tricia, que se afastou do casal e claramente assimilou alguns dos trejeitos de Melissa. – Toma. – Ela entrega um cobertor para mim e um para Margot. – É melhor vocês se aquecerem. Botei o sutiã perto da lareira, quer fazer o mesmo? Não? Tudo bem. O que acham de uma bebida?

Levo um tempo para processar tudo isso.

– *Onde é* que a gente está? – Olho em volta, confusa. – E o que está rolando *aqui*, por gentileza?

— Aqui? – repete Tricia, com um gesto que abrange toda a sala. – Ou *aqui*? – Ela aponta para a cena à minha frente, intitulada "viking grandalhão com a língua enfiada na boca da Melissa".

— Os dois? Mas *isso aí*, principalmente. – Aponto para minha irmã com um aceno de cabeça.

— Bom, sim. *Este lugar* é o nosso barzinho, caso você esteja em dúvida. Que lugar delícia, não é? E *isso aí*... – Ela inclina o queixo para Melissa. – Bom, é só ligar os pontos...

Não, eu ainda não estou entendendo. Talvez o frio tenha embotado meu cérebro e prejudicado minhas faculdades mentais.

— Já ouviu falar em *knullruffs*? – prossegue Tricia.

Que diabo essa mulher cheirou? Será que o cérebro dela também congelou?

— Tudo bem – garante ela. – Eu também não tinha ouvido até esta semana, mas ao que parece é uma palavra sueca que significa "cabelo bagunçado depois da transa". Os escandinavos não têm o melhor vocabulário do mundo? Sabia que os finlandeses têm uma palavra para "beber em casa sozinho só de roupa íntima"?

— Não, não sabia.

— Pois é! *Kalsarikännit*.

— Bom, beleza. – Eu tento voltar ao assunto em questão. – E o que isso tem a ver com a minha irmã?

— Ah, sim. Bom, a *questão* é que... – Tricia retorna aos trilhos. – Você não percebeu? A Melissa anda aparecendo com belos *knullruffs*, quase todas as manhãs...

— Ahn? – devolvo, então a ficha cai: – Ahhhh...

Como pude ser tão lerda? Minha irmã? E o viking? "Fazendo aquilo", como dizem na turminha da escola da Charlotte? A minha irmãzinha... transa?

A minha IRMÃZINHA TRANSA.

Repito a frase mentalmente algumas vezes, para tentar assimilar. Parece improvável que minha irmã caçula, que eu conheço faz uma vida e ao mesmo tempo desconheço por completo, minha irmã que gosta de cavalos, cachorros, filmes antigos em preto e branco e Enid Blyton, também aprecie uma boa bimbada. E com frequência, se Tricia estiver falando a verdade. Fico pensando se não percebi os sinais – as pistas de que minha irmã já se desenvolveu faz um bom tempo como "ser sexual". E a resposta, concluo, é "sim".

De súbito, aquele verão em que ela se trancava por longas horas no quarto com um pôster do Jeff Goldblum e insistia em lavar a própria roupa se reveste de uma nova luz. Aquele dia, na época do vestibular, em que ela disse que ia dormir na casa de sua amiga Jodie, mas Jodie acabou batendo na nossa porta... Em retrospecto, concluo que foi uma escapadela mal planejada. Minha cegueira, ao que parece, foi deliberada.

Quantas revelações para um dia só...

– Quer uma bebida? – prossegue Tricia, como se soubesse exatamente do que preciso no momento.

– Quero – respondo, muito enfática. – Por favor.

Margot, meu verdadeiro braço direito, também aceita a oferta, e assim, envoltas em grossos cobertores de lã, somos conduzidas por Tricia a uma parede repleta de prateleiras de madeira, do outro lado do salão.

O cenário mais parece uma botica saída de um romance de Charles Dickens, cheio de garrafas antigas de vidro com rótulos marrons, além de vários decantadores com uma seleção de vinhos, aparentemente já postos para "respirar". Atrás de um balcão baixo com textura granulada, vejo um homem tão atraente que não sei nem para que lado olhar. Tricia, no entanto, cumprimenta o rapaz com bastante intimidade, então se vira para nós.

– Este lugar não é *de matar*? – sussurra ela. – Parece uma casa na árvore para adultos, cheia de bebida e gente gostosa! – Ela retorna ao barman e escancara um sorriso conquistador. – E aí, o que vão querer? – pergunta ela, ainda sorrindo para o homem.

– O que é que eles têm? – pergunto, um pouco (muito) estupefata. Sinto que estou numa fita cassete de curso de idiomas da década de 1980 e preciso pedir "três bebidas alcoólicas, por favor". Felizmente, Tricia é uma guia experiente e disponível.

– Olha, eu estou amando a aquavita – responde ela. – É uma bebida escandinava, um destilado de batata...

Diante da imediata lembrança da dieta detox especialmente punitiva em que embarquei certa vez e que envolvia ingestão de suco de batata (coisa horrível), pergunto se não há alternativa:

— *Ou?*

— Ou cerveja, ou vinho, ou... não! Já sei! Tem uma coisa que você *tem* que provar... — diz Tricia, então pede a tal bebida para nós. Ao ver os dois copos de líquido marrom, percebo o tamanho do perigo.

— O que é *isso*? — indaga Margot, franzindo o nariz.

— É gim-tônica, mas eles fazem a própria água tônica, com casca de cinchona!

Claro, óbvio! Parece o auge do hipster... Aposto que todo mundo aqui sabe que o primeiro álbum que comprei na vida foi Stars, *do Simply Red.*

— Casca de cinchona?

— Pois é! O dono do bar me contou que assim dá para usar um gim mais barato — explica Tricia, enquanto quase me engasgo com a mistura.

Jesus amado...

— Muito forte? — pergunta Tricia, inocente.

— Parece *fluido de isqueiro* — solto, numa voz que não é a minha. Depois do segundo gole, parece que levei um choque. — *Ai, meu Deus, que queimação...* — Levo a mão livre à boca. — *Acho que meus dentes estão derretendo* — concluo, sibilante. — *Isso não pode ser bom...*

— Não pense demais, só beba! Vai aquecer você. Eu pedi comida também. Andem logo, virem tudo!

Margot obedece. Em seguida, uma travessa de ceviche, pão de centeio e uns vegetais meio caroçudos nos é servida, numa tábua de madeira.

— Isso vai nos acalmar — anuncia Tricia, já atacando a comida.

Ela tem razão. Nós nos acalmamos. Além do mais, o segundo copo do fluido de isqueiro marrom me traz um certo alívio, agora que já não sinto tanto frio e tanto medo. Isso é raro. O europop segue tocando, e a garotada bacana começa a dançar, num arranjo displicente.

— A música daqui é incrível, não é? — pergunta Tricia, balançando o corpo de um jeito caótico. — Só toca pop escandinavo.

— E isso é bom? – indago, arqueando as sobrancelhas.

Talvez minha confissão em relação ao Simply Red não seria vista como como uma merda completa, no fim das contas. Eu poderia até confessar que tenho uma coleção de CDs do Billy Joel...

— Claro que é! – devolve Tricia, como se fosse a coisa mais óbvia do mundo. – É só no Reino Unido que as pessoas não apreciam todo esse encanto.

— Ah, é mesmo?

— É – responde ela, com muita certeza. – De verdade. Quando o ABBA ganhou o Eurovision em 1974, com "Waterloo", não ganhou nenhum ponto do Reino Unido. E veja o estouro que foi. E aí, quem você acha que sabe mais de música?

Percebo que não vou ganhar essa, então como, bebo e descubro, em pouco tempo, que não estou dando a mínima.

— Vocês andam vindo aqui um monte? – pergunto a Tricia.

Ela solta uma gargalhada.

— Está perguntando se viemos para cá com frequência?

Arroto pelo nariz, bafejando setenta por cento de álcool e suco de árvore marrom até minhas vias nasais arderem.

— Acho que sim – respondo, quando a queimação diminui.

— Talvez a gente tenha dado uma passadinha ontem, durante o passeio de bote... – diz Tricia, com uma displicência ensaiada, e dá uma golada no copo.

— E quando foi que começou? Com o Otto, digo. E como vocês conheceram este lugar? Será que *todo mundo* sabia disso tudo, menos eu?

— Eu não sabia de nada – intervém Margot, e eu percebo que meu "todo mundo" englobava apenas Tricia e Inge.

Uma coisa é Melissa não trocar confidências com uma modelete qualquer, dez anos mais nova que ela. *Agora, não trocar confidências com a própria irmã? Outra vez? É muito diferente.*

Claro que isso perde totalmente a importância diante da carta que li hoje mais cedo, mas, mesmo assim...

Eu quero que ela compartilhe as coisas comigo, não quero?

É neste momento que o fluido de isqueiro/óleo marrom ataca com força meus... meus... *neurotransmissores, é isso?* Eu engulo o resto do licor escaldante até sentir uma dormência, do esôfago à virilha – e resolvo descobrir sozinha o que é que anda acontecendo.

Eu me viro para minha irmã, mas sou bloqueada por Tricia, que agora dança animada ao som de Roxette. Depois de um breve embate, consigo me desvencilhar de suas tentativas de me puxar para dançar e largo Margot à própria sorte. Vou me esgueirando por entre o povo bonito até conseguir ver Melissa, então percebo que ela está muito mais absorta do que imaginei. Seus braços parecem ter sido cortados nos punhos, pois as mãos estão enfiadas na calça de Otto.

Ai, meu Deus, penso, então surpreendo a mim mesma: *que bom para ela!*

Melissa enfim se afasta, com uma última apertada na bunda do homem (espero que tenha sido na bunda, pelo menos...). Vai cruzando a multidão rumo ao que imagino, graças a uma seta de madeira com o entalhe de uma mulher viking, ser o banheiro feminino.

Tomara que ela não esteja com cistite, é minha reação imediata, sem filtros. *Tanta água gelada, calcinha molhada e "atividade"*. Tento lembrar se tenho algum analgésico em meu nécessaire. Então percebo o horror de tanta falta de romantismo, o que decerto revela mais sobre minha decepcionante vida sexual atual do que sobre o provável estado da uretra de minha irmã.

Tento ir atrás de Melissa, sem pensar muito no que vai acontecer. Vou cruzando a multidão com a ligeireza de uma inglesa desajeitada que ainda sofre as consequências do choque, da hipotermia, do gim barato e da tônica caseira. Depois de soltar um e outro "com licença" e "posso passar, rapidinho?", começo a soltar interjeições meio grosseiras, nada do meu feitio, e chego ao banheiro bem a tempo de pegar Melissa antes do xixi.

– Oi! – falo, na esperança de soar tranquila.

– Ah, oi! – Melissa aponta para a cabine vaga. – Quer ir primeiro? Posso esperar. – Ela inclina a cabeça para a outra cabine, que está ocupada. – Até terminarem.

– Ah, não! Eu só vim ver você.

– Nossa, que coisa nada bizarra...

— É bizarro? — Sinceramente, já não sei. *Talvez devesse começar uma listinha... de repente abrir uma nota nova no iPhone: "coisas bizarras que eu faço e que não são socialmente aceitáveis"?*

— É — confirma Melissa. — É, sim. Perseguir os outros no banheiro quando você não quer fazer xixi é bem bizarro, sem dúvida...

— Certo — Eu reconheço minha gafe. — Anotado. Desculpe. Eu só queria dar... os parabéns. — *É essa a palavra certa? A reação adequada à revelação de que sua irmã anda levando umas boas lambadas do martelo de Thor?* — Quer dizer, eu não fazia ideia do seu *amigo*...

O que é que eu sou? Uma tia virgem de meia-idade do século XIX?

— Parabéns? Por quê?'

— O Otto?

— Ah, sim — responde ela, apenas.

— Então, vocês dois estão... *juntos?* — pergunto, com um inexplicável sotaque americano. Como se tentasse me esquivar da cafonice desse inquérito. *Eu sou mesmo um horror nessa coisa de "conversa".*

— Tem uns dias, só... nada de rótulos, por enquanto! Tem certeza de que não quer ir? — Ela acena com a cabeça para a cabine do banheiro.

— Não, valeu — respondo. Então, na esperança de criar um clima de intimidade, acrescento: — Eu fiz na água, antes de sairmos do mar. Deu uma esquentadinha.

Ela solta um *pfft* e dá uma risada.

— Ok, então eu posso ir? — pergunta ela, já baixando a calça e se agachando para urinar, com a porta da cabine aberta.

Ela está encostando na tábua! E sem forrar o assento com papel! Eu balanço a cabeça diante da coragem de minha irmã. *Não encosto num vaso de banheiro público desde 1998, nem na bordinha! Será que ela não sabe quantos germes vivem escondidos aí?*

— Então — eu digo, desviando o olhar e encarando o resto do banheiro branco —, tudo bem com você?

— Comigo? Sim, tudo bem, eu só precisava fazer xixi...

Não é disso que estou falando. Por outro lado... *ai, ai. Um alarme dispara em minha mente. Relação sexual recente? Urgência para mijar? Alerta de infecção no trato urinário! Preciso encontrar o tal analgésico...*

– Estou falando do que vai acontecer quando a gente voltar. Você já marcou a cirurgia?

Ela faz que sim.

– E está tranquila em relação a isso?

– Estou maravilhosa – diz ela, com sarcasmo. – Vão cortar um pedaço do meu seio esquerdo. Que nunca foi o meu preferido, mas enfim.

Não sei o que responder.

– Os médicos deram alguma orientação em relação aos seus hábitos de vida? – pergunto.

É o melhor que consigo. Ela me encara, na defensiva.

– Isso não tem nada a ver com o meu peso, se é o que você está pensando... – começa ela.

– Não, eu não estava!

– Ao que tudo indica, o desodorante também não tem nenhuma relação. Nem o espaço sideral. Nem o wi-fi. Na verdade, os principais fatores de risco para o câncer de mama são coisas sobre as quais ninguém tem nenhum controle. Como a genética, o envelhecimento e a existência de seios... pois é, esse fator parece que é o principal. Que bosta, não é?

Eu tinha descoberto tudo isso numa pesquisa na biblioteca de nossa cidade, quando mamãe recebeu o diagnóstico. E também enchi os médicos de perguntas, pois ela estava deprimida e papai estava muito triste para pensar naquilo tudo. Eu anotava tudo num caderninho amarelo, que sempre parecia alegre demais – de um otimismo inadequado, eu sentia – quando era aberto no hospital.

– Em resumo, vou ficar na merda um bom tempo – conclui Melissa.

– Sinto muito por isso – balbucio. Gostaria que as duas estivéssemos minimamente mais sóbrias para ter essa conversa. Por outro lado, talvez seja disso que estejamos precisando... relaxar um pouco. – Eles montaram um plano de tratamento? Você vai fazer quimioterapia?

Ela concorda com a cabeça.

– E reposição hormonal, e todo o resto...

– Que bom – respondo, e vejo Melissa arquear as sobrancelhas. – Não estou dizendo que *isso* é bom. Estou dizendo que é bom haver um planejamen-

to. Para os próximos passos. E eu vou estar presente, para o que você precisar.
— Ela faz que sim com a cabeça. — Tudo bem sentir medo, sabe?

— Que bom, porque estou com medo! — exclama ela, com a voz trêmula.
— Estou com medo de ficar careca. E de ficar estranha depois. Estou com medo de não me reconhecer mais.

— Sinto muito por isso — repito, com o coração saindo pela boca.

— Não! Não me olhe desse jeito. — Ela aponta para o meu rosto. — É por isso que eu não queria contar, para não ver a sua expressão mudando. Eu não queria fazer você se sentir aprisionada outra vez. Que você tivesse que se sacrificar...

— Não é sacrifício! Você é minha irmã! — Ela ergue os olhos para mim. — O que foi? Estou falando sério. Eu sinto saudade. Sinto saudade de saber da sua vida. Nunca sei dos seus relacionamentos, do que acontece com você...

Melissa balança a cabeça, depois a *bunda*, para sacudir as gotinhas antes de se limpar. *Que eficiente*, penso, impressionada.

— Eu não conto sobre a minha vida — responde ela, subindo a calça — porque você passou anos demonstrando desinteresse! — Ela dá a descarga. — Não conto nada porque você nunca pergunta. Você nunca quis saber! — exclama ela, erguendo a voz para ser ouvida em meio ao barulho da água.

— Desculpe. De verdade. Eu tenho sido uma péssima irmã.

Depois disso, há uma longa pausa.

— Se está esperando que eu discorde de você, pode tirar o cavalinho da chuva...

— Não, claro, você está certíssima. — Eu assinto, mas ainda sinto necessidade de explicar. — Eu não quis me afastar de você. É que... você era sempre tão hostil em relação à nossa mãe. E eu fiquei tão triste quando ela morreu...

— Você não demonstrava...

— Não. Eu fui uma idiota.

— Você estava mantendo o controle — corrige Melissa, reproduzindo a frase que eu passei os últimos vinte anos usando em defesa própria.

— Eu fui uma idiota.

— Eu também senti a falta dela, sabia? — diz Melissa, secando as mãos recém-lavadas na calça ainda úmida. — Perdi a *minha* mãe também, por mais que ela fosse... bom... – Ela se refreia. – E eu odiava ver o nosso pai sofrendo daquele jeito. Daí depois veio a sensação de que você tinha abandonado a gente. Como se nada prendesse você àquele lugar... como se eu não fosse boa o bastante. Exatamente como a nossa mãe sempre fez com que eu me sentisse – finaliza ela, bem baixinho.

– Sério? – indago, aturdida.

– Sempre! – responde Melissa. – Ela era diferente com você. Não sei se era de propósito ou não. Eu a amava, mas ela nem sempre era... *legal* comigo.

Ao ouvir isso, eu me irrito um pouco. Minha Santa Mãezinha idealizada sempre foi justa e digna. Eu me acostumei a defendê-la – de Melissa, de papai e até de Greg, uma vez.

Ele nunca mais repetiu esse erro.

Mas será que eu também estava enganada a respeito dela? Ou não totalmente certa, pelo menos? A Escandinávia já vinha me ensinando que existem muitos tons de cinza.

E se a mamãe também tivesse um lado sombrio? Suponhamos que ela não fosse "totalmente boa". Suponhamos que fosse apenas humana. Como o resto de nós...

Eu me lembro de bem pequena a me sentar no colo de nossa mãe, enrolada numa toalha depois do banho. Ela cantava canções que inventava só para mim, e eu me sentia envolta em todo aquele amor. Em minha imaginação, no entanto, essa cena não inclui Melissa. *Será que ela não estava lá?*, reflito. Então, pergunto a ela.

– Não, eu não me lembro de ela fazer nada disso comigo. – Melissa bufa. – Talvez ela já estivesse meio cansada. Exaurida. Ou talvez não gostasse tanto de mim.

– Como assim? Como se eu tivesse ficado com o melhor da nossa mãe? – pergunto.

– De repente é uma coisa dos primogênitos. – Ela dá de ombros.

Eu penso a respeito. *Será que eu venho sendo mais bacana com Charlotte do que com Thomas?* Revisito o filme de minha própria maternidade. As trocas de fralda intermináveis. A introdução alimentar (*que bagunça!*). A luta para tirar Charlotte e Thomas ainda pequeninos do banho, secar e vestir os dois, que se debatiam, gritavam e me enlouqueciam. "Tipo uma luta com crocodilos", dizia Greg, ao descrever meu processo operacional pós-banho. Não sei ao certo se fui tão alegre e carinhosa com os dois.

Eu me lembro de minha mãe como um verdadeiro farol, mas duvido que meus filhos algum dia pensem em mim da mesma forma. *A lembrança que eles vão ter provavelmente é a de uma mãe irritadiça, sempre ocupada e meio inútil...*

Eu nunca fiz um foguete com rolinhos de papel higiênico, nunca criei nada digno de Pinterest com potinhos de iogurte. Ou inventei canções de ninar. Ou encorajei meus filhos a aprender a tocar a bosta de um violino. *Eu fracassei. Numa escala épica...* Agora estou preocupada.

– Acho que sou um lixo para os meus dois filhos, igualmente – solto, tentando transmitir meus pensamentos a Melissa.

Ela não contesta minha afirmação. Em vez disso, diz:

– Bom, você tem tempo para mudar isso.

– Eu tenho, não tenho? Você me ajuda?

– Quer dizer, se eu me esforçar para não morrer? – Ela me olha com muita sinceridade, como se encarasse minha alma. Em seguida, solta um *pffit*. – Só estou de farra com você! – exclama ela, com um soco no meu braço. Dói, e muito, mas sei que no mundo de Melissa isso significa que fizemos as pazes.

– Se houver algo que eu possa fazer, ou que você queira falar, sobre o diagnóstico, o tratamento, qualquer coisa, estou aqui – digo a ela. – É sério.

Eu enrijeço o corpo, na expectativa de um novo soco. Mas não acontece. Em vez disso, ela diz:

– Obrigada. Mas eu não quero que as pessoas fiquem cheias de dedos comigo, nem que façam aquela coisa de inclinar a cabeça, como se eu fosse uma criancinha cagada precisando de um banho.

– Não. Certo. Claro que não. – Mantenho a cabeça bem reta, de um jeito nada natural. – Mas posso acompanhar você nas consultas, ajudar em casa... o que você precisar.

– Tudo bem, então – diz ela, e acrescenta, com um brilho no olhar: – Mas talvez você precise cuidar dos coelhos. E passear com os cachorros.

Eu engulo em seco.

– Sem problemas. Charlotte e Thomas vão adorar ajudar com os coelhos. – Espero que seja verdade. – E eu posso pesquisar no Google a "melhor forma de passear com cachorros".

– Não tem que fazer da "melhor forma" – devolve ela, achando graça. – É só deixar os bichos se exercitarem e darem uma cagada!

– Entendi. – Faço que sim com a cabeça.

– E usar um colete de alta visibilidade e uma pochete com biscoitinho de cachorro – completa ela, com ar blasé.

– Ok – concordo, resignada ao meu destino.

– Essa última parte é brincadeira. Só leve petiscos e use tabardo se quiser!

– Ah, claro! – Eu solto o ar, aliviada, e Melissa quase arqueia o corpo de tanto rir.

– Rá! Você tinha que ver a sua cara! Peguei você dessa vez! Caramba, você está mesmo arrependida.

Eu a encaro com os olhos cheios d'água, tentando sorrir.

– E você está chorando! – solta Melissa.

– Estou nada, você que está – respondo, com uma risada. – E eu não vou a lugar nenhum, nunca mais... você vai ter que me aguentar. – Aproveito para acrescentar: – Então vê se não me deixa com o raio da Margot enquanto vai beber com a Tricia e ficar de papo com os caras!

– Beleza, beleza – concorda Melissa. – Mas sabe de uma coisa? Você só não gosta da Margot porque se parece com ela em vários aspectos – conclui minha irmã, como se fosse um fato. Algo óbvio e indiscutível para todos, menos para mim.

– Como é que é? – pergunto. – Pareço nada!

– Parece, sim – insiste Melissa.

– Nada!

– Parece demais. A Margot não é má pessoa. Ela é só uma versão mais jovem, mais gostosa e mais inteligente de você. Óbvio que você ia odiar a garota!

– Eu não odeio a Margot! – retruco, depois acrescento um "mais" e um "tanto assim". – Mas que seja, eu não sou igual a Margot!

Será que eu sou?
Será que ela representa tudo o que eu esperava ser um dia?

Tenho a terrível sensação de que minha irmãzinha andou sendo muitíssimo sábia. Mais uma vez.

— Bom, *talvez* eu possa ter sido um pouco competitiva demais, no passado — admito, disfarçando o fato de incluir no "passado" todo o período de minha vida "até a última hora". — Mas não sou eu que me acho cheia de direitos adquiridos, tenho zero noção sobre o mundo real e exibo peitões tão firmes que nem precisam de sutiã! — Tento assumir um tom de leveza, retornar ao ponto onde estávamos pouco tempo antes e fazer minha irmã rir. — Não sou eu a pentelha, Miss Perfeitinha em *tudo*, mas que não sabe bater a bosta de um braço para nadar e quase matou todo mundo afogado! — É neste momento que decido embarcar numa inconveniente imitação de nosso mascote viking. — *Ai, eu sou a Margot! Olhe só para mim! Socorro, socorro! Não sei nadar!*

No mesmo instante, o pop escandinavo que toca ao fundo dá uma trégua, e ouço um soluço tão alto que ultrapassa a porta da cabine atrás de nós. Então recordo que a outra cabine estava ocupada e que a pessoa estava ali havia *muito* tempo.

Melissa se afasta de mim, hesitante, e dá uma batida à porta.

— Tudo bem aí?

Em resposta, ouvimos um fungado abafado. Minha irmã, sem a menor noção de espaço pessoal nem consideração pela privacidade alheia — como sempre —, sobe no vaso da cabine ao lado e tenta espiar pela divisória de compensado. Ao perceber que sua altura não permite, ela me convoca a tentar.

— Nem a pau! — sussurro.

— A pau *sim*! — insiste Melissa.

O choro continua, agora mais intenso.

— Rápido! — exclama minha irmã, acenando para mim. — Seja lá quem for, deve estar precisando de ajuda!

Não estou convencida de que seja uma atitude sensata, mas, sem querer comprometer nosso equilíbrio fraterno recém-estabelecido, eu aquiesço.

Você está pisando num vaso sanitário, e descalça, me critica severamente meu monólogo interior. Melissa, no entanto, parece despreocupada, e contorna o trono oval para me ajudar a apoiar o pé. Eu estico os braços, agarro a divisória e estico bem o pescoço, para ver quem é que está do outro lado.

Merda...

Mais uma vez, sinto um embrulho no estômago, sensação que vem se tornando muito familiar nos últimos tempos.

– Ai, meu Deus – diz Melissa. – É ela, não é?

O rosto franco e sem rugas me encara, tomado de choque, e então horror. Enrubesce de leve, e por fim irrompe numa nova choradeira.

– Desculpe, Margot.

É só o que posso pensar em dizer.

QUINZE

– Toda... vez... – Margot arqueja, tentando falar em meio ao choro. – ... que eu convivo... com pessoas... de quem eu gosto... – Ela irrompe em soluços e funga alto. – ... elas nunca... gostam... *de mim*.

Há um silêncio estranho, pelo menos de minha parte. Então Melissa se pronuncia:

– É claro que a gente *gosta* de você! – Ela cutuca minha coxa, para que eu a acompanhe.

– Claro! – solto. – Eu não quis dizer aquilo tudo... Foi culpa do gim!

Mas Margot está inconsolável. Seu lábio inferior está tremendo e o nariz está escorrendo, então pego um pouco de papel higiênico para ela limpar o rosto. Depois de me espichar pela divisória da cabine e entregar a ela um bolinho de folhas duplas, cutuco Melissa.

– Ei! – digo a ela.

– O quê? – indaga Melissa.

– Fale mais alguma coisa! Uma coisa bacana! Por favor! – imploro. – Você é boa com essas coisas.

– *Oi?*

– Essas coisas de falar e tal... soltar um monte de palavras... – eu digo, nervosa.

— Não! – solta Melissa, num sibilo. – Foi você que espalhou a merda, agora você que limpe!

Por que é que para a minha irmã tudo acaba com excremento?

— Margot? – eu arrisco, debruçando-me outra vez sobre a divisória de compensado. – Margot! Escute... O que você acabou de ouvir... ignore, está bem? Esqueça isso. Eu não deveria ter falado...

— Mas você falou *sério*! – choraminga ela.

— Não! Não foi. – Torno a olhar minha irmã, ainda esperando ajuda. Ela faz um sinal de V com o indicador e o dedo médio e aponta para mim, depois para a cabine ao lado. *Hein?* – Que diabo é isso? – sussurro. – Não faço ideia do que você está me dizendo!

Melissa balança a cabeça, desesperada.

— Continue falando! Com *ela*! – sussurra minha irmã.

Então, eu falo.

— Eu não falei sério, *sério* – prossigo. – É só que às vezes você parece... *perfeitinha* demais... com esse cabelo, esse rosto, a bundinha firme, os belos braços, essa política de não usar sutiã...

— O quê? – Margot leva as mãos aos seios, na defensiva, e Melissa faz uma mímica de degolamento, para indicar que talvez eu esteja piorando ainda mais as coisas.

— Desculpe, isso não tem importância agora – devolvo, tentando descartar o argumento anterior. – Você também é inteligente, talentosa e jovem. Tão jovem... – Por um instante, perco a linha de raciocínio.

— Eu não tenho culpa disso... – retruca Margot, com toda a razão.

— Não, não tem. Acho que eu só fiquei... – Eu respiro fundo antes de proferir as palavras. – ... com um pouco de *inveja*.

— Inveja? – Ela arregala os olhos. – De mim?

— A-hã – murmuro, envergonhada. – Como se fôssemos adversárias, de certa forma... – Eu vou parando de falar, ciente de minha enorme falta de noção em sequer cogitar essa possibilidade.

— Basicamente, acho que a minha irmã gostaria muito de *ser* você – solta Melissa, virada para a parede da cabine, com as mãos em concha diante da boca. *Ah, então AGORA ela resolveu participar? Valeu, mesmo...* – Não é verdade, Alice? – Melissa ergue as sobrancelhas para mim, tentando me encorajar.

Sério? A difamação contra mim vai ser total e completa? Graças a Deus rolou o gim, penso. *Se estivesse sóbria isso seria insuportável...*

– É – respondo, com a mandíbula cerrada. – É isso mesmo.

– Está vendo? – exulta Melissa. – Não foi tão difícil, foi? – Ela pula de cima do vaso, satisfeita consigo mesma.

Eu desço também, hesitante, e nós duas convencemos Margot a sair da cabine. Seus olhos estão vermelhos de tanto chorar, e a testa está enrugada, confusa.

Mesmo assim... ela continua bonita! Como é que pode isso?!

– Venha cá, venha com a mamãe urso – diz Melissa, inexplicavelmente toda maternal de uma hora para outra. Ela estende os braços e envolve Margot, cheia de carinho, enquanto a moça tenta se recompor.

– Desculpe – eu repito, talvez pela vigésima vez só no dia de hoje.

– Tudo bem – murmura Margot, enxugando as lágrimas. – Mas você me falaria, não falaria? Se eu fizesse alguma coisa que afastasse as pessoas? Porque isso acontece muito... – Ela recomeça a chorar. – Na escola... – Ela dá uma fungada. – Na faculdade... – Ela pontua a frase com uma assoada de nariz. – Até no Prêmio Duque de Edimburgo! Mas é claro que o Phil nunca diria nada ao meu pai...

– Claro que não. *Shhh...* – diz minha irmã, alisando o cabelo de Margot, e eu refreio o ímpeto de revirar os olhos. – Mas será que não seria bacana se você... relaxasse um pouquinho?

– Humm. – Eu solto um murmúrio de concordância, meio hesitante, e tento me inserir na dinâmica do abraço e carinho no cabelo.

É isso que as mulheres fazem nesse tipo de situação?

Mas Melissa se desvencilha, e as duas me encaram.

– Estou falando de você também – diz minha irmã. – Ninguém gosta de uma sabichona, e não há necessidade de transformar tudo em competição.

Ah...

– Não... – respondemos eu e Margot em uníssono, lutando para assimilar essas novas lições de vida.

– Mas nunca é tarde para mudar. – Ela se vira para Margot. – Olhe só a minha irmã. Ela passou trinta e sete anos tensa...

– Não passei nada! – retruco, por reflexo.

– Passou, sim.

– *Não?*... – Já não tenho tanta certeza.

– Ok, então qual foi a última vez que você foi a uma festa, que se divertiu e balançou essa cabeleira comprida demais? – pergunta ela.

– Uma *festa*? É esse o seu parâmetro? Nós temos o quê, quinze anos? – Eu exibo meu melhor olhar "adolescente" e pergunto se a festa de um congresso de odontologia conta. Melissa balança a cabeça, com uma expressão de dó. – Então não sei – admito. *Na verdade, acho que foi na virada do milênio.* – Eu já fui uma pessoa divertida, não fui? – Faz-se um silêncio. – De repente, um belo dia, acordei com dois filhos e um Renault Espace...

– Vocês duas só precisam... se soltar um pouco mais – prossegue Melissa, com uma sacolejada (possivelmente ébria) no corpo, para ilustrar a proposta.

– Tipo como? – pergunto, com cautela.

– Tipo... – Melissa reflete, procurando um exemplo. – Tipo a Tricia! Venham, eu vou mostrar a vocês.

Ela abre a porta do banheiro com a bota, engancha um braço no meu e outro no de Margot e nos conduz de volta ao bar, agora bem movimentado, onde um cabelão loiro bufante desponta por entre uma multidão de vikings animados. Ela está de pé, as pernas afastadas, os seios unidos feito um par de pãezinhos por um sutiã aquecido pelo fogo, umas facas numa mão e um copo de "líquido marrom" na outra.

– *Tricia?*

– Ai, vocês chegaram! – exclama ela, com entusiasmo. – Vocês estão amando? Eu estou *amando*! Descobri que sei falar *dinamarquês* quando fico bêbada! – Ela solta qualquer coisa incompreensível a um viking que passa por nós. O homem fica perplexo.

– O que é que você está fazendo com isso? – Eu aponto para as facas na mão dela.

– Ah! Bom... – Ela parece satisfeita com a oportunidade de explicar sua ardilosa tática. – Eu andei conversando com os nativos, e com a ajuda do meu sutiã push-up negociei um esquema em que todas nós ganhamos uma bebida de graça, à nossa escolha, cada vez que eu conseguir acertar aquela tábua de cortiça... – Ela esprime os olhos para o outro lado do recinto. – Ali! Acho que é ali, pelo menos... eu contei para todo mundo sobre as nossas aulas de arremesso de machado, depois pensei: "Por que é que eu não mostro a eles?". Aqui, segure o meu drinque... – Um copo é depositado nas mãos de minha irmã, e, antes que alguma de nós possa dissuadir Tricia, ela se vira e aponta para a cortiça. Meio em câmera lenta, estendo a mão para agarrar o braço dela, que vai se balançando para trás, de posse de uma arma, apontando para a imaculada clientela, quando uma voz vinda da porta paralisa Tricia por completo:

– Pare!

Envolta numa explosão de relâmpagos vindos do lado de fora surge uma figura que mais parece um monumento, a cabeleira brilhante aparentemente inalterada pela força da natureza.

Firme e elegante, Inge irrompe no bar, seguida de uma onda de olhares. Até a clientela com pinta de modelo empalidece diante da figura daquela amazona confiante, e todos a cumprimentam, um a um, rivalizando por sua atenção. Mas Inge tem os olhos fixos em Tricia. A multidão se afasta, enquanto ela avança e recolhe as facas.

– Pode me dar tudo, obrigada – diz Inge, devolvendo as facas a seu lugar de direito, atrás do bar.

– Desculpe – murmura Tricia.

– Jamais peça desculpas – diz Inge, erguendo a mão. – Só guarde o arremesso de machado lá para fora.

– Sim, claro. Entendi. – Tricia faz que sim. – Mas também quero me desculpar por termos nos afastado... e por termos usado o bote...

— Pois é, isso foi meio burro. Numa tempestade. Sem a menor perspectiva de verem um cisne, mas eu tenho que dar os parabéns a vocês, por demonstrarem espírito navegante.

— Sério? — Estou estupefata.

— Claro — responde ela.

— Mesmo que a gente quase tenha se afogado? — pergunta Margot.

— Ninguém morreu, não foi? — retruca Inge, fazendo uma rápida contagem de cabeças.

— Mas a gente *quase* morreu. Duas vezes, no meu caso... — recomeça Margot, e Melissa lança para ela um olhar de "lembra aquilo que a gente conversou sobre você bancar demais a convencidinha, levar tudo de um jeito muito literal e afastar as pessoas? Pois é, este é um desses momentos. Cale essa boca. Agora".

— Vocês foram *vikings* — conclui Inge. Ao ouvir isso, todas nos aprumamos um pouquinho. — Vocês sobreviveram. O Otto me avisou que vocês estavam aqui e que tinham chegado juntas. O que significa que estão prontas... para amanhã. Para a última fase do treinamento. Vocês estão prontas para... — Antes mesmo que ela diga a palavra, meu corpo se enrijece. — Perder o controle!

Sinto a bile subir na garganta. Apesar do que passamos e de tudo o que aprendi, ainda não creio que "Alice" e "perder o controle" sejam entidades capazes de caminhar juntas, em momento algum. *Como é que eu vou conseguir superar trinta e sete anos de "tensão" — como diz Melissa — e começar a correr e gritar pelada, num intervalo de poucas horas?* Sinto um princípio de surto, mas fico aliviada quando Inge informa que ainda precisamos dar um último passo, todas juntas.

— Por mais orgulhosa que eu esteja de vocês por terem chegado até aqui sozinhas e sobrevivido à semana, ainda precisamos ajustar uns ponteiros em relação à honestidade. Vocês não acham? — Ela olha para cada uma de nós. — Ando vendo segredos. Mentiras. Fingimento... até em relação a vocês mesmas. Um viking precisa ser fiel consigo mesmo. Para enfim perder o controle, vocês precisam saber quem são e o que representam.

Parece um grau de sinceridade um tantinho além do confortável. De alguma forma, no entanto, não consigo pensar em nenhuma observação sarcástica. Talvez seja o gim. Talvez seja o quinino. Talvez seja o ABBA tocando uma música atrás da outra... ou talvez, só talvez, seja o fato de que no intervalo de um único dia eu encarei a possibilidade de perder minha irmã, lutei para me reconciliar com ela, enfrentei tempestades – literais e metafóricas – e fui humilhada de formas que jamais imaginava ao acordar de manhã. É como se eu tivesse sido destruída, depois reconstruída, ainda melhor do que antes. Portanto, reflito, se algum dia existir uma boa hora para que eu abrace minha "verdade interna" e desnude minha alma da forma menos britânica possível, a hora é agora.

– Eu quero que todas se concentrem no que está bloqueando vocês e no que pretendem fazer a respeito – diz Inge, sentando-se à cabeceira de uma mesa e apontando para que nos juntemos a ela nos bancos de madeira. – Pois nós todas temos um mundo a compartilhar. Portanto, qualquer preocupação interna que vocês tenham, chegou a hora de botar para fora. Admitam, aqui e agora, para que possamos seguir adiante.

– Tipo uma espécie de anistia pela honestidade? – pergunta Melissa.

– Tipo isso, sim – responde Inge.

– Ai, a gente pode ter um mantra? – pede Tricia. – Eu amo um mantra num retiro. Ou um manifesto!

– A Convenção Viking! – exclama Margot. – Tipo a Convenção de Genebra – acrescenta ela, para o caso de não termos pescado a referência.

Eu entendi, Margot, penso. Mas deixo quieto. Porque eu sou a NOVA Alice, edição melhorada!

– Claro. – Inge dá de ombros, como se soubesse que só precisa passar mais vinte e quatro horas fazendo as nossas vontades. – Pois bem: *Convenção Viking, Protocolo I.*

– Eu planejo parar de ser... como era mesmo, Alice? – Margot olha para mim, depois se recorda. – Ah. Pentelha. E tentar ser mais relaxada.

Ela diz isso de um jeito totalmente inocente, alheia ao fato de que está me arrumando um problema, para além de todos em que eu já me meti.

Inge fica horrorizada, e até Tricia parece se esforçar para erguer as sobrancelhas, nos pontos onde a última aplicação de Botox já começa a perder efeito.

– Eu JÁ pedi DESCULPAS – esclareço a todo o grupo.

— Não, tudo bem — garante Margot, de olhos ainda arregalados. — O feedback é uma bênção, como diziam no PDE ouro...

Nós todas franzimos a testa.

— Ah, desculpem, no Prêmio Duque de Edimburgo, módulo ouro. Ao final do processo, a gente tem que encontrar os assessores e falar sobre tudo o que fizemos e como podemos melhorar no futuro. Tipo isso aqui! Só que com menos experiências de quase morte. De modo geral.

Margot, agora entendo, não é má pessoa. É só inexperiente nos caminhos do mundo para além de sua escola de 36 mil libras ao ano e seu círculo social nobre e privilegiado. E sim, eu sei exatamente quanto a escola dela custa, pois a *antiga* Alice jogou no Google. Na época em que contrabandeava celulares e não conhecia conceitos como "honestidade", "humildade" e tons de cinza.

— Então, enfim, eu pretendo me soltar mais! — anuncia Margot, com um floreio, acenando para um barman estonteante que vem trazendo uma bandeja de aquavita. Ela vira duas doses quase de uma vez só. — Humm, *umami*...

— Que bom para você! — Melissa dá um tapa nas costas de Margot, fazendo com que a aquavita quase desça pelo buraco errado. — Talvez também valha informar às pessoas que você não sabe nadar, da próxima vez que estiver em mar aberto, beleza?

— Ah, sim, claro. — Margot enrubesce.

Por um instante, Inge parece surpresa. Então faz que sim com a cabeça, com ar sábio, e murmura algo em dinamarquês.

— O que é isso? — pergunta Melissa.

— Falei "igualzinho aos livros" — explica Inge. — É o perfeccionista clássico: muito ciente das habilidades ou atividades aparentemente simples que ainda não domina. Muita gente bem-sucedida não sabe dirigir, por exemplo.

Sinto uma decepção momentânea por saber nadar *e* dirigir.

— Ou cozinhar — prossegue Inge. Eu me agito um pouco, com um orgulho hesitante, pensando se posso depreciar minha habilidade culinária abaixo da média para compensar outras áreas da vida. — Embora possa ser só preguiça, claro — conclui Inge.

Ah...

— Bom, vou começar a fazer natação assim que voltar para casa — anuncia Margot. — E vou parar de levar a vida como se fosse uma grande competição para ver quem marca mais pontos... — A voz dela vai morrendo, e eu suspeito que ela esteja recordando os dias de glória na escola. *Jogando lacrosse e roubando bolinhos da sala dos monitores, provavelmente.* Embora possa ser só uma projeção fantasiosa de minha cabeça, no melhor estilo *Malory Towers: Escola para Meninas.* Melissa, agora posso admitir, não é a única que gosta de Enid Blyton.

— Ótimo — incentiva Inge. — E você, Tricia?

— Ai, meu Deus, *eu...* — Tricia suspira e ajeita o sutiã. *Esses sutiãs de bojo levam uma eternidade para secar. Se não se cuidar, ela vai pegar um resfriado.* Fico preocupada, mas, então, me refreio: *Cale a boca, Alice! Que coisa mais chata...*

O belo barman passa por nós outra vez, com a bandeja de doses já quase vazia, e eu pego uma, para silenciar meu monólogo interior. O destilado de batata, como esperado, agride meus sentidos. *É quase... mastigável.* Contenho uma ânsia de vômito.

— Vou pensar nas coisas que são importantes de verdade, em vez de viver correndo de um canto a outro — começa Tricia —, fugindo para Ibiza, para o Arizona, ou... bom... para cá. Na verdade, acho que vou parar de correr, literalmente. Na minha idade, não é nada bom para os joelhos. E me faz querer vomitar quase o tempo todo, e tenho certeza de que ajuda a deixar a minha cara com esse aspecto de mina demolida... quando está sem "ajuda" — acrescenta ela, dando um tapinha na pálpebra inferior e tateando a testa para conferir se ainda está lisinha. — Passei os últimos trinta anos dando o maior duro, procurando um sopro de fama... Phil Collins, Anneka Rice, por aí vai, com a máquina de gelo-seco ligada na potência máxima. Mas só consegui ser demitida de um trabalho que eu odiava e largada por um homem de costas peludas (*muito* peludas, tipo um pulôver. Vivia entupindo o ralo do chuveiro, como se uma criatura da floresta tivesse se instalado ali). Enfim, a questão é que não foi nenhuma maravilha. De modo geral, digo. Então talvez seja hora de mudar. De pensar no que está por vir. — Todas assentimos em apoio. — Eu não sirvo para ficar à toa... mas previsão do tempo seguida de programa de jardinagem ambientado numa pensão? Não, obrigada. Eu preciso trabalhar. Vou arrumar outro emprego, em algum lugar. E que seja minimamente mais interessante que o anterior, pelo menos. Mas vou parar de correr. Passar mais tempo com os meus cães. E com o meu filho.

— Isso, isso — falo, na maior força, tentando não insistir no fato de que o filho veio depois dos cães na lista de prioridades de Tricia. Outra vez.

— Ele já é crescido, claro. Casado, até. Uma moça linda, belos olhos. Trabalha como contador. — Ela torce o nariz. — Mas é um bom rapaz. E virou um ser humano muito bacana, apesar dos pais que tem. Então seria ótimo vê-lo com mais frequência... — Ela parece melancólica, e Inge pousa a mão em seu braço.

— Uma reconciliação com o seu filho seria um ótimo plano — diz ela. — Por mais que os filhos nos tirem do sério, eles são para a vida toda, e a família é muito importante. — Inge dispara uma olhadela para mim. — É preciso pôr esforço nessas relações.

— Será que ela está falando da gente também? — pergunta Melissa, dando um soco em meu braço.

— Ai! Sim, acho que sim. — Eu solto um suspiro. — Mas você tem que parar de fazer isso... *dói demais*!

— Ah, não invente! Largue de onda! — devolve Melissa, enquanto eu cogito aprimorar minha própria saudação a ela. *Um beliscão, talvez? Um "cuecão" fraternal?*

— Melissa? Quer ser a próxima a falar? — interrompe Inge.

— Eu? — pergunta ela.

— Sim, vá em frente: qual é o seu plano para o futuro próximo?

— É... — Ela hesita um instante. — Continuar sendo uma lenda?

— Tente outra vez — diz Inge, com firmeza, mas sem grosseria.

— Humm, ok... bom. — Melissa franze o cenho. — Bom, acho que vou tentar não viver tanto no passado. Com tudo o que está por vir — diz ela, olhando para mim —, preciso aprimorar a arte de viver um dia de cada vez. Viver no presente.

Pela expressão de Inge, parece que ela acabou de se deparar com Alexander Skarsgård pelado... e com uma garrafa de Schnapps em cada mão.

— É *isso*! — diz ela a Melissa, com uma batida triunfal na mesa. — Muito bem.

— Alguém ficou de fora? – pergunta Tricia, olhando em volta. Tento me encolher ao máximo, para escapar do escrutínio. – Margot já foi, eu, Melissa...
— Ela pousa os olhos em mim. – Alice!
— Ah, sim, Alice! – Inge se vira para mim. – Você gostaria de compartilhar alguma coisa?

Eu aprendi tanto nos últimos dias. *Por onde começo?*

— Vou parar de ser idiota. Vou botar minha própria máscara de oxigênio primeiro... – Faço um sinal com a cabeça para Inge, depois olho para Melissa.
— E vou passar mais tempo com as pessoas que amo.
— E esquecer a perfeição – acrescenta Inge, balançando a crina de unicórnio.

Ao ouvir isso, Margot dá uma golada no suco de batata.

— Para você é fácil falar... – solta ela, com a voz arrastada.

Quatro pares de olhos se viram para ela, surpresos com a explosão.

Inge sorri.

— Ah! Você, Alice e essa mania de perfeição! – Ela balança a cabeça. – Eu disse a ela e direi a você: perfeição não existe.
— Mostre a bunda aí! – solto, recordando o que me levou, em primeiro lugar, a respeitar honestamente a postura de Inge. Então recuo, percebendo a inadequação de meu pedido. – Desculpe, desculpe, eu...
— *Nada de desculpas!* – bradam as outras mulheres para mim, em uníssono.
— Claro. Não. Então, como eu dizia... bunda para fora! Ou não, como quiser...

Atordoada, bebo um pouco mais... e Inge obedece. Ela se levanta, brindando todas com sua impressionante estatura, baixa a calça e curva o corpo, revelando a Margot toda a área do traseiro.

— Cicatrizes de batalha! – exclama ela. – Todas nós temos, quer sejam visíveis ou não. E precisamos *tomar posse* delas.

Neste momento, o barman gostosíssimo passa outra vez e torna a encher nossos copos, seguido de Otto, que entrega uns quitutes (a todas) e umas bitocas (só para Melissa). Inge sobe a calça sem a menor pressa, como se fosse a coisa mais normal do mundo exibir a bunda em público, então se senta, bem devagar, enquanto Tricia, Margot e eu viramos nossos drinques, para dar uma fortalecida.

Com os lábios vermelhos e meio tonta de luxúria, minha irmã promete que vai ver Otto antes de ir embora, então se vira outra vez para o grupo.

Nós tomamos a saideira num confortável silêncio, cada uma contemplando tudo o que aconteceu e pavimentando as promessas para o futuro: sermos mais honestas. Sermos mais vikings.

– Vocês todas foram muito bem. – Inge enfim se levanta e anuncia que está na hora de irmos. – Amanhã será um grande dia, é melhor vocês descansarem. – Ela conta que Magnus (e aqui todas reviramos os olhos) já está recuperado, então vai liderar a parte da corrida e será bem rigoroso com a gente. – Vamos, eu levo todo mundo de carro.

– De carro? – indaga Tricia, perplexa. – A gente não está numa ilha?

– Não?... – retruca Inge, olhando para ela.

– Oi? – diz Melissa, erguendo a cabeça. – Mas a gente veio de bote...

– Eu achei que vocês quisessem aventura... Não estamos numa ilha, estamos num tômbolo.

– Num tom... o quê? – indaga Tricia.

Margot dá um tapa na própria testa.

– Um tômbolo! Claro! – exclama ela, encantada com a oportunidade de enfim fazer uso do que aprendeu nas aulas de geografia (só nota máxima). – É quando uma ilha é ligada ao continente por uma faixa estreita de terra, neste caso, uma estrada...

– Então calma, espere aí, a gente não precisava ter vindo de bote? – indaga Melissa, desconfiada. Inge balança a cabeça. – *Puta merda...* – solta ela na mesma hora, sem pensar. Bem lentamente, arregala os olhos e se vira para encarar o grupo. – Foi mal... – começa ela, ao que Margot interrompe, com um tapa no braço de minha irmã.

– Jamais peça desculpas! – diz ela, então acrescenta: – Eu não perderia esta noite por nada no mundo!

DEZESSEIS

Burr-burrr-burrrr! Burr-burrr-burrrr!
Um ruído agudo e penetrante me faz cobrir a cabeça com o travesseiro.
BURR-BURRR-BURRRRRR!
Ultrapassando várias camadas de sono, a dor invade minhas têmporas, e a terrível cacofonia metálica parece cauterizar as entranhas da minha alma.
Pare, eu imploro, em silêncio. FAÇA ESSA DOR PARAR!
Eu espio por debaixo de minha armadura de pluma de ganso e pestanejo, hesitante, então cerro os olhos com força, na tentativa de desver o espectro de Magnus, avançando para cima dos beliches, a tradicional corneta viking na mão.
Ai, Jesus amado, não...
O coque está de pé, muito orgulhoso; a barba se esparrama feito uma nuvem ondulada, depois das tentativas de trançá-la nos últimos dias, os colares de pingente de anzol e pedra de serpente pendem do pescoço, o peito está exposto.
Eca...
– Acordem para brilhar! – exclama ele.
Minha vontade é mandar que ele caia fora e dizer que prefiro *encher o fiofó de cafeína e torcer pelo melhor* em vez de sair acordando e brilhando, mas descubro que minha língua ainda não despertou. Estou ressecada, desidratada, drenada de lágrimas e – quiçá – ainda bêbada. Faz apenas três horas que percorremos

a sacolejante estrada de Valhala até a casa, e ao que parece nosso sádico líder, agora totalmente recuperado, resolveu se empolgar com o sopro da corneta.

BURR-BURRR-BURRRR!

No beliche oposto, Tricia se senta de um sobressalto, toda desgrenhada, desnorteada e com uma energia meio *Hellraiser*.

— Tudo bem? — pergunta Margot, descendo da cama de cima. Ela, pelo menos, ainda exibe um relativo frescor.

— Tudo bem, sim... Acabei de ter um pesadelo *horrível*. — Tricia leva as mãos à cabeça, tentando se proteger da barulheira.

— Coitadinha! — exclama Margot, preocupada. — Como foi?

— A gente ia ter que correr descalças pela mata, sem café da manhã. — Tricia estremece.

— Ora, que azar. — Magnus sorri. — Porque hoje é o Dia das Bruxas de vocês! Agora de pé! Nada de conversa! Circulando! Todo mundo!

Eu deslizo pela cama e tento me levantar, mas estou com as pernas bambas feito um potrinho de ressaca.

— Cadê a Melissa? — sussurra Tricia, olhando em volta. — Transando de novo?

— Não! — diz um rosnado na cama acima de mim, e uma ondulação nas cobertas revela minha irmã.

— Chegamos à etapa final de nosso treinamento viking, moças. Preparem-se para perder o controle! — anuncia Magnus, de volta à sua forma irritante e irreprimível.

Cadê as frutinhas do mal quando a gente precisa delas?, penso, com crueldade. Mas não há tempo para refletir. Assim que Inge e as crianças começam a circular, nós somos retiradas da casa e espremidas como gado no desconfortável trailer da família.

Enquanto avançamos pela estrada até a floresta, nossos estômagos roncam. Margot vomita na lateral do caminhão, depois limpa a boca com a manga da camiseta.

— Melhor assim — diz ela, sob nosso olhar alarmado.

Tricia começa a vasculhar o bolso atrás de alguma coisa, então revela um pequeno cilindro dourado. Ao girá-lo, um bastão cremoso e vermelho aparece.

– Você vai passar *batom*? – pergunta Melissa, perplexa.

– Não é batom, é pintura de guerra – devolve Tricia, fazendo um biquinho e aplicando uma grossa camada. – É cada vez mais necessário, à medida que a gente envelhece...

– Vikings! – Ela é interrompida por um berro vindo do assento do motorista. – Sejam um com seus pensamentos!

– É o quê? – berra Melissa em resposta.

– *Shh!* – solta Magnus.

– Ah! Ok. Foi mal!

Nós obedecemos, compartilhando um e outro sorriso amigo ou meneio de cabeça. Uma sensação assoberbante de antecipação paira entre nós – como se esse fosse, de fato, o momento pelo qual todas aguardamos, não só durante a semana, mas ao longo de toda a vida, até o dia de hoje. Como se a perda do controle fosse realmente a mais pura expressão de *quem* nós somos e *por que* estamos aqui.

Cada uma de nós será "solta" num ponto da mata, com a única instrução de nos encontrarmos e, portanto, encontrar o caminho de casa, abraçando o "intenso treinamento psíquico e mental" que recebemos até agora.

Hoje vamos provar nossa bravura, penso. *Hoje vamos testar nossos instintos animais básicos, lutar pela sobrevivência. Ou, no mínimo, arrumar a próxima refeição...*

Hoje, nós *perderemos o controle*.

– Muito bem! – anuncia Magnus, parando o trailer com um guincho agudo. – Peito Soberbo? Você começa!

No mesmo instante, Tricia se levanta, meio trôpega, e começa a se contorcer para baixar a calça legging. Magnus a encara, horrorizado.

– O que está fazendo?

– Tirando a roupa? – sussurra Tricia, seguindo à risca a ordem de ficar calada. – Essa parte não é para fazer pelada?

– Não! – Magnus pestaneja rapidamente.

– Não?

– Não!

— Ah.

— Por que é que as pessoas sempre acham que os escandinavos querem ficar nus o tempo todo? – indaga Magnus, estupefato.

— Não é isso... – protesta Tricia. *Sim, é isso*, penso. *É exatamente isso.* — É só que... a Inge não falou alguma coisa sobre nudez? – pergunta ela, apelando para o grupo. Nós assentimos.

— Bom – diz Magnus, moderando o tom –, pode ser que haja um *elemento* de nudez. A Inge sempre fala demais a respeito desse assunto... – Ele balança a cabeça, como se esse fosse apenas outro de seus debates conjugais mais evidentes. – Mas isso é só um adicional. Vem depois. – *Nudez "acessória"? O tipo preferido de todo mundo...* – Por enquanto, roupas no corpo. DE TODAS – instrui ele, com firmeza, para que as outras não sejamos dominadas pelo ímpeto de revelar as partes.[27] – E nada de conversas! – acrescenta, embora neste quesito eu tema que o leite islandês já tenha sido derramado. Enfim, como está tão frio que consigo enxergar minha própria respiração, folgo em saber que não vamos ter que nos despir por enquanto. – Preparem-se para correr! Nós nos vemos quando... ou melhor, *se* vocês retornarem!

Todas engolimos em seco.

— Boa sorte... – murmura Melissa, enquanto Tricia se inclina para o lado, enfiando a bunda na minha cara pela segunda vez em vinte e quatro horas. – Ou, melhor dizendo, faça a própria sorte, bem ao estilo viking! – acrescenta, desconsiderando a ordem de silêncio de Magnus.

Tricia abre um meio sorriso, sai do trailer e diz, com toda a honestidade, que nos vemos do outro lado.

— Corra! Corra como se você tivesse roubado alguma coisa! – grita Melissa atrás dela, enquanto Tricia dispara em direção à mata.

— Shhh! – sibila Magnus.

— Foi mal! – grita Melissa. – Só que *não*! – acrescenta, porém virada para nós.

Assim que Tricia desaparece, nós seguimos em frente, avançando por território desconhecido. "Lobo da Noite" é a próxima. Sem esforço, Margot

---

27   Não seremos.

salta pela lateral do veículo, ergue os dois polegares para nós e dispara pela mata sombria.

— Agora só faltam nós duas — sussurra Melissa, passando o braço por meu ombro enquanto sacolejamos pela trilha de terra durante mais uns minutos.

O trailer enfim para outra vez, e Magnus se vira para nós.

— Pernas Fortes? Está pronta?

— Eu nasci pronta! — responde Melissa, cheia de coragem. — Vamos lá!

Com uma elaborada cambalhota, ela se desloca até a mata, então dá uns pulinhos e uns socos no ar, em preparação.

É uma doida, mas eu a amo. Observo minha irmã se afastar, meio desajeitada, e espero, do fundo do coração, que saiamos todas inteiras dessa.

Então, só sobrou uma.

A luz começa a penetrar as árvores. Encho meus pulmões com o ar fresco da manhã, na tentativa de afastar a náusea provocada pelo álcool e o sacolejo do carro, até o momento de meu desembarque.

— Hora de brilhar, Aslög! — diz Magnus, por fim, empurrando-me para fora sem a menor cerimônia.

A vegetação estala sob meus pés enquanto eu afasto os galhos das árvores e corro. Corro de verdade. Meu coração, de tão acelerado, ameaça pular do peito e disparar na minha frente a qualquer momento. Meu senso de direção melhorou um pouquinho desde o início do treinamento viking, mas minha noção espacial parece, quando muito, ter regredido com a vinda da ressaca. Vou desviando das árvores, o corpo ardendo de tanta adrenalina — quase como uma queimadura de sol. Então... então...

Acontece uma coisa incrível.

O ímpeto me domina por inteiro, e apesar da dor lancinante nos ombros, dos pés lacerados e das canelas que já não me obedecem, eu sigo em frente, impenetrável a qualquer obstáculo. Minhas pernas se transformam num borrão, e — de repente — eu começo a voar. De repente, sou o clímax inspirador de um longa-metragem: o herói cruzando o aeroporto lotado para chegar ao avião a tempo de se declarar para a garota amada. O menino que vive um rito de passagem e se liberta dos pais. Sou Forrest Gump. Sou Rocky, I, II, III e IV. Sou o elenco inteiro de *Carruagens de Fogo*. Eu sou... *espere aí, por que é que são sempre homens?*, reflito, indignada. As mulheres nunca correm nos filmes? Só se estiverem fugindo de um assassino em série? Cadê as duronas? Furiosa por descobrir que não consigo pensar num único exemplo de duas irmãs correndo sozinhas, sou tomada por uma nova onda de vigor e me transformo numa bola de energia cinética.

A floresta agora não me atemoriza, e aquela menina assustada que se perdeu na mata há tantos anos vira exatamente isso: uma menina numa floresta desconhecida, cheia de medo e insegura de que rumo tomar. Como qualquer pessoa que se visse naquelas circunstâncias, considerando tudo o que tinha de enfrentar à época. Essa menina ainda é parte de mim, mas agora sinto um impulso quase maternal em relação a ela. Eu me rendo ao medo que senti lá atrás e ao entusiasmo que vivencio agora, e de alguma forma reconcilio os dois.

Porque eu sou viking!

Corro sem parar, mesmo com pedras, lesmas e sabe Deus o que mais se aloja entre meus dedos dos pés. Os galhos me açoitam o rosto, os arbustos me atacam por todos os lados, mas eu sigo em frente.

Venham me pegar, espinhos!

Ouço o sangue pulsando nos ouvidos e sinto a vibração do meu coração. O tempo perde o significado, e só percebo que estou fazendo isso há uma eternidade, ao que parece, quando vejo duas figuras na clareira à minha frente. Tochas acesas cintilam.

– Olá? – consigo soltar, com a respiração muito ofegante. – Tem alguém aí?

Então, conforme instruído, eu "grito a minha ira":

– *Ahhh!*

– *Ahhhhh!* – berra Melissa de volta. Toda vermelha e suada, com uma mecha do cabelo escuro colada à testa, minha irmã está em polvorosa. – Que coisa *insana*! Não foi insano? – Ela sacode a camiseta para se refrescar. – Uau! Eu me senti o Bilbo Bolseiro mostrando à Floresta das Trevas quem é que

MANDA! Eu AMO a catarse! Quero repetir! Agora mesmo! Quero ir... é... quebrar umas pedras, sei lá! – diz ela, muito animada, o suor pingando do nariz.

Margot está igualmente eufórica, e embora esteja coberta de lama ainda consegue, de alguma forma, lembrar uma estrela de cinema (*como é que ela faz isso?*, reflito, encantada). Então, uma terceira mulher coxeante surge à vista.

– Acho que berrei com tanta força que distendi a virilha... – proclama Tricia a todas nós, esfregando a pélvis e irrompendo num acesso de tosse.

Ouvimos uma palma lenta, e um homem de peitoral largo, vestindo apenas uma calça harem, desce rapidamente de uma árvore. Balança pelos galhos com a graça de um símio e dispara pela clareira, enquanto nós quatro reviramos os olhos ao mesmo tempo.

– As crianças acenderam uma fogueira em honra de vocês – diz ele, enquanto deixamos a floresta. Ele aperta o passo para nos acompanhar, na ânsia de reconquistar a audiência. – Está enorme! – Em desespero, ergue mais o tom de voz: – E brilhante!

Ahhh... a piromania viking... vou sentir saudade disso!

Nós avançamos rumo a uma nuvem de fumaça a distância até avistarmos uma imensa fogueira na praia, com labaredas crepitantes, emanando luz e calor por vários metros ao redor. As crianças estão desafiando umas às outras a jogar mais gravetos sobre a pilha flamejante. Os mísseis de madeira vão sendo arremessados de forma cada vez mais aleatória, até que inevitavelmente – feito um "Caiu, perdeu" de alto risco – um acerta, e as crianças mais que depressa batem em retirada, gargalhando como os loucos em miniatura que são.

Inge está mais ocupada em juntar uns galhinhos de bétula e amarrar com um barbante, mas assim que nos vê ela larga o maço de gravetos e escancara os braços, convidando todas nós para um abraço de guerreiras.

Dois abraços grupais em dois dias, e eu não estou nem hesitando! Eu me acomodo no calor de minha irmã, de um lado, e Inge, do outro.

– Minhas vikings! Vocês conseguiram – diz ela. Isso basta. É tudo o que precisamos ouvir de nossa *verdadeira* líder, a pessoa que nos ensinou mais sobre a vida do que qualquer uma de nós é capaz de mensurar neste momento. Mas tem mais. – Agora, nós celebramos. – Ela pega uns baldes d'água, então aponta para um cubículo de madeira na praia, que eu até agora imaginava que fosse só mais um anexo. – Quem é que topa uma sauna?

– Os vikings fazem tratamentos de spa? – pergunta Melissa, incrédula.

– Claro! – responde Inge. – O calor é ótimo para os músculos depois de uma corrida. Além disso, foram os vikings que inventaram a sauna. Construímos saunas por onde passamos! Pedras quentes? Água? Transpiração coletiva? É a nossa religião, praticamente! Decisões mais importantes são tomadas numa sauna do que numa reunião! – Eu nunca vi Inge tão empolgada. – Na Finlândia, existe até uma sauna dentro de um Burger King! Compartilhar uma sauna é compartilhar a própria essência! Para ser um verdadeiro viking – resume Inge –, é preciso *suar*.

– Eu suo em bicas até no inverno! – exclama Melissa. – Sempre soube que meu coração era viking.

– Tem certeza de que você pode fazer sauna? – começo a dizer a minha irmã, num tom protetor.

– Escute aqui, *dentista*: eu estou bem – diz ela, com um sorriso. – Eu perguntei sobre spas quando você começou a encher o saco com a coisa da toalha fofa, então sim, tenho certeza. Estou dentro!

Magnus conduz as crianças de volta à casa.

– Tirem a roupa! – ordena Inge, assim que ele se afasta.

Desta vez é para valer. Tricia não é mulher de ter que ouvir a mesma ordem duas vezes, então vai logo removendo as camadas de laicra enlameada. Conforme anunciado, o bronzeado cor de mogno se estende a cada recôndito que os raios ultravioleta de sua cabine vertical de bronzeamento artificial são capazes de penetrar. Os peitos siliconados são tão empinados que parecem emprestados de uma mulher mais jovem, e ainda por cima ela é totalmente desflorestada... *lá embaixo...*

– O meu último visitante gostava de uma superfície de trabalho bem lisinha.

– Sei. Claro...

Margot, como era de esperar, parece pronta para uma sessão de fotos para a capa da revista *Women's Health*, e Inge é tão firme e magnífica quanto eu imaginava – mesmo com as cicatrizes de batalha.

E cá estou eu.

Em geral, tenho muita consciência de meu corpo – do aspecto de minhas coxas, da dureza e falta de jeito de meus braços, com as mãos... meio *penduradas*. No entanto, pela primeira vez depois da puberdade, não resisto diante da perspectiva me despir. *Não tem problema, penso, estas mulheres são minhas amigas. Nós escapamos da morte juntas. Arremessamos machados. Compartilhamos mais do que eu já compartilhei com qualquer ser humano. Na vida. Então, tirar a roupa? Por mim... está ótimo.* O que no início da semana havia me atemorizado tanto agora parece irrelevante. Nada lascivo ou sexual: sem roupas, simplesmente. Então, eu me dispo.

Ao tirar a manga da camiseta empapada de suor, percebo uma saliência no braço direito, que se avoluma à medida que flexiono o cotovelo. A princípio, penso ser mais uma das contusões que arrumei nas últimas horas, tropeçando no chão e trombando com os elementos da floresta, ou alguma lesão sofrida no levíssimo desmaio que tive depois da corrida.[28] Então, percebo a mesma coisa no braço esquerdo.

Será que é?... Será que agora tenho... BÍCEPS?![29]

Surpresa e exultante, enrijeço e relaxo algumas vezes essas novas e estranhas adições a meu corpo.

Eu tenho armas! Músculos! Tudinho meu, de verdade! Michelle Obama, aí vou eu...

Depois disso, eu mais que depressa termino de me despir, ávida por conferir se há mais algum músculo à espreita (não, mas mesmo assim é ridiculamente empolgante...).

Cá estou eu, mundo! Peladona! Ganhando um arzinho na bunda! Um ventinho nos mamilos! Uma brisa no meu BÍCEPS! Eu sou uma viking! Ouçam meus urros!

Ao voltar a atenção ao mundo ao meu redor, ouço Tricia contando às outras sobre a época em que apresentou uma série de vídeos naturistas.

---

28   Mesmo assim, sou mais durona que Simon de *O Senhor das Moscas*.
29   Pois é, isso mesmo: NUMA ÚNICA SEMANA #VaiViking

– Um trabalho incrível, em Costa del Sol – lembra ela. – No YouTube ainda tem alguns vídeos. Quando a gente vê aquele monte de corpos nus, percebe que ninguém está muito interessado no nosso. É uma pena...

Eu não tinha pensado nisso, mas, à medida que nos aproximamos da sauna anexa, percebo que estou totalmente relaxada. *Inge tem razão*, penso. *É libertador, de certa forma*. Na companhia de quatro outros corpos expostos, cada um se movendo e balançando à sua própria maneira, é mais fácil ganhar noção de perspectiva. *Olhe só como nós viemos longe!* Tomada de afeto, observo o nosso grupo.

A iluminação da sauna é fraca, não há toalhas fofas à vista e eu não ouço a melodia das baleias. Mas descubro que não me importo – na verdade, estou achando incrível.

– Que quente... – murmura Melissa. Nós entramos, pestanejando, e nos acomodamos nos bancos de madeira.

– Procurem relaxar – instrui Inge. – O calor nos obriga a desacelerar. – Ela joga uma colher de água no aquecedor, liberando uma onda de vapor, e eu me sinto dentro de uma grelha. – E não se esqueçam de beber bastante.

Eu olho o *cooler* no cantinho.

– Tem água aí dentro?

Inge ergue a tampa e revela uma fileira organizada de garrafas, com gotinhas cintilantes de condensação.

– Melhor que água – diz ela. – Cerveja!

A essa altura, estou com tanta sede que beberia quase qualquer coisa, então aceito e agradeço. Dali a poucos minutos, meus músculos – e a mente – vão se afrouxando de um jeito muito agradável.

E... inspire...

Vou inspirando e expirando, sucessivas vezes, até ser invadida por uma deliciosa sensação de relaxamento. Sinto-me outra vez amaciada para o mundo. Lembranças e emoções que passaram décadas confinadas agora pairam à minha volta, retornando novamente para "casa".

Eu me recordo da vez em que chorei tanto que vomitei.

Inspire...

Recordo a noite em que me embriaguei sóbria.

Expire...

Recordo o verão em que um francês, estudante de intercâmbio, despedaçou meu coração.

Inspire...

Eu me lembro da manhã em que Charlotte nasceu. E Thomas. E até do dia em que mamãe e papai trouxeram Melissa do hospital.

Nossa casa não é um lugar a temer, agora vejo – e também não é nenhum prédio, nenhuma construção. Está dentro de nós. *E esteve aqui o tempo todo.* Sinto, enfim, que estou voltando para casa, para o meu próprio corpo. Para mim.

Percebo que estou chorando: lágrimas grandes, gordas e felizes, misturadas ao suor que agora escorre por meu rosto. Sem dizer nada, Melissa se aproxima e entrelaça a mão na minha. Eu olho para ela e a vejo mexer os lábios, em silêncio. "Está tudo bem."

Inge joga mais água no aquecedor. Então – quando tenho certeza de que minhas pálpebras estão a ponto de pegar fogo –, somos conduzidas pela noite fria rumo ao píer, e ela nos manda pular.

Uma semana atrás, eu teria me apavorado. Mas, depois da aventura épica de ontem à noite e da conclusão das sete fases de nosso treinamento viking, um mergulhinho no gélido mar do Norte parece moleza.

Inge é a primeira a pular, seguida de Tricia, depois Margot – que opta, muito sensata, por se agachar e ir segurando a lateral do píer, para evitar o risco do terceiro afogamento em vinte e quatro horas. Melissa e eu damos uma cambalhota em dupla, e quando meu corpo toca a água eu solto um grito involuntário. Nós nos debatemos, explodindo em gargalhadas histéricas, delirantes, depois saímos da água e esfregamos a pele, agora vermelha de tanto frio.

O processo se repete após mais um período de sauna, e lá pelo terceiro mergulho o mar já nem parece frio. Nós todas seguramos Margot, num estranho e deselegante movimento de nado sincronizado, afastando-a da borda de madeira do píer e adentrando com ela o mar aberto. Então... flutuamos, simplesmente, como folhas ao vento, como animais que enfim encontraram seu verdadeiro lar.

Emergimos juntas, cintilando ao luar, feito borboletas numa crisálida: renascidas.

Então, entram em cena os galhos de bétula.

Não consigo conter uma exclamação, e até Melissa expressa surpresa.

– As batidinhas suavizam a pele – explica Inge, brandindo seu açoite caseiro.

– Eu uso luvas de banho esfoliantes – responde Margot, apreensiva. – Não servem também?

– Não. – Inge é insistente.

Tricia se oferece bravamente para ser a primeira, mas sugere que todas passemos pelo chicote de nove tiras – tanto dando quanto recebendo. Então, é o que fazemos. É preciso um tempo para nos acostumarmos ao estalido da bétula na pele, mas depois de várias referências a *Cinquenta tons de cinza* e algumas exclamações quase obscenas, o exercício começa a me estimular (com trocadilho).

Leitor: eu açoitei uma mulher, e gostei.

Depois, Tricia e Melissa comparam a maciez de cada pele, enquanto Inge tira do *cooler* vários pedaços de papel-alumínio enrolado e joga sobre a brasa quente. Minutos depois, o jantar é servido. Para mulheres que passaram o dia sem comer, não existe palavra melhor. Desembrulhamos as trouxinhas de papel-alumínio chamuscado, que revelam espessas, escaldantes e perfumadas... salsichas.

– Eu ainda sou vegetari... – começo a dizer, então penso: *dane-se*. Esqueço todos os pecadilhos alimentares anteriores e caio de boca no suculento embutido.

– Então, isso é tipo *uma tradição*? – pergunta Melissa, a boca cheia de carne de porco meio mastigada.

– Como? – retruca Inge.

– Salsicha na sauna?

– Ah, sim. Assadas na brasa, à moda tradicional, e degustadas *in loco*.

– *Sem roupa*? – pergunto, surpresa.

– Claro. – Inge faz que sim com a cabeça e dá outra dentada.

Depois de nos empanturramos, somos devolvidas ao ar da noite e vemos uma figura de gorro cinza, mais parecendo um urso, despontar no lusco-fusco: Otto.

– Ah, Otto, que bom ver você aqui...

Melissa sorri, então segura a mão dele e o arrasta para a mata, na intenção de dar os últimos amassos nele. Otto aceita, de bom grado, e os dois quase saem correndo para chegar mais depressa ao local pretendido.

Enquanto Inge e Margot vasculham as profundezas do *cooler*, Tricia ressurge com um aparelho de som das antigas, comprado talvez lá pelos idos dos anos 1980.

– Encontrei no galpão de madeira! – grita ela, animada. – Podemos?

Ao ligar o toca-fitas enorme, somos recompensadas com quarenta e cinco minutos do melhor pop escandinavo retrô que alguém poderia ter a sorte de encontrar.

Peladíssima, Tricia exibe seus melhores passos de dança, incluindo "empurradinhas no ar" e a "dancinha dos dedos em riste" – que há muito tempo é a minha preferida. Ela é tão alegre e desinibida que não consigo evitar um sorriso – e as outras também não. Assim, quando Inge e Margot partem para acompanhá-la, com seus passinhos igualmente inexperientes, faço o mesmo. E nunca me senti tão livre.

Melissa retorna cheia de *knullruffs* e sexo estampado no rosto. Está usando o tal casaco outra vez, e só, basicamente. Ela puxa umas lapelas imaginárias, sinalizando que a "taxa de sucesso" de seu amuleto da sorte permanece inalterada. Eu meneio a cabeça para ela e sorrio, em aprovação. Depois de comentar com alegria que a festa parece animadíssima, ela se junta à nossa dança frenética, rodopiando feito uma abelha bêbada. Também há cantoria, atividade que Inge declara ser de vital importância para os vikings. Sentindo-me segura e tranquila, mas também forte e revigorada como creio que nunca estive na vida, escancaro a boca e me ponho a *cantar* – pela primeira vez desde minhas sessões de Whitney Houston no chuveiro, quando criança. Minha voz é... sonora, percebo. E horrível, agora posso admitir. *No fim das contas, eis que o mundo pop não foi privado desnecessariamente de meus talentos...* Pode haver, sim, nas notas mais altas, uma boa dose do que Melissa havia chamado de "desafinação". Mas a *sensação* é ótima, e estou aprendendo que é isso o que importa. Nós cantamos, dançamos e rodopiamos até desabarmos na areia, quase histéricas, as bochechas doloridas de tanto gargalhar.

– Você andou *se divertindo*? – pergunto a Melissa. – Porque parece que sim!

– Sim, andei me divertindo bastante, obrigada.

Ela faz que sim com a cabeça, e eu sorrio. Estou feliz por ela. E também ciente de que já não ostento esse brilho faz muito tempo. *Preciso ver isso*, digo a mim mesma.

– Você vai sentir saudade do Otto? – pergunto.

Minha irmã dá de ombros.

– Vou. Mas vou ficar bem.

Eu acredito. Dou um abraço em Melissa, o que rapidamente se transforma numa lutinha (ideia dela, não minha), até que pelo menos uma das duas acabe com a boca cheia de areia (eu).

Enquanto Inge arbitra uma competição de cambalhotas que Margot parece ter começado (é difícil largar os velhos hábitos competitivos), engancho o braço no de Melissa. Aproveito a oportunidade para puxá-la um pouquinho, para termos um longo e aguardado momento entre irmãs (o novo "razão e profundidade").

O fogo, que antes estralava loucamente graças ao "Jenga" de lenha que fizemos agora baixou para um "brilho cálido". Nós nos acomodamos diante dele, meio tontas e bastante desidratadas (leia-se "bêbadas"), mas purificadas, de corpo e alma.

Sob o brilho ligeiro das labaredas, Melissa parece diferente, de certa forma. Como se eu jamais tivesse visto minha irmã direito, de verdade. As pupilas ameaçam invadir toda a íris, o cabelo é basicamente uma palha, mas agora vejo também que ela não é a irmãzinha que eu passei anos desmerecendo. Observo o sombreado sob as maçãs de seu rosto, logo acima das covinhas pronunciadas, os fortes contornos de seu perfil. E vejo, agora, que ela é uma mulher adulta. E muito linda.

Melissa me pega no flagra e manda, com seu amor fraternal, que eu "deixe de ser esquisitona". Eu respondo que venho começando a perceber como a sanidade é superestimada.

— Muito justo. — Ela dá de ombros, e as duas refletimos. — Se eu morrer — diz Melissa, agora encarando o fogo —, quero um funeral viking, com tudo a que tenho direito. Fogo, botes, barbudos gostosos... tudo.

Só de ouvi-la falar assim, sinto uma pontada no coração. Então, pego as mãos de minha irmã.

— Ei, tenho certeza de que vai ficar tudo bem — afirmo, bem de frente para ela. — E, se não estiver, eu faço ficar — prometo. Sabiamente ou não.

Os olhos de Melissa se enchem de lágrimas, e ela dá uma fungada alta. Tenta limpar o nariz com o braço, mas acaba me puxando junto, as mãos ainda enganchadas nas minhas, e deposita um resíduo de ranho salgado no meu punho.

— Ai, desculpe! — diz ela.

— Não tem problema — respondo, agora eu mesma com os olhos cheios d'água e o nariz escorrendo.

— Você parece uma sereia emburrada — solta Melissa, com um riso meio soluçante —, com esse cabelão...

— Valeu — falo, também rindo e soluçando.

— Talvez uma sereia que levou uma vida dura e perdeu o pente feito de conchas, mas mesmo assim uma sereia.

Eu dou de ombros.

— Está de bom tamanho para mim.

— Minhas vikings! — Inge vem andando, seguida de Tricia e Margot, bêbadas e trôpegas. Aproxima-se de nós com o andar cuidadoso e deliberado de uma mulher levemente intoxicada, e fico muito feliz em descobrir que até as deusas amazônicas às vezes também perdem a compostura. Ela se senta conosco e passa um saco de nozes que se materializou nos recônditos de sua bolsinha de lanches. — A propósito... isto é *hygge* — diz ela. — Eu falei que vocês iam sentir por si mesmas: relaxando, juntas.

— E a nudez? — solta Tricia, com a voz arrastada.

— Opcional — responde Inge.

— E a bebida? — confere Tricia.

Inge reflete um pouco.

— Recomendada. Álcool, ou então café. E lanchinhos. Óbvio.

– Excelente. – Tricia bate palmas, mas quase erra a mira.

– Então, vocês estão felizes? – pergunta Inge a todas nós. – Digo, neste exato momento?

– Sim. – Melissa concorda com a cabeça, e eu preciso admitir que, apesar de tudo... a doença de minha irmã, Greg, o que vai ser de nós quando eu voltar... também estou. Aqui. Agora.

– Tudo se resume a isso, não é? – pergunto. – Aqui e agora. Nós somos só carbono, não é mesmo? Ganhamos uma vida, depois viramos pó e nos tornamos outra coisa...

Atenta a minhas palavras, Inge sorri.

– O que foi? – pergunto.

– Não tenho mais nada a ensinar! Meu trabalho está feito.

De repente, eu me sinto em paz, e... molenga. *Uma molenga... feliz*, penso, empurrando as mãos na areia para me firmar. Então Melissa me dá um soco no braço, e eu dou um beliscão nos punhos dela, como naquela brincadeira de criança que faz a pele queimar, e me deito para contemplar a panóplia de estrelas no céu, sentindo um estranho e profundo contentamento. Num lugar muito profundo de mim, sinto a tensão afrouxar – uma tensão cujo alcance eu nunca tinha percebido, até que ela se desintegrasse. As outras vão se deitando, uma a uma, até sermos cinco mulheres esparramadas na areia, sob o céu estrelado, todas nuas à exceção de um casaco da sorte, um cobertor áspero e um agasalho de capuz. Deitada com elas sob o calor do fogo, conversando e rindo até doer a barriga, eu prometo nunca esquecer este momento. Aconteça o que acontecer.

De manhã, as cabeças estão doloridas, os cabelos, embaraçados, os rostos, sujos, e Margot, sabe-se lá como, tem um pedaço de salsicha grudado na bochecha esquerda. Mas todas compartilhamos de uma estranha serenidade.

Ao me olhar no espelho, sorrio para a mulher que me encara de volta. Ela tem o lábio rachado, fruto da empolgação da catarse, os cabelos desgrenhados e as sobrancelhas gritando por uma bela pinça. Mas seus olhos são vivos e brilhantes. E ela, agora reconheço, é *feliz*. O tipo de mulher que eu queria ser quando era menina. *Olhe só você!*, digo a mim mesma. *Olhe só para mim! Com cicatrizes de batalha e tudo...*

Nós guardamos o restante de nossos pertences, tomamos banho e nos vestimos. É estranho ver minhas companheiras vikings em suas roupas do "mundo real", prontas para voltar para casa. A sandália anabela e a calça capri branca de Tricia parecem inapropriadas a uma casa de campo escandinava, e minha combinação de jeans justo e blazer azul-marinho me deixa igual a "um refugo do brechó ou uma gerente de uma lavanderia a seco", como Melissa gentilmente aponta.[30]

Calçar sapatos outra vez é uma experiência estranha. Parece que meus pés cresceram um número – inchados por conta dos cortes e das outras intempéries por quais eles passaram, provavelmente –, de modo que o sapato me aperta e eu não consigo parar de remexer os dedos, querendo me libertar. *De repente eu posso simplesmente parar de usá-los*, penso. Também recebemos de volta nossos celulares, mas com muito menos empolgação do que tínhamos imaginado, se alguém nos perguntasse uma semana antes.

Inge entrega a cada uma nossos sacos de juta cinza, como recordação dessa semana. Cada um contém uma vela e um pedaço de pão de centeio, "para a viagem".

– Viajem com pouca bagagem, mas jamais passem fome – explica ela.

– E sigamos queimando tudo, ao estilo viking? – pergunta Melissa, erguendo a vela.

– Sempre! – responde Inge, com um sorriso.

Neste momento, Melissa convoca todas para um abraço de grupo, me arrastando para perto e quase esmagando meus pulmões. O de sempre.

Depois do café da manhã e de várias xícaras de café forte (o que mais?), Inge deixa as crianças com Magnus para que possamos "nos despedir da forma apropriada". Fala com uma por vez, transmitindo a cada uma, em particular, suas palavras finais de sabedoria e encorajamento.

---

30 Impressionante, a minha irmã.

Quando ela me abraça, sinto que vou chorar. Estou morta de saudade de Charlotte e de Thomas, mas uma parte de mim não quer ir embora deste lugar.

– Você é forte – diz Inge. – Está pronta.

– Tem certeza? – pergunto, sem conseguir me conter. A expressão dela muda, e eu vejo um lampejo da firmeza que tanto aprendi a admirar.

– Eu estou falando, não estou? – diz ela.

– Sim, está – respondo, concordando com a cabeça.

– Então eu tenho certeza.

E eu acredito nela. Pois, agora, eu sou uma viking.

EPÍLOGO

Seis meses depois...

Empurro uma porta pesada, sem saber o que encontrarei do outro lado desta vez. O corredor exala um forte cheiro de suor e álcool em gel. Então percebo que o odor de suor talvez seja meu. Estou resfolegante, depois de uma corrida do carro até aqui, debaixo de chuva, com medo de me atrasar. Ainda não sou uma pessoa atrasada.

Mesmo assim, cá estou eu.

Atrasada.

Greg, seu desgraçado, penso. *A culpa é do Greg.* Ele tinha falado que buscaria as crianças às nove da manhã – e eu teria tempo de sobra para chegar. *Mas ele apareceu às nove da manhã? Ou às nove e meia da manhã? Deve ter ficado até tarde vendo o noticiário...*

Eu ainda sofro um pouco do que Inge chamaria de "questões de raiva", mas nos últimos dias elas estão à flor da pele. Já não escondo as coisas; agora, ponho para fora. E parei de viver constantemente me ajustando, monitorando minhas palavras e atitudes para agradar aos outros. Graças à minha educação viking, estou aos poucos aprendendo a baixar a guarda. Pois, seja lá qual for o pano de fundo que elaboremos para nós mesmos, o importante, aprendi, é o que realmente fazemos para progredir.

Ao retornar do retiro, embarquei com Greg numa última tentativa de salvar nosso casamento, conversando de maneira franca e honesta. Eu estava atenta para não me tornar uma dessas mulheres que aparecem nas revistas, que desistem do casamento depois de um fim de semana na praia ou durante uma crise de meia-idade gerada por uma viagem de cogumelos mágicos – e passam a década seguinte se arrependendo disso. Quando mencionei esses medos a Melissa, porém, ela passou quase uma hora gargalhando.

"Você se conhece?", perguntou ela. E apontou que, fora o episódio com o sr. Dentes, eu nunca tinha cometido nenhuma imprudência na vida. Isso me deixou um pouquinho mais tranquila. Eu e Greg decidimos adiar a ampliação da casa e – pouco tempo depois – o casamento, testando um período de separação. Fomos até nos consultar com uma terapeuta de casais, mas ela soltou, sem nenhum rodeio, que era melhor encerrarmos aquilo de uma vez. Desde então, por mais estranho que pareça, eu venho sentindo um imenso alívio. Gosto de morar sozinha, ou pelo menos só com as crianças. Agora posso abastecer a geladeira e ter a segurança de que ela não será assaltada durante a madrugada. E não tem ninguém criticando a quantidade de travesseiros que eu tenho na cama. O resultado é que estou me sentindo uns dez anos mais jovem, além de muito mais leve (apesar de a balança do banheiro informar o contrário).

Só que, hoje de manhã, chamei meu futuro ex-marido de "pentelho" – um insulto deliciosamente pueril que estou amando no momento, depois de Charlotte me contar que havia aprendido no recreio da escola. Fingi ficar brava com ela, mas no fundo achei o máximo. Greg pareceu arrependido de verdade, disse que "lamentava muito, muito" por ter se atrasado tanto e que tinha uma entrevista de emprego na semana seguinte. Isso era um grande progresso, e fiquei genuinamente feliz por ele. Se tivesse uma corneta à mão, teria soprado. Com força. Mas não tinha. Então, no lugar, acabamos todos rindo. Eu e Greg estamos nos dando melhor como pais separados do que jamais fomos capazes de nos entender como esposa nervosa e marido viciado em noticiário. Então, quando ele sugeriu pegar as crianças hoje de manhã, respondi que "sim, por favor". Despedi-me de Thomas e Charlotte com um beijo e "um abração bem grande, para durar até eu voltar" e disparei pela porta.

Depois, dirigi. Voando. Cruzei a autoestrada sem fazer uma única parada. Não consegui estacionar, então tive que largar o carro a vários quilômetros de distância e correr debaixo de chuva. Nem deu tempo de passear com os cães. *Só espero que eles não tenham cagado em tudo que é canto*, penso. Pois nessa área eles são graduados.[31] Mas eu agora consigo lidar com tudo isso. Sou uma viking agora. E consigo lidar com qualquer coisa.

Melissa disse que eu não precisava vir hoje ("A essa altura, já sei como tudo funciona – já sei onde ficam os banheiros, já sei catar as melhores revistas..."), mas eu mencionei a *Convenção Viking, Protocolo II*. Em outras palavras, o acordo que fizemos de estar presentes na vida uma da outra, a despeito de qualquer coisa – quer estivéssemos ou não preparadas para pedir ajuda.[32]

Também sei, para ser honesta, que se eu estivesse no lugar dela ia querer ter alguém ao meu lado. E isso é algo que posso fazer por ela, fisicamente, além de – como se diz na comunidade da autoajuda – estar *"emocionalmente"* presente. Essa palavra ainda me traz certas ânsias de vômito, mas só *um pouquinho*. Portanto, é isso: progresso. Papai ficou com ela ontem, e no último fim de semana estivemos todos juntos. Ocorre que as crianças amam a companhia do avô e da divertida tia Melissa. E eu também. Eu e papai nos dividimos nos cuidados com a casa e os animais de Melissa, e agora andamos gostando de sobrepor os turnos para passarmos um tempinho juntos. Já até conversamos – de verdade – sobre mamãe. Sobre como ele se sentia, sobre a minha dificuldade em me permitir sentir. Tem sido ótimo. Eu só gostaria de ter feito esse esforço antes, e lamento ter passado tanto tempo privando todos os envolvidos da companhia uns dos outros. Mas agora não vale a pena me punir por causa disso. Eu recordo as palavras de Inge: *jamais peça desculpas*. Em vez disso, procuro melhorar, simples assim. Daqui para a frente.

---

31 Eu não sei como Melissa consegue fazer os cachorros defecarem exclusivamente nas áreas gramadas, mas é um truque que eles parecem relutantes em repetir comigo. Como se soubessem que é a tutora substituta que está no comando e quisessem me sacanear de propósito.
32 O *Protocolo I* se referia a nossas promessas de sermos mais honestas conosco mesmas e abandonar as mais diversas formas de autossabotagem. Adeus aos "piqueniques no carro" às três da manhã...

Uma mulher de bochechas vermelhas que vive fungando passa por mim no corredor do hospital, e trocamos um breve sorriso – a belíssima arte dominada por britânicos que já se viram algumas vezes, mas ainda não foram formalmente apresentados. Então, começo a vasculhar o recinto, atrás de minha irmã.

Temo que ela esteja irreconhecível. Temo que minha expressão ao vê-la me denuncie, antes mesmo que eu consiga garantir a Melissa que sua aparência não mudou nada.

O primeiro ciclo de tratamento havia sido custoso, e ela chegou a me descrever a confusão desnorteante em seu "cérebro de químio". Da última vez, Melissa contou que não aguentava mais o cheiro da lata de lixo e que tinha vomitado dentro da lava-louças que eu comprei para ela. ("A louça estava limpa?", perguntei, incapaz de me conter. "Estava, infelizmente", respondeu ela.) Minha robusta irmã agora precisa que alguém tire o lixo, antes que chegue ao "ponto de vômito" e voltou a lavar a louça manualmente.

Eu fico com os animais de estimação sempre que possível e conto com um sem-número de vizinhos muito amáveis, que vêm ajudando de formas inimagináveis. *Minha irmã é querida*, reflito, cheia de orgulho. *É uma boa pessoa, de quem todos gostam de estar perto.*

Estou tentando ser mais assim.

E acho que estou chegando lá. Convidei uma das mães da escola das crianças para um café no fim de semana e já fui almoçar duas vezes nesta semana com o novo dentista do consultório. Dividimos umas *tapas*, e isso quer dizer alguma coisa, sem sombra de dúvida. Além do mais, ele tem dentes lindos. E mãos também. E guarda uma sacola retornável no carro o tempo todo (uma só, veja bem, mas mesmo assim é impressionante). Eu até andei reencontrando uma antiga amiga de escola. Talvez seja só "fogo de palha", como diria Melissa. Mas é um começo, no mínimo. Estou tentando ser menos irritadiça também. Embora ainda considere que esse povo de calça harem seja quase sempre um bando de babacas. Como também diz Melissa, certas coisas nunca devem mudar.

Eu arrumo o cabelo bagunçado pela chuva, ainda procurando um sinal de minha irmã.

Pode ser que ela nem tenha notado a minha ausência, claro, eu lembro a mim mesma. "Gosto de tirar uma soneca durante a sessão", comentou ela da última vez, antes de pegar no sono feito um bebê. Passei o tempo todo olhando e-mails de trabalho, depois guardei o celular e fui ler um livro. Pela primeira vez em anos. São muitas horas de espera, pelo visto. O que eles nunca contam nas novelas é que o tratamento contra o câncer é muito parecido com o processo de embarque num avião, no aeroporto. Mas hoje não.

– Oi! Aqui! – diz uma voz familiar.

Aperto os olhos para ver de onde vem, e tenho que admitir que estou precisando de óculos para enxergar qualquer coisa que não seja a boca de um paciente. Ao olhar em volta, avisto um pequeno semicírculo à esquerda de uma das figuras sentadas. A maioria está com revistas abertas no colo. Alguns conversam, e uns dois cochilam, roncando de leve. Minha irmã, tal e qual a mulher a seu lado, parece usar um capacete espacial, com um bocal que se conecta a uma elaborada máquina.

– Eita, parece um pinto molhado! – diz Melissa, pálida porém alegre, de dentro da engenhoca.

– E você parece que está num salão de beleza dos anos 1970. – Eu aponto para o aparelho. – Que diabo é isso?

– Tem gelo dentro, para resfriar a minha cabeça; parece que evita a queda de cabelo. Senão... – Melissa aponta para a sacola de pano a seus pés. – Vou ter que apelar!

Ela puxa algo que a princípio penso ser um porquinho-da-índia, então dá uma sacudida vigorosa demais para uma amante dos animais. A massa peluda se desenrola, revelando uma peruca de cachos ruivos que talvez nem a Cher fosse querer.

– Ta-rã!

– Eita! – consigo dizer, apenas.

– Pois é. Eu falei que queria tentar algo diferente. Só que... bom... existe diferente, e existe...

– Isso. Exato.

— Enfim, vai ser legal para enfeitar os cachorros. Semana passada botei os capacetes viking neles!

— Os cachorros gostaram de se enfeitar?

— Ué, mas todo mundo não gosta?

— *Não*?

Minha irmã e eu ainda somos muito diferentes. Sob muitos aspectos. Mas estou aprendendo que isso é bom. E fico muito feliz em saber que os cachorros vão ganhar um refresco dos capacetes de chifre. Peço desculpas pelo atraso e entrego o saco de uvas que congelei para ela.

— Para caso eu já não estivesse geladinha o bastante? — indaga Melissa, revirando os olhos.

— Eu li que uva é bom para náusea — explico. A última sessão de químio deixou Melissa cheia de aftas e com a boca seca. — E trouxe mais revistas — digo, esvaziando uma das sacolas retornáveis que preparei para a ocasião. — Uns hidratantes, lanchinhos, meias novas e sem chulé... — Eu encaro a "meia da sorte" que Melissa insiste em usar e torço o nariz. — E, claro, o amargor sutil que somente uma irmã como eu é capaz de proporcionar...

— Lógico! Feito uma lixa humana. — Ela sorri, exibindo as covinhas, e dá um soco no meu braço.

— Ai! — *Como é que minha irmãzinha, em sessão de quimioterapia e com a cabeça congelada a menos quatro graus, ainda consegue me bater? A força de Melissa é um dos mistérios do universo.* — Então, como é que você está se sentindo?

— De verdade? — pergunta ela.

— De verdade.

— Detonada. Cansada dessa cara de lua, da dor nos ossos, do refluxo que não para. Mas tudo bem. Ele morreu. O câncer, digo. Então, durante um tempo, a minha vida vai ser assim. Podia ser pior. Eu andei falando com uma mulher chamada Barbara, e ela contou que fazia um tipo de quimioterapia que deixa o xixi vermelho. E está vendo aquela mulher de roxo? — Ela aponta para uma figura de turbante, que está tirando um cochilo. — Perdeu o cabelo todo. Cílio, sobrancelha, tudo. Lá embaixo também — acrescenta Melissa, num sussurro alto, apontando para a genitália. – Ela me mostrou, da última vez... Está que nem uma galinha pelada.

– Isso que é compartilhar – falo, mas percebo que provavelmente é uma resposta péssima.

– E as minhas unhas também não caíram – acrescenta ela. – Então, é um bom resultado. Além do mais, agora estou pintada. Mais cicatrizes de batalha, ao estilo viking!

– Como é? – pergunto, de cenho franzido.

Melissa larga a revista e baixa o decote do moletom largo.

– Eles tatuam uns pontinhos na gente, para posicionarem direitinho a máquina de laser da radioterapia e a radiação não ir para a área errada. Um pontinho aqui no meio e um debaixo de cada axila. Muito legal, não é? – diz ela, com um sorriso.

Minha irmã é incrível.

Se eu estivesse na posição dela, creio que passaria a maior parte do tempo sentindo pena de mim mesma. Melissa, não. À parte a choradeira inicial pela injustiça daquilo tudo, no início da químio ("Eu estava *ótima*! Daí *me falaram* que eu estava doente e inventaram um *tratamento* que me fez ficar *péssima*! EU SABIA que odiava os médicos!"), ela rapidamente se reconciliou com a ideia de que os especialistas estavam só tentando ajudar. Desde então, inclusive, abraçou totalmente "a ciência, a medicina, esses troços" de forma similar a uma conversão *damocleana*.

Próximo passo: o espaço. A fronteira final...

O tratamento está avançando, e o tempo está passando mais rápido do que ela imaginava. "Se eu continuar perseverando, vou ficar bem", disse ela, em minha última visita. "Não vou?"

"Vai", respondi, com a maior confiança possível. Pois a alternativa ainda não vale a pena cogitar. Então, não cogito. Em vez disso, desfiamos as conversas rotineiras – sobre outros pacientes, os cães, o estado geral de nosso intestino (o dela, pois ao que parece o tratamento causa revertérios no cocô, e o meu, pois por mais estranho – e alegre – que seja, as coisas andam bem mais relaxadas e reguladas pós-retiro viking, para a felicidade e o fascínio infinitos de Melissa).

Então, pego meu livro e dou uma lida enquanto ela dorme, tranquila, sabendo que estou aqui, a seu lado.

    Depois, é uma correria de volta para casa, para ela tomar os remédios antieméticos e nós duas vestirmos o pijama e nos aboletarmos no sofá, onde passarei a noite com ela. Em tese, para cuidar dos cachorros e passear com eles, mas na verdade, e as duas sabemos disso, para que ela tenha uma presença familiar em casa.

Quando saímos do hospital, caminhando bem devagar sob o sol fraco, a chuva já parou. Assim que localizamos o carro em meio às fileiras de latarias prateadas, Melissa me provoca, insinuando que eu trouxe o carro roubado de um *showroom*.

    – Estou surpresa que os bancos não estejam forrados com plástico, para maior asseio! – diz ela, e eu rio.

    O que não conto a ela é que passei um tempão ontem à noite limpando o carro – desinfetando cada canto com uma dedicação raramente vista fora do consultório odontológico. Andei lendo que depois do tratamento Melissa está mais propensa a infecções do que o normal, e, apesar de minha obsessão com álcool em gel e luvas de látex, meus filhos parecem ser uns ímãs de lama, micoses e – mais recentemente – piolho (é carma...). Ter filhos não é para amadores. Melissa, por outro lado, ainda vive sem a menor preocupação com a sujeira, apesar da orientação dos folhetos redigidos por "profissionais de verdade" – prospectos do hospital, de onde eu "subtraí" várias cópias que venho deixando, como quem não quer nada, espalhadas pela casa. Mas sem resultado. Então, limpo tudo na surdina, para o bem dela.

    – Como vão as crianças? – pergunta ela, depois de uma ligeira inspeção em meu porta-luvas atrás de doces e um resmungo ao não encontrar nenhum.

    – Vão bem! Mais ou menos. Quer dizer, ainda me odeiam por confiscar o iPad e acham que o pai é mais legal, pois ele deixa os dois verem tevê o tempo todo quando estão lá. Mas já me ajudam a pôr a mesa e até preparam o próprio cereal de manhã! Lavar roupa ainda é uma luta, mas, depois que eu instalei a cama elástica no quintal, eles vivem sempre tão exaustos que nem têm forças para reclamar. E vivem com as bochechinhas rosadas, igual às crianças dos livros de história! – concluo, orgulhosa.

– Eita!
– Pois é!
– Não, quer dizer, está tudo certo com eles?
– Ah, sim, acho que é só por causa do ar fresco e do exercício. Não é eritema infeccioso – digo, bastante segura, pois pesquisei extensamente no Google antes de minha visita anterior, por medo de contaminar Melissa.
– Ah. E você montou a cama elástica sozinha? – Desconfiada, ela encara meu físico ainda genuinamente pouco viking.
– Montei! Eu estou me exercitando, é sério! – Ela assente, impressionada.
– E ando achando que montagem de cama elástica talvez seja uma das minhas habilidades secretas.
– Tipo forja de espada? Ou arremesso de machado?
– Rá, rá, rá, não, sua ridícula. Mas escute só: agora eu sei dizer se uma cama elástica está com uma tensão ótima só de olhar! – exclamo, entusiasmada. – E também testei na casa de uns amigos! – acrescento, com uma ponta de orgulho, pois agora tenho *amigos*!
– Tensão ótima, é? – Melissa está zombando de mim, mas tudo bem.
– Pois é! É superempolgante. E é um troço que a gente tem que fazer direito, para dizer o mínimo, senão as crianças vão parar no quintal do vizinho...
– Você aprendeu isso na marra?

Mantenho os olhos fixos na estrada.

– Al? – diz Melissa.
– Isso. Isso, pois é. Enfim... – Eu disfarço essa última parte. – Está orgulhosa de mim?
– Estou – responde Melissa, muito generosa. – Você é praticamente uma viking. E agora, o que vai ser? Vai cortar a própria lenha e montar um beliche para os dois, que nem a Inge?
– Quem sabe? Pode ser!

Nós encostamos na entrada da casa, e os cachorros começam uma cacofonia de boas-vindas antes mesmo que eu consiga enfiar a chave na fechadura.

– Mamãe chegou! – Melissa acaricia os cães e se permite ser derrubada por eles, mas se encolhe diante da reação mais entusiasmada do maior.

– O Silas está tentando montar em você? – pergunto, de cenho franzido.

– Só um pouquinho... – Ela abana a mão, encerrando o assunto.

– Chega, chega, desce – eu digo ao cachorro, com firmeza, quando entramos pela porta da frente.

A casa de Melissa tem um caos divertido, uma miscelânea de vida campestre, pedaços de conchas velhas, pedras e o que ela chama de seus "cacarecos", amplamente distribuídos pelo ambiente. Depois de minha última grande organização, o chão está outra vez cheio de roupas. Ainda não sei ao certo o quanto de bagunça se deve às incursões de minha irmã ao hospital e o quanto é porqueira estrutural e fruto de seus próprios padrões de manutenção doméstica (ainda baixos). Felizmente, os coelhos estão muito bem instalados na cozinha do vizinho, espalhando palha e jornal cortado até não poder mais. No fim das contas, Charlotte herdou as minhas alergias, e Thomas não gostou do "coelhinho que me olha esquisito". Mesmo assim, nós tentamos. E, cagadas à parte, eu e os cachorros temos nos dado muitíssimo bem durante minhas visitas e sessões de lançamento de gravetos.

O Silas só é um pouquinho empolgado demais...

Eu seguro a mão de Melissa e a conduzo ao segundo andar, onde a ajudo a vestir o pijama e se preparar para uma bela sessão de filmes no sofá. Uma rápida busca pelos entornos da cama bagunçada à la Tracey Emin revela um pijama meio limpo, e logo retornamos ao andar de baixo. Assim que nos acomodamos no sofá de almofadas fofinhas e lavadas (por mim), dois dos cães menores se enroscam no colo dela.

Eu acendo umas velas – bom, esse é um hábito que as duas agora temos e que deixa o espaço com jeito de lar – e aqueço a chaleira, até que ela apita.

– Chá? – pergunto, e minha irmã aceita. – Quer comer alguma coisa? Eu trouxe sopa de missô com couve.

Li que são alimentos de grande poder curativo, mas Melissa não gosta muito da ideia.

– Eca, não, valeu. – Ela faz cara feia. – Não estou com fome.

— Sei... — Eu já suspeitava dessa resposta. Felizmente, tenho um plano de contingência. — Não aceita nem... um penne com queijo e atum? – pergunto, pegando uma embalagem de papelão bastante pesada de minha segunda sacola retornável.

— Ah... bom... — Eu vejo que ela está tentada. — Esse eu aceito! Obrigada.

— Vou esquentar – falo, feliz por ter garantido alguns dos pratos preferidos dela em minha última ida ao mercado.

Que bom que fiz isso, penso, percebendo que a geladeira está quase vazia, exceto por umas garrafas de cerveja e uns potes meio largados com... alguma coisa. Eu ergo o papel-alumínio e dou uma cheirada, então afasto o braço o máximo possível e levo o pote até a lixeira, em silêncio. Depois de guardar o resto da comida (*talvez ela queira comer a couve mais tarde*, cogito, iludida), ponho a embalagem de penne no micro-ondas – Melissa enfim se rendeu a essa engenhoca moderna, visto que "já está com câncer mesmo". Enquanto aguardo, vou lendo os novos cartões-postais mandados por amigos e conhecidos, presos na geladeira por uma variedade de ímãs em formato de cães e cavalos.

Antes, porém, como agora sou viking, pergunto a Melissa se posso ler – desse jeito não conta como bisbilhotice, ao que parece, e eu mato minha curiosidade com a consciência limpa.

— Claro – murmura ela, cheia de sono –, e eu posso pegar o seu celular?

Minha irmã recentemente descobriu os prazeres do jogo de Paciência on-line, somente duas décadas depois do mundo inteiro. Ela pega meu aparelho, ainda desconfiada dos barulhinhos e dos ícones quadrados, abre o joguinho e começa a jogar loucamente.

Esquisitona...

Um dos cartões-postais exibe um mar azul-turquesa, uma praia de areias brancas e uma gente com cara de rica, todos de roupa bege. É de Margot, que está fazendo um curso de natação em Saint-Barth.

Quem pode pode, eu penso, depois me corrijo. *Quer saber? Que bom para ela!*

Nós combinamos de nos encontrarmos no mês que vem, antes de nossa reunião viking no final do ano. Estou me afeiçoando a Margot, e jamais esquecerei suas palavras de despedida no retiro. "Você *é* uma versão mais velha de mim!", disse ela, então acrescentou, na mesma inocência: "E eu vou ser sua amiga, quer você goste ou não". Eu não consegui parar de sorrir. E me senti estranhamente honrada. *Então agora tenho Tricia, Margot, dentista novo (Ben), mãe da escola (Sara), antiga colega de turma (Emily)...* Eu faço a conta: CINCO amigos!

O segundo cartão-postal é de Tricia, na frente da praia de Brighton. Ela conta que está visitando Ed – seu filho – e "dando uma de mãe". Diz também que tem uma entrevista de emprego na terça-feira que vem e que anda aprimorando as habilidades manuais com um grupo de crochê local, que tem o delicioso nome de "Agulhadas de Prazer".

O terceiro é de Otto, escrito numa bela letra de forma, com selo da Dinamarca. Sinto um estranho constrangimento em ler esse, mas ele diz apenas que está com saudades, que está forjando uma espada em homenagem a ela e espera que ela volte um dia para visitá-lo. E só.

Fico pensando se Melissa ficou chateada, se esperava mais. Então, quando o micro-ondas apita e eu retorno à sala com o prato de massa, pergunto a ela, com delicadeza.

– O Otto? Ah, não! Está tudo certo – garante ela. – Ele é ótimo e tudo, mas estou tendo que lidar com muita coisa. A distância está vindo bem a calhar. Além do mais, ele me mandou dois pacotes de bacon artesanal na semana passada.

– E isso é bom? – pergunto, com cuidado.

Agora é minha irmã que me olha como se eu fosse uma esquisitona.

– Você não ouviu o que eu acabei de falar? Bacon? Claro que é bom! Ele só está um pouco ansioso demais, você não acha?

– Como assim? Um cartão-postal e um porco curado?

– Pois é, não é?! – Ela revira os olhos. – Mas quem sabe eu não o convido para vir aqui em casa em breve? – diz ela, amolecendo. – Talvez... – Ela estende os braços para receber a massa com atum. – Enfim, ande, me dê, logo isso! – Ela dá duas garfadas ligeiras. – Humm, penne... é tipo uma flauta de Pã molenga – solta Melissa, num quase êxtase.

Fico feliz por ela estar levando bem a relação com Otto. Adoro a tranquilidade com que minha irmã sempre encara tudo – e estou aprendendo com ela, dia após dia. Na verdade, falando nisso...

– Tudo bem se eu pegar uma cerveja? – pergunto, num tom casual, como se não fosse algo digno de grande repercussão.

Sim, eu agora bebo cerveja. E como massa. E minha vida melhorou uns trinta por cento. Basicamente, quero mais é que se dane.

– Fique à vontade! – diz Melissa. – Está dando um tempo na busca por perfeccionismo?

– Tipo isso – respondo. Ela agora já sabe tudo sobre minhas "questões" alimentares. E, por mais que Melissa não seja a apoteose do apoio à cura da anorexia, conversar com ela ajudou, sem sombra de dúvida. – Na verdade não quero que a indústria da cerveja sofra as consequências dessa sua abstinência temporária...

– Muito nobre da sua parte, obrigada.

– De nada.

Com os pratos quentinhos e reconfortantes de massa, nós nos aboletamos no sofá para comer – de um jeito que eu nunca deixei Charlotte e Thomas fazerem em casa. Das velas brancas escorre uma cera quente, que se acumula no castiçal geométrico de bronze por que Melissa se apaixonou na passagem pelo aeroporto, na volta do nosso retiro. Eu a distraí, dizendo que havia um cachorrão de Lego na loja ao lado (verdade), e comprei o castiçal escondido, depois dei a ela, como agradecimento pela viagem. Foi o primeiro presente meu que minha irmã realmente queria – e aquilo me fez tão bem. Eu resolvi que faria isso mais vezes.

Agora, embrulhadas nas cobertas e usando as novas meias de lã idênticas que comprei para nós duas (presente atencioso nº 2), passamos o resto do dia vendo filmes e papeando feito adolescentes. Coisa que nunca fizemos quando mais jovens.

Não estamos voltando atrás, digo a mim mesma. *Estamos compensando o tempo perdido.*

Quem sofre uma perda, costuma-se dizer, passa a levar a vida em compasso de espera, até conseguir fazer as pazes com a própria angústia. E todos nós temos nossas angústias. Até os vikings.

Para nós duas, o ápice da dor foi aquele verão interminável, quando eu tinha dezesseis anos e Melissa, quatorze. Todos os outros jovens passeavam pelos parques, aprendendo a fumar e a fazer sexo casual, mas nós estávamos em casa, *sem* lidar com a morte de nossa mãe das mais diversas formas. Sem falar – sem sentir, no meu caso. E assim se passaram semanas, meses, décadas. Naquele verão, nosso relacionamento estancou. Até agora. Até o despertar de nossa primavera viking.

Eu observo Melissa, encolhida feito um gato, sorvendo os tubinhos de massa, um a um, quase sem precisar de garfo. Vez ou outra ela ri da tevê, falando com a boca cheia sempre que possível e afagando um dos cães com o pé. O segundo companheiro canino acabou de soltar um peido horrível, e o terceiro está lá, satisfeito, lambendo o próprio pinto. Ainda assim... sinto uma onda de amor, como a que vivencio quando vejo, ouço ou penso em Thomas e Charlotte. *É isso*, percebo. *Não é nada além disso. Ter a minha irmã comigo, aqui e agora – já no fim do tratamento, espero –, ver meus filhos felizes e saudáveis, trilhar uma carreira importante para mim, isso basta.* A cama elástica magistralmente estirada no quintal é só a cereja do bolo (que agora eu também como, diga-se de passagem).

Melissa me resgata de meu devaneio ao iniciar o que se transforma num intenso debate, perguntando se *De Volta para o Futuro* é melhor que *De Volta para o Futuro 2* (Resposta: Sim. *Óbvio*), e logo ampliamos a discussão a outros tópicos muito férteis, tais como o melhor estilo de ovos (eu: "Pochê". Melissa: "Enlouqueceu? *Frito!* Óbvio!) e que carboidrato cada uma escolheria se tivesse que comer apenas um para o resto da vida (o júri ainda está deliberando a respeito, mas "batata" tem grandes chances, sem sombra de dúvida). Falamos sobre velhos e novos amigos, sobre família, trabalho e os marcos que cada uma perdeu na vida da outra. Eu sinto uma tristeza por ter desperdiçado tanto tempo, mas também gratidão pela oportunidade de compensá-lo. Aqui. Com minha incrível, gentil, corajosa e caótica irmã, que consegue, de alguma forma, me suavizar.

A luz do dia esvanece, e o ar escuro revela o brilho do céu repleto de poeira cintilante, visível de todas as janelas da casa de Melissa. Ela agora evita cortinas e persianas, em prol do "estilo viking", insistindo que prefere ver o que se passa à sua volta em vez de uma estampa floral qualquer. O resultado é que o frio aumenta, mas dá para aguentar. *E ela tinha razão numa coisa*, reflito. *Isso aqui é lindo.* No fim das contas, descubro que a natureza não é tão ruim assim. Então, depois de algumas horas, desligamos a tevê e vamos contemplar a noite. E conversamos mais um pouco. E mais um pouquinho. Porque, sinceramente, são mais de vinte anos de conversas para pôr em dia.

AGRADECIMENTOS

Escrevi este livro enquanto era chutada até não poder mais, e por quatro pernas. Quatro. Que número absurdo. O ser humano não foi, tenho certeza, projetado para se reproduzir num esquema de "pague um, leve dois". Felizmente, eu amo muito essas duas criaturinhas, por mais que uma tenha acabado de vomitar em mim e a outra esteja me olhando com cara de "pode se preparar para mais uma leva de roupa suja...". Mas se existe algo que as dores e dificuldades fazem por nós é nos fortalecer, e portanto eu agradeço aos dois minivikings que agora exploram meu quintal, muito altivos, barulhentos e sagazes. Ouço seus urros a cada duas horas (com direito a decibéis extras à noite). Meu marido, o Lego Man, que saía muito com as crianças e foi uma verdadeira mão na roda durante meu processo de escrita, e nosso filho mais velho, o Pequeno Ruivo, provou seu valor inestimável apanhando "papel quentinho" da impressora quando necessário (embora ainda esteja emburrado por saber que o livro não fala sobre escavadeiras).

Meu maior agradecimento vai para a equipe da Ebury, por trazer *Virando viking* ao mundo: minha fantástica editora Emily Yau; Gillian Green, a incrível diretora de publicações de ficção; e Steph Naulls e Tessa Henderson, pela magia do marketing e da publicidade.

Minha eterna gratidão à minha esplêndida empresária, Anna Power, por seu apoio, sua assistência e seu crachá de supermulher.

Os ensinamentos sobre as tradições vikings ficaram a cargo do Museu Kongernes Jelling, na Jutlândia, e também de Diana, Karen, Gudrun, Bjarne e toda a equipe do Ribe Viking Center, que foram muitíssimo pacientes ao ensinar uma inglesa grávida a arremessar machados e preparar um autêntico alcatrão viking. A instrutora de vela e professora de navegação do Viking Ship Museum de Roskilde, Karen Andersen, abriu meus olhos para o admirável mundo novo de "contato com a natureza, essas coisas", além de ter me ensinado um dos melhores fatos do mundo sobre os cisnes. Visite esses lugares: são todos fascinantes, e ainda por cima ostentam MUITAS barbas de respeito.

Agradeço imensamente a ajuda da equipe de enfermagem do Cancer Research UK pela checagem dos fatos. Minhas conversas com Alexandra King foram fundamentais – e ela, além de tudo, é uma inspiração (#viking).

Obrigada também à minha tribo, como sempre, por me mostrar como são os vikings dos tempos modernos. Por me apresentar aos cavalos islandeses e aos cordeiros morando em despensas (Katie); por fornecer informações sobre odontologia (Jill); por revelar as atuais opções de retiros disponíveis (Matthew); e por dar uma ajuda crucial com os nomes dos personagens (Rob, que está muito aborrecido por não ter sido mencionado em livros anteriores. Então, aí está: R.O.B.). Obrigada a Emily, Chrissy, Caroline, Sarah e Joe pelo apoio incondicional vindo de minha terra natal, bem como à minha mãe, por ter me ensinado que as meninas podem fazer o que quiserem. Obrigada a Tara e Fen pela troca de ideias inicial, regada a gim; a Frauke e Jackie, pelas pílulas de sanidade quando achei que fosse enlouquecer durante o meu confinamento; e a cada viking durão que me serviu de inspiração pelos cinco anos em que moro na Dinamarca: vocês são o máximo.

Em www.leyabrasil.com.br você tem acesso a novidades e conteúdo exclusivo. Visite o site e faça seu cadastro!

A LeYa Brasil também está presente em:

 facebook.com/leyabrasil

 @leyabrasil

 instagram.com/editoraleyabrasil

 LeYa Brasil

ESTE LIVRO FOI COMPOSTO EM DANTE MT STD,
CORPO 11 PT, PARA A EDITORA LEYA BRASIL.